Lo mejor de mí

Lo mejor de mí

Nicholas Sparks

Traducción de Iolanda Rabascall

Rocaeditorial

Título original: *The Best of Me*
© 2011 by Nicholas Sparks

This edition published by arrangement with Grand Central Publishing,
New York, New York, USA. All rights reserved.

Primera edición: octubre de 2012

© de la traducción: Iolanda Rabascall
© de esta edición: Roca Editorial de Libros, S. L.
Av. Marquès de l'Argentera, 17, pral.
08003 Barcelona.
info@rocaeditorial.com
www.rocaeditorial.com

Impreso por Liberdúplex, s.l.u.
Crta. BV-2249, km 7,4, Pol. Ind. Torrentfondo
Sant Llorenç d'Hortons (Barcelona)

ISBN: 978-84-9918-518-7
Depósito legal: B. 22.634-2012
Código IBIC: YFB; YFBC

A Scott Schwimer,
un gran amigo.

1

*L*as alucinaciones de Dawson Cole empezaron después de la explosión en la plataforma, el día en que debería haber muerto.

En los catorce años que llevaba trabajando en plataformas petrolíferas, creía haberlo visto todo. En 1997, fue testigo del accidente de un helicóptero que perdió el control durante la maniobra de aterrizaje. El aparato se estrelló contra la cubierta y provocó una impresionante bola de fuego; Dawson sufrió quemaduras de segundo grado en la espalda cuando intentó salvar a las víctimas. En el accidente perecieron trece personas, la mayoría de las cuales viajaban en el helicóptero.

Cuatro años más tarde, después de que una grúa se desplomara en la plataforma, un trozo de metal del tamaño de un balón de baloncesto que había salido volando casi le cercenó la cabeza. En el año 2004, fue uno de los pocos trabajadores que se quedó en la plataforma cuando el huracán Iván desató su furia contra aquella parte del planeta. Con ráfagas de viento de más de ciento sesenta kilómetros por hora, el huracán levantó olas gigantescas, tan impresionantes como para que Dawson se planteara ponerse un salvavidas por si se desmoronaba la plataforma.

Pero hubo más accidentes; la gente resbalaba, había piezas que se partían, y entre la tripulación, los cortes y los moratones eran el pan de cada día. Dawson había visto más huesos rotos de los que podía contar, y había sobrevivido a dos brotes de intoxicación alimentaria que se habían cebado en toda la tripulación. Dos años antes, en 2007, presenció cómo un buque de suministro empezaba a hundirse a medida que se alejaba de la plataforma, aunque su tripulación logró ser rescatada en el último momento por otra embarcación guardacostas que patrullaba cerca de la zona.

Sin embargo, la explosión fue algo diferente. Dado que no hubo derrame de petróleo —en aquella ocasión, los mecanismos de seguridad y sus sistemas auxiliares evitaron un grave desastre—, solo la prensa nacional se hizo eco del siniestro. De hecho, a los pocos días, el asunto quedó completamente olvidado. Pero para los que estaban allí, incluido él, fue el origen de numerosas pesadillas.

Hasta aquel momento, las mañanas en la plataforma habían transcurrido de un modo rutinario. Dawson estaba monitorizando las estaciones de bombeo cuando de repente estalló uno de los tanques de almacenamiento de crudo. Antes de que tuviera tiempo de procesar lo que había sucedido, el impacto de la explosión lo lanzó contra una nave próxima. A continuación, el fuego se expandió rápidamente por todas partes. La plataforma entera, recubierta de grasa y petróleo, se convirtió de inmediato en un infierno que engulló toda la instalación. Otras dos fuertes explosiones sacudieron la plataforma de un modo aún más violento. Dawson recordaba que había arrastrado varios cuerpos para alejarlos del fuego, pero una cuarta explosión, más potente que las anteriores, lo lanzó otra vez por los aires. Apenas recordaba haber caído al agua; aquel impacto debería haberlo matado. De repente, se encontró flotando en el golfo de México, a unos ciento cincuenta kilómetros al sur de la bahía de Vermillion, cerca del estado de Luisiana.

Al igual que la mayoría de sus compañeros, no tuvo tiempo de ponerse el traje de supervivencia, ni siquiera un chaleco salvavidas. En medio del oleaje vislumbró a un hombre a lo lejos, con el pelo negro, que le hacía señales con la mano, como si le indicara que nadara hacia él. Dawson braceó en aquella dirección, bregando contra las olas del océano, cansado y aturdido. La ropa y las botas lo arrastraban hacia las oscuras profundidades y, cuando sus brazos y sus piernas empezaron a desfallecer, supo que iba a morir. Le parecía que se había acercado bastante a su objetivo, aunque no podía estar completamente seguro debido al fuerte oleaje. En aquel instante, avistó un salvavidas que flotaba entre unos cascotes a escasos metros. Aunó las últimas fuerzas que le quedaban y logró aferrarse a él. Después se enteró de que había permanecido en el agua casi cuatro horas y que había sido arrastrado un kilómetro y medio de distancia de la plataforma antes de que un buque de abastecimiento que había acudido velozmente hasta la dantesca escena lo salvara de una muerte segura.

Lo subieron a bordo y lo llevaron a una de las salas, donde se reunió con otros supervivientes. Dawson temblaba por la hipotermia y estaba confuso. Aunque su visión era un tanto difusa —más tarde le diagnosticaron una leve contusión—, supo reconocer la inmensa suerte que había tenido. Vio a hombres con horribles quemaduras en los brazos y en los hombros, y a otros que sangraban por las orejas o que tenían huesos rotos. A la mayoría de ellos los conocía por su nombre. En la plataforma había tan pocos espacios adonde ir —era, esencialmente, un pequeño terreno en medio del océano— que tarde o temprano todos confluían en la cafetería, en el salón recreativo o en el gimnasio. Había un hombre, sin embargo, que solo le resultaba un poco familiar, un tipo que lo miraba fijamente desde la otra punta de aquella sala abarrotada. Tenía unos cuarenta años, el pelo oscuro e iba ataviado con una cazadora azul que, lo más probable, le había prestado algún miembro de la tripulación. Dawson pensó que parecía fuera de lugar; por su aspecto se asemejaba más a un oficinista que a un peón. El hombre le hizo una señal con la mano, y aquel gesto activó de repente el recuerdo de la silueta que había vislumbrado en el agua. ¡Era él! A Dawson se le erizó el vello en la nuca. Antes de que pudiera identificar el motivo de su desasosiego, alguien le echó una manta por encima de los hombros y le indicó que lo siguiera hasta un rincón donde un oficial médico aguardaba para examinarlo.

Cuando volvió a sentarse, el hombre con el pelo oscuro había desaparecido.

Durante la siguiente hora fueron llegando más supervivientes, pero, a medida que su cuerpo entraba en calor, Dawson empezó a preguntarse por el resto del equipo. No veía a muchos de los hombres con los que llevaba años trabajando. Más

11

tarde supo que habían perecido veinticuatro personas. Poco a poco encontraron la mayoría de los cadáveres, aunque no todos. Mientras se recuperaba en el hospital, no podía dejar de pensar en las familias que no habían tenido la oportunidad de despedirse de sus seres queridos.

Desde la explosión, le costaba conciliar el sueño, y no por ninguna pesadilla recurrente, sino porque no podía zafarse de la impresión de que alguien lo vigilaba. Se sentía… como si lo persiguieran, por más ridículo que pudiera parecer. Tanto de día como de noche, de vez en cuando percibía algún movimiento furtivo cercano, pero, cuando se daba la vuelta, no había nada ni nadie que diera sentido a su malestar. Se cuestionó si tal vez se estaba volviendo loco. El médico sugirió que podía tratarse de una reacción postraumática a causa del estrés por el accidente, quizá su mente todavía se estaba recuperando de la contusión. La explicación tenía sentido y parecía lógica, pero no le convenció. Aun así, se limitó a asentir con la cabeza. El médico le recetó unas pastillas para combatir el insomnio que ni se molestó en tomar.

Le dieron una baja temporal retribuida por un periodo de seis meses mientras se ponían en marcha los engranajes legales. Tres semanas más tarde, la empresa le ofreció un convenio y él firmó los papeles. Por entonces, ya había recibido llamadas de media docena de abogados, todos con el ávido interés en presentar un litigio de acción popular, pero Dawson no quería complicaciones. Aceptó la oferta económica de la compañía e ingresó el cheque el mismo día que lo recibió. Con suficiente dinero en su cuenta como para que muchos lo consideraran un hombre rico, acudió a su banco y realizó una transferencia de casi toda su pequeña fortuna a una cuenta en las islas Caimán. De allí, la transfirió a una cuenta corporativa en Panamá que había abierto sin necesidad de mucho papeleo, antes de transferirla a su destino final. Sabía que era virtualmente imposible realizar un seguimiento del dinero.

Solo se quedó con lo necesario para cubrir el pago del alquiler y sus gastos. No necesitaba ni quería mucho. Vivía en un remolque al final de una carretera sin asfaltar en los confines de Nueva Orleans. La gente que veía la vetusta caravana probablemente suponía que la característica primordial que la redimía era que hubiera sobrevivido al huracán Katrina en el año 2005.

La desvencijada estructura de plástico se asentaba sobre unos bloques de ceniza apilados, una base provisional que, con el paso del tiempo, había acabado por convertirse en permanente. El remolque disponía de una habitación individual y un baño, un angosto comedor y una cocina en la que solo había espacio para una nevera pequeña. El aislamiento térmico era casi inexistente, y la humedad había acabado por deformar el suelo, por lo que Dawson tenía la impresión de estar siempre caminando sobre un plano inclinado. El linóleo de la cocina se estaba pelando por los bordes, la alfombrita estaba completamente raída, y Dawson había amueblado el reducido espacio con objetos que había ido adquiriendo en tiendas de segunda mano. Ni una sola fotografía en las paredes. Aunque llevaba casi quince años viviendo en la caravana, no la consideraba su hogar, sino solo un sitio donde podía comer, dormir y ducharse.

Con todo, a pesar de ser un viejo remolque, solía estar tan impecable como las impresionantes casas que embellecían la zona histórica de Nueva Orleans. Se podría decir que Dawson era, y siempre había sido, un maniático de la limpieza y del orden. Dos veces al año, reparaba las grietas y sellaba las junturas para que no entraran roedores ni bichos y, cuando se preparaba para ir a trabajar a la plataforma, fregaba los suelos de la cocina y del cuarto de baño con desinfectante, y vaciaba los cajones de víveres que pudieran echarse a perder. Generalmente, trabajaba treinta días, a los que seguían otros tantos libres, así que cualquier alimento que no estuviera enlatado se pudría al cabo de menos de una semana, sobre todo en verano. Cuando regresaba, fregaba otra vez el remolque de arriba abajo mientras lo ventilaba, y procuraba hacer todo lo posible para zafarse del olor a humedad.

Con todo, era un lugar tranquilo. En realidad, eso era lo único que Dawson necesitaba. Vivía a un kilómetro de la carretera principal, y el vecindario más cercano estaba incluso más lejos. Después de un mes en la plataforma, eso era exactamente lo que quería.

Una de las cosas a las que nunca se había acostumbrado en la plataforma era al constante ruido, un ruido no natural: grúas

13

reposicionando suministros sin parar, helicópteros, el bombeo permanente y los continuos golpes de metal contra metal. Era una incesante cacofonía. En las plataformas, se extraía crudo durante las veinticuatro horas, lo que significaba que, incluso cuando Dawson intentaba dormir, el fragor no cesaba. Procuraba ignorar el constante ruido mientras estaba allí, pero cada vez que regresaba al remolque, se quedaba impresionado por el silencio casi perfecto incluso cuando el sol se hallaba en su punto más elevado en el cielo.

Por las mañanas, podía oír el canto de los pájaros en los árboles y, por las tardes, a veces oía cómo los grillos y las ranas sincronizaban su compás justo en el momento en que se ponía el sol. Solía ser una experiencia reconfortante, aunque a veces aquel sonido le suscitaba un mar de recuerdos relacionados con su pueblo natal; en tales ocasiones, Dawson se metía en el remolque e intentaba atajar el flujo de recuerdos con simples rutinas que dominaban su vida cuando se hallaba en tierra firme.

Comía, dormía, salía a correr, levantaba pesas y se dedicaba a restaurar su automóvil; daba largos paseos en coche, sin un destino fijo, y a veces iba a pescar; leía todas las noches, y de vez en cuando le escribía una carta a Tuck Hostetler. Eso es lo que hacía. No tenía ni televisor ni radio y, aunque disponía de un móvil, en su lista de contactos solo figuraban teléfonos del trabajo. Una vez al mes, se proveía de víveres y de otras cosas imprescindibles, y también pasaba por la librería, pero nunca salía a pasear por Nueva Orleans. En catorce años, jamás había estado en la bulliciosa zona de Bourbon Street, ni tampoco había visto las coloridas casas del Barrio Francés; nunca había tomado nada en el famoso Café Du Monde ni había saboreado el cóctel Huracán en el legendario bar Lifitte's Blacksmith. En vez de ir al gimnasio, hacía ejercicio detrás del remolque, debajo de una lona desgastada que había colgado de unos árboles cercanos. Los domingos por la tarde no iba al cine. Tenía cuarenta y dos años, y hacía muchos que no salía con una chica.

La mayoría de la gente no habría querido —ni habría podido— vivir de ese modo, pero, claro, tampoco conocían a Dawson. No sabían quién había sido ni lo que había hecho, y él prefería que fuera así.

Sin embargo, en una calurosa tarde, a mediados de junio, recibió una llamada inesperada, y los recuerdos del pasado recobraron su viveza. Dawson llevaba casi nueve semanas sin trabajar. Por primera vez en prácticamente veinte años, iba a regresar a su pueblo. Solo con pensarlo se ponía tenso, pero sabía que tenía que hacerlo. Tuck había sido algo más que un amigo, había sido como un padre. En el silencio reinante, mientras reflexionaba acerca de aquel año que supuso un punto de inflexión en su vida, detectó de nuevo un leve movimiento cercano. Se dio la vuelta con rapidez, pero no vio a nadie y volvió a preguntarse si no estaría perdiendo el juicio.

La llamada era de Morgan Tanner, un abogado de Oriental, el pueblo de Carolina del Norte donde Dawson había nacido y había pasado sus primeros años. Lo llamaba para informarle de que Tuck Hostetler había muerto.

—Hay ciertos asuntos pendientes que requieren que usted los resuelva en persona —le explicó Tanner.

Después de colgar el teléfono reservó un vuelo y una habitación en una pensión de la localidad. Luego llamó a una floristería para encargar unas flores.

A la mañana siguiente, después de cerrar la puerta del remolque con llave, enfiló hacia el cobertizo de hojalata situado en la parte trasera, donde guardaba el coche. Era jueves, 18 de junio de 2009. Dawson sostenía el único traje que tenía y una bolsa de lona en la que había más ropa y algunas otras cosas esenciales que se había dedicado a guardar durante las largas horas de vigilia.

Abrió el candado y subió la persiana; un rayo de sol se filtró en el interior del cobertizo e iluminó el vehículo que había estado reparando y restaurando desde sus años en el instituto. Era un *fastback* de 1969, la clase de coche que causaba admiración cuando Nixon era presidente; de hecho, la gente todavía se giraba al verlo pasar. Estaba impecable, como recién salido de fábrica. A lo largo de los años, muchos desconocidos le habían ofrecido bastante dinero por él, pero Dawson no había aceptado ninguna oferta.

—Es más que un coche —se excusaba, sin añadir nada más.

Tuck habría comprendido exactamente a qué se refería.

Dawson lanzó la bolsa de lona en el asiento del pasajero y depositó el traje encima de la bolsa antes de sentarse al volante. Cuando giró la llave, el motor cobró vida con un potente rugido. Sacó el vehículo del cobertizo sin brusquedad, luego se apeó para bajar la persiana y volvió a colocar el candado. Entre tanto, repasó mentalmente un listado de cosas para asegurarse de que no se olvidaba de nada. Al cabo de dos minutos, conducía por la carretera principal; media hora más tarde, estacionaba el coche en uno de los aparcamientos del aeropuerto de Nueva Orleans. Detestaba tener que dejarlo allí, pero no le quedaba más remedio. Recogió sus pertenencias antes de enfilar hacia la terminal, donde un billete lo aguardaba en el mostrador de la aerolínea.

El aeropuerto estaba muy concurrido. Hombres y mujeres que andaban codo con codo, familias que iban a visitar a los abuelos o que se dirigían a Disney World, estudiantes que se desplazaban de casa a la universidad. Los hombres de negocios arrastraban sus maletas de cabina a la vez que hablaban por el teléfono móvil. Dawson permaneció de pie en la fila que se movía a paso de tortuga, a la espera de su turno. Ya en el mostrador, enseñó su identificación y contestó las preguntas básicas de seguridad antes de que le entregaran la tarjeta de embarque.

El avión tenía que hacer escala en Charlotte durante algo más de una hora. No estaba mal. Después de aterrizar en New Bern y de recoger el vehículo de alquiler, todavía le quedarían otros cuarenta minutos de carretera. Si el tráfico era fluido, llegaría a Oriental a última hora de la tarde.

Dawson no se había dado cuenta de lo cansado que estaba hasta que se sentó en el avión. No sabía a qué hora se había quedado dormido la noche anterior —la última vez que miró el reloj, eran casi las cuatro de la madrugada—, pero procuraría dar una cabezadita durante el vuelo. Tampoco era que tuviera mucho que hacer cuando llegara a Oriental. Era hijo único, su madre los había abandonado cuando él tenía tres años, y su padre le había hecho un gran favor al mundo emborrachándose hasta morir. Hacía años que no hablaba con ningún otro miembro de su familia, ni tampoco tenía intención de retomar el contacto.

16

Iba a ser un viaje relámpago. Dawson solo pensaba quedarse el tiempo justo para realizar las gestiones necesarias, ni un minuto más. A pesar de que se había criado en Oriental, nunca había tenido la sensación de formar parte de aquella comunidad. El pueblo que Dawson conocía no tenía nada que ver con la atractiva fotografía de propaganda colgada en algunas oficinas de turismo.

Casi todos los visitantes del pueblo se llevaban la misma impresión: Oriental era una localidad un tanto peculiar, popular entre artistas y poetas, y también entre ancianos retirados cuyo único deseo era pasar sus últimos días navegando en el río Neuse.

Oriental cumplía todos los requisitos de pueblo pintoresco, con sus tiendas de antigüedades, sus galerías de arte y sus cafés; además, tenía más ferias semanales que las que parecía posible en un pueblo con menos de mil habitantes. Pero el verdadero Oriental, el que Dawson había conocido de niño y de adolescente, lo conformaba una serie de familias cuyos antepasados habían residido en la zona desde tiempos coloniales. Personajes como el juez McCall y el *sheriff* Harris, Eugenia Wilcox y las familias Collier y Bennett. Ellos eran los dueños y señores de aquellas tierras, los que se encargaban de las plantaciones y de todas las transacciones; gente poderosa, una corriente subterránea, invisible pero viva, en un pueblo que siempre había sido suyo. Y seguían gobernándolo a su antojo.

Dawson lo experimentó de primera mano a los dieciocho años, y luego otra vez a los veintitrés, cuando decidió marcharse para no volver nunca más.

No resultaba nada fácil residir en el condado de Pamlico cuando uno se apellidaba Cole, y menos en Oriental. Por lo que sabía, el antepasado más remoto en el árbol genealógico de los Cole era su bisabuelo, que había estado en la cárcel. Varios miembros de la familia habían sido condenados por un sinfín de fechorías: asalto y agresión, incendio intencionado, intento de asesinato e incluso asesinato consumado. La propiedad familiar ubicada en una zona boscosa y rocosa era como un estado independiente con sus propias leyes.

La propiedad de los Cole estaba salpicada por un puñado de volquetes destartalados, remolques y graneros llenos de chata-

17

rra. Ni siquiera el *sheriff* se aventuraba a pisar aquel reducto, a menos que no le quedara otro remedio. Los cazadores preferían dar un largo rodeo en vez de atravesar aquellas tierras, ya que estaban seguros de que el cartel de PROHIBIDO ENTRAR: SE DISPARARÁ A LOS INTRUSOS no era simplemente un aviso, sino una promesa.

Los Cole eran destiladores clandestinos, traficantes de drogas, alcohólicos, ladrones y proxenetas; maltrataban a sus mujeres y se comportaban como verdaderos tiranos con sus hijos, y, por encima de todo, eran patológicamente violentos.

Según un artículo publicado en una revista, se los consideraba el clan más cruel y sanguinario al este de Raleigh. El padre de Dawson no había sido una excepción; desde los veinte años hasta entrados los treinta, se había pasado la mayor parte de sus días entre rejas por diversos delitos que incluían apuñalar a un tipo con un picahielos después de que el hombre le cortara el paso con el coche en una carretera. Lo habían juzgado por asesinato dos veces, y en ambos casos había salido absuelto después de que todos los testigos desaparecieran como por arte de magia; incluso el resto de la familia sabía que era mejor no buscarle las cosquillas.

Dawson no podía entender cómo era posible que su madre hubiera decidido casarse con él. No la culpaba por haberse marchado, ni tampoco por no habérselo llevado con ella. Los patriarcas en el clan de los Cole mostraban una genuina obsesión posesiva por sus hijos, y a Dawson no le cabía la menor duda de que su padre habría perseguido a su madre hasta los confines del mundo en busca de su hijo y que lo habría llevado de vuelta a Oriental sin mostrar ni un ápice de compasión. Él mismo se lo había dicho a Dawson en más de una ocasión, y este nunca se atrevió a preguntarle qué habría hecho si su madre se hubiera resistido. Ya sabía la respuesta.

Se preguntaba cuántos miembros de su familia todavía vivirían en aquellas tierras. Cuando se marchó, aparte de su padre, quedaba un abuelo, cuatro tíos, tres tías y dieciséis primos. Después de tantos años, con los primos ya adultos y con su propia descendencia, la prole debía de ser más numerosa, pero Dawson no sentía ni el más mínimo deseo de averiguarlo. Podía ser el mundo en el que se había criado, pero, al igual que le pasaba con Oriental, nunca se había sentido parte de aquel clan.

Quizá su madre, quienquiera que fuera, tenía algo que ver con su forma de ser, pero él no era como ellos. A diferencia de sus primos, Dawson nunca se había metido en ninguna pelea en la escuela y, además, sacaba unas notas decentes. Siempre se había mantenido alejado de las drogas y del alcohol, y de adolescente evitaba a sus primos cada vez que estos bajaban al pueblo en busca de bronca con excusas tales como que tenían que echar un vistazo a la destilería o que tenían que ayudar a desguazar un coche que había robado algún miembro de la familia. Mantenía la cabeza baja y, siempre que podía, intentaba conservar una actitud discreta.

Era un acto de prudencia. Los Cole podían ser una banda de maleantes, pero eso no significaba que fueran tontos. Por puro instinto, Dawson sabía que tenía que ocultar sus diferencias de la mejor manera posible. Probablemente, era el único niño en toda la escuela que se esmeraba en los estudios para suspender un examen adrede, y aprendió a manipular las notas de tal modo que parecieran peores de lo que de verdad eran. Aprendió a vaciar furtivamente una lata de cerveza en el momento en que le daban la espalda, perforándola con un cuchillo y, cuando se excusaba para evitar ir con sus primos, se quedaba trabajando hasta medianoche.

Sus artimañas fueron efectivas al principio, pero al final se le vio el plumero. Uno de sus maestros mencionó a un amigote borracho de su padre que Dawson era el mejor alumno de la clase; sus tías y sus tíos empezaron a darse cuenta de que, a diferencia de sus primos, aquel chico nunca infringía la ley. En una familia que premiaba la lealtad y la confraternidad por encima de todo, él era diferente. No podía haber peor pecado.

Su padre montó en cólera. A pesar de que Dawson había recibido palizas desde pequeño —su padre sentía debilidad por los cinturones y por las correas—, cuando cumplió doce años, las palizas se convirtieron en una cuestión personal.

Lo azotaba hasta dejarle la espalda y el pecho amoratados y, al cabo de una hora, volvía a azotarlo, esta vez centrándose en la cara y en las piernas del muchacho. Los maestros sabían lo que sucedía, pero fingían no darse cuenta, por temor a represalias con su familia. El *sheriff* fingía no ver los moratones ni verdugones cuando Dawson volvía a casa después de la escuela. El resto de la familia no parecía tener ningún problema con la situación. Abee y Crazy Ted, sus primos mayores, le propinaban unas palizas tan espantosas como las que le daba su padre: Abee porque pensaba que Dawson se lo merecía, y Crazy Ted, simplemente por diversión.

Alto, robusto y con los puños del tamaño de unos guantes de boxeo, Abee era extremamente violento y perdía la paciencia con facilidad, aunque era más inteligente de lo que aparentaba. Crazy Ted, en cambio, era malvado por naturaleza. Cuando tenía cuatro años, le clavó a otro niño un lápiz durante una pelea por un pastelito relleno de mantequilla y, antes de que lo expulsaran del colegio a los once años, envió a un compañero de clase al hospital. Incluso circulaban rumores de que a los diecisiete años había matado a un yonqui. Dawson llegó a la conclusión de que era mejor no contraatacar. En vez de eso, aprendió a protegerse mientras soportaba la tunda de palos, hasta que sus primos se cansaban o se aburrían de golpearlo, o las dos cosas a la vez.

De todas formas, se desmarcó de la familia. Jamás tendría trato con ellos. Con el tiempo aprendió que cuanto más chillaba, más lo golpeaba su padre, así que permanecía callado. Su padre, además de ser un tipo extremamente violento, era un matón, y Dawson sabía de forma instintiva que los matones solo luchaban en las batallas que sabían que podían ganar. Sabía que llegaría un día en que sería lo bastante fuerte como para desafiarlo, un día en que ya no le tendría miedo. Mientras recibía la lluvia de golpes, intentaba imaginar el coraje que había mostrado su madre al cortar todo vínculo con la familia.

Dawson se esmeró por agilizar el proceso de independencia del clan. Ató un saco relleno de trapos a un árbol y todos los días se ejercitaba durante horas, atizándole puñetazos; también hacía largas series de flexiones y abdominales, y levantaba pedruscos y piezas de motor tan a menudo como podía. Antes de cumplir los trece años, ya había ganado cuatro kilos de masa muscular, y aumentó otros ocho kilos cuando cumplió los catorce. También estaba creciendo. A los quince años, era casi tan alto como su padre.

Una noche, un mes después de haber cumplido los dieciséis, su padre se le acercó con un cinturón en la mano, después de haber bebido más de la cuenta. Dawson se resistió, le arrebató el cinturón y lo amenazó; le dijo que, como se atreviera a tocarlo otra vez, lo mataría.

Aquella noche, sin saber adónde ir, se refugió en el taller de coches de Tuck. Cuando este lo encontró a la mañana siguiente, Dawson le pidió trabajo. No había ninguna razón para que Tuck se sintiera obligado a ayudarlo. No solo era un extraño, sino que, además, pertenecía a la familia Cole. El hombre se secó las manos en el enorme pañuelo que siempre llevaba en el bolsillo trasero al tiempo que escrutaba al muchacho como si intentara averiguar sus intenciones, luego sacó un paquete de cigarrillos. En esa época, Tuck tenía sesenta y un años, y hacía dos que se había quedado viudo. Cuando habló, Dawson pudo oler el tufo a alcohol en su aliento. Su voz era ronca, debido a los cigarrillos Camel sin filtro que fumaba desde la infancia. Su forma de hablar, como la de Dawson, era propia de una persona poco leída.

—Supongo que sabes desguazar coches, pero ¿sabes volver a montarlos?

—Sí, señor —contestó Dawson.

—¿Tienes que ir a la escuela, hoy?

—Sí, señor.

—Entonces, cuando acabes las clases, pásate por aquí y veremos qué sabes hacer.

Dawson no faltó a la cita después de clase. Se esforzó por hacerlo lo mejor que pudo. Estuvo lloviendo casi toda la tarde. Cuando Dawson volvió a colarse sigilosamente en el taller por la noche para refugiarse de la tormenta, Tuck lo estaba esperando.

El hombre no dijo nada. Pegó una fuerte calada a su Camel sin filtro, escrutó a Dawson sin hablar y luego se retiró a su casa. Dawson no volvió a pasar ni una noche más en las tierras de su familia. Tuck no le exigía ningún alquiler por dormir en el taller, y Dawson se compraba su propia comida. Con el paso de los meses, empezó a pensar en el futuro por primera vez en

21

su vida. Ahorró todo lo que pudo; su único gasto fue el *fast-back* que compró en un desguace más las enormes jarras de té frío que tomaba para cenar. Por las noches, después de trabajar, se dedicaba a restaurar su coche mientras bebía té y fantaseaba con la idea de ir a la universidad, algo que ningún Cole había hecho antes. Consideró la posibilidad de alistarse en el Ejército o alquilar una casa. Sin embargo, antes de que pudiera tomar una decisión, un día su padre se personó en el taller inesperadamente, acompañado de Crazy Ted y de Abee. Sus primos portaban sendos bates de béisbol. Dawson divisó el borde de una navaja en el bolsillo de Ted.

—Dame todo el dinero que has ganado —le exigió su padre sin más preámbulos.

—No —contestó Dawson.

—Ya esperaba esa respuesta, por eso he venido con Ted y Abee. De un modo u otro, obtendré lo que quiero: o me das lo que me debes por haberte largado de casa, o tus primos te lo quitarán a la fuerza; tú decides.

Dawson no dijo nada. Su padre se hurgó los dientes con un palillo.

—Mira, lo único que he de hacer para acabar con tu insignificante vida es montar un numerito en el pueblo. Quizás un atraco o un incendio. ¿Quién sabe? Después, dejaremos algunas pistas, haremos una llamada anónima al *sheriff* y esperaremos a que la ley actúe. Sabemos que pasas todas las noches solo en este taller, así que no tendrás coartada, y te aseguro que me importa un pito si te pasas el resto de tus días encerrado en la cárcel, pudriéndote entre rejas y hormigón. Así pues, ¿qué tal si nos dejamos de tonterías y me das el dinero por las buenas?

Dawson sabía que su padre no se estaba marcando un farol. Con el rostro inexpresivo, sacó el dinero de su billetera. Después de que su padre contara los billetes, escupió el palillo al suelo y sonrió.

—Volveré la semana que viene.

Dawson sobrevivió. Todas las semanas se guardaba disimuladamente un poco del dinero que ganaba para poder seguir restaurando el *fastback* y comprar té frío, pero la mayor parte de su paga semanal se la entregaba a su padre. A pesar de que sospechaba que Tuck sabía lo que pasaba, este nunca dijo nada al respecto, y no porque tuviera miedo de los Cole, sino porque no era un tema de su incumbencia. En lugar de eso, empezó a cocinar unas cantidades de comida desmesuradamente grandes para él solo. Entraba en el taller con un plato y le decía:

—Me ha sobrado un poco, ¿quieres?

Después solía irse a su casa sin decir nada más. Aquella era la relación que mantenían. Dawson la respetaba. Respetaba a Tuck. A su manera, se había convertido en la persona más importante en su vida. No podía imaginar nada que pudiera alterar ese sentimiento.

Hasta que apareció Amanda Collier.

A pesar de que hacía años que la conocía —en el condado de Pamlico solo había un instituto, y él había ido al colegio con ella prácticamente toda su vida—, la primera vez que intercambiaron unas palabras fue en la primavera de su penúltimo año en el instituto. Siempre había pensado que era preciosa, pero no era el único que lo creía. Ella era tremendamente popular, la clase de chica que se sentaba rodeada de amigas a una mesa de la cafetería mientras los chicos intentaban llamar su atención. No solo era la delegada de la clase, sino que también era una de las animadoras del equipo del instituto. Si además se añadía que era rica y que la sentía tan inaccesible para él como una actriz de la tele, era comprensible que nunca hubiera hablado con ella hasta que cierto día les tocó formar pareja en el laboratorio de química.

Mientras realizaban prácticas con los tubos de ensayo y estudiaban juntos para los exámenes de aquel semestre, Dawson se dio cuenta de que Amanda no era como la había imaginado. En primer lugar, le sorprendió que no pareciera importarle ser una Collier y que él fuera un Cole. Tenía una risa franca y sana, y cuando sonreía ponía carita de niña traviesa, como si supiera algo que nadie más sabía. Su cabello era de un esplendoroso color rubio miel, y sus ojos, como un cálido cielo estival. A veces, mientras garabateaban alguna ecuación en los cuadernos, ella le tocaba suavemente el brazo para preguntarle algo, y a él se le quedaba impregnado aquel tacto en la piel durante horas. A menudo, por las tardes, en el taller, no podía dejar de pensar en ella. Hasta entrada la primavera, no consiguió aunar el coraje necesario para invitarla a un helado. A medida que se acercaba el final de curso, empezaron a pasar más y más tiempo juntos.

Era 1984. Dawson tenía diecisiete años. Cuando el verano tocó a su fin, supo que estaba enamorado. Más tarde, cuando el aire se tornó más frío y las hojas otoñales empezaron a amontonarse en el suelo formando gruesas serpentinas ocres y amarillas, estaba seguro de que quería pasar el resto de su vida con ella, por más descabellada que pareciera la idea. Al año siguiente, continuaron estudiando en la misma clase. Cada vez estaban más compenetrados. Intentaban pasar juntos el máximo tiempo posible. Con Amanda le resultaba fácil ser él mismo; con ella se sentía satisfecho por primera vez en su vida. Incluso después de tantos años, a veces solo podía pensar en aquel último año que habían pasado juntos.

O, para ser más precisos, solo podía pensar en Amanda.

En el avión, Dawson se acomodó. Le había tocado un asiento junto a la ventanilla, en el centro, al lado de una pelirroja de unos treinta años, alta y con las piernas largas. No era exactamente su tipo, aunque pensó que era atractiva. Ella se inclinó hacia él cuando se abrochó el cinturón y le sonrió como para pedir disculpas.

Dawson asintió con la cabeza, pero, al ver que ella se disponía a entablar conversación, desvió la vista hacia la ventanilla. Se quedó ensimismado contemplando la furgoneta de las maletas que se alejaba del avión, dejándose arrastrar —como de costumbre— por los distantes recuerdos de Amanda.

Se acordaba de los días que habían ido a nadar al río Neuse durante aquel primer verano, sus cuerpos húmedos, rozándose constantemente, y todavía podía verla encaramada en el banco de trabajo del taller de Tuck, con las rodillas encogidas entre sus brazos, mientras él se dedicaba a restaurar su coche y pensaba que lo único que deseaba en el mundo era poder seguir viéndola sentada de ese modo toda la vida. En agosto, cuando el coche estuvo listo por fin, la llevó a la playa. Se tumbaron en las toallas, con los dedos entrelazados, y departieron plácidamente sobre sus libros favoritos, sus películas preferidas, sus secretos y sus sueños para el futuro.

A veces también discutían. En tales ocasiones, Dawson entreveía una muestra de la fiera naturaleza de Amanda. No es que estuvieran siempre en desacuerdo, aunque tampoco era algo infrecuente. De todas formas, por más que se enfadaran con facilidad, casi siempre zanjaban la disputa con la misma rapidez.

Algunas veces se picaban por nimiedades, pues Amanda era muy testaruda. Discutían de forma acalorada durante un buen rato, sin llegar a ningún acuerdo. Incluso en las ocasiones en que Amanda lo sacaba de sus casillas, Dawson no podía evitar admirar su honestidad, una honestidad que radicaba en el hecho de que ella lo quería más y se preocupaba más por él que ninguna otra persona en su vida.

Aparte de Tuck, nadie comprendía lo que ella veía en él. A pesar de que al principio intentaron ocultar su relación, Oriental era un pueblo pequeño, e irremediablemente empezaron a circular rumores. Ella se fue quedando sin amigas, y sus padres no tardaron en averiguar lo que sucedía. Él era un Cole y ella una Collier, y eso era motivo suficiente de preocupación.

Al principio, sus padres se aferraron a la esperanza de que Amanda estuviera atravesando una fase rebelde e intentaron no prestarle excesiva atención. Sin embargo, cuando vieron que ella seguía adelante con aquella relación, empezaron a adoptar posturas más severas: le quitaron el carné de conducir y le prohibieron hablar por teléfono. Pasó el otoño confinada en casa, como un pájaro en una jaula, y le prohibieron salir los fines de semana. A Dawson no le permitían ir a verla, y la única vez que el padre de Amanda habló con él lo llamó «pobre mamarracho». La madre suplicó a su hija que acabara de una vez con aquella relación. En diciembre, su padre dejó de dirigirle la palabra.

La hostilidad que rodeaba a la joven pareja solo consiguió unirlos aún más. Si Dawson le cogía la mano en público, Amanda la estrechaba con fuerza, como si retara a cualquiera que osara exhortarlos a que se soltaran. Pero el chico no era ningún ingenuo; por más enamorado que estaba, era consciente de que aquella relación tenía los días contados. Todos parecían conspirar contra ellos. Su padre tampoco tardó en descubrir lo de Amanda y, cada vez que pasaba por el taller

25

para recoger el sueldo de Dawson, lo interrogaba con curiosidad. Aunque no había nada amenazador en su tono, a él le acometían unas violentas náuseas simplemente por el hecho de oírle pronunciar el nombre de ella.

En enero, Amanda cumplió dieciocho años. A pesar de que sus padres estaban realmente furiosos con su relación sentimental, no fueron capaces de echarla de casa. Por entonces, a ella ya no le importaba su opinión —o por lo menos, eso era lo que siempre le decía a Dawson—. A veces, tras otra de las constantes disputas con sus padres, se escapaba por la ventana de su cuarto en mitad de la noche e iba al taller. A menudo, él estaba esperándola, pero a veces ella lo despertaba cuando se tumbaba a su lado en el colchón que Dawson desplegaba todas las noches en el despacho del taller. Entonces salían a dar una vuelta cerca del río, se sentaban en una de las ramas bajas de un roble centenario y él la rodeaba con ternura con un brazo por los hombros. Bajo la luz de la luna, mientras los peces saltaban, Amanda le contaba la discusión que había tenido con sus padres, a veces con un hilo de voz, y siempre procurando no herir los sentimientos de Dawson. Él le estaba agradecido por la deferencia, aunque sabía perfectamente lo que los padres de Amanda opinaban de él. Una noche, al ver las lágrimas que se escapaban por debajo de las pestañas de la chica después de otra fuerte discusión, le sugirió que quizá sería más conveniente para ella que dejaran de verse.

—¿Es lo que quieres? —susurró Amanda, con la voz quebrada.

Él la estrechó con fuerza contra su pecho, al tiempo que le susurraba:

—Solo quiero que seas feliz.

La chica apoyó la cabeza en su hombro. Mientras seguía abrazándola, Dawson pensó que nunca había detestado tanto ser un Cole.

—Contigo soy feliz —murmuró ella.

Más tarde, aquella noche, hicieron el amor por primera vez. Y durante las siguientes dos décadas, Dawson siguió guardando celosamente aquellas palabras y los recuerdos de aquella noche en su corazón, consciente de que ella había hablado por los dos.

26

Y

Después de aterrizar en Charlotte, Dawson se echó la bolsa de lona y el traje sobre el hombro y cruzó la terminal, sin apenas fijarse en el trajín a su alrededor, absorto en los recuerdos de aquel último verano con Amanda.

En primavera, ella recibió una carta de la Universidad de Duke en la que le confirmaban que había sido aceptada. Por fin podría ver cumplido uno de sus sueños desde que era niña. El espectro de su partida, junto con el aislamiento de su familia y de sus amigos, solo intensificó el deseo de la joven pareja de pasar tanto tiempo juntos como fuera posible.

Se pasaban horas en la playa y daban largos paseos en coche, con la radio a todo volumen, o simplemente mataban el rato en el taller de Tuck. Tenían la certeza de que casi nada cambiaría cuando ella se marchara; o bien Dawson iría a Durham en coche, o bien ella iría a verlo a Oriental. A Amanda no le quedaba ninguna duda de que encontrarían el modo de que aquella relación siguiera adelante.

Sus padres, en cambio, tenían otros planes. Un sábado por la mañana, en pleno mes de agosto, cuando faltaba menos de una semana para que Amanda se marchara a Durham, la acorralaron antes de que pudiera escabullirse de casa. Su madre se encargó de dar el sermón, aunque Amanda sabía que su padre estaba totalmente de acuerdo.

—Esto ha ido demasiado lejos, jovencita —empezó su madre y, con una voz sorprendentemente calmada, le dijo que, si seguía saliendo con Dawson, a partir de septiembre tendría que buscarse otro lugar para vivir y hacerse cargo de sus gastos, y que, además, tampoco le costearían los estudios—. ¿Por qué malgastar dinero en la universidad si estás echando a perder tu vida?

Cuando Amanda empezó a protestar, su madre la atajó con vehemencia:

—Te arrastrará a la miseria, pero entendemos que, por el momento, eres demasiado joven para comprenderlo. Así que, si quieres gozar de plena libertad para comportarte como una adulta, tendrás que asumir tus responsabilidades. Quédate con Dawson y destroza tu vida, si quieres; no te detendremos, pero tampoco te ayudaremos.

Amanda se marchó corriendo de casa, en busca de Dawson. Cuando llegó al taller, lloraba desconsoladamente, incapaz de articular sus pensamientos. Él la abrazó. Poco a poco fue contándole fragmentos de la discusión hasta que logró controlar el llanto.

—Nos iremos a vivir juntos —dijo Amanda, con las mejillas todavía húmedas.

—¿Dónde? —le preguntó él—. ¿Aquí? ¿En el taller?

—No lo sé. Ya encontraremos una solución.

Dawson se quedó callado y fijó la vista en el suelo.

—Tienes que ir a la universidad —le dijo.

—¡No me importa la universidad! —protestó Amanda—. ¡Lo único que me importa eres tú!

Él dejó caer los brazos pesadamente a ambos lados del cuerpo.

—Tú también eres lo que más me importa en este mundo, por eso no puedo privarte de lo que te corresponde —alegó Dawson.

Amanda sacudió la cabeza, perpleja.

—Tú no me estás privando de nada; son mis padres, que me tratan como si todavía fuera una niña.

—Es por mí. Los dos lo sabemos. —Dawson dio una patada al suelo—. Si amas a alguien, has de ser capaz de sacrificarte por ese alguien y dejar que se marche, ¿no?

Por primera vez, los ojos de Amanda centellearon peligrosamente.

—¿Y qué pasa si uno no quiere marcharse? ¿Acaso significa que están predestinados a estar juntos? ¿Es eso lo que crees, que simplemente se trata de un cliché? —Lo agarró por el brazo, clavándole los dedos con excesiva fuerza—. ¡Tú y yo no somos una pareja cliché! ¡Hallaremos la forma de que lo nuestro funcione! Conseguiré un trabajo como camarera... o de lo que sea, y alquilaremos una casa.

Dawson mantuvo el tono sosegado, en un intento de no desmoronarse.

—¿Cómo? ¿Crees que mi padre dejará de extorsionarme?

—¡Podríamos ir a vivir a otro lugar!

—¿Adónde? ¿Con qué? Yo no tengo nada. ¿No lo entiendes? —Dejó las palabras suspendidas en el aire. Ella no contestó, así que continuó—: Solo intento ser realista. Estamos hablando de tu vida… y… ya no puedo seguir formando parte de ella.

—¿Qué…, qué estás diciendo?

—Estoy diciendo que tus padres tienen razón.

—No hablas en serio, ¿verdad?

En su voz, Dawson detectó algo parecido al miedo. A pesar de que se moría de ganas de abrazarla, dio deliberadamente un paso hacia atrás.

—Vete a casa —le ordenó.

Ella avanzó hacia él.

—Dawson…

—¡No! —exclamó, al tiempo que retrocedía otro paso—. ¿Acaso no me estás escuchando? ¡Se acabó! ¿Lo entiendes? ¡Lo hemos intentado, pero no ha funcionado! ¡La vida sigue!

La cara de Amanda adoptó un tono céreo, con una expresión casi fúnebre.

—Así que… ¿se acabó?

En vez de contestar, Dawson tuvo que hacer un enorme esfuerzo para darse la vuelta y enfilar hacia el taller. Sabía que, si no se resistía y la miraba de nuevo, cambiaría de parecer, y no podía hacerle esa trastada a Amanda. No, no podía hacerlo. Metió la cabeza dentro del capó abierto del *fastback* para que ella no viera sus lágrimas.

Cuando Amanda se marchó, Dawson se sentó sin apenas fuerzas sobre el polvoriento suelo de hormigón al lado de su coche. Se quedó allí durante horas, hasta que apareció Tuck y se sentó a su lado. Los dos permanecieron en silencio un buen rato.

—Has terminado con ella —comentó Tuck, al cabo de un rato.

—Lo nuestro no tenía futuro. —Dawson apenas podía hablar.

—Sí, eso había oído.

El sol se alzaba muy alto por encima de sus cabezas, envolviéndolo todo fuera del taller con una sorda quietud que parecía casi sepulcral.

—¿He actuado correctamente?

Tuck hundió la mano en el bolsillo en busca del paquete de cigarrillos, como si quisiera ganar tiempo antes de contestar. Propinó unos golpecitos en el paquete y sacó un Camel.

—No lo sé. Entre vosotros dos hay algo especial, no puedo negarlo. Y esa magia hará que no te resulte fácil olvidarla.

Acto seguido, Tuck le propinó unas palmaditas en la espalda y se puso de pie. Era más de lo que nunca le había dicho acerca de Amanda. Mientras se alejaba, Dawson entrecerró los ojos contra la intensa luz del sol y las lágrimas empezaron a rodar de nuevo. Sabía que aquella chica siempre constituiría lo mejor de él, una parte que siempre aspiraría a entender y a conocer mejor.

Lo que no sabía era que ya no volvería a hablar con ella ni a verla nunca más. A la semana siguiente, Amanda se mudó a la residencia de estudiantes de la Universidad de Duke. Luego, un mes más tarde, él fue arrestado.

Dawson pasó los siguientes cuatro años entre rejas.

2

En los confines de Oriental, Amanda se apeó del coche y examinó la cabaña que Tuck denominaba su hogar. Llevaba tres horas conduciendo y se sintió aliviada al poder estirar un poco las piernas. Todavía notaba la tensión en el cuello y en los hombros, un constante recordatorio de su pelea con Frank aquella mañana. Él no entendía su obstinación por querer asistir al funeral y, analizándolo con frialdad, seguramente no le faltaba la razón. En los casi veinte años que llevaban casados, Amanda nunca había mencionado a Tuck Hostetler; si hubiera sido al revés, si Frank hubiera estado en su lugar, probablemente ella también se habría sentido molesta.

Sin embargo, sabía que la discusión no era por Tuck ni por ningún otro de sus secretos, ni siquiera porque ella fuera a pasar otro fin de semana lejos de su familia. En el fondo, los dos sabían que se debía al problema que llevaban diez años arrastrando. La pelea había surgido como siempre, sin estallar de una forma escandalosa ni violenta —gracias a Dios, Frank era un tipo diplomático—. Al final, él había murmurado una seca disculpa antes de marcharse a trabajar. Como de costumbre, ella se había pasado el resto de la mañana y de la tarde intentando olvidar lo sucedido. Después de todo, no había nada que pudiera hacer para remediarlo. Además, con el paso del tiempo, había aprendido a insensibilizarse respecto a la rabia y la ansiedad que habían acabado por definir su relación.

Durante el trayecto hasta Oriental, tanto Jared como Lynn, sus dos hijos mayores, la habían llamado por teléfono. Amanda agradeció la distracción. Estaban en medio de las vacaciones de verano. Durante las últimas semanas, la casa se había llenado del típico bullicio de los adolescentes. Jared y Lynn ya habían hecho planes para pasar el fin de semana con unos amigos, él con una chica que se llamaba Melody, y ella navegando con una compañera del instituto por el lago Norman, donde la familia de su amiga tenía una casa. Annete —su «maravilloso accidente», como Frank la llamaba— estaba de campamento durante dos semanas. Probablemente también la habría llamado si en el campamento no fueran tan estrictos con la prohibición de los móviles, lo cual era de agradecer, porque, si no, seguro que su pequeña parlanchina la habría estado llamando mañana, tarde y noche. Así que el funeral de Tuck no trastocaba sus planes.

Al pensar en sus hijos, Amanda sonrió con afecto. Aparte del trabajo de voluntaria en el Centro de Oncología Pediátrica de la Clínica Universitaria de Duke, las dos últimas décadas de su vida habían transcurrido rodeada de niños. Se había dedicado a ejercer de madre desde el nacimiento de Jared y, aunque se sentía cómoda y le gustaba desempeñar aquel papel, desde el principio se había sentido un poco frustrada por las limitaciones. Le gustaba pensar que era más que una madre y una esposa. Había estudiado en la universidad para ser maestra, e incluso había considerado la posibilidad de realizar un doctorado, con la intención de acabar dando clases en una de las universidades cercanas a su domicilio. Después de graduarse, aceptó un trabajo como maestra de primaria. Entonces… la vida intervino. A sus cuarenta y dos años, a veces bromeaba acerca de sus ganas de emanciparse para tener claro lo que quería hacer de mayor.

Algunos lo denominaban la crisis de los cuarenta, pero Amanda no estaba segura de si se trataba de eso. No sentía la necesidad de comprarse un coche deportivo, de hacerse la cirugía estética o de escapar a una isla paradisíaca. Tampoco se trataba de aburrimiento, ya que sus hijos y la clínica la mantenían ocupada. Más bien era la sensación de haber perdido la pista a la persona que había deseado ser. Por otro lado, además, no estaba segura de si tendría la oportunidad de encontrar a esa persona de nuevo.

Durante mucho tiempo, se había considerado afortunada, y

32

Frank había jugado un papel fundamental en aquel logro. Se conocieron en una fiesta universitaria, durante el segundo año de Amanda en la universidad. A pesar del caos reinante en aquella fiesta, consiguieron encontrar un rincón tranquilo donde se pasaron todo el rato charlando hasta que despuntaron las primeras luces del alba. Él era dos años mayor que ella, serio e inteligente, y ya en aquella primera noche, Amanda supo que tendría éxito en todo lo que hiciera. Cumplía, pues, los requisitos mínimos para iniciar una relación sentimental. En agosto, él se marchó a estudiar a la Facultad de Odontología, en Chapel Hill, pero continuaron saliendo juntos dos años más. El compromiso formal era el siguiente paso esperado. En julio de 1989, apenas unas semanas después de que Amanda se graduara, se casaron.

Tras la luna de miel en las Bahamas, ella empezó a trabajar de maestra en una escuela de primaria, pero cuando al siguiente verano nació Jared, tomó la baja maternal. Lynn nació dieciocho meses más tarde, y la baja maternal se prolongó de forma permanente. Por entonces, Frank había conseguido un préstamo para abrir su propia clínica dental y comprar una pequeña casa en Durham.

Aquellos primeros años, tuvieron que apretarse el cinturón. Frank quería labrarse un futuro por sí solo y no aceptó ninguna ayuda económica de sus padres ni de su familia política. Después de pagar todas las deudas mensuales, apenas les quedaba dinero para alquilar una película de vídeo para el fin de semana; dormían con un montón de mantas, para ahorrar en calefacción; casi nunca salían a cenar y, cuando se les averió el coche, Amanda permaneció enclaustrada en casa durante un mes, hasta que tuvieron dinero para arreglarlo. Por más estresantes y agotadores que parecieran, habían sido los años más felices de su matrimonio.

La clínica dental de Frank prosperaba despacio y, en muchos aspectos, sus vidas se asentaron en una pauta predecible. Frank trabajaba y ella se ocupaba de la casa y de los niños. Justo cuando vendieron su primera casa y se mudaron a otra más amplia en una zona más acomodada de la ciudad, nació Bea, su tercer retoño. Después, la vida se complicó más: la clínica de Frank florecía mientras ella se encargaba de llevar a Jared de casa a la

33

escuela (y de traerlo de vuelta a casa), y de llevar a Lynn a parques y a fiestas infantiles, con Bea instalada en la sillita de auto entre sus dos hermanitos mayores.

Durante aquellos años, Amanda empezó a reconsiderar sus planes de estudiar un posgrado; incluso se interesó por dos programas de máster, con la idea de inscribirse cuando Bea comenzara a ir a la guardería. Pero cuando su hija pequeña murió, sus ambiciones se vinieron abajo. Guardó los libros para el examen de acceso a los estudios de posgrado en un cajón del escritorio y ya no volvió a sacarlos.

El inesperado embarazo que acabó por traer al mundo a Annette cimentó su resolución de no volver a la universidad. Las nuevas circunstancias despertaron un compromiso renovado de centrarse en la reconstrucción de su vida familiar; se volcó en las actividades y rutinas de sus hijos con una obcecada pasión, para mantener la pena y el dolor a raya. Con el paso de los años, los recuerdos de la pequeña Bea fueron diluyéndose. Jared y Lynn recuperaron lentamente el sentido de la normalidad. Amanda daba gracias por ello. La casa se llenó de una fresca alegría gracias al carácter vivaz de la pequeña Annette. De hecho, de vez en cuando, casi se convencía a sí misma de que eran una familia completa y feliz, inmune a cualquier tragedia.

Con todo, le costaba mucho convencerse de que su matrimonio también gozaba de buena salud.

No creía —jamás lo había creído— que el matrimonio se caracterizara por un estado de amor y felicidad permanentes. Si se hacía la prueba de unir a dos personas, se agregaban los inevitables altibajos y se agitaba la mezcla de forma vigorosa, ineludiblemente surgían algunas disputas acaloradas, por más que los dos se amaran. El tiempo, además, contribuía con nuevos retos. El confort y la familiaridad eran maravillosos, pero también empañaban la pasión y el entusiasmo. La previsibilidad y la costumbre provocaban que el factor sorpresa fuera casi inexistente. Ya no quedaban nuevas historias que contar; a menudo, uno era capaz de terminar una frase iniciada por el otro, y tanto ella como Frank habían llegado a un punto en el que una simple mirada estaba cargada de tanto significado como para que no hicieran falta palabras.

Sin embargo, la muerte de Bea los cambió. Amanda se sin-

LO MEJOR DE MÍ

tió más que comprometida con su labor de voluntaria en la clínica; Frank, por otro lado, pasó de beber de forma esporádica a convertirse en un alcohólico.

Ella sabía distinguir la diferencia, pese a que nunca había sido una puritana con el alcohol. En sus años universitarios, había bebido más de la cuenta en más de una fiesta, y todavía le gustaba tomar una copa de vino durante la cena. A veces, incluso se animaba y tomaba una segunda, y con eso casi siempre le bastaba. Pero para Frank, lo que había empezado como una forma de insensibilizar el dolor había acabado por trocarse en un hábito que no podía controlar.

Si miraba hacia atrás, a veces pensaba que debería haberlo previsto. En la universidad, a Frank le gustaba beber con sus amigos mientras veía partidos de baloncesto; en la Facultad de Odontología, a menudo se tomaba dos o tres cervezas después de las clases. Pero en aquellos lúgubres meses en que Bea estuvo enferma, las dos o tres cervezas de todas las noches se convirtieron en seis. Y tras la muerte de la pequeña, pasaron a ser doce. En el segundo aniversario de la muerte de Bea, con Annette de camino, Frank bebía demasiado incluso cuando tenía que trabajar a la mañana siguiente. Últimamente bebía cuatro o cinco noches por semana. De hecho, la noche anterior no había sido una excepción. Había entrado en el cuarto, pasada la medianoche, arrastrando los pies. Amanda nunca lo había visto tan borracho. Había empezado a roncar tan estrepitosamente que al final ella tuvo que irse a dormir al cuarto de los invitados. La afición a la bebida de su marido —y no el entierro de Tuck— había sido el verdadero motivo de su discusión aquella mañana.

Con el paso de los años, Amanda había sido testigo de todo el proceso: desde ver cómo se le trababa la lengua durante la cena o en una comida con amigos, hasta verlo borracho y tirado por el suelo de la habitación que compartían. Sin embargo, todo el mundo lo consideraba un excelente dentista, casi nunca faltaba al trabajo y siempre pagaba las facturas, por lo que él no aceptaba que tuviera un problema. Dado que nunca había adoptado una actitud agresiva ni violenta, no aceptaba que tuviera un problema. Dado que casi siempre bebía solo cerveza, era imposible que tuviera un problema.

Pero sí que había un problema, porque gradualmente Frank se convirtió en la clase de hombre con el que Amanda jamás se habría imaginado casada. Ella había perdido la cuenta de las veces que había llorado, de las veces que había discutido con él, conminándolo a pensar en sus hijos. Le había suplicado que consultaran el caso con un terapeuta matrimonial para que los ayudara a encontrar una salida, o había arremetido contra su egoísmo. Lo había tratado con frialdad durante varios días seguidos, lo había obligado a dormir en el cuarto de los invitados durante semanas y había rezado con todas sus fuerzas para que Dios la escuchara.

Una vez al año, más o menos, Frank se avenía a sus súplicas y dejaba de beber. Pero a las pocas semanas ya volvía a tomar una cerveza durante la cena. Solo una. Aquella primera noche no había ningún problema, y quizás a la siguiente tampoco, cuando también se controlaba y tomaba una sola. Pero eso era como abrir la puerta y los demonios lo poseían hasta que de nuevo perdía el control de la situación. Y entonces Amanda volvía a plantearse las mismas preguntas que se había formulado con anterioridad. ¿Por qué, cuando Frank sentía aquella imperiosa necesidad de beber, no era capaz de atajar el problema de raíz? ¿Y por qué se negaba a aceptar que aquello estaba destrozando su matrimonio?

No lo sabía. Lo único que sabía era que la situación resultaba extenuante. Amanda se sentía como si fuera la única de los dos capaz de asumir cualquier responsabilidad respecto a sus hijos. Jared y Lynn ya tenían edad para conducir, pero ¿y si uno de ellos sufría un accidente mientras Frank estaba borracho? ¿Sería capaz de montarse en el coche, colocar a Annette en la sillita y conducir ebrio hasta el hospital? ¿Y si uno de sus hijos se sentía indispuesto? Ya había pasado una vez, aunque, en aquella ocasión, el afectado no fue ninguno de sus hijos, sino ella.

Unos años antes, Amanda se intoxicó al ingerir marisco en mal estado y se pasó horas vomitando en el cuarto de baño. En aquella época, Jared acababa de sacarse el permiso de conducir y todavía no se sentía cómodo con la idea de conducir de noche, pero Frank se hallaba bajo los efectos de una de sus borracheras. Cuando Amanda estuvo al borde de la deshidratación, Jared no tuvo más remedio que llevarla al hospital a media noche, con Frank en el asiento trasero, repantigado y fingiendo estar más sobrio de lo que en realidad estaba. A pesar de su estado casi delirante, Amanda se fijó en que los ojos de Jared se desviaban constantemente hacia el espejo retrovisor; no podía ocultar la rabia y la decepción que lo embargaba. A veces, pensaba que su hijo perdió una buena parte de su inocencia aquella noche, al ser testigo de la terrible flaqueza de su padre.

El día a día era una constante fuente de ansiedad agotadora. Amanda estaba cansada de preocuparse por lo que sus hijos pudieran pensar al ver a su padre andar a trompicones por la casa, cansada de preocuparse por que Jared y Lynn hubieran perdido el respeto a su padre, cansada de preocuparse por si, en el futuro, a uno de sus hijos le daba por imitar a su padre e intentaba evadirse de la realidad con alcohol, con pastillas o con algo peor, hasta destrozar sus vidas.

Tampoco había encontrado un gran apoyo. Incluso con Al-Anon, la asociación para ayudar a los familiares de alcohólicos, Amanda comprendió que no podría hacer nada por Frank, que, hasta que él no admitiera que tenía un problema y se esforzara por salir de aquel pozo sin fondo, continuaría siendo un alcohólico.

Estaba en una terrible encrucijada: debía decidir si estaba dispuesta a continuar soportando o no aquella enorme tensión; tenía que plantearse un listado de consecuencias, sopesarlas y aceptarlas. En teoría, parecía fácil, pero, en la práctica, la situación la desbordaba.

Si Frank era quien tenía el problema, ¿por qué era ella la que debía asumir toda la responsabilidad? Pero si el alcoholismo era una enfermedad, eso significaba que él necesitaba ayuda, o, como mínimo, contar con la lealtad de su esposa. ¿Cómo, pues, iba ella —su mujer, que había prometido ante Dios serle fiel y estar a su lado en la salud y en la enfermedad— a justificar el final de su matrimonio y la desintegración de su familia, después de las adversidades que habían pasado juntos? La considerarían o bien una madre y una esposa desalmada, o bien una mujer muy pobre de espíritu, cuando en realidad lo único que anhelaba era recuperar al hombre con el que se había casado.

Por eso sus días resultaban tan duros. No quería divorciarse y destruir la familia. Por más que peligrara su matrimonio, todavía creía en los votos conyugales. Amaba al hombre que Frank había sido y al hombre que sabía que volvería a ser, pero, entre tanto, allí de pie, frente a la casa de Tuck Holstetler, se sentía triste y sola, y se preguntó cómo era posible que su vida hubiera llegado a tal punto.

Amanda sabía que su madre la estaría esperando, pero todavía no se sentía preparada para ir a verla. Necesitaba unos minutos más. A medida que las sombras del atardecer empezaban a expandirse a su alrededor, atravesó la explanada cubierta de hierba en dirección al taller repleto de trastos donde Tuck había pasado tantas horas restaurando automóviles clásicos.

En su interior había un Corvette Stingray, probablemente un modelo de los años sesenta, pensó Amanda mientras deslizaba la mano por el capó. No le costaba nada imaginar a Tuck entrando en ese mismo momento en el taller, con la osamenta encorvada, enmarcada por la tamizada luz del sol, ataviado con su mono de trabajo, con su pelo ralo y gris que apenas le cubría el cuero cabelludo, y la cara surcada por unas arrugas tan profundas que parecían cicatrices.

A pesar del intenso interrogatorio al que la había sometido Frank aquella misma mañana acerca de Tuck, Amanda no le había dicho gran cosa; solo lo había descrito como un viejo amigo de la familia. No era verdad, pero ¿qué se suponía que iba a decirle? Incluso ella admitía que su amistad con Tuck no era muy normal. Lo había conocido cuando todavía estudiaba en el instituto, pero no había vuelto a verlo hasta seis años atrás, en una de las ocasionales visitas a su madre. Estaba matando el rato con una taza de café en el bar Irvin cuando oyó a un grupo de ancianos en una mesa cercana hablar de Tuck.

—Ese Tuck Hostetler sigue siendo un genio con los coches, pero os aseguro que está como una chota —había comentado uno de ellos, al tiempo que reía y sacudía la cabeza—. Hablar con su difunta esposa es una cosa, pero jurar que oye cómo ella le responde…

Otro anciano resopló y dijo:

—Siempre ha sido un poco raro, ya lo sabes.

Amanda pensó que lo que oía no encajaba con el Tuck al que ella había conocido. Después de pagar el café, se subió al coche y recorrió la casi ya olvidada carretera sin asfaltar que conducía hasta la casa del anciano.

Pasaron la tarde juntos, sentados en las mecedoras que había en el porche medio derruido. A partir de entonces, cada vez que Amanda iba al pueblo, pasaba a verlo. Al principio, se trataba de una o dos visitas al año —no soportaba ver a su madre con más frecuencia—, pero últimamente había ido a ver a Tuck más a menudo, incluso cuando su madre no estaba en el pueblo. En tales ocasiones, solía cocinar para él. Tuck se estaba haciendo viejo y, a pesar de que a ella le gustaba creer que simplemente lo hacía por compasión y respeto a un anciano, los dos sabían el verdadero motivo que llevaba a Amanda a seguir visitándolo.

Los hombres del bar Irvin no se habían equivocado, en cierto sentido. Tuck había cambiado. Ya no era el personaje silencioso y envuelto de misterio —incluso a veces gruñón— que ella recordaba, pero tampoco estaba loco. Discernía perfectamente entre fantasía y realidad, y sabía que su esposa había fallecido hacía muchos años. Pero Amanda acabó por creer que Tuck tenía la habilidad de convertir algo en realidad solo deseándolo. Por lo menos, para él era real. Cuando un día ella le preguntó por sus «conversaciones» con su difunta esposa, él contestó sin vacilar que Clara todavía estaba allí, que siempre lo estaría. Le confesó que no solo hablaban, sino que a veces incluso la veía.

—¿Me estás diciendo que ves un fantasma? —se interesó Amanda.

—No —respondió él—. Lo único que digo es que ella no quiere que esté solo.

—¿Está aquí, ahora?

Tuck echó la vista hacia atrás, por encima del hombro, y contestó:

—No la veo, aunque puedo oírla trasteando por la casa.

Amanda prestó atención, pero no oyó nada, salvo el crujido de las mecedoras sobre las tablas de madera.

—¿Estaba aquí… cuando te conocí?

Tuck soltó un largo suspiro. Al hablar de nuevo, su voz parecía cansada.

—No, pero la verdad es que en esa época yo tampoco hacía ningún esfuerzo por verla.

Había algo innegablemente conmovedor, casi romántico, en su convicción de que los dos se amaban tanto como para haber encontrado una forma de permanecer juntos, incluso después de que ella hubiera muerto. ¿Quién no lo habría considerado romántico? Todo el mundo quería creer que el amor eterno era posible. Amanda lo había creído una vez, también, a los dieciocho años. Pero sabía que el amor era un asunto complicado, como la vida misma. El amor daba unos virajes repentinos que las personas no podían prever o entender, dejando una larga estela de lamentos a su paso. Y casi siempre, esos lamentos desembocaban en el tipo de preguntas «¿Y si…?» que nunca podían ser contestadas. ¿Y si Bea no hubiera muerto? ¿Y si Frank no se hubiera convertido en un alcohólico? ¿Y si se hubiera casado con su único y verdadero amor? ¿Reconocería a la mujer que en esos momentos le devolvía la mirada en el espejo?

Amanda se apoyó en el coche y se preguntó qué habría opinado Tuck acerca de todo eso. Tuck, que desayunaba huevos y gachas en el bar Irvin todas las mañanas y que echaba cacahuetes tostados en los vasos de Pepsi que tomaba; Tuck, que había vivido en la misma casa durante casi setenta años y que solo había salido de Carolina del Norte una vez, cuando lo llamaron a filas para servir al país en la Segunda Guerra Mundial; Tuck, que escuchaba la radio o el gramófono en lugar de ver la tele, porque eso era lo que siempre había hecho. A diferencia de ella, él parecía aceptar el papel que el mundo le había asignado. Amanda reconocía cierta sabiduría en esa actitud, por más que ella nunca pudiera soñar con alcanzar aquel estado de inquebrantable aceptación.

Por supuesto, Tuck contaba con Clara, y quizás eso tenía mucho que ver con su actitud. Se casaron a los diecisiete años y convivieron cuarenta y dos años. A medida que él le iba hablando de ella, Amanda fue conociendo gradualmente la historia de sus vidas.

Con voz serena, le contó los tres abortos que sufrió Clara,

y cómo el último le provocó serias complicaciones. Según Tuck, cuando el médico informó a Clara de que ya no podría tener hijos, ella se pasó llorando todas las noches de un año entero. Amanda se enteró de que tenía un huerto y que una vez ganó un premio a la calabaza más grande en un concurso estatal; la descolorida cinta azul conmemorativa todavía colgaba en el espejo de la habitación de matrimonio.

Tuck le contó que, después de abrir el taller de coches, construyó una pequeña casa en un terreno a orillas del río Bay, cerca de Vandemere, un pueblo tan pequeño que, comparado con Oriental, este último parecía una gran ciudad, y todos los años pasaban varias semanas allí, porque Clara pensaba que era el lugar más bonito del mundo. Él le describió el modo en que Clara tarareaba la música que sonaba en la radio mientras se dedicaba a limpiar la casa, y le reveló que de vez en cuando la llevaba a bailar al Red Lee's Grill, un sitio que ella misma había frecuentado en sus años de adolescencia.

Amanda llegó a la conclusión de que la pareja había gozado de una vida armoniosa, en la que la satisfacción y el amor se detectaban en los más mínimos detalles; una vida digna y honrosa, que, a pesar de no haber estado carente de penas, había sido tan plena como muy pocas experiencias llegaban a serlo. Sabía que Tuck lo comprendía mejor que nadie.

—Con Clara, no había días malos —le resumió en una ocasión.

Tal vez era la naturaleza íntima de sus relatos, o quizá la creciente sensación de soledad que experimentaba Amanda, pero, con el tiempo, Tuck acabó por convertirse en una especie de confidente para ella, algo que jamás habría esperado.

Con él compartió su dolor y su tristeza por la muerte de Bea, y fue en su porche donde Amanda fue capaz de desatar la rabia que sentía por Frank; le confesó sus temores respecto a sus hijos, e incluso su progresiva convicción de que en algún punto de su vida había dado un traspié que la había desviado de la senda correcta. Compartió con Tuck historias acerca de innumerables padres angustiados y de niños negativos por naturaleza que había conocido en el Centro de Oncología Pediátrica, y él parecía comprender que ella encontrara una especie de redención en su trabajo como voluntaria, aunque nunca se

41

lo hubiera expresado de forma directa. Solía limitarse a cogerle la mano con sus dedos enjutos; con su silencio lograba transmitirle un estado de paz. En los últimos años, se había convertido en su mejor amigo. Llegó a sentir que Tuck Holstetler la conocía —a la verdadera Amanda— mejor que nadie de las personas con las que compartía su vida diaria.

Por desgracia, su amigo y confidente había muerto. De repente sintió un enorme vacío por su ausencia. Se puso a examinar el Stingray, preguntándose si Tuck había sabido que aquel era el último coche que iba a restaurar. Él no le había dicho nada directamente, pero, al echar la vista atrás, Amanda se dijo que quizá sí que lo sospechara. En su última visita, le entregó una llave de la casa y le comentó, al tiempo que le guiñaba un ojo:

—No la pierdas, o tendrás que romper el cristal de una de las ventanas.

Ella se la guardó en el bolsillo, sin dar importancia al comentario, porque aquella noche Tuck dijo otras cosas curiosas. Amanda recordaba que mientras rebuscaba en los armarios de la cocina los ingredientes para preparar la cena, él permaneció sentado junto a la mesa, fumando un cigarrillo.

—¿Qué prefieres, vino blanco o tinto? —le preguntó de repente, sin venir a cuento.

—Depende —contestó ella, con la vista fija en unas latas de conserva—. A veces tomo una copa de vino tinto durante la cena.

—Tengo una botella de tinto —dijo él—. Está en ese armario de ahí.

Ella se volvió para mirarlo a la cara.

—¿Quieres que abra una botella ahora?

—Nunca me he sentido atraído por el vino, así que, si no te importa, yo tomaré mi Pepsi con cacahuetes. —Propinó unos golpecitos al cigarrillo para que la ceniza se desprendiera sobre una desportillada taza de café—. Siempre me han gustado los bistecs frescos. Todos los lunes me los envían de la carnicería. Están en el estante inferior de la nevera. La parrilla está fuera, en el porche de atrás.

Ella dio un paso hacia la nevera.

—¿Quieres que te prepare un bistec?

—No, suelo reservarlos para el fin de semana.

Amanda vaciló, sin saber qué era lo que él quería.

—Así que... supongo que solo me lo cuentas para que lo sepa, ¿no?

Cuando él asintió y no dijo nada más, Amanda lo atribuyó a la edad y a la fatiga. Acabó por preparar unos huevos con panceta frita y luego ordenó un poco la casa mientras Tuck se acomodaba en la butaca cerca de la chimenea con una manta sobre los hombros, atento a la radio. Amanda se fijó en su apariencia marchita, mucho más encogido y pequeño que el hombre que había conocido de joven. Antes de marcharse, le colocó bien la manta, pensando que no tardaría en quedarse dormido. Él respiraba con pesadez, con dificultad. Ella se inclinó y lo besó en la mejilla.

—Te quiero, Tuck —le susurró con ternura.

Él se movió levemente, adormilado. Cuando Amanda le dio la espalda para marcharse, lo oyó suspirar.

—Te echo de menos, Clara —balbuceó.

Aquellas fueron las últimas palabras que oyó pronunciar del anciano. Había un doloroso matiz de soledad en su tono y, de repente, Amanda comprendió por qué Tuck había acogido a Dawson tantos años atrás: se sentía solo.

Después de llamar a Frank para comunicarle que había llegado bien —al otro lado de la línea, a su marido ya se le trababa la lengua—, Amanda se despidió con sequedad y dio gracias a Dios porque aquel fin de semana los niños estuvieran ocupados con sus propios planes.

En el banco de trabajo, halló una ficha con la información del Stingray y se preguntó qué debía hacer. Tras un rápido vistazo, supo que el coche pertenecía a un jugador de baloncesto de los Carolina Hurricanes; tomó nota mentalmente de comentárselo al abogado de Tuck. Dejó la ficha a un lado y, sin proponérselo, empezó a pensar en Dawson. Él, también, formaba parte de su secreto. Cuando le habló de Tuck a Frank, también debería haber mencionado a Dawson, pero no lo hizo. Tuck siempre comprendió que Dawson era el verdadero motivo de que ella fuera a visitarlo, en especial al principio. A Tuck no le importaba, ya que, más que nadie, comprendía el poder de los recuerdos. A veces, cuando los rayos del sol se filtraban a través del porche, bañando la explanada de Tuck con la típica calima de finales de verano, ella casi podía notar la presencia de Dawson a su lado, y entonces se decía que Tuck no estaba loco, en absoluto. Al igual que Clara, el fantasma de Dawson ocupaba cualquier espacio.

A pesar de que sabía que no tenía sentido cuestionarse cómo habría sido su vida si se hubiera quedado con Dawson, en los últimos años había sentido la necesidad de regresar cada vez más a menudo a aquel lugar. Y cuantas más veces iba, más intensos se tornaban los recuerdos; anécdotas y sensaciones largamente olvidadas afloraban a la superficie en un tris, llegadas desde los abismos de su pasado. Allí le resultaba fácil recordar la fuerza que sentía cuando estaba con Dawson, y la forma maravillosa e irrepetible en que la hacía sentirse. Amanda podía recordar con una increíble claridad la certeza de que él era la única persona en el mundo que la comprendía. Pero, por encima de todo, podía recordar cómo lo amaba con toda su alma, así como la genuina pasión con la que Dawson le correspondía.

Con su peculiar modo de ser, tan reservado, Dawson le había hecho creer que todo era posible. A medida que se desplazaba lentamente por el taller atiborrado de trastos, con el olor a gasolina y a aceite suspendido en el aire, Amanda sintió el peso de las incontables noches que había pasado en aquel lugar. Acarició con suavidad el banco de trabajo en el que se había pasado tantas horas sentada, contemplando a Dawson, inclinado sobre el capó abierto del *fastback*, empuñando una llave inglesa con los dedos ennegrecidos de grasa. Incluso en aquellas ocasiones, la cara del chico no mostraba la suave candidez que ella distinguía en otra gente de su edad y, cuando los músculos tan duros como una roca de su brazo se flexionaban al coger otra herramienta, ella veía la complexión madura del hombre en el que Dawson se estaba convirtiendo. Como todo el mundo en Oriental, Amanda sabía que su padre lo había azotado sin piedad. De hecho, cuando Dawson trabajaba sin camisa, podía ver las cicatrices en su espalda, sin duda hechas con la punta de la hebilla del cinturón. No estaba segura de si él se acordaba de sus cicatrices, por lo que, en cierto sentido, aún le dolía más aquella visión.

Era alto y delgado, con un cabello oscuro que le caía por encima de unos ojos aún más oscuros, e incluso entonces ella ya sabía que Dawson se volvería más guapo con el paso de los años. No se asemejaba a ningún otro miembro de la familia Cole. Una vez le preguntó si se parecía a su madre. Estaban sentados en el coche de Dawson mientras las gotas de lluvia se estrellaban contra el parabrisas. Su voz, como la de Tuck, era casi siempre templada, y su comportamiento, tranquilo.

—No lo sé —respondió Dawson, quitando el vaho del parabrisas con el reverso de la mano—. Mi padre quemó todas las fotos.

Hacia el final de aquel primer verano juntos, un día bajaron hasta el pequeño embarcadero del río, al anochecer. Dawson había oído que aquella noche habría lluvia de meteoritos. Después de desplegar una manta sobre las tablas del embarcadero, presenciaron en silencio las diminutas luces que surcaban el cielo a gran velocidad. Amanda sabía que sus padres se enfadarían mucho cuando se enteraran de dónde había estado, pero en ese momento no le importaba nada más que las estrellas fugaces, la calidez del cuerpo de Dawson a su lado y la ternura con que la estrechaba, como si no pudiera imaginar un futuro sin ella.

¿El primer amor era siempre igual para todo el mundo? Amanda lo dudaba; incluso después de que hubieran transcurrido tantos años, le parecía tanto o más real que cualquier otra experiencia que hubiera vivido. A veces la apenaba pensar que nunca más volvería a saborear aquel maravilloso sentimiento, pero era consciente de que la vida tenía una forma implacable de aplastar las pasiones intensas. Muy a su pesar, había aprendido que no siempre bastaba con el amor.

No obstante, mientras observaba la explanada que se abría ante sus ojos, no pudo evitar preguntarse si Dawson habría vuelto a experimentar aquella pasión, si era feliz. Quería creer que lo era, aunque la vida para un expresidiario no resultara fácil. Por lo que le habían contado, pensaba que Dawson debía estar otra vez en la cárcel o enganchado a las drogas, o tal vez habría muerto. No obstante, no lograba conciliar aquellas imá-

45

genes con la persona que había conocido. Por eso nunca le preguntó a Tuck por él, porque temía que le confirmara sus temores. Su silencio únicamente servía para reforzar sus sospechas. Había preferido la incertidumbre, aunque solo fuera porque le permitía recordarlo tal y como había sido de joven.

A veces, sin embargo, se preguntaba qué debía sentir él al recordar aquel año que habían pasado juntos, o si alguna vez se alegraba de lo que habían compartido, o incluso si pensaba en ella de vez en cuando.

3

El avión de Dawson aterrizó en New Bern unas horas después de que el sol hubiera iniciado su lento descenso hacia la línea del horizonte. En su vehículo alquilado, cruzó el río Neuse en Bridgeton y tomó la autopista 55. A ambos lados de la carretera vio ranchos desperdigados, que se iban alternando con algún que otro granero de tabaco medio en ruinas.

El paisaje llano resplandecía bajo los rayos del sol de la tarde, y le pareció que nada había cambiado desde su marcha, tantos años atrás; a decir verdad, posiblemente nada había cambiado en el último siglo. Atravesó Grantsboro y Alliance, Bayboro y Stonewall, pueblos que eran incluso más pequeños que Oriental. Pensó que el condado de Pamlico era como un lugar perdido en el tiempo, nada más que una página olvidada de un libro abandonado.

También había sido su hogar y, a pesar de que muchos de los recuerdos que guardaba eran dolorosos, fue allí donde trabó amistad con Tuck y donde conoció a Amanda. Uno a uno, empezó a reconocer los espacios que habían dado forma a su infancia y, en el silencio del coche, se preguntó en quién se habría convertido si Tuck y Amanda no se hubieran cruzado en su vida. Pero, sobre todo, se preguntó cómo habría sido su vida si el doctor David Bonner no hubiera salido a correr la noche del 18 de septiembre de 1985.

El doctor Bonner se había mudado a Oriental en diciembre del año anterior con su esposa y sus dos hijos pequeños. Hacía mucho tiempo que el pueblo no disponía de médico. La

Junta de Comisionados de Oriental había estado intentando reemplazar al último desde que este se retiró a vivir a Florida en 1980. Había una desesperada necesidad, pero a pesar de los numerosos incentivos que el pueblo ofrecía, muy pocos candidatos decentes mostraron interés en cubrir la plaza en lo que era básicamente un páramo rural. La suerte quiso que Marilyn, la esposa del doctor Bonner, se hubiera criado en la zona y que, al igual que Amanda, considerara que era una cuestión de lealtad. Los padres de aquella mujer, los Bennett, poseían campos de cultivo de manzanas, melocotones, uvas y arándanos en los confines del pueblo. Después de cursar la residencia, David Bonner decidió instalarse en el pueblo natal de su esposa, donde abrió su consulta.

Desde el primer momento, tuvo mucho trabajo. Cansados de los cuarenta minutos del trayecto hasta New Bern, los pacientes acudían a su consulta encantados, pero el médico sabía que allí nunca se haría rico. Por más trabajo que tuviera en la consulta y por más que su familia política gozara de fuertes influencias y amistades poderosas, no era posible hacerse rico en un pequeño pueblo de un condado pobre. Aunque en el pueblo nadie lo sabía, los campos de cultivo de los Bennett estaban gravados por varias hipotecas, y el día que David se instaló en el pueblo, su suegro le pidió un préstamo. Pero incluso después de ayudar a su familia política con dinero, el coste de la vida allí era lo bastante bajo como para que pudiera comprar una mansión colonial de cuatro habitaciones con vistas al río Smith, y su esposa estaba muy ilusionada con la idea de volver a casa. Para ella, Oriental era un lugar ideal para criar niños, y en muchos sentidos tenía razón.

El doctor Bonner adoraba aquellos parajes. Practicaba surf y natación, salía en bicicleta y a correr. Era normal verlo correr con energía por la carretera general después del trabajo, en dirección a los confines del pueblo. La gente tocaba el claxon o lo saludaba con la mano, y el doctor Bonner devolvía el saludo con un leve gesto de la cabeza sin perder el ritmo. A veces, después de un día particularmente largo y duro, no salía a correr hasta el anochecer y, el 18 de septiembre de 1985, eso fue justo lo que sucedió.

48

Abandonó su casa justo cuando las primeras sombras de la noche caían sobre el pueblo. Aunque el doctor Bonner no lo sabía, la carretera estaba resbaladiza. Había llovido por la tarde, con suficiente fuerza como para hacer que el aceite del asfalto emergiera a la superficie, pero no lo bastante como para limpiar esa peligrosa capa de grasa.

El médico inició su ruta habitual, que duraba unos treinta minutos, pero aquella noche no regresó a casa. Cuando la luna ya iluminaba completamente el cielo, Marilyn empezó a preocuparse y, después de pedirle a una vecina que vigilara a sus hijos, se montó en el coche y fue en busca de su esposo. Tras la última curva en las afueras del pueblo, junto a una arboleda, avistó una ambulancia. También estaba el *sheriff*, junto con un creciente grupito de curiosos. Marilyn se enteró de que en aquella curva su marido había perdido la vida cuando había sido embestido por una camioneta cuyo conductor había perdido el control.

También le dijeron que el propietario de la camioneta era Tuck Hostetler. El conductor, al que pronto acusarían por imprudencia grave con resultado de homicidio involuntario, tenía dieciocho años y ya estaba esposado.

Su nombre era Dawson Cole.

A tres kilómetros de Oriental —y de la curva que jamás olvidaría—, Dawson distinguió la vieja carretera sin asfaltar que conducía hasta las tierras de su familia, e instintivamente se puso a pensar en su padre. Cuando Dawson estaba en la prisión del condado, a la espera de ser juzgado, apareció un carcelero y le dijo que tenía visita. Al cabo de un minuto, su padre se hallaba delante de él, masticando un palillo.

—Huir, salir con una chica rica, hacer planes... ¿Para qué? ¿Para acabar en la cárcel? Pensabas que eras mejor que yo, ¿eh? Pues no. Tú y yo somos iguales.

Dawson vio el brillo malicioso en la expresión de su padre. No dijo nada; solo sentía un odio visceral hacia su progenitor, mientras lo desafiaba con ojos feroces desde un rincón de su celda. Había jurado que, pasase lo que pasase, nunca más le volvería a dirigir la palabra.

No hubo juicio. El defensor público lo declaró culpable, y el fiscal pidió la pena máxima. En el correccional Caledonia de Halifax, en Carolina del Norte, Dawson trabajó en la colonia penal, sudando bajo el sol abrasador de los días más calurosos de verano mientras plantaba maíz, trigo, algodón y soja, y congelándose con los gélidos vientos polares mientras se deslomaba labrando la tierra en lo más crudo del invierno. Aunque se carteaba con Tuck, en cuatro años no recibió ni una sola visita.

Cuando le concedieron la libertad condicional, regresó a Oriental. Allí trabajó para Tuck. Las pocas veces que se acercaba al pueblo, escuchaba siempre los insidiosos cuchicheos de la gente. Sabía que era un paria, uno más del clan Cole, que no solo había matado al yerno de los Bennett, sino al único médico del pueblo. El peso de la culpa era insoportable. Durante aquella época, solía pasar por la floristería de New Bern y luego ir al cementerio donde estaba enterrado el doctor Bonner, siempre a primera hora de la mañana o a última de la noche, cuando apenas había gente, a depositar las flores en su tumba. A veces se quedaba una hora o más, pensando en la esposa y en los hijos que el doctor Bonner había dejado. Por lo demás, Dawson se pasó prácticamente aquel año casi siempre oculto, procurando mantenerse alejado del mundo.

Sin embargo, su familia no se había olvidado de él. Cuando su padre apareció un día en el taller para recaudar de nuevo el sueldo de Dawson, lo hizo acompañado de Ted.

Su padre iba armado con una escopeta. Ted llevaba un bate de béisbol. Pero presentarse sin Abee fue un error. Dawson les dijo que se largaran. Ted reaccionó rápidamente aunque no con la suficiente celeridad: cuatro años de trabajos forzados bajo el sol abrasador habían curtido a Dawson, que estaba listo para desafiarlos. Le rompió la nariz y la mandíbula con una palanca, y desarmó a su padre antes de partirle las costillas. Mientras los dos yacían tumbados en el suelo, Dawson los apuntó con la escopeta, advirtiéndoles que no volvieran a pisar nunca más el taller. Ted juró y perjuró entre gemidos que lo mataría; el padre de Dawson, en cambio, se limitó a mirarlo con gesto amenazador.

Después de aquel episodio, Dawson dormía con la escopeta a su lado y casi nunca salía del taller. Sabía que habrían podido ir a por él en cualquier momento, pero el destino es impredecible: al cabo de pocos días, Crazy Ted apuñaló a un tipo en un bar y acabó en prisión. Y aunque no sabía por qué, su padre nunca más pasó a verlo. Dawson ni se planteó los motivos; en vez de eso, contaba los días que le quedaban para marcharse de Oriental. Cuando cumplió su libertad condicional, envolvió la escopeta en un hule y la guardó en una caja de madera que luego enterró a los pies de un roble situado muy cerca de la casa de Tuck. A continuación, metió sus escasas pertenencias en el coche, se despidió de Tuck y tomó la autopista hasta Charlotte. Allí encontró un trabajo como mecánico. Por las noches asistía a un curso de soldadura en el instituto local. Después, se marchó a Luisiana y encontró empleo en una refinería hasta que, finalmente, terminó trabajando en las plataformas petrolíferas.

Desde su salida de la cárcel, había intentado pasar desapercibido, y casi siempre estaba solo. Nunca iba a visitar a amigos porque no tenía ninguno. No había salido con nadie desde Amanda, porque, incluso después de tantos años, solo seguía pensando en ella. Confraternizar con alguien, fuera quien fuese, significaba tener que hablarle de su pasado, y no le gustaba la idea. Era un expresidiario que pertenecía a una familia de criminales y delincuentes, y había matado a un hombre bueno. A pesar de haber cumplido su condena y de haber intentado enmendar su vida, sabía que jamás se perdonaría a sí mismo por lo que había hecho.

Se estaba acercando. Dawson se aproximaba al lugar donde el doctor Bonner había perdido la vida. Vio que los árboles que había cerca de la curva habían sido reemplazados por un edificio bajo y tosco con una espaciosa zona de aparcamiento sin asfaltar en la parte delantera. Dawson mantuvo la vista fija en la carretera, procurando no mirar hacia aquel funesto lugar.

Al cabo de un minuto, llegó a Oriental. Atravesó el pueblo y cruzó el puente bajo el que el río Greens confluía con el río Smith. De niño, cuando intentaba evitar a su familia, a menudo se sentaba cerca del puente y observaba los veleros e imaginaba todos los puertos tan lejanos en los que debían de haber estado, los lugares que él deseaba visitar.

Aminoró la marcha, completamente embelesado con aquel paisaje, como cuando era niño. El puerto deportivo estaba muy concurrido; en los barcos se adivinaba mucho ajetreo, con personas que trajinaban neveras portátiles o desataban los cabos que mantenían las embarcaciones unidas a tierra firme. Dawson alzó la vista hacia los árboles. Por el leve balanceo de las ramas supo que había bastante viento como para navegar con las velas extendidas, incluso si la intención era recorrer la línea de la costa.

Por el espejo retrovisor, avistó la pensión donde había reservado una habitación, pero todavía no se sentía listo para instalarse. En vez de eso, detuvo el vehículo junto al puente y se apeó, aliviado de poder estirar un poco las piernas. De repente se preguntó si ya habrían llegado las flores que había encargado, y se dijo que pronto lo sabría. Se volvió hacia el río Neuse y recordó que, en su desembocadura en la bahía de Pamlico, era el río más ancho de Estados Unidos, algo que muy poca gente sabía. Había ganado bastantes apuestas con esa pregunta tan trivial, en especial en las plataformas petrolíferas, donde prácticamente todo el mundo creía que era el Misisipi. Incluso en Carolina del Norte la gente no lo sabía; fue Amanda quien se lo dijo.

Como siempre, se preguntó por ella: qué sería de su vida, dónde residiría, a qué se dedicaría… Estaba completamente seguro de que estaba casada, y a lo largo de los años había intentado imaginar qué clase de hombre habría elegido. A pesar de que creía conocerla bien, no podía imaginarla riendo o durmiendo con otra persona, aunque tampoco importaba lo que él pudiera pensar. Uno solo podía huir del pasado si accedía a un presente mejor, y seguramente eso era lo que había hecho Amanda. Al parecer, todos excepto él eran capaces de rehacer sus vidas; si bien era cierto que todo el mundo cometía errores y tenía algo de que arrepentirse, el error de Dawson era diferente. Cargaría con él toda la vida. Volvió a pensar en el doctor Bonner y en la familia que había destruido.

Con la vista fija en el agua, de repente se arrepintió de su decisión de haber regresado a Oriental. Sabía que Marilyn Bonner todavía vivía en el pueblo, pero no quería verla, ni siquiera fortuitamente. Y a pesar de que era probable que su familia no tardara en enterarse de su llegada, tampoco deseaba verlos.

Allí no había nada para él. Aunque podía comprender por qué Tuck había solicitado a su abogado que lo avisara, no podía comprender el deseo expreso de querer que Dawson regresara a Oriental. Desde que recibió el mensaje, no había dejado de darle vueltas a eso, pero no le encontraba el sentido. Tuck jamás le había pedido que fuera a verlo; más que nadie, sabía lo que Dawson había dejado atrás. Él tampoco había ido nunca a Luisiana a visitarlo. Aunque Dawson le escribía con regularidad, muy pocas veces recibía respuesta. Quería creer que Tuck tenía sus razones, fuesen cuales fuesen, pero en esos momentos no alcanzaba a comprenderlas.

Estaba a punto de regresar al coche cuando detectó una vez más aquel movimiento furtivo tan familiar. Se dio la vuelta, intentando sin éxito hallar el origen de aquella impresión. Por primera vez desde que había sido rescatado del agua, se le erizó el vello en la nuca. De repente supo que había algo, por más que su mente no consiguiera identificarlo. Los últimos rayos del sol resplandecían sobre la superficie del agua, y tuvo que entrecerrar los ojos para enfocar la visión. Se colocó una mano en la frente para resguardarse del brillo del sol y escrutó el puerto deportivo, fijándose en todos los detalles. Vio a un señor mayor y a su esposa, que remolcaban una barca hasta las gradas; más abajo, hacia el embarcadero, un hombre sin camisa echaba un vistazo al compartimento del motor de su lancha. Observó con atención a otras personas: una pareja de mediana edad que trasteaba en la cubierta de un velero, un grupo de jóvenes que descargaban una nevera portátil después de haber pasado el día navegando. En la punta más alejada del puerto, zarpaba otro velero, seguramente con la intención de capturar la brisa del atardecer. No vio nada inusual. Estaba a punto de darse la vuelta cuando se fijó en un hombre con el pelo oscuro que llevaba una cazadora azul y que miraba en su di-

53

rección. El individuo se hallaba de pie en el embarcadero y, al igual que Dawson, tenía la mano emplazada en la frente para resguardarse del sol. Cuando Dawson bajó la mano despacio, el hombre imitó su gesto. Dawson retrocedió un paso atropelladamente. El desconocido lo imitó. Dawson notó una fuerte opresión en el pecho al tiempo que el corazón le empezaba a latir desbocadamente.

«Esto no puede ser real. No es posible que esté pasando.»

Con el mortecino sol a la espalda, le costaba discernir los rasgos del desconocido, pero, a pesar de la tenue luz, tuvo la certeza de que se trataba del mismo hombre que había visto por primera vez en el océano y luego otra vez en el buque de abastecimiento. Parpadeó varias veces seguidas, intentando enfocar mejor su objetivo. Sin embargo, cuando finalmente se le aclaró la visión, lo único que vio fue la silueta de un poste en el embarcadero, con unas cuerdas desgastadas que colgaban de la parte superior.

54

Aquella visión lo dejó desconcertado. Sintió la necesidad de ir directamente a la casa de Tuck. Muchos años antes, había constituido su refugio, y quiso volver a experimentar la sensación de paz que había encontrado allí. No le apetecía en absoluto entablar una conversación trivial con la propietaria de la pensión; quería estar solo para poder reflexionar acerca de la visión del hombre con el pelo oscuro. O bien la conmoción había sido peor de lo que los médicos habían pronosticado, o bien los facultativos tenían razón en cuanto al estrés. Mientras se montaba de nuevo en el coche, decidió que, de vuelta a casa, iría de nuevo a ver al médico en Luisiana, aunque tenía la impresión de que le diría ni más ni menos lo mismo que la última vez.

Apartó de su mente aquellos pensamientos incómodos y bajó la ventanilla para aspirar el intenso aroma a pino y a agua salada. La carretera zigzagueaba sorteando los árboles; a los pocos minutos, tomó la senda que conducía hasta la casa de Tuck.

El vehículo botaba sobre el suelo abultado con gruesas raíces y, después de tomar una última curva, divisó la casa.

Se sorprendió al ver que había un BMW aparcado. Sabía que no era de Tuck; aparte de estar demasiado limpio, Tuck jamás habría conducido un coche que no fuera americano, y no porque no se fiara de su calidad, sino porque no habría tenido las herramientas necesarias para repararlo. Además, Tuck siempre había sentido predilección por las camionetas, sobre todo por las fabricadas a principios de 1960. A lo largo de toda su vida, probablemente había comprado y restaurado media docena de ellas; luego las conducía durante un tiempo antes de venderlas a cualquiera que le hiciera una oferta. Tuck no lo hacía para ganar dinero, sino por el mero placer de restaurarlas.

Dawson aparcó al lado del BMW y se apeó del coche, sorprendido de lo poco que había cambiado la casa. En realidad, nunca había sido más que una vieja chabola, con aquella fachada destartalada, como si estuviera a medio acabar o pendiente de una seria reparación. Una vez, Amanda le compró a Tuck un plantador de bulbos para darle más vida y alegría al lugar, y la herramienta todavía seguía apoyada en un rincón del porche, aunque ya hacía mucho tiempo que se habían marchitado las flores. Dawson recordó el entusiasmo de Amanda el día que le hizo el regalo, a pesar de que Tuck no supiera realmente qué era aquel artilugio.

Dawson examinó el entorno. Una ardilla se encaramó a un cornejo y recorrió una de sus ramas dando saltitos; también vio un cardenal que trinaba desde un árbol, pero aparte de eso, el lugar parecía desierto. Enfiló hacia uno de los flancos de la casa, en dirección al taller. En aquel lado, la temperatura era más fresca por la sombra que le conferían unos cuantos pinos. Después de torcer la esquina y volver a salir al sol, avistó a una mujer en el umbral de la puerta del taller; estaba examinando un vehículo clásico que debía de haber restaurado Tuck. En un primer momento, la tomó por una empleada del despacho del abogado. Estaba a punto de saludarla en voz alta para llamar su atención cuando la mujer se dio la vuelta. El saludo que iba a pronunciar se quedó atorado en su garganta.

A pesar de la distancia que los separaba, vio que estaba más guapa de como la recordaba. Por lo que pareció un in-

55

terminable momento, Dawson no pudo decir nada. Se le ocurrió que quizá volvía a sufrir alucinaciones; parpadeó varias veces seguidas, pero se dio cuenta de que no estaba soñando. Ella era real y estaba allí, en aquel lugar que una vez había constituido un refugio para ambos.

Fue entonces, mientras Amanda lo miraba fijamente a través de los años, cuando Dawson comprendió por qué Tuck Hostetler había insistido tanto en que regresara.

4

*N*inguno de los dos parecía ser capaz de moverse ni de hablar, a medida que intentaban dejar atrás la sorpresa inicial. Lo primero que pensó Dawson fue que Amanda era mucho más vívida en persona que en los recuerdos que tenía de ella. Su pelo rubio apresaba la mortecina luz del atardecer como oro bruñido, y sus ojos azules eran eléctricos incluso a distancia. Pero mientras la miraba, poco a poco detectó unas diferencias sutiles. Su cara había perdido la dulzura de su juventud. Los ángulos en los pómulos eran más visibles y sus ojos parecían más hundidos, enmarcados por unos ligeros trazos de arrugas en las comisuras. Dawson también pensó que los años la habían tratado bien: desde la última vez que la había visto, Amanda se había convertido en una hermosa mujer madura.

Ella también intentaba asimilar lo que veía. Dawson llevaba una camisa de color beis metida holgadamente dentro de unos descoloridos pantalones vaqueros, que resaltaban sus caderas todavía angulosas y sus hombros parecían fornidos. Su sonrisa no había cambiado, pero llevaba el pelo oscuro más largo que cuando era adolescente, y se fijó en sus sienes salpicadas por algunas canas. Sus ojos oscuros eran tan impactantes como los recordaba, aunque le pareció detectar una nueva nota de recelo en ellos, la marca de alguien a quien le había tocado llevar una vida más dura de la esperada. Quizá fuera el resultado de verlo allí, en aquel lugar donde habían compartido tantos momentos inolvidables, pero, en el vertiginoso estallido de emociones que la embargaba, a Amanda no se le ocurría nada que decir.

—¿Amanda? —balbuceó él con cierto nerviosismo, al tiempo que avanzaba hacia la mujer.

Ella detectó la sorpresa en su voz al pronunciar su nombre, y fue eso lo que le hizo constatar que no estaba soñando, que él era real.

«Está aquí —pensó—. Es él.»

Y a medida que Dawson acortaba la distancia, sintió que los años se desvanecían lentamente, por más imposible que pudiera parecer. Cuando por fin estuvieron a tan solo unos pasos, él abrió los brazos y Amanda avanzó hacia ellos con naturalidad, como había hecho tanto tiempo atrás. Dawson la estrechó con fuerza. Ella se apoyó en su pecho, sintiéndose de repente como si tuvieran de nuevo dieciocho años y fueran otra vez un par de enamorados.

—Hola, Dawson —susurró.

Permanecieron abrazados durante un buen rato, bajo los últimos destellos del lánguido sol de la tarde. Por un instante, él tuvo la impresión de que ella se estremecía. Cuando se separaron, Amanda notó su emoción contenida.

Escrutó su cara varonil con interés, fijándose en los cambios originados por el paso del tiempo. Allí delante tenía a un hombre hecho y derecho, con la cara curtida y bronceada, propia de alguien que pasaba muchas horas bajo el sol; su cabello solo había empezado a ralear sutilmente.

—¿Qué haces aquí? —le preguntó él, al tiempo que le tocaba el brazo como si quisiera confirmar que ella no era fruto de su imaginación.

La pregunta la ayudó a recuperar la compostura, y de repente se recordó a sí misma en quién se había convertido. Amanda retrocedió un paso.

—Lo más probable es que esté aquí por la misma razón que tú. ¿Hace mucho que has llegado al pueblo?

—No, acabo de llegar —contestó él, preguntándose por el impulso que lo había empujado a realizar aquella inesperada visita a la casa de Tuck—. No puedo creer que estés aquí. Tienes… muy buen aspecto.

—Gracias. —Por más que Amanda intentaba controlar el rubor, notó que se le encendían las mejillas—. ¿Cómo sabías que estaba aquí?

—No lo sabía —se excusó él—. He sentido la necesidad de venir; entonces he visto el coche aparcado, he echado un vistazo y...

Cuando se calló, Amanda terminó la frase por él.

—Y me has encontrado.

—Sí. —Dawson asintió y la miró a los ojos por vez primera—. Y te he encontrado.

La intensidad de su mirada no había cambiado. Amanda retrocedió otro paso, esperando que el espacio entre ellos suavizara la incómoda situación, esperando que él no se llevara una falsa impresión. Enfiló despacio hacia la casa.

—¿Te quedarás aquí a dormir?

Dawson contempló la casa unos momentos con interés antes de volver a mirarla.

—No, he reservado una habitación en una pensión en el pueblo. ¿Y tú?

—Dormiré en casa de mi madre. —Cuando vio su expresión perpleja, añadió—: Mi padre murió hace once años.

—Vaya, lo siento.

Amanda asintió, sin decir nada más. Dawson recordó que, en el pasado, ella solía zanjar los temas de ese modo. Transcurridos unos instantes, la mujer desvió la vista hacia el taller y Dawson dijo:

—¿Te importa si echo un vistazo? Hace muchos años que no piso el taller.

—No, por supuesto que no, adelante —contestó ella.

Amanda lo observó mientras él se alejaba y notó que se le relajaban los hombros; no se había dado cuenta de la tensión acumulada. Dawson examinó unos segundos el pequeño despacho abarrotado de trastos antes de deslizar la mano por el banco de trabajo y por una llave de cruz oxidada. Caminaba despacio, inspeccionando las paredes revestidas con tablas de madera y el techo con vigas. Se fijó en el bidón situado en un rincón, donde Tuck tiraba el aceite sobrante; en la pared del fondo vio un gato hidráulico y una enorme caja de herramientas parapetada por una pila de ruedas. Al otro lado del banco de trabajo había una lijadora eléctrica y un equipo de soldadura. Un ventilador polvoriento descansaba en un rincón cerca del pulverizador de pintura, las bombillas colgaban de

59

los cables, y cada superficie útil estaba ocupaba por piezas de vehículo.

—Está igual que siempre —comentó Dawson.

Ella lo siguió hasta el fondo del taller, todavía notando el temblor en las manos, procurando mantener una distancia suficientemente cómoda.

—Probablemente esté igual, aunque Tuck se había vuelto más meticuloso respecto a dónde guardaba las herramientas, sobre todo en los últimos años. Creo que se daba cuenta de que se estaba volviendo olvidadizo.

—Teniendo en cuenta su edad, me cuesta creer que todavía siguiera restaurando coches.

—Se lo tomaba con más calma. Uno o dos al año, y solo cuando estaba seguro de que podría hacerlo. Ya no aceptaba restauraciones importantes ni nada parecido. Este es el primer coche que he visto aquí desde hace mucho tiempo.

—Hablas como si os vierais a menudo.

—No, la verdad es que no; una vez cada tres o cuatro meses, más o menos, aunque estuvimos muchos años sin tener contacto.

—Tuck nunca te mencionó en sus cartas —apuntó Dawson.

Amanda se encogió de hombros.

—Tampoco te mencionó a ti en nuestras conversaciones.

Él asintió antes de centrar la atención, de nuevo, en el banco de trabajo. En uno de los extremos vio uno de los enormes pañuelos de Tuck cuidadosamente doblado. Dawson lo alzó y pasó los dedos por el banco.

—Mira, todavía están las iniciales que grabé, y también las tuyas.

—Lo sé —dijo ella.

Debajo de las iniciales, sabía que había un par de palabras más grabadas: PARA SIEMPRE. Se cruzó de brazos, intentando no prestar atención a las manos de Dawson. Fuertes y curtidas, las manos de un peón, y sin embargo, largas y refinadas a la vez.

—No puedo creer que haya muerto —se lamentó él.

—Yo tampoco.

—¿Y dices que se estaba volviendo desmemoriado?

—Un poco. Teniendo en cuenta su edad y lo mucho que fumaba, la última vez que lo vi pensé que aún gozaba de buena salud.

—¿Cuándo fue eso?

—A finales de febrero, creo.

Dawson se dirigió hacia el Stingray.

—¿Sabes qué es lo que se suponía que tenía que hacer con este coche?

Amanda sacudió la cabeza.

—No. Hay una orden de trabajo entre los papeles, pero, aparte del nombre del propietario, no he conseguido descifrar nada más. Mira, ahí está la ficha con la información.

Dawson tomó la ficha y repasó la lista antes de examinar el coche. Amanda observó en silencio cómo él abría el capó y se inclinaba hacia su interior. Con el movimiento, se le tensó la camisa alrededor de los hombros. Amanda se volvió hacia la puerta para que él no se diera cuenta de que se había fijado en aquel detalle. Al cabo de un minuto, Dawson puso toda su atención en las pequeñas cajas que descansaban sobre el banco de trabajo. Abrió las tapas y hurgó en los compartimentos en actitud concentrada, con el ceño fruncido.

—Qué raro —dijo Dawson.

—¿El qué?

—No se trataba de una restauración, sino solo de reparar el motor y revisar el carburador, el embrague y poco más. Supongo que Tuck estaba esperando recibir alguna pieza. A veces, con estos viejos coches, no es fácil encontrar recambios.

—¿Qué significa eso?

—Básicamente que, tal y como está ahora, el dueño no podrá sacar este coche de aquí conduciéndolo.

—Le diré al abogado de Tuck que contacte con el propietario. —Amanda se apartó un mechón de pelo de los ojos—. De todas formas, he de reunirme con él.

—¿Con el abogado?

—Sí —asintió ella—. Fue él quien me llamó para decirme que Tuck había muerto. Me dijo que era importante que viniera.

Dawson cerró el capó.

—No me digas que ese abogado se llama Morgan Tanner…

—¿Lo conoces? —preguntó, sorprendida.

61

—Es que yo también tengo una cita con él, mañana.

—¿A qué hora?

—A las once. Supongo que a la misma hora que tú, ¿no?

Amanda necesitó unos segundos para asimilar lo que Dawson ya había deducido: era obvio que Tuck había planeado aquella pequeña reunión. Si no se hubieran encontrado allí por casualidad, lo habrían hecho de todos modos a la mañana siguiente. Amanda pensó que no sabía si hubiera deseado estrangular o besar a Tuck por lo que había hecho.

Su cara debía reflejar sus sentimientos, porque Dawson dijo:

—Me parece que tú tampoco tenías ni idea de lo que Tuck planeaba.

—No.

Una bandada de estorninos alzó el vuelo, y Amanda observó cómo se alejaban, cambiando de dirección, trazando dibujos abstractos en el cielo. Cuando volvió a mirar a Dawson, él estaba apoyado en el banco de trabajo, con la cara entre las sombras. En aquel lugar, rodeada de tantos recuerdos, tuvo la impresión de que de nuevo podía ver al joven Dawson de antaño, pero intentó recordarse a sí misma que en la actualidad eran dos personas diferentes, dos perfectos desconocidos.

—Ha pasado mucho tiempo, ¿verdad? —apuntó él, rompiendo el silencio.

—Así es.

—Tengo mil preguntas que hacerte.

Amanda enarcó una ceja.

—¿Solo mil?

Él rio, pero a ella le pareció detectar tristeza en sus ojos.

—Yo también tengo muchas preguntas —continuó ella—, pero antes quiero que sepas que estoy casada.

—Lo sé. Me he fijado en tu anillo. —Dawson hundió un pulgar en el bolsillo antes de volver a recostarse sobre el banco de trabajo, luego cruzó una pierna por encima de la otra—. ¿Hace mucho que te casaste?

—El próximo mes hará veinte años.

—¿Tienes hijos?

Amanda se quedó un momento callada, pensando en Bea. Nunca sabía cómo contestar a aquella pregunta.

—Tres —dijo finalmente.

Él se dio cuenta de su vacilación, sin saber qué significaba.

—¿Y tu marido? ¿Me gustaría?

—¿Frank? —Amanda recordó súbitamente las deprimentes conversaciones con Tuck acerca de Frank y se preguntó qué era lo que Dawson sabía. No porque no se fiara del silencio de Tuck, sino porque estaba segura de que Dawson sabría de inmediato que ella estaba mintiendo—. Llevamos muchos años juntos.

Él pareció evaluar aquellas palabras antes de apartarse del banco de trabajo. Pasó delante de ella, en dirección a la casa, moviéndose con la agilidad de un atleta.

—Supongo que Tuck te entregó una llave, ¿no? Necesito tomar algo.

Ella pestañeó sorprendida.

—¡Espera! ¿Tuck te dijo que yo tenía la llave?

Dawson se dio la vuelta y siguió caminando de espaldas.

—No.

—Entonces, ¿cómo lo sabías?

—Porque a mí no me la envió, y uno de los dos ha de tenerla.

Ella se quedó inmóvil, todavía intentando comprender cómo era posible que él lo supiera. Finalmente, decidió seguirlo.

Dawson subió los peldaños del porche con gran agilidad y se detuvo delante de la puerta. Amanda sacó la llave del bolso, y le rozó el brazo al hundirla en la cerradura. La puerta se abrió con un crujido.

Dentro, la temperatura era agradablemente más fresca, y lo primero que Dawson pensó fue que el interior era una extensión del bosque: madera, tierra y máculas naturales. Con el paso de los años, las paredes de cedro y el suelo de tablas de madera de pino se habían deteriorado y habían adquirido un aspecto deslucido, y las cortinas marrones no conseguían ocultar las filtraciones a través del marco inferior de las ventanas. Los apoyabrazos y los cojines del sofá a cuadros estaban totalmente raídos. La argamasa de la chimenea había empezado a agrietarse, y los ladrillos alrededor de la boca estaban ennegrecidos, reminiscencias carbonizadas de cientos de fuegos que habían calentado aquella estancia. Cerca de la puerta había una mesita sobre la que se amontonaba una pila de álbumes de fotos, un tocadiscos que probablemente tenía más años que Dawson y un desvencijado ventilador de mesa. El aire olía a cigarrillos rancios. Después de abrir una de las ventanas, Dawson encendió el ventilador y escuchó el traqueteo de las aspas. La base tembló un poco.

Amanda se había detenido cerca de la chimenea, con la vista fija en la fotografía que descansaba sobre la repisa. Tuck y Clara; una foto tomada en sus bodas de plata.

Dawson se colocó a su lado.

—Recuerdo la primera vez que vi esta foto —dijo—. Tuck no me invitó a entrar en su casa hasta un mes después de mi llegada. Recuerdo que le pregunté quién era. Ni siquiera sabía que había estado casado.

Amanda podía notar el calor que irradiaba aquel cuerpo tan cercano, pero intentó no prestar atención a la sensación.

—¿Cómo es posible que no lo supieras?

—Porque no lo conocía. Hasta aquella noche en que me presenté en su taller, nunca había hablado con Tuck.

—¿Y por qué se te ocurrió venir aquí?

—No lo sé —contestó él, sacudiendo la cabeza—. Y tampoco sé por qué él permitió que me quedara.

—Porque quería que estuvieras aquí.

—¿Te lo dijo él?

—No con esas mismas palabras. Pero no hacía tanto que Clara había muerto, cuando apareciste tú, y creo que eras precisamente lo que Tuck necesitaba.

—¡Y yo que creía que dejó que me quedara porque aquella noche él había bebido más de la cuenta! Bueno, la verdad es que estaba borracho, como casi todas las noches.

Amanda se quedó un momento pensativa.

—No recuerdo que Tuck bebiera.

Dawson acarició la foto con su sobrio marco de madera, como si todavía estuviera intentando asimilar un mundo sin la presencia de Tuck.

—Eso fue antes de que tú lo conocieras. En esa época, Tuck tenía debilidad por el whisky, Jim Beam, para ser más exactos. A veces aparecía en el taller, arrastrando los pies, con la botella medio vacía en una mano, se secaba la cara en su enorme pañuelo y me pedía que me marchara, que me buscara otro sitio. Por lo menos me lo repitió cada noche durante los primeros seis meses; entonces yo me pasaba la noche en vela, rezando para que a la mañana siguiente se hubiera olvidado de lo que me había dicho. Y entonces, un día, dejó de beber, y nunca más volvió a pedirme que me marchara. —Se volvió hacia ella. Su cara estaba a escasos centímetros de distancia—. Era un buen hombre.

—Lo sé. Yo también le echo de menos.

Tenía a Dawson tan cerca que podía oler su aroma a jabón y a almizcle, una mezcla sugerente… Demasiado cerca…

Se apartó de él. Necesitaba mantener una distancia prudente. Agarró uno de los cojines deshilachados del sofá y lo acarició con nerviosismo. Fuera, el sol se ocultaba detrás de los árboles, y, con la escasa luz, la pequeña estancia aún parecía más diminuta. Amanda oyó que Dawson carraspeaba, incómodo.

—Voy a ver si encuentro algo para beber. Estoy seguro de que Tuck tiene una jarra de té en la nevera.

—Tuck no bebía té, pero probablemente encontrarás alguna lata de Pepsi.

—Ya veremos —dijo, al tiempo que se encaminaba hacia la cocina.

Amanda se fijó en que se movía con gran agilidad, como si estuviera en forma. Sacudió la cabeza levemente, intentando descartar aquel pensamiento.

—¿No crees que deberíamos irnos?

—No, estoy seguro de que esto es exactamente lo que Tuck quería.

Al igual que el comedor, la cocina parecía estar sacada de una máquina del tiempo, con los electrodomésticos propios de un catálogo de Sears de los años cuarenta: una tostadora del tamaño de un horno microondas y una vetusta nevera que se cerraba a presión mediante un cierre metálico. La encimera de madera era de color negro y tenía manchas de agua cerca de la pila, y la pintura blanca de los armarios se estaba pelando alrededor de los tiradores. Las cortinas con motivos florales —obviamente, las debía haber elegido Clara—, con su deslustrado color amarillento, estaban manchadas por el humo de los cigarrillos de Tuck. Había una pequeña mesa redonda para dos personas, y debajo de una de sus patas, una pila de servilletas de papel para mantenerla estable. Dawson abrió la puerta de la nevera, examinó su interior y sacó una jarra de té. Amanda entró justo en el momento en que él depositaba la jarra sobre la encimera.

—¿Cómo sabías que Tuck tenía té frío? —preguntó, sorprendida.

—Por la misma razón por la que sabía que tú tenías las llaves —respondió al tiempo que abría uno de los armarios y sacaba un par de tarros de mermelada vacíos.

—No te entiendo.

Dawson llenó los tarros con el té.

—Tuck sabía que los dos acabaríamos aquí tarde o temprano, y recordaba que yo bebía té frío, así que dejó una jarra para mí en la nevera.

Por lo visto, lo había planeado todo. Como lo del abogado. Pero antes de que Amanda tuviera tiempo de perderse en reflexiones, Dawson le ofreció el vaso, obligándola a volver a la realidad. Sus dedos se rozaron cuando ella aceptó el té.

Él alzó su vaso y dijo:

—Por Tuck.

Amanda brindó. Todo aquello —el hecho de estar de nuevo con Dawson, la fuerza del pasado, cómo se había sentido cuando él la había abrazado, estar los dos solos en aquella casa— le produjo tal vértigo que creyó que no podría soportarlo. Una vocecita en su interior le susurró que tuviera cuidado, que no sacaría nada bueno de aquel encuentro. Se recordó a sí misma que tenía esposo e hijos, lo que únicamente consiguió confundirla aún más.

—Así que veinte años, ¿eh? —comentó Dawson, finalmente.

Se refería a los años que ella llevaba casada, pero, dado su estado de profundo encantamiento, Amanda necesitó unos momentos para entender lo que le decía.

—Casi. ¿Y tú, te has casado?

—El destino no me reservó tal suerte.

Ella lo observó por encima del borde del vaso.

—Así que todavía soltero y sin compromiso, ¿eh?

—Digamos que prefiero estar solo.

Ella se apoyó en la encimera, sin saber cómo interpretar su respuesta.

—¿Dónde vives?

—En Luisiana, en las afueras de Nueva Orleans.

—¿Te gusta?

—No está mal. Había olvidado lo mucho que se parece a este lugar; con más pinos y más musgo, pero, aparte de eso, no es que haya grandes diferencias.

—Excepto los cocodrilos.

—Sí, los cocodrilos. —Dawson esbozó una escueta sonrisa—. Y ahora te toca a ti. ¿Dónde vives?

—En Durham. Me instalé allí después de casarme.

—¿Y vienes varias veces al año a ver a tu madre?

Amanda asintió.

—Cuando mi padre todavía vivía, solían ir a visitarnos para ver a los niños. Pero cuando murió, todo se complicó. A mi madre no le gusta viajar, así que ahora soy yo la que me desplazo hasta aquí. —Tomó un sorbo de té antes de señalar con la cabeza hacia la mesa—. ¿Te importa si me siento? Los pies me están matando.

—Adelante. Si no te importa, yo me quedaré de pie; me he pasado todo el día sentado en un avión.

Amanda cogió el vaso y se dirigió hacia la mesa, notando la intensa mirada de él clavada en la espalda.

—¿A qué te dedicas en Luisiana? —le preguntó mientras se acomodaba en la silla.

—Soy operario de grúa en una plataforma petrolífera, lo que básicamente significa que ayudo al perforador. Ayudo a guiar el tubo de purga dentro y fuera del ascensor, me aseguro de que todas las conexiones estén bien hechas y realizo el mantenimiento de las bombas para garantizar su buen funcionamiento. Ya sé que probablemente no habrás entendido nada de lo que he dicho, si nunca has estado en una plataforma petrolífera, pero no es fácil de explicar sin verlo.

—Un trabajo muy distinto a reparar coches, ¿eh?

—No creas, no es tan distinto. Básicamente, trabajo con maquinaria. Y en mi tiempo libre, sigo dedicándome a los coches. El *fastback* está como nuevo.

—¿Todavía lo tienes?

Él sonrió levemente.

—Me gusta ese coche.

—No —lo corrigió ella—, más bien diría que estás enamorado de ese coche. Recuerdo cuando tenía que apartarte de él a la fuerza, cada vez que quería verte. Y en la mitad de los casos, no lo conseguía. Me sorprende que no lleves una foto en el billetero.

—Es que la llevo.

—¿De veras?

—No, estaba bromeando.

Amanda rio, con la misma risa abierta y franca de antaño.

—¿Cuánto tiempo hace que trabajas en la plataforma petrolífera?

—Catorce años. Empecé de peón, luego ascendí a ayudante de perforación, y ahora soy operario de grúa.

—¿De peón a ayudante de perforación y luego operario de grúa?

—¡Qué puedo decir! Allí, en el océano, tenemos nuestro propio mundo y nuestra propia jerga. —Con aire ausente, resiguió con el dedo una de las grietas que se había abierto en la desportillada encimera—. ¿Y tú? ¿Trabajas? Recuerdo que querías ser maestra.

Amanda tomó un sorbo de té al tiempo que asentía con la cabeza.

—Lo fui durante un año, pero entonces nació Jared, mi hijo mayor, y decidí quedarme en casa con él. Después nació Lynn y luego..., bueno, luego se complicó la vida con mil cuestiones, como la muerte de mi padre; fue una época verdaderamente dura.

Hizo una pausa, consciente de la información que estaba obviando; sabía que no era ni el momento ni el lugar oportuno para hablar de Bea. Irguió la espalda y continuó hablando, con voz firme y serena.

—Un par de años después, llegó Annette, y por entonces ya no tenía ninguna razón para volver a trabajar. Pero en los últimos diez años he pasado muchas horas realizando labores de voluntariado en la Clínica Universitaria de Duke. También organizo almuerzos para recaudar fondos para ellos. A veces resulta duro, pero, por lo menos, me siento útil.

—¿Cuántos años tienen tus hijos?

Amanda los enumeró con los dedos.

—Jared cumplirá diecinueve años en agosto, y acaba de terminar su primer año en la universidad; Lynn tiene diecisiete años y solo le queda un curso en el instituto; y Annette, la pequeña, de nueve años, aún está en primaria. Es una niña muy dulce, alegre y despreocupada. Jared y Lynn, en cambio, están en esa edad en la que creen que lo saben todo y que yo, en cambio, no sé nada.

—En otras palabras, ¿me estás diciendo que son más o menos como éramos nosotros a su edad?

Ella se quedó pensativa unos momentos, con una expresión casi melancólica.

—Quizá.

Dawson se quedó callado y desvió la vista hacia la ventana. Ella siguió su mirada. El río había adoptado un color metálico, y el agua, con su lento movimiento, reflejaba las sombras del cielo. El viejo roble junto a la orilla no había cambiado demasiado desde la última vez que Dawson había estado allí, pero el embarcadero se había desintegrado, y solo quedaban los pilares.

—Cuántos recuerdos… —suspiró Dawson, en un tono muy suave.

Quizá fue por el modo en que lo dijo, pero Amanda sintió que su cuerpo reaccionaba a sus palabras, como una llave que acabara de abrir un candado olvidado.

—Lo sé —asintió. Hizo una pausa, se abrazó la cintura y, durante un rato, el leve rugido de la nevera fue el único sonido en la cocina.

La luz sobre sus cabezas iluminaba las paredes con un brillo amarillento y proyectaba sus siluetas entre sombras abstractas.

—¿Cuánto tiempo te quedarás? —preguntó ella al final.

—Tengo un vuelo reservado para el lunes a primera hora de la mañana. ¿Y tú?

—Le dije a Frank que estaría de vuelta el domingo. Mi madre habría preferido que me quedara en Durham todo el fin de semana; no cree que sea una buena idea que vaya al funeral.

—¿Por qué?

—Porque no le gustaba Tuck.

—Querrás decir que no le gustaba yo.

—Ella nunca llegó a conocerte en persona —dijo Amanda—. Nunca te dio una oportunidad. Mi madre tenía muy claro cómo debía vivir mi vida, sin importarle mis sentimientos. Incluso ahora, que ya soy adulta, a veces intenta decirme lo que tengo que hacer. No ha cambiado en absoluto. —Frotó la condensación del vaso con suavidad—. Hace unos años cometí el error de decirle que había pasado a ver a Tuck, y ella reaccionó como si hubiera perpetrado un delito. No dejó de atosigarme: me preguntó por qué había ido a verlo, me interrogó para saber de qué habíamos hablado y me regañó, como si todavía fuera una niña. Después de aquel mal trago, decidí no volver a comentarle nada más acerca de mis visitas a Tuck; le decía que me iba de compras o que me apetecía almorzar con mi amiga Martha en la playa. Martha era mi compañera de habitación en la universidad; vive en Salter Path. Sin embargo, aunque todavía estamos en contacto telefónico, hace años que no la veo. Me niego a tener que enfrentarme a los interrogatorios de mi madre, así que prefiero mentirle.

Dawson removió su té y, mientras observaba cómo la infusión volvía poco a poco a su estado de reposo, pensó en lo que Amanda le acababa de contar.

—De camino hacia aquí, no he podido evitar pensar en mi padre, y en lo que para él suponía tener el control de la situación. No digo que tu madre se le parezca, pero quizás es su forma de intentar que no cometas errores.

—¿Insinúas que visitar a Tuck era un error?

—Para Tuck, no —contestó Dawson—. Pero ¿para ti? Depende de lo que esperases encontrar aquí, y solo tú sabes la respuesta a esa pregunta.

Ella se puso instintivamente a la defensiva, pero antes de que pudiera replicar, el sentimiento se aplacó al reconocer la pauta de conducta que habían compartido en el pasado: uno decía algo que molestaba al otro, lo que, normalmente, desembocaba en una disputa. Amanda se dio cuenta de lo mucho que echaba de menos aquellos rifirrafes, y no porque le gustara pelearse, sino por la respectiva confianza que entrañaba y el perdón que inevitablemente seguía después. Porque, al final, siempre acababan por perdonarse el uno al otro.

En parte, sospechaba que Dawson la estaba poniendo a prueba, pero al final optó por no replicar. En vez de eso, sorprendiéndose incluso a sí misma, se inclinó hacia delante, por encima de la mesa, y las palabras emergieron de su boca automáticamente.

—¿Tienes planes para esta noche?

—No, ¿por qué?

—Hay unos bistecs en la nevera, por si te apetece que cenemos aquí.

—¿Qué pasa con tu madre?

—La llamaré y le diré que he salido tarde de Durham.

—¿Estás segura de que es una buena idea?

—No —contestó ella—. En estos momentos, no estoy segura de nada.

Dawson frotó el cristal del vaso con el dedo pulgar, sin decir nada, al tiempo que escrutaba su cara.

—De acuerdo —convino—. Cenaremos bistecs. Bueno, eso si no se han echado a perder.

—Los lunes los envían de la carnicería —informó ella, recordando de repente lo que Tuck le había contado—. La parrilla está fuera, en el porche de atrás, por si quieres empezar a preparar el fuego.

Un momento más tarde, Dawson franqueó la puerta, aunque su presencia continuó llenando el espacio, incluso cuando Amanda sacó el teléfono móvil de su bolso.

71

5

*C*uando el carbón estuvo listo, Dawson volvió a entrar en la cocina en busca de los bistecs que Amanda ya había untado con mantequilla y había sazonado. Al abrir la puerta, la vio plantada delante de un armario abierto, con porte meditabundo, con la vista fija en uno de los estantes y con una lata de judías en la mano.

—¿Qué haces?

—Estaba pensando qué podría combinar con el bistec, pero, aparte de esto —dijo, alzando la lata—, no veo gran cosa.

—¿Qué más hay? —preguntó Dawson mientras se lavaba las manos en la pila de la cocina.

—Aparte de judías, copos de maíz, una botella de salsa para espaguetis, harina para tortitas, una caja medio vacía de macarrones y una caja de cereales Cheerios. En la nevera hay mantequilla y condimentos. ¡Ah! Y una jarra de té, por supuesto.

Dawson sacudió vigorosamente las manos para desprenderse del exceso de agua y sugirió:

—Los cereales podrían ser una opción.

—¿Cereales con bistec? —Amanda bufó y arrugó la nariz—. Creo que prefiero pasta. Además, ¿tú no tendrías que estar fuera, encargándote de los bistecs?

—Supongo que sí —contestó.

Ella reprimió una sonrisa. Por el rabillo del ojo, observó que él cogía la bandeja, salía y cerraba la puerta con suavidad.

El cielo se había teñido de un profundo color púrpura aterciopelado; las estrellas ya refulgían con intensidad. Más allá de la figura de Dawson, el río era una cinta negra y las copas de los árboles empezaban a brillar con un tono argénteo, bajo la luz de la luna, que iniciaba lentamente su ascenso.

Amanda llenó una olla con agua, echó una pizca de sal y encendió el quemador, luego sacó la mantequilla de la nevera. Cuando el agua estuvo hirviendo, añadió la pasta y se pasó los siguientes minutos buscando el colador hasta que lo encontró en el fondo de un armario, cerca del horno.

Cuando la pasta estuvo lista, la escurrió y volvió a verterla en la olla, junto con la mantequilla, ajo en polvo, y una pizca de sal y pimienta. Rápidamente, calentó la lata de judías. Acabó justo cuando Dawson entraba con la bandeja.

—¡Qué bien huele! —exclamó él, sin ocultar su sorpresa.

—Ajo y mantequilla —asintió ella—. Nunca falla. ¿Qué tal los bistecs?

—Uno medio hecho, y el otro poco hecho. A mí me gustan de las dos maneras, pero no estaba seguro de cómo lo querías tú. Si lo prefieres más hecho, puedo pasarlo por la parrilla unos minutos más.

—Medio hecho me parece bien —aceptó ella.

Dawson depositó la bandeja sobre la mesa y abrió armarios y cajones en busca de platos, vasos y cubiertos. Amanda se fijó en las dos copas de vino en uno de los armarios abiertos, y súbitamente recordó lo que Tuck le había comentado la última vez que estuvo allí con él.

—¿Te apetece una copa de vino? —le preguntó a Dawson.

—Solo si tú también tomas una.

Ella asintió. Abrió el armario que Tuck le había indicado, en el que encontró un par de botellas. Sacó una, la de Cabernet, y la abrió mientras él acababa de poner la mesa. Después de servir el vino en las dos copas, le ofreció una a Dawson.

—Hay un frasco de salsa para el bistec en la nevera, si te apetece —sugirió ella.

Dawson sacó la salsa al mismo tiempo que Amanda servía la pasta en un bol y las judías en otro. Se colocaron junto a la mesa al mismo tiempo, y mientras examinaban la ima-

73

gen de la pequeña cena íntima que acababan de preparar, Amanda se fijó en el movimiento oscilante en el pecho de Dawson, que subía y bajaba suavemente mientras él permanecía de pie a su lado. El momento mágico se rompió cuando Dawson se giró y alcanzó la botella de vino de la encimera, y ella sacudió la cabeza antes de sentarse en una de las sillas.

Amanda tomó un sorbo de vino y saboreó el gusto en el velo del paladar. Después, cada uno se sirvió lo que quiso. Dawson dudó un momento, con la vista fija en su plato.

—¿Falta algo? —preguntó ella, con el ceño fruncido.

El sonido de su voz sacó a Dawson de su ensimismamiento.

—Estaba intentando recordar la última vez que disfruté de una cena como esta.

—¿Con bistec? —preguntó ella, y luego cortó un trozo de carne y se lo llevó a la boca.

—Me refiero a todo esto, en general —respondió, al tiempo que se encogía de hombros—. En la plataforma siempre como en la cafetería, con un puñado de compañeros, y en casa solo estoy yo, así que, normalmente, acabo por prepararme cosas sencillas.

—¿Y cuando sales a cenar? En Nueva Orleans hay un montón de buenos restaurantes.

—No salgo nunca.

—¿Ni siquiera con alguna mujer, de vez en cuando? —preguntó Amanda entre mordisco y mordisco.

—No salgo con nadie.

—¿Nunca?

Dawson empezó a cortar su bistec.

—No.

—¿Por qué no?

Él podía notar su intenso escrutinio mientras tomaba un sorbo de vino, a la espera de su respuesta. Dawson se movió incómodo en la silla.

—Es mejor así —contestó.

El tenedor de Amanda se detuvo en el aire.

—No será por mí, ¿no?

—No estoy seguro de qué es lo que quieres que diga —replicó Dawson con voz firme.

—No estarás sugiriendo que... —empezó a decir ella.

Cuando Dawson no dijo nada, Amanda volvió a insistir:

—¿De verdad me estás diciendo que... no has salido con ninguna mujer desde que rompimos?

De nuevo, Dawson permaneció en silencio, y ella bajó el tenedor. Era consciente de que su tono había ido adoptando cierto grado beligerante.

—¿Me estás diciendo que yo soy la causa de esta..., de la vida que llevas?

—Te lo repito: no sé qué es lo que quieres que diga.

Ella entrecerró los ojos.

—Entonces yo tampoco sé qué se supone que he de decir.

—No te entiendo.

—Me refiero a que, por la forma en que lo has dicho, parece como si yo fuera la razón por la que estás solo. Como si..., como si fuera por mi culpa. ¿Sabes cómo me afecta lo que has dicho?

—No deseo hacerte daño. Lo único que quería decir...

—Ya sé lo que querías decir —espetó Amanda—. ¿Y sabes qué? Yo te quería tanto como tú a mí, pero, por alguna razón, lo nuestro no funcionó y se acabó. Aunque la verdad es que para mí nunca acabó. Tampoco he dejado de pensar en ti. —Apoyó ambas palmas en la mesa—. ¿De verdad crees que quiero marcharme de aquí pensando que pasarás el resto de tu vida solo? ¿Por mí?

Él la miró sin parpadear.

—No quiero que sientas pena por mí.

—Entonces, ¿por qué lo has dicho?

—No he dicho nada —objetó él—. Ni siquiera he contestado a la pregunta. Tú has hecho la lectura que has querido.

—¿Así que me equivoco?

En vez de contestar, Dawson agarró el cuchillo.

—¿Nadie te ha dicho que, cuando uno no quiere saber una respuesta, es mejor no preguntar?

Para no perder la costumbre, él había eludido contestar. Amanda no se dio por satisfecha.

—Bueno, de todos modos, no es culpa mía. Si quieres arruinar tu vida, adelante. ¿Quién soy yo para detenerte?

Dawson rio divertido, y Amanda lo miró sorprendida.

—Me encanta ver que no has cambiado en lo más mínimo —concluyó él.

—Te equivocas. He cambiado.

—No mucho. Todavía quieres expresar claramente tu opinión, se trate de lo que se trate. Incluso has llegado a la conclusión de que estoy echando a perder mi vida.

—Es obvio que necesitas que alguien te lo diga.

—Entonces, ¿qué tal si te redimo de tu cargo de conciencia? Yo tampoco he cambiado. Estoy solo porque siempre he estado solo. Antes de que me conocieras, hice todo lo posible por mantenerme lejos de mi desquiciada familia. Cuando me instalé aquí, a veces Tuck se pasaba días enteros sin hablar conmigo y, cuando te fuiste, me encerraron en el correccional Caledonia. Cuando salí, todos en el pueblo me rehuían, así que decidí marcharme. Al final acabé trabajando bastantes meses al año en una plataforma petrolífera en medio del océano, que no es exactamente el lugar más propicio para mantener una saludable relación de pareja; lo he podido comprobar. Sí, hay algunas parejas que logran sobrevivir a esa larga separación, pero también hay un montón de corazones rotos. Me siento más cómodo así y, además, estoy acostumbrado.

Amanda sopesó su respuesta.

—¿Quieres saber si creo que me estás contando toda la verdad?

—No.

A pesar de la frustración que sentía, ella se echó a reír.

—¿Puedo hacerte una pregunta, al menos? No tienes que contestar, si prefieres no hablar de ello.

—Puedes preguntar lo que quieras —dijo él tranquilamente, mientras pinchaba un trozo de bistec con el tenedor.

—¿Qué pasó la noche del accidente? Mi madre me contó algo, pero nunca supe la verdadera historia, y tampoco estaba segura de qué versión creer.

Dawson masticó en silencio antes de contestar.

—No hay mucho que contar —respondió—. Tuck había pedido un juego de neumáticos para un Impala que estaba restaurando, pero, no sé por qué, el repartidor se equivocó y los dejó en otro taller, en New Bern. Tuck me pidió que fuera a recogerlos y lo hice. Había llovido. Ya era de noche cuando regresé al pueblo.

Hizo una pausa, intentando nuevamente hallar el sentido a lo imposible.

—Vi un coche que se acercaba en contradirección. El chico conducía a gran velocidad, o quizás era una mujer; no lo sé. El caso es que invadió mi carril justo a escasos metros de mí, y yo di un brusco giro de volante para no chocar contra él. Lo siguiente que recuerdo es que el vehículo se alejó a gran velocidad y mi camioneta se salió de la carretera. Vi al doctor Bonner, pero... —Las imágenes seguían siendo muy nítidas; siempre eran nítidas, como una pesadilla recurrente—. Fue como si todo pasara a cámara lenta. Pisé el freno y giré bruscamente el volante, pero la carretera estaba resbaladiza, al igual que la hierba, y entonces...

Dawson se calló. En el silencio, Amanda le apretó el brazo.

—Fue un accidente —susurró ella.

Dawson no dijo nada, pero cuando él movió los pies, visiblemente incómodo, Amanda le preguntó lo obvio:

—¿Por qué te metieron en la cárcel, si no estabas ebrio ni habías conducido de forma temeraria?

Cuando él se encogió de hombros, ella se dio cuenta de que ya sabía la respuesta: pura y simplemente, porque era un miembro de la familia Cole.

—Lo siento —dijo Amanda, aunque sus palabras sonaron inadecuadas.

—Lo sé. Pero no sientas pena por mí, sino por la familia del doctor Bonner. Por mi culpa, él nunca regresó a su casa. Por mi culpa, sus hijos se criaron sin padre. Por mi culpa, su esposa todavía vive sola.

—Eso no lo sabes —contraatacó ella—. Quizá volvió a casarse.

—No, no lo hizo —aseveró él.

Antes de que Amanda pudiera preguntarle cómo podía estar tan seguro, Dawson pinchó otro trozo de bistec y cambió de tema, como si quisiera zanjar la conversación. Ella se arrepintió de haber sacado el tema a colación.

—¿Y tú? ¿Por qué no me cuentas lo que has hecho desde la última vez que nos vimos?

—No sabría por dónde empezar —resopló la mujer.

Dawson agarró la botella y sirvió un poco más de vino en ambas copas.

—¿Qué tal si empiezas por la universidad?

Amanda lo puso al corriente de su vida, sin entrar en pormenores. Dawson la escuchaba con atención y a veces la interrumpía con alguna que otra pregunta, para ahondar en más detalles. Las palabras empezaron a fluir con naturalidad; ella le habló de sus compañeras de habitación, de sus clases y de los profesores que más la habían inspirado. Admitió que el año que pasó dando clases no fue tal y como había esperado, básicamente porque no se hacía a la idea de no ser ya una estudiante. Le contó cómo había conocido a Frank y, al pronunciar su nombre, la embargó una extraña sensación de culpa, por lo que no volvió a mencionarlo. Le habló un poco de sus amigas y de algunos de los lugares que había visitado en todos aquellos años, pero sobre todo habló de sus hijos, describiendo sus personalidades e intentando no alardear excesivamente de sus logros.

Entre pausa y pausa, Amanda le preguntaba a Dawson por su vida en la plataforma petrolífera, o se interesaba por su vida en Nueva Orleans, pero él volvía a desviar la conversación hacia ella. Parecía genuinamente interesado en su vida. A Amanda le pareció extraño sentirse tan cómoda con aquella charla, casi como si retomaran el hilo de una conversación interrumpida muchos años atrás.

Intentó recordar la última vez que ella y Frank habían mantenido una charla tan distendida. Últimamente, Frank se dedicaba a beber y a parlotear sin parar, sin escuchar; cuando hablaban de los niños, siempre era acerca de cómo les iba en la escuela o de algún problema que tenían y de cómo resolverlo. Sus conversaciones eran eficientes y con un objetivo claro; Frank casi nunca le preguntaba por cómo le había ido el día ni por sus intereses. Ella sabía que, en cierto modo, eso era endémico en cualquier matrimonio que llevara bastantes años casados, ya que no quedaban muchos temas nuevos que tratar. Pero también notaba que su relación con Dawson siempre había sido diferente, y se preguntó si la vida también les habría pasado factura si hubieran acabado juntos. No quería creerlo, pero ¿cómo podía estar segura?

Charlaron largo y tendido. Las estrellas titilaban al otro lado de la ventana de la cocina. La brisa había arreciado, y las hojas de los árboles se movían cadenciosamente, como si fueran las olas del océano. La botella de vino estaba vacía. Amanda se sentía cómoda y relajada. Dawson llevó los platos a la pila y permanecieron de pie, el uno junto al otro, mientras él los lavaba y ella los secaba. De vez en cuando, lo pillaba estudiándola cuando le pasaba uno de los platos, y, a pesar de que en muchos aspectos había transcurrido una vida entera durante los años que habían estado separados, Amanda tenía la extraña sensación de que en realidad nunca habían perdido el contacto.

Cuando acabaron en la cocina, Dawson señaló hacia la puerta trasera.

—¿Puedes quedarte todavía unos minutos?

Amanda echó un vistazo al reloj, y aunque sabía que probablemente debería irse, no pudo contenerse y respondió:

—De acuerdo; solo unos minutos.

Dawson sostuvo la puerta abierta, ella pasó a su lado y descendió los peldaños de madera que crujieron bajo sus pies. La luna ya se había encumbrado, confiriendo al paisaje una extraña y exótica belleza. El suelo estaba cubierto por un resplandeciente rocío que a Amanda le humedecía los dedos de los pies, que sus sandalias dejaban al descubierto. El olor a pino era intenso. Caminaron el uno junto al otro, acompañados del sonido de sus pasos, el canto de los grillos y el susurro de las hojas.

Cerca de la orilla, el roble centenario extendía sus ramas más bajas próximas al suelo, y su imagen se reflejaba en el agua. Se detuvieron cerca. El río había ocupado parte de la orilla, por lo que resultaba casi imposible llegar a las ramas sin mojarse los pies.

—Ahí es donde solíamos sentarnos, ¿te acuerdas? —dijo él.

—Era nuestro sitio favorito —comentó ella—. Sobre todo después de una de mis peleas con mis padres.

—¿Cómo? ¿En esa época te peleabas con tus padres? —Dawson esbozó una teatral mueca de sorpresa—. No me dirás que era por mí, ¿no?

Amanda le propinó un cariñoso puñetazo en el hombro.

—Muy gracioso. Pero, de todos modos, recuerdo que me encaramaba a una de esas ramas y que tú me rodeabas con un brazo, y yo lloraba indignada mientras tú dejabas que me desahogara sobre lo injusto de la situación, hasta que me calmaba. Me parece que era una chica bastante dramática, ¿verdad?

—No me había dado cuenta.

Ella ahogó una carcajada.

—¿Recuerdas cómo saltaban los peces? A veces había tantos que era como estar contemplando un espectáculo.

—Estoy seguro de que esta noche también saltarán.

—Lo sé, pero no será lo mismo. Cuando nos sentábamos aquí, necesitaba verlos. Era como si ellos supieran que precisaba algo especial para sentirme mejor.

—Creía que era yo quien conseguía que te sintieras mejor.

—No, eran los peces —bromeó ella.

Dawson sonrió.

—¿También bajabas aquí con Tuck?

Amanda sacudió la cabeza.

—La pendiente era demasiado pronunciada para él. Pero yo sí; o, por lo menos, lo intentaba.

—¿Qué quiere decir?

—Supongo que quería saber si este sitio me despertaría los mismos sentimientos, pero nunca llegué hasta aquí. No es que viera ni oyera nada raro en el camino, pero me daba miedo pensar que podría haber alguien rondando por el bosque, y mi imaginación… se encargaba del resto. Sabía que estaba completamente sola, y que, si me pasaba algo, nadie acudiría en mi ayuda, así que siempre daba media vuelta y regresaba a la casa de Tuck. Nunca llegué muy lejos.

—Hasta hoy.

—No estoy sola. —Ella estudió los remolinos en el agua, a la espera de ver volar un pez, pero no sucedió nada—. Cuesta creer que hayan pasado tantos años —murmuró—. Éramos tan jóvenes.

—No tanto. —La voz de Dawson era tranquila, y, sin embargo, a la vez irrebatible.

LO MEJOR DE MÍ

—Éramos un par de críos. En esa época no nos lo parecía, pero, cuando te conviertes en madre, tu perspectiva cambia. Quiero decir, Lynn tiene diecisiete años, y no puedo imaginar que sienta lo mismo que yo sentía por entonces. No tiene novio. Y si se escapara a hurtadillas por la ventana de su habitación en mitad de la noche, probablemente yo actuaría del mismo modo que mis padres.

—¿Si no te gustara su novio, quieres decir?

—Aunque pensara que fuera perfecto para ella. —Se volvió para mirarlo a los ojos—. ¿En qué estábamos pensando?

—No pensábamos —contestó él—. Estábamos enamorados.

Amanda se lo quedó mirando; sus ojos captaban los bellos destellos de la luna.

—Siento mucho no haber escrito ni tampoco haber ido a verte; en Caledonia, quiero decir.

—No pasa nada.

—Sí, sí que pasa. Pero te aseguro que pensaba en lo nuestro, en nosotros, todo el tiempo. —Alargó el brazo para acariciar el roble, como si esperara que el viejo árbol le insuflara coraje antes de continuar—. Pero cada vez que me sentaba a escribir, me quedaba paralizada. ¿Por dónde empezar? ¿Debía contarte cosas que atañían a mis clases y a mis compañeras de habitación? ¿O preguntarte qué tal te iba la vida? Me ponía a escribir, pero, cuando lo releía, no me parecía adecuado, así que rompía la hoja y me prometía a mí misma que volvería a intentarlo al día siguiente. Y un día daba paso a otro, y luego a otro... Y de repente, había pasado demasiado tiempo y...

—No estoy enfadado, ni tampoco lo estaba entonces.

—¿Porque ya me habías olvidado?

—No —contestó él—. Porque en esa época apenas me soportaba a mí mismo. Y para mí era muy importante saber que habías rehecho tu vida. Quería que disfrutaras de la clase de vida que yo jamás podría haberte dado.

—No hablas en serio.

—Hablo muy en serio —replicó él.

—Entonces es ahí donde te equivocas. Todas las personas nos arrepentimos de determinadas cosas de nuestro pasado,

81

cosas que nos gustaría cambiar, incluso yo. Mi vida tampoco es que haya sido perfecta.

—¿Quieres hablar de ello?

Muchos años atrás, Amanda había sido capaz de contárselo todo a Dawson y, a pesar de que todavía no estaba lista, tenía la impresión de que solo era cuestión de tiempo que volviera a pasar. Aquella constatación la asustó, por más que admitiera que él había logrado despertar unos sentimientos en su interior que llevaban dormidos mucho tiempo, muchísimo.

—¿Te enfadarás si te digo que todavía no estoy lista para hablar de ello?

—No, por supuesto que no.

Ella le ofreció una parca sonrisa.

—Entonces, ¿qué tal si disfrutamos de estos momentos tan especiales unos minutos más, tal y como solíamos hacer? Se respira tanta paz, aquí...

La luna había continuado su lento ascenso, iluminando el ambiente con un brillo etéreo; aparte de su resplandor, las estrellas titilaban débilmente, como pequeños prismas. Mientras estaban el uno junto al otro, Dawson se preguntó cuántas veces ella habría pensado en él a lo largo de aquellos años. Con menos frecuencia que él había pensado en ella, de eso estaba seguro, pero tenía la impresión de que los dos se sentían solos, aunque de formas distintas. Él era una figura solitaria en un vasto paisaje desolado, en cambio ella era una cara en medio de una innumerable multitud. Pero ¿acaso no siempre había sido así, incluso cuando eran un par de adolescentes? Eso era lo que los había unido, y de algún modo habían sabido encontrar la felicidad juntos.

En la oscuridad, oyó a Amanda suspirar.

—Será mejor que me marche —dijo ella.

—Lo sé.

Amanda se sintió aliviada con su respuesta, pero a la vez un poco decepcionada. Dieron la espalda al río y retomaron el camino hacia la casa en silencio, los dos perdidos en sus propios pensamientos. Una vez dentro, Dawson apagó las luces y acto seguido ella cerró la puerta con llave, antes de que los dos se dirigieran despacio hacia los coches. Él se desvió hasta el vehículo de Amanda y le abrió la puerta con cortesía.

—Te veré mañana en el despacho del abogado —dijo.

—A las once.

Bajo la luz de la luna, el pelo de Amanda era una cascada plateada. Dawson se contuvo para no deslizar los dedos por él.

—Lo he pasado muy bien esta noche. Gracias por la cena.

De pie, junto a él, Amanda tuvo el repentino y absurdo pensamiento de que quizás iba a intentar besarla. Por primera vez desde sus años en el instituto, notó que le faltaba el aliento bajo la atenta mirada de un hombre. Se volvió bruscamente antes de que él pudiera intentarlo.

—Me ha encantado verte, Dawson.

Se sentó al volante y suspiró aliviada al ver que él cerraba la puerta. Giró la llave y puso la marcha atrás.

Él se despidió con la mano mientras Amanda retrocedía y giraba el volante. Se quedó de pie, mirando cómo se alejaba por la carretera sin asfaltar; las luces rojas traseras traquetearon levemente hasta que el coche tomó una curva y se perdió de vista.

Dawson regresó al taller. Encendió el interruptor de la luz y, a medida que la bombilla desnuda cobraba vida sobre su cabeza, tomó asiento sobre una pila de ruedas. Todo estaba en silencio, nada se movía excepto una polilla que revoloteaba hacia la luz. Mientras el insecto chocaba una y otra vez contra la bombilla, Dawson reflexionó sobre el hecho de que Amanda hubiera seguido adelante con su vida. Fuesen cuales fuesen las congojas o problemas que ocultaba —y él sabía que estaban allí— había conseguido la clase de vida que siempre había querido. Tenía un marido, unos hijos y una casa en la ciudad, y sus recuerdos de los últimos años giraban en torno a esa realidad. Era tal como debería ser.

Allí sentado, en el taller de Tuck, Dawson supo que se había estado mintiendo a sí mismo al pensar que él también había seguido adelante con su vida. No era verdad. Siempre creyó que ella lo había olvidado, pero, unos minutos antes, Amanda se lo había confirmado. En lo más profundo de su ser, Dawson notaba como si algo se hubiera movido, se hubiera desprendido. Hacía muchos años que se había despedido de ella, y desde entonces había querido creer que había

83

tomado la decisión correcta. Sin embargo, sentado allí solo bajo la silenciosa luz amarilla de un taller abandonado, ya no estaba tan seguro. La había amado una vez, y nunca había dejado de hacerlo, y el hecho de pasar unas horas con ella aquella noche no había cambiado aquella sencilla verdad. Pero cuando finalmente buscó las llaves de su coche, fue consciente de algo más, algo que no había esperado.

Se puso de pie y apagó la luz. Acto seguido, enfiló hacia su auto sintiéndose extrañamente abatido. Después de todo, una cosa era ser consciente de que sus sentimientos hacia Amanda no habían cambiado, y otra cosa diferente era enfrentarse al futuro con la certeza de que siempre estaría enamorado de ella.

6

Las cortinas en la pensión eran muy finas, por lo que la luz del sol despertó a Dawson apenas unos minutos después de que despuntara el día. Se dio la vuelta, con la esperanza de poder conciliar el sueño de nuevo, pero no lo logró. Por las mañanas, le dolía todo el cuerpo, especialmente la espalda y los hombros. Se preguntó cuántos años más podría seguir trabajando en la plataforma petrolífera; su cuerpo acumulaba un excesivo desgaste y, cada año, sus lesiones parecían ir en aumento.

Agarró la bolsa de lona y sacó la ropa deportiva, se vistió y bajó las escaleras silenciosamente. La pensión era tal y como había imaginado: cuatro habitaciones en el piso superior, con una cocina, el comedor y una sala de estar en la planta baja. Los propietarios, como era de esperar, tenían la casa decorada al estilo náutico, con veleros de madera en miniatura encima de las mesas y cuadros de goletas colgados en las paredes. Sobre la chimenea, había un vetusto timón, y en la puerta, clavado con chinchetas, un mapa del río con sus canales.

Los propietarios todavía no se habían despertado. Cuando Dawson llegó la noche anterior, le comunicaron que habían dejado las flores que había encargado en su habitación, y que el desayuno se servía a las ocho. Le quedaba bastante rato antes de la reunión con el abogado para hacer todo lo que se proponía.

En el exterior, la mañana despuntaba resplandeciente. Sobre el río planeaba una fina capa de bruma como si fuera una nube baja, pero, por encima, el cielo brillaba con un azul intenso y despejado en todas direcciones. El aire ya era cálido, presagio de un día caluroso. Dawson hizo rotaciones de hombros durante unos minutos y empezó a correr antes de salir a la carretera. Necesitó unos minutos antes de que su cuerpo empezara a sentirse más flexible y adoptara un ritmo cómodo.

La carretera estaba tranquila cuando entró en el pequeño núcleo de Oriental. Pasó por delante de dos tiendas de antigüedades, una ferretería y unas cuantas agencias inmobiliarias; en el lado opuesto de la calle, el bar Irvin ya estaba abierto; había un puñado de coches aparcados delante del establecimiento. Por encima del hombro, vio que la niebla sobre el río había empezado a disiparse; respiró hondo, solazándose con el intenso aroma a pino y a sal. Cerca del puerto deportivo, pasó por delante de una bulliciosa cafetería. Al cabo de unos minutos, cuando ya no sentía el cuerpo entumecido, fue capaz de incrementar el ritmo de sus zancadas. En el puerto, las gaviotas volaban en círculos y llenaban el aire de graznidos mientras la gente cargaba las neveras portátiles en los veleros. Dawson dejó atrás una rústica tienda donde vendían cebo para pescar.

Pasó por delante de la primera iglesia bautista y admiró los vitrales, intentando recordar si se había fijado en ellos de niño. Entonces llegó a la puerta del bufete de Morgan Tanner. Sabía la dirección y se fijó en la placa situada en el diminuto edificio de ladrillo encastrado entre una droguería y una tienda de numismática. En la placa también se podía leer el nombre de otro abogado, aunque no parecían compartir el mismo bufete. Se preguntó por qué Tuck había elegido a Tanner. Hasta la llamada, nunca había oído el nombre de aquel individuo.

Cuando Dawson llegó al otro extremo del núcleo de Oriental, abandonó la carretera principal y se perdió por las calles aledañas, corriendo sin un destino en particular.

No había dormido bien. Se había pasado toda la noche pensando en Amanda y en la familia Bonner. En la cárcel, aparte de Amanda, no había podido dejar de pensar en Marilyn Bonner. Ella había testificado en la audiencia. Su testimonio sirvió para enfatizar que no solo le había arrebatado al hombre que amaba y al padre de sus hijos, sino que además había destruido por completo su vida. En un tono desgarrador, declaró que no tenía ni idea de cómo iba a mantener a su familia, o qué iba a ser de ellos. Por lo visto, el doctor Bonner no tenía contratado ningún seguro de vida.

Finalmente, Marilyn Bonner perdió su casa. Se marchó a vivir con sus padres, en el viejo rancho, pero no tuvo una vida fácil. Su padre ya se había retirado y sufría una fase incipiente de enfisema. Su madre tenía diabetes. Los pagos por arrendamiento de la finca se comían casi todos los ingresos que obtenían de los campos de cultivo. Dado que sus padres necesitaban atención con dedicación casi exclusiva entre los dos, Marilyn solo podía trabajar media jornada. Con su pequeño salario y la paga de la seguridad social de sus padres, apenas alcanzaba para cubrir los gastos, y a veces ni eso. El destartalado rancho donde vivían se caía a trozos y se empezaron a demorar en los pagos de los terrenos arrendados donde tenían los campos de cultivo.

Cuando Dawson salió de la cárcel, la situación para la familia Bonner era desesperada. Él no lo supo hasta que se presentó en el rancho para pedir disculpas seis meses más tarde. Cuando Marilyn abrió la puerta, Dawson apenas la reconoció; su pelo se había vuelto gris y tenía la piel cetrina. Ella, en cambio, lo reconoció de buenas a primeras y, antes de que él pudiera decir ni una sola palabra, le gritó que se marchara o llamaría a la policía; en pleno ataque de histeria, le soltó que le había destrozado la vida, que había matado a su marido, que ni siquiera tenía dinero para reparar las goteras del techo ni para contratar a los albañiles que necesitaba, y que los banqueros amenazaban con arrebatarles los campos de cultivo. Le dijo que nunca más se acercara a su casa. Dawson se fue, pero un poco más tarde, aquella misma noche, regresó al rancho, estudió la estructura decadente y se paseó entre las hileras de manzanos y melocotoneros. A la semana siguiente, después de recibir la paga de Tuck, fue al banco y ordenó que prepararan un cheque a nombre de Marilyn Bonner por prácticamente la cantidad entera de la paga, junto con todo lo que había ahorrado desde que había salido de la cárcel, y que se lo enviaran a la viuda sin ninguna nota adjunta.

Desde entonces, la vida de Marilyn había mejorado sustancialmente. Cuando sus padres fallecieron, heredó el rancho y los campos de cultivo. A pesar de que le costó mucho salir adelante, poco a poco fue capaz de devolver los pagos atrasados por los terrenos arrendados y llevar a cabo las reparaciones necesarias. En la actualidad, era la propietaria de aquellos terrenos, y no debía nada a nadie. Después de que Dawson se marchara del pueblo, Marilyn inició un negocio de venta de mermeladas caseras por correo. Con la ayuda de Internet, su negocio había crecido hasta el punto de que ya no estaba asfixiada por las facturas. A pesar de que no se había vuelto a casar, llevaba casi dieciséis años saliendo con Leo, un contable de la localidad.

En cuanto a sus hijos, Emily, después de graduarse por la Universidad de Carolina del Norte, se marchó a vivir a Raleigh, donde trabajaba de encargada de unos grandes almacenes, y se preparaba, probablemente, para algún día hacerse cargo del negocio de su madre. Alan vivía en la finca familiar, en un bungaló prefabricado que le había comprado su madre, y no había ido a la universidad, pero gozaba de un trabajo estable y, en las fotos que Dawson recibía, siempre parecía feliz.

Una vez al año, Dawson recibía las fotos en Luisiana junto con un breve informe que lo ponía al corriente sobre Marilyn, Emily y Alan. Los detectives privados que había contratado siempre eran meticulosos, aunque nunca fisgoneaban demasiado.

A veces se sentía culpable de haber ordenado que siguieran a los Bonner, pero tenía que saber si había sido capaz de contribuir de una forma mínimamente positiva a sus vidas. Eso era todo lo que quería desde la noche del accidente, y por eso había estado enviando cheques mensualmente durante las dos últimas décadas, casi siempre por medio de cuentas bancarias anónimas establecidas fuera del país. Dawson era, después de todo, responsable de la mayor pérdida que había sufrido aquella familia. Mientras corría por las silenciosas calles, sabía que estaba dispuesto a hacer lo que fuera para remediar aquel mal.

Abee Cole podía notar el malestar que le provocaba la fiebre. A pesar del intenso calor estaba temblando. Dos días antes, se había enfrentado con su bate de béisbol a un tipo que lo había provocado, y el muy desgraciado había contraatacado por sorpresa con un cúter y le había abierto un buen tajo en el vientre.

Un poco antes, aquella misma mañana, se había fijado en que la herida supuraba pus verde y despedía un desagradable olor, a pesar de los fármacos, que se suponía que tenían que ayudar. Si no le bajaba pronto la fiebre, no se lo pensaría dos veces antes de moler a palos al primo Calvin con su bate; era él quien le había jurado y perjurado que los antibióticos que había robado en la consulta del veterinario funcionarían.

De repente, sin embargo, se quedó totalmente pasmado. Acababa de ver pasar a Dawson corriendo por el otro lado de la calle. Por un momento consideró qué hacer con él.

Ted estaba en la misma calle, un poco más abajo, en uno de esos supermercados que abrían las veinticuatro horas del día. Abee se preguntó si habría visto a Dawson. Probablemente no, o habría salido disparado de la tienda como un toro salvaje. Desde que se había enterado de que Tuck estaba tan jodido, Ted había estado esperando que Dawson se dejara caer por el pueblo, probablemente afilando la navaja, cargando la escopeta y comprobando sus granadas o bazucas, o cualquier otro artefacto que guardara en aquella madriguera de ratas que compartía con Nikki, su pareja, una pobre pelandusca vagabunda.

Ted no estaba muy bien de la cabeza, nunca lo había estado; no era más que un saco lleno de rabia. Nueve años en la cárcel tampoco habían servido para enseñarle a controlar sus arranques violentos. En los últimos años, había llegado a tal punto que era casi imposible mantenerlo a raya. Sin embargo, Abee pensaba que eso también tenía sus ventajas. Ted era un matón peligroso, y todos los Cole que trabajaban en la elaboración del *crank* le tenían miedo y no se atrevían a rechistar. Ted tenía a todo el mundo aterrorizado, y a Abee le parecía perfecto; así la familia se limitaba a cumplir órdenes y no metía las narices en sus negocios. Aunque no sintiera un especial afecto por su hermano pequeño, tenía que admitir que le era útil.

Pero Dawson había regresado, ¿y quién sabía cómo iba a reaccionar Ted? Abee ya había supuesto que aparecería cuando Tuck la palmara, pero esperaba que mostrara el suficiente sentido común como para quedarse solo el tiempo necesario para rendir el debido respeto al muerto y largarse pitando, antes de que nadie se enterara de que había estado en el pueblo. Eso era lo que cualquiera con dos dedos de frente habría hecho, y es-

89

taba seguro de que Dawson era lo bastante listo como para saber que Ted sentía unas enormes ganas de matarlo cada vez que se miraba en el espejo y veía su nariz torcida.

A Abee le importaba un bledo lo que le pasara a Dawson, pero no quería que Ted se metiera en más problemas. Ya le costaba bastante tirar del negocio familiar, con los federales, la poli estatal y el *sheriff* siempre dispuestos a meter las narices. Ya no era como en los viejos tiempos, cuando les temían; ahora la poli tenía helicópteros, perros adiestrados, cámaras infrarrojas y chivatos por todas partes. Abee tenía que pensar en todo; tenía que ingeniárselas constantemente para esquivar la ley.

De todos modos, Dawson era mucho más listo que los drogatas y chorizos con los que Ted solía tratar. Podían criticarlo tanto como quisieran, pero había tenido las santas narices de enfrentarse a Ted y a su papaíto cuando los dos iban armados, y eso no era moco de pavo. Dawson no temía ni a Ted ni a Abee, y estaría preparado. Cuando se lo proponía, podía ser despiadado. Solo por eso, su hermano debería pensárselo dos veces antes de enfrentarse a él; pero no lo haría, porque nunca pensaba antes de actuar.

Lo último que le faltaba era que volvieran a meter a Ted en la cárcel. Lo necesitaba, con la mitad de su familia enganchada a la droga y tan propensa a cometer estupideces. Abee tenía que evitar que se le fuera la pinza cuando viera a Dawson, porque si no su hermanito acabaría otra vez ante el juez. Solo de pensarlo notaba como le ardía el estómago y sentía unas náuseas incontrolables.

Abee se inclinó hacia delante y vomitó en el asfalto. Se limpió la boca con el dorso de la mano en el preciso instante en que Dawson doblaba la esquina y desaparecía de su vista. Ted todavía no había salido de la tienda. Suspiró aliviado y decidió que no iba a decirle que lo había visto. Volvió a estremecerse por el intenso ardor en el vientre. ¡Por Dios! Estaba hecho una verdadera mierda. ¿Quién hubiera pensado que aquel desgraciado llevaba un cúter encima?

Abee no se había propuesto matar a ese tipo; solo quería darle un escarmiento, tanto a él como a cualquiera que se hiciera ilusiones con Candy. De todos modos, la próxima vez no se arriesgaría; cuando empezara a repartir, no pararía. Iría con cuidado, eso sí —siempre iba con cuidado cuando podía meterse en un lío gordo—, pero todos tenían que saber que su novia no estaba disponible. Que nadie la mirara ni se le acercara, y mucho menos se hiciera ilusiones de tirársela. Candy protestaría, seguro, pero ella debía comprender que ya no estaba libre. No quería tener que desgraciar aquella carita tan bonita para dejárselo claro.

Candy no sabía qué hacer con Abee Cole. Habían salido juntos varias veces, y sabía que él pensaba que era su noviete y que por eso tenía derecho a decirle cómo tenía que comportarse. Pero era un hombre, y ya hacía tiempo que Candy había comprendido cómo pensaban los hombres, incluidos los chulos y matones como Abee. Aunque solo tuviera veinticuatro años, llevaba viviendo sola desde los diecisiete. Había aprendido que, mientras luciera aquella cabellera rubia larga y suelta, y mirara a los chicos con aquella mirada seductora, podría seguir haciendo más o menos lo que le viniera en gana. Sabía cómo conseguir que un hombre se sintiera interesante, por más soso que fuera en realidad. Y en los últimos siete años, esas tácticas le habían servido de mucho. Conducía un Mustang descapotable, cortesía de un cuarentón de Wilmington, y tenía una estatuilla de Buda que exhibía orgullosa en el alféizar de su ventana, que en teoría estaba hecha de oro; se la había regalado un adorable chinito de Charleston. Sabía que si se le ocurría decirle a Abee que andaba justa de dinero, él probablemente le daría unos cuantos billetes y se sentiría como un rey.

Aunque, pensándolo bien, quizá no fuera una buena idea. Candy no era de aquel condado; ni siquiera sabía quiénes eran los Cole hasta que había llegado a Oriental, unos meses antes. Cuanto más sabía de ellos, más dudas tenía sobre si seguir con Abee. Y no porque fuera un delincuente; ya había salido varios meses con un traficante de coca en Atlanta a cambio de casi veinte mil dólares, y él había estado tan encantado con el trato como ella. Pero, en este caso, su malestar tenía que ver sobre todo con Ted.

A menudo, los dos hermanos estaban juntos, cuando Abee iba a verla, y la verdad era que Ted le daba muy mal rollo. No

NICHOLAS SPARKS

solo por su cara picada de viruela ni por sus repugnantes dientes marrones. Había algo más. Era... todo él, en general. Cuando le sonreía, lo hacía de una forma siniestra, como si no pudiera decidir si prefería estrangularla o besarla, aunque las dos posibilidades le parecieran igualmente divertidas.

Ted le había dado muy mal rollo desde el principio, pero Candy tenía que admitir que, cuanto más conocía a Abee, más preocupada estaba, porque los dos hermanos parecían cortados con el mismo patrón. Últimamente, se mostraba un pelín... posesivo, lo que empezaba a asustarla.

Pensándolo bien, quizás había llegado la hora de largarse de aquel pueblo. Iría hacia el norte, a Virginia, o al sur, a Florida; la verdad, le daba igual. Se habría marchado a la mañana siguiente, sin vacilar, pero el problema era que todavía no tenía suficiente pasta para emprender el viaje. Nunca se le había dado bien eso de ahorrar, pero pensaba que, si camelaba a los clientes en el bar durante el fin de semana y jugaba bien sus cartas, el domingo podría disponer de suficiente dinero como para largarse pitando de allí, antes de que Abee Cole se diera cuenta de sus intenciones.

La furgoneta de reparto se salió del carril central e invadió la cuneta, pero rápidamente recuperó el control. La extraña maniobra se debía a que Alan Bonner había intentado sacar un cigarrillo del paquete dándole unos golpecitos contra el muslo a la vez que intentaba no derramar ni una gota de la taza de café que apresaba entre ambas piernas. En la radio, sonaba música *country*, una canción sobre un hombre que había perdido a su perro y quería un perro, o quería comerse un perrito caliente o algo parecido; la letra nunca había sido tan importante como el ritmo, y aquella canción tenía un ritmo brutal. Si además añadía el hecho de que era viernes, lo que significaba que solo le quedaban siete horas más de trabajo antes del largo y glorioso fin de semana que le esperaba, se podía entender por qué Alan estaba especialmente de buen humor.

—¿No deberías bajar el volumen? —sugirió Buster.

Buster Tibson era el nuevo aprendiz de la empresa, y ese era el único motivo por el que se había avenido a montarse en la furgoneta. Se había pasado toda la semana quejándose de todo y haciendo preguntas sin parar, una situación lo bastante agobiante como para volver loco a cualquiera.

—¿Qué pasa? ¿No te gusta esta canción?

—Escuchar la radio con el volumen demasiado alto puede provocar que el conductor se distraiga. Ron insistió mucho en ello cuando me contrató.

Esa era otra cosa que le molestaba de Buster, que era demasiado estricto con las normas. Probablemente por eso Ron lo había contratado.

Alan acabó de sacar el cigarrillo del paquete con otro par de golpecitos y se lo colocó entre los dientes. Entonces se puso a buscar el encendedor. El mechero se había quedado apresado en el forro del bolsillo, por lo que necesitó concentrarse otra vez para no derramar el café mientras hurgaba.

—No te preocupes por eso. Es viernes, ¿recuerdas?

Buster no parecía satisfecho con la respuesta. Cuando Alan miró a su acompañante de reojo, se fijó en que aquella mañana se había planchado la camisa. Seguro que lo había hecho para impresionar a Ron. Probablemente, también había entrado en su despacho con una libretita y un bolígrafo para anotar todo lo que le decía mientras, al mismo tiempo, le halagaba por sus conocimientos en la materia.

¿Y su nombre? Esa era otra cuestión que tener en cuenta. ¿Qué clase de padre pondría a su hijo «Buster»?

La furgoneta de reparto volvió a desviarse hacia la cuneta cuando Alan sacó finalmente el encendedor.

—Oye, solo por curiosidad, ¿cómo es que te pusieron Buster? —le preguntó.

—Es el nombre de mi abuelo, por parte materna. —Buster frunció el ceño—. ¿Cuántos repartos tenemos que hacer hoy?

Buster se había pasado toda la semana haciendo la misma pregunta. Alan todavía no entendía por qué era tan importante saber el número exacto. Repartían galletitas saladas, frutos secos, patatas fritas, embutidos envasados al vacío y otros productos similares en gasolineras y pequeños supermercados, pero la clave estaba en no hacer toda la ruta pitando, o Ron añadiría más paradas. Alan había aprendido la lección el año anterior, y no pensaba cometer el mismo error. Su ruta ya cu-

93

bría todo el condado de Pamlico, lo que significaba que tenía que pasarse horas y horas conduciendo por las carreteras más aburridas de toda la historia de la humanidad. De todos modos, aquel era, sin lugar a dudas, el mejor empleo que había tenido en su vida, y con diferencia; mucho mejor que ser albañil, jardinero, lavacoches, o cualquier otro trabajo que había hecho desde que había salido del instituto. Al menos podía respirar aire puro y escuchar música a toda castaña, y no tenía que soportar en el cogote el aliento de un jefe insoportable. Además, la paga tampoco estaba mal.

Alan dobló los codos y unió ambas manos para proteger el cigarrillo de la corriente de aire mientras lo encendía, luego echó el humo por la ventanilla abierta.

—Bastantes. Tendremos suerte si conseguimos repartirlo todo.

Buster se volvió hacia su ventanilla y se cubrió la boca y la nariz con una mano para no inhalar el humo del cigarrillo.

—Entonces, quizá no deberíamos hacer una pausa tan larga para comer.

¡Qué pelma que era ese niñato! Y en realidad solo era eso, un niñato, aunque, técnicamente, Buster fuera mayor que él. Sin embargo, lo último que le faltaba era que le fuera con el cuento a Ron de que Alan no daba golpe.

—No es cuestión del rato que dedicamos a comer —replicó Alan, intentando adoptar un tono comedido—. Se trata de la atención al cliente. No puedes llegar a un sitio, descargar la mercancía y salir corriendo; tienes que hablar con la gente, ser amable. Nuestro trabajo consiste en asegurarnos de que los clientes queden satisfechos. Por eso siempre procuro ceñirme a las reglas.

—¿Como fumar, por ejemplo? Sabes que no deberías fumar en la furgoneta.

—Todos tenemos algún que otro vicio.

—¿Y conducir con la música a tope?

«Uy, uy, uuuuyyyy…» Por lo visto, el niñato se estaba dedicando a elaborar una lista de defectos. Alan tenía que pensar en una excusa, y rápido.

—Solo lo he hecho por ti, como una celebración, ¿sabes? Es el último día de tu semana de prueba. Has hecho un buen trabajo. Cuando acabemos esta tarde, le diré a Ron que ha hecho un buen fichaje.

Mencionar a Ron de ese modo bastó para que Buster se quedara callado unos minutos, lo que, aunque no pareciera mucho, le sabía a gloria, después de pasar una semana encerrado en la furgoneta con ese pelma. Alan contaba las horas que faltaban para que acabara el día, y afortunadamente, la semana siguiente tendría de nuevo la furgoneta para él solo.

¿Y aquella noche? Bueno, aquella noche… empezaba el fin de semana, lo que significaba que haría todo lo posible por olvidarse del pesado de Buster. Tenía ganas de ir al Tidewater, un bareto que había en las afueras del pueblo y que era casi el único local con marcha de la zona. Se tomaría unas cervezas, jugaría al billar y, con un poco de suerte, vería a esa camarera tan tremenda, si es que le tocaba trabajar aquella noche. Llevaba unos pantalones vaqueros ajustados que resaltaban su espléndida figura y, cada vez que le servía una cerveza, se inclinaba por encima de la barra con su top provocativo, por lo que la cerveza sabía mucho mejor. Alan pensaba repetir el sábado y el domingo por la noche, seguro; bueno, eso suponiendo que su madre tuviera planes con Leo, su novio de hacía un montón de años, y no pasara a verlo por su casa, tal y como había hecho la noche anterior.

Alan no comprendía por qué ella y Leo no se casaban de una vez; así ella estaría más ocupada y no se dedicaría a controlarlo tanto. ¡Ni que fuera un crío! Lo que no quería aquel fin de semana era tener que hacerle compañía a su madre; no, de ningún modo. ¿Qué más daba si el lunes estaba hecho polvo? El lunes, Buster ya dispondría de su propia furgoneta de reparto, así que, si eso no era motivo de celebración…

Marilyn Bonner estaba preocupada por Alan.

No todo el tiempo, por supuesto, y hacía lo posible por controlar sus temores. Después de todo, su hijo ya era una persona adulta, lo bastante mayorcito como para tomar sus propias decisiones. Pero ella era su madre, y el principal problema de Alan, tal y como ella lo veía, era que siempre optaba por la vía más fácil, que no conducía a ninguna parte, en vez de tomar un camino que supusiera un mayor reto y que le pudiera reportar más ventajas. Le preocupaba que él viviera como si fuera todavía un adolescente, y no como un hombre hecho y derecho de veintisiete años. La noche anterior, cuando Marilyn había pasado a verlo por su casa, lo había encontrado jugando con la consola, y la primera reacción de Alan fue invitarla a jugar una partida. Mientras ella permanecía de pie en el umbral de la puerta, se preguntó cómo podía haber criado a un hijo que no parecía conocerla ni en lo más básico.

Sin embargo, sabía que podría ser peor, mucho peor. En lo primordial, Alan le había salido bien. Era amable y tenía un empleo, y nunca se metía en líos, así que no se podía quejar, con lo que corría por ahí en esos tiempos. No era tan ilusa; leía la prensa y se enteraba de los chismes que circulaban por el pueblo. Sabía que muchos de los amigos de Alan, jóvenes a quienes conocía desde que eran niños, incluso algunos provenientes de las mejores familias, habían caído en el mundo de las drogas o bebían en exceso; incluso alguno había acabado en prisión. Era lógico, teniendo en cuenta dónde vivían. Demasiada gente idealizaba el Estados Unidos rural, el de los pueblos pequeños, como en uno de esos cuadros bucólicos de Norman Rockwell, pero la realidad era muy distinta. Salvo por los médicos y abogados o las personas que tenían su propio negocio, no había puestos de trabajo muy bien remunerados en Oriental, ni en ningún otro pueblo pequeño (para ser más precisos), así que, aunque en muchos aspectos fuera un lugar ideal para criar a los niños, allí los jóvenes no podían aspirar a gran cosa. En aquellos pueblos no existían, ni nunca existirían, puestos directivos de nivel intermedio, ni tampoco es que hubiera mucha cosa que hacer los fines de semana, o gente nueva a la que conocer. Marilyn no comprendía por qué Alan quería seguir viviendo allí, pero, mientras su hijo fuera feliz y se labrara su propio futuro, estaba dispuesta a facilitarle las cosas, incluso si eso significaba comprarle un bungaló prefabricado a un tiro de piedra del rancho para ayudarlo a abrirse paso.

No, no idealizaba en absoluto los pueblos como Oriental. En ese sentido, no era como las otras mujeres de familias distinguidas de la localidad, pero, claro, el hecho de haberse quedado viuda tan joven y de haber tenido que sacar adelante a sus dos hijos sola bastaba para cambiarle el punto de vista a cualquiera. Ser una Bennett y haber estudiado en la Universidad de Carolina del Norte no había evitado que los banqueros hubieran intentado arrebatarle los campos de cultivo. Tampoco su apellido ni las conexiones con otras familias poderosas la habían ayudado a salir adelante de sus penurias. Ni siquiera su loada licenciatura en Finanzas por la Universidad de Carolina del Norte le había concedido carta blanca.

Al final, todo se fundamentaba en el dinero contante y sonante; todo se basaba en lo que una persona hacía, y no en lo que uno creía ser. Precisamente por eso Marilyn ya no podía soportar más el *statu quo* en Oriental. En esos momentos, prefería contratar a una inmigrante con ganas de trabajar que a la típica chica mona con la clásica mentalidad cerrada de los estados del Sur, recién salida de la Universidad de Duke o de la de Carolina del Norte, que creía que el mundo le debía una vida cómoda. Probablemente, aquella noción resultaba chocante para personas como Evelyn Collier o Eugenia Wilcox; seguro que les parecería una verdadera blasfemia, pero ya hacía mucho tiempo que Marilyn veía a Evelyn, a Eugenia y a la gente de su clase como dinosaurios, aferrados a un mundo que ya no existía. En una de las últimas reuniones a la que había asistido en el consistorio, incluso se había atrevido a expresarlo en voz alta. En el pasado, sus críticas habrían causado una verdadera conmoción, pero Marilyn era una de las pocas empresarias del pueblo cuya compañía estaba en fase de expansión, así que nadie podía aducir nada contra ella, ni siquiera Evelyn Collier o Eugenia Wilcox.

97

Desde la muerte de David, había aprendido a apreciar su independencia, que se había ganado con tanto esfuerzo. Había aprendido a fiarse de sus instintos, y debía admitir que le gustaba tener el control de su propia vida, sin que las expectativas de nadie se entrometieran en su camino. Seguramente, por eso rechazaba las repetidas propuestas de matrimonio de Leo.

Leo era un contable de Morehead City. Era inteligente, rico, y Marilyn se sentía muy cómoda con él. Pero lo más importante, quizás, era el respeto que le profesaba, y los chicos lo adoraban, siempre lo habían adorado. Emily y Alan no comprendían por qué ella seguía diciéndole que no.

Sin embargo, Leo sabía que ella siempre diría que no, y no le importaba, porque la verdad era que ambos se sentían cómodos con la situación. Probablemente irían al cine el sábado por la noche, y el domingo ella acudiría a misa y luego se pasaría por el cementerio para rendir sus respetos a David, como había hecho todas las semanas durante casi un cuarto de siglo. Después se reuniría con Leo para comer. Marilyn lo quería a su manera; quizá los otros no comprendieran esa clase de amor, pero no le importaba. Lo que Leo y ella compartían era bueno para los dos.

A medio camino, hacia la otra punta del pueblo, Amanda estaba bebiendo café en la cocina, sentada junto a la mesa, procurando no prestar atención al incómodo silencio de su madre.

La noche anterior, al llegar a casa, la estaba esperando en la sala. Incluso antes de que Amanda tuviera la oportunidad de sentarse, había empezado el interrogatorio: «¿Dónde has estado? ¿Por qué llegas tan tarde? ¿Por qué no has llamado?».

Amanda le recordó que sí que había llamado, pero, en lugar de dejarse arrastrar por la conversación acusadora que su madre obviamente estaba deseando, farfulló que le dolía la cabeza y que lo que de verdad necesitaba era tumbarse en su cuarto. Si aquella mañana el comportamiento de su madre servía de indicativo, era obvio que no le había sentado nada bien la excusa de Amanda. Aparte de un rápido «buenos días» cuando había entrado en la cocina, su madre no había dicho nada más; y enfiló directamente hacia la tostadora. Después de remarcar su silencio con un exagerado suspiro, había metido un par de rebanadas. Mientras se tostaban, su madre había vuelto a suspirar, esta vez más fuerte.

«Ya lo he pillado. Estás enfadada. ¿Satisfecha, ahora?», le habría gustado decir a Amanda.

En lugar de eso, sin embargo, tomó otro sorbo de café, decidida a no dejarse arrastrar a la confrontación, por más que su madre la provocara.

Amanda oyó el clic de la tostadora. Las rebanadas de pan estaban listas. Su madre abrió el cajón y sacó un cuchillo antes de cerrarlo con un golpe seco; luego empezó a untar la tostada con mantequilla.

—¿Ya estás mejor? —preguntó finalmente su madre, sin darse la vuelta.

—Sí, gracias.

—¿Vas a contarme lo que pasa, dónde estuviste anoche?

—Ya te lo dije, salí tarde de Durham. —Amanda hizo un gran esfuerzo para mantener un tono sosegado.

—Te llamé varias veces, pero todo el rato salía el mensaje grabado de tu buzón de voz.

—Se me acabó la batería. —Se le había ocurrido aquella mentira la noche previa, de camino a casa. Era tan fácil predecir lo que su madre diría…

La mujer cogió un plato.

—¿Por eso tampoco llamaste a Frank?

—Hablé con él ayer, más o menos una hora después de que llegara a casa, después del trabajo.

Amanda agarró el periódico que descansaba sobre la mesa y echó un vistazo a los titulares con actitud indiferente.

—Pues Frank también llamó aquí.

—¿Y?

—Se sorprendió cuando le dije que todavía no habías llegado. —La madre de Amanda adoptó un porte altivo—. Me dijo que habías salido de casa hacia las dos.

—Tenía unos recados pendientes por hacer —replicó ella. Pensó que las mentiras fluían con una pasmosa facilidad, pero la verdad era que tenía mucha práctica.

—Frank parecía preocupado.

«No, lo que pasa es que seguramente estaba borracho. Seguro que ya ni se acuerda», pensó Amanda, que se levantó de la mesa y volvió a llenar su taza con más café.

—Ya lo llamaré más tarde.

Su madre tomó asiento en otra silla.

—Para que lo sepas, anoche me habían invitado a jugar al *bridge*.

«¡Ah! Así que se trata de eso…», pensó. O por lo menos, en parte se trataba de eso. Su madre era adicta a las partidas de *bridge*, y llevaba casi treinta años jugando con el mismo grupo de mujeres.

—Deberías haber ido.

—No podía, porque sabía que ibas a venir y pensaba que

cenaríamos juntas. —Su madre irguió más la espalda, con porte indignado—. Eugenia Wilcox tuvo que reemplazarme.

Eugenia Wilcox vivía un poco más abajo en la misma calle, en otra de las mansiones históricas, tan impresionante como la de Evelyn. A pesar de que en teoría eran amigas —su madre y Eugenia se conocían desde niñas— siempre había existido una rivalidad latente entre ellas, acerca de cuál de las dos tenía la casa más primorosa, el jardín más exquisito y cosas por el estilo, incluida cuál de las dos preparaba la tarta de terciopelo rojo más deliciosa.

—Lo siento, mamá —dijo Amanda, al tiempo que volvía a sentarse—. Debería haberte llamado antes.

—Eugenia no sabe nada sobre cómo hay que apostar, y echó a perder todas las partidas. Martha Ann me llamó para quejarse, pero le dije que tú estabas de camino, y una cosa llevó a la otra, y al final nos invitó a cenar esta noche.

Amanda frunció el ceño y depositó la taza de café sobre la mesa.

—Pero tú no aceptaste la invitación, ¿verdad?

—¡Claro que la acepté!

La imagen de Dawson cruzó su mente.

—No sé si tendré tiempo —improvisó—. Quizás haya velatorio esta noche.

—¿Cómo que quizás haya velatorio? ¿Qué significa eso? O bien hay velatorio, o bien no lo hay.

—Quiero decir que no estoy segura de si habrá velatorio. Cuando me llamó el abogado, no me especificó nada acerca del funeral.

—Qué extraño que no te especificara nada, ¿no?

«Quizá —pensó Amanda—. Aunque no tan extraño como que Tuck organizara una cena para Dawson y para mí en su casa.»

—Estoy segura de que el abogado se limita a cumplir los deseos de Tuck.

Cuando su madre oyó aquel nombre, empezó a juguetear con palpable tensión con el collar de perlas que lucía. Amanda nunca la había visto salir de su cuarto sin maquillaje ni joyas, y aquella mañana no era una excepción. Evelyn Collier siempre había encarnado el espíritu del viejo sur y, sin lugar a dudas, seguiría encarnándolo hasta el día de su muerte.

—Todavía no comprendo por qué has tenido que venir para el funeral. Ni que conocieras tanto a ese hombre.

—Lo conocía, mamá.

—De eso hace muchos años. Quiero decir, una cosa es que todavía vivieras en el pueblo; quizás entonces lo entendería. Pero no había razón para que te desplazaras hasta aquí para asistir al funeral.

—He venido a rendir mis respetos al difunto.

—Ya sabes que no gozaba de buena reputación. Mucha gente creía que estaba loco. ¿Y qué se supone que he de decir a mis amigas, sobre los motivos de tu viaje?

—No sé por qué les has de decir nada.

—Porque preguntarán por qué has venido —replicó su madre.

—¿Y por qué motivo iban a preguntar tal cosa?

—Porque sienten curiosidad por ti.

Amanda detectó algo en el tono de voz de su madre que no acabó de comprender. Mientras intentaba descifrar de qué se trataba, añadió un poco más de leche al café.

—No sabía que fuera un espécimen tan curioso como para convertirme en tema de conversación —soltó.

—No es tan raro como crees. Ya casi nunca vienes con Frank ni con los niños. Es inevitable que les parezca extraño.

—Ya hemos hablado de esto antes, mamá —objetó Amanda, sin poder ocultar su exasperación—. Frank trabaja, y los niños están en la escuela, pero eso no significa que yo no pueda venir. A veces las hijas actúan de ese modo: van a visitar a sus madres.

—Y a veces no pasan a ver a sus madres. Eso es lo que les parece realmente curioso, si quieres que te diga la verdad.

—¿De qué estás hablando? —Amanda achicó los ojos.

—Estoy hablando del hecho de que vengas a Oriental cuando sabes que yo no estoy en el pueblo. Y que te quedes en mi casa sin avisar. —Su madre no se preocupó en ocultar su hostilidad antes de continuar—. Ni eras consciente de que yo lo sabía, ¿verdad? Como cuando me fui de crucero el año pasado, o cuando fui a visitar a mi hermana en Charleston hace dos años. Mira, Amanda, Oriental es un pueblo pequeño. La gente te vio. Mis amigas te vieron. Lo que no entiendo es por qué creías que yo no me enteraría.

—Mamá…

—Silencio —le ordenó su madre, con un gesto liviano de su mano, que, como siempre, lucía una manicura perfecta—. Sé exactamente por qué viniste. Puedo ser vieja, pero todavía no he perdido la lucidez. ¿Por qué si no has venido este fin de semana para el funeral? Es obvio que has venido para verlo, como todas las veces que me decías que ibas a visitar a tu amiga, la que vive en la playa. Llevas años mintiendo.

Amanda bajó la vista y no dijo nada. En realidad, no había nada que decir. En el incómodo silencio, oyó un suspiro. Cuando su madre volvió a hablar, su tono ya no era tan airado.

—¿Y sabes qué? Yo también te he estado mintiendo, Amanda, y ya estoy harta de esta farsa. Pero quiero que sepas que, por encima de todo, soy tu madre, y que puedes contarme lo que te pasa.

—Lo sé, mamá. —Amanda oyó en su propia voz el eco petulante de cuando era adolescente, y se odió a sí misma por ello.

—¿Pasa algo con los niños, algo que no sepa?

—No, los chicos son un cielo.

—¿Es por Frank?

Amanda hizo rotar el asa de su taza de café hacia el lado opuesto.

—¿Quieres que hablemos de ello? —insistió su madre.

—No —contestó Amanda sin rodeos.

—¿Hay algo que pueda hacer?

—No —repitió.

—¿Qué te pasa, Amanda?

Por alguna razón, la pregunta hizo que se acordara de Dawson. Por un instante, se vio a sí misma en la cocina de Tuck, alegre por la atención que le había dedicado Dawson. Y entonces supo que lo único que quería era volver a verlo, sin temor a las consecuencias.

—No lo sé —murmuró finalmente—. Me gustaría saberlo, pero no lo sé.

Cuando Amanda subió para darse una ducha, Evelyn Collier salió al porche trasero y contempló la fina bruma que planeaba sobre el río. Solía ser uno de sus momentos favoritos del día; siempre lo había sido, desde niña. Por entonces, no vivía junto al río, sino cerca del molino de su padre. Sin embargo, los fines de semana solía pasearse por el puente, donde a veces se pasaba horas sentada, contemplando cómo el sol disipaba gradualmente la bruma.

Harvey sabía que ella siempre había querido vivir junto al río, y por eso compró la casa solo unos meses después de casarse. Por supuesto, Harvey se la había comprado a su propio padre por un precio irrisorio —en aquella época, los Collier tenían muchas tierras—, así que no había supuesto un tremendo sacrificio para él, pero eso no era lo importante. Lo importante era que lo había hecho por ella. Evelyn deseó que todavía estuviera vivo, aunque solo fuera para poder hablar con él acerca de Amanda. ¿Quién sabía lo que le pasaba a esa muchacha? Aunque, en realidad, siempre había sido un misterio, incluso de niña. Siempre había tenido su propia visión del mundo. Desde el día que empezó a andar, se mostró tan obstinada como una puerta combada en un húmedo día de verano. Si su madre le decía que no se alejara, Amanda desaparecía de la vista a las primeras de cambio; si le decía que se pusiera algo bonito, ella bajaba brincando las escaleras con su vestido más viejo. Cuando todavía era pequeña, había sido posible mantenerla a raya y en la senda correcta. Después de todo, era una Collier, y la gente esperaba cierto decoro por su parte. Pero cuando Amanda entró en la pubertad… Bueno, aquella etapa fue como si estuviera poseída por el mismísimo demonio. Primero con Dawson Cole —¡un Cole!— y luego las mentiras, las salidas furtivas, los constantes cambios de humor y las impertinencias cada vez que intentaba que entrara en razón. A Evelyn le empezaron a salir canas por el estrés. Amanda no lo sabía, pero si no hubiera sido por una considerable dosis de bourbon, no creía que hubiera sido capaz de superar aquellos años tan horrorosos.

Cuando por fin consiguieron separarla del dichoso Cole y Amanda se marchó a estudiar a la universidad, la situación mejoró. Incluso hubo algunos años buenos, estables, y los nietos fueron un regalo divino, por supuesto. ¡Qué pena lo de la

103

pequeña! Solo era un bebé cuando murió. Una criaturita tan deliciosa… Pero el Señor nunca prometía a nadie una vida sin tribulaciones. Ella misma había sufrido un aborto un año antes de que naciera Amanda. No obstante, estaba encantada de que su hija hubiera sido capaz de superar el duro golpe después de un respetable periodo de tiempo —¡solo Dios sabía lo mucho que su familia la necesitaba!—. Incluso había aceptado ese destacado trabajo caritativo. Evelyn habría preferido algo menos… cansado, como un puesto en la acreditada Fundación Junior League, quizá, pero la Clínica Universitaria de Duke también era una institución reputada, y Evelyn no sentía ningún reparo a la hora de contarles a sus amigas los almuerzos que Amanda organizaba para recaudar fondos para el Centro de Oncología Pediátrica, o incluso hablarles sobre el trabajo de voluntariado que desempeñaba en ese mismo centro.

Últimamente, Amanda parecía estar de nuevo sufriendo una regresión hacia sus viejos hábitos. ¡A quién se le ocurría mentir como una adolescente! La verdad era que nunca habían estado muy unidas, y ya hacía tiempo que Evelyn se había resignado a la idea de que nunca lo estarían. Eso de que las madres eran las mejores amigas de sus hijas era simplemente un mito. De todos modos, la amistad era mucho menos importante que la familia. Los amigos aparecían y desaparecían en la vida; en cambio, la familia siempre estaba allí. No, realmente no confiaban la una en la otra, pero la confianza era solo otra palabra para referirse al acto de quejarse, de lamentarse, lo que solía ser una pérdida de tiempo. La vida era complicada, siempre lo había sido y siempre lo sería. Las cosas eran como eran: así pues, ¿de qué servía lamentarse? Uno actuaba para solucionar el problema o no, y luego tenía que vivir el resto de su vida con la elección que había tomado.

No se necesitaba ser ningún lumbreras para deducir que Amanda y Frank tenían problemas. En los últimos años, Evelyn apenas había visto a su yerno, ya que Amanda solía ir al pueblo sola. De todos modos, recordaba que a Frank le gustaba demasiado la cerveza. Aunque eso tampoco era algo tan terrible. Al fin y al cabo, al padre de Amanda le gustaba mucho el bourbon, y ningún matrimonio era totalmente idílico. Había habido años en los que ella no había soportado la compañía de

Harvey, e incluso se había planteado la idea de abandonarlo. Si Amanda se lo hubiera preguntado, Evelyn lo habría admitido, aunque también le habría recordado que la hierba siempre parece más verde al otro lado de la valla. Lo que la generación más joven no comprendía era que la hierba siempre era más verde si se la regaba, lo que significaba que tanto Frank como Amanda tenían que esforzarse si querían que su relación se regenerara. Pero su hija no se lo había preguntado. Y era una pena, porque Evelyn podía ver que Amanda estaba únicamente añadiendo más problemas a un matrimonio en crisis, y mentir formaba parte de ello. Dado que le había estado mintiendo a su madre, no costaba deducir que también había estado engañando a Frank. Y cuando empezaban las mentiras, ¿dónde acababan? Evelyn no estaba segura, pero era obvio que Amanda se sentía confusa, y las personas, en tal estado, cometían errores. Aquello implicaba, por supuesto, que tendría que mantenerse especialmente alerta con su hija aquel fin de semana, tanto si a Amanda le gustaba como si no.

105

Dawson estaba en el pueblo.

Ted Cole se encontraba de pie en los escalones del porche de su chabola, fumando un cigarrillo y contemplando a los «pimpollos de carne», que es como llamaba a sus hijos cuando regresaban de cazar. Un par de ciervos, eviscerados y desollados, colgaban de unas ramas combadas; las moscas zumbaban y revoloteaban alrededor de la carne, y las tripas se apilaban en el suelo, justo debajo de las carcasas. La brisa matinal hacía rotar levemente los torsos putrefactos. Ted dio otra larga calada al cigarrillo. Había visto a Dawson, y sabía que Abee también. Pero Abee le había mentido y le había dicho que no, que no lo había visto, lo que lo cabreaba casi tanto como la provocadora apariencia de Dawson.

Empezaba a cansarse de su hermano. Estaba harto de que siempre le diera órdenes, de preguntarse adónde iba a parar todo el dinero del negocio de la familia. Uno de esos días, Abee acabaría con una bala de la Glock entre las cejas. Últimamente, no paraba de meter la pata. El tipo ese con el cúter casi se lo había cargado, algo que habría sido imposible unos años antes. Y eso tampoco habría pasado si Ted hubiera estado allí, pero Abee no le había comentado sus planes, otra señal de que se estaba volviendo descuidado. Esa tía, su nueva novia, lo tenía atontado; Candy, o Cammie, o como se llamara. Sí, tenía una cara muy bonita y un cuerpo que a Ted no le importaría explorar, pero era una mujer, y con las mujeres las normas eran la mar de sencillas: si querías algo de ellas, lo tomabas, y si se cabreaban o ponían morros, les enseñabas que estaban equivocadas y punto. Aunque a veces les hiciera falta más de una lección, al final todas acababan por entenderlo. Abee parecía haber olvidado esa norma.

Y además le había mentido, a la cara. Lanzó la colilla del cigarrillo fuera del porche, seguro de que no tardaría en tener una pequeña bronca con Abee. Pero lo primero era lo primero: había que cargarse a Dawson. Llevaba mucho tiempo esperando ese momento. Por su culpa tenía la nariz torcida y había tenido que llevar la mandíbula cerrada con alambres durante varias semanas; por su culpa, ese tío se había cachondeado de su jodido estado, y Ted había tenido que pararle los pies, y nueve años de su vida se habían esfumado como el humo. Nadie lo jodía y se salía con la suya. Nadie. Ni Dawson ni Abee. Nadie. Además, llevaba mucho, muchísimo tiempo esperando ese momento.

Ted dio media vuelta y entró en la casa. La chabola había sido construida a finales de siglo, y la única bombilla que colgaba del techo apenas conseguía romper las sombras. Tina, su hija de tres años, estaba repantigada en el destartalado sofá frente a la tele, atenta a un programa de Disney. Nikki pasó por delante de la pequeña sin decir nada. En la cocina, la sartén estaba recubierta de una gruesa capa de grasa de tocino. Nikki se centró en acabar de dar de comer al bebé, que permanecía sentado en la trona, chillando como un energúmeno y con la cara embadurnada de una sustancia amarillenta y pringosa. Ella tenía veinte años, las caderas estrechas, el cabello fino y escaso, de color castaño, y un abanico de pecas en las mejillas. El vestido que llevaba no conseguía ocultar su abultado vientre. Aún le faltaban siete meses para parir y ya se quejaba de que se sentía cansada. Siempre estaba cansada.

Ted agarró las llaves de la encimera. Nikki se dio la vuelta.

—¿Vas a salir?

—¿A ti qué te importa? —ladró Ted.

Cuando Nikki le dio la espalda, él le dio unas palmaditas al bebé en la cabeza antes de enfilar hacia su habitación. Sacó la Glock que guardaba debajo de la almohada y se la guardó en la cintura del pantalón. Le invadió una poderosa sensación de euforia, como si fuera el amo del mundo.

Había llegado la hora de zanjar un asunto pendiente.

7

*C*uando Dawson regresó a la pensión después de correr, vio a varios huéspedes tomando café en la sala, leyendo ejemplares gratuitos del *USA Today*. Olisqueó el aroma a panceta frita y huevos que se filtraba por la puerta de la cocina y subió las escaleras hacia su habitación. Después de ducharse, se puso unos pantalones vaqueros y una camisa de manga larga antes de bajar a desayunar.

Cuando se sentó a la mesa, la mayoría de los huéspedes ya habían desayunado, así que comió solo. A pesar del ejercicio físico, no tenía mucho apetito, pero la propietaria —una mujer de unos sesenta años que se llamaba Alice Russell y que hacía ocho años que se había instalado en Oriental con la idea de retirarse allí— le llenó el plato, y Dawson tuvo la impresión de que la mujer se sentiría decepcionada si no se lo acababa todo. Tenía la apariencia amable propia de una abuelita, rematada con el delantal y con su bata a pequeños cuadros.

Mientras comía, Alice le explicó que, al igual que otras muchas parejas, ella y su marido se habían retirado a Oriental porque les gustaba navegar. Pero su marido empezó a aburrirse y por eso decidieron abrir la pensión hacía unos años. Dawson se quedó sorprendido al ver que la mujer se dirigía a él como «señor Cole», pero sin mostrar ninguna señal de reconocer el apellido de su familia, ni siquiera después de que él le dijera que se había criado en aquel lugar. Saltaba a la vista que Alice seguía siendo una forastera en Oriental.

Sin embargo, los Cole rondaban por ahí. Había visto a Abee en el pueblo y, tan pronto como había podido, había doblado la esquina y se había perdido entre unas casas y había regresado a la pensión procurando no pisar la calle principal. Lo último que quería era volver a enfrentarse a su familia, especialmente a Ted y a Abee. Por desgracia, tenía un desagradable presentimiento de que el asunto con ellos todavía no estaba resuelto.

A pesar de ello, había algo que debía hacer. Apuró el desayuno, recogió las flores que había encargado cuando todavía estaba en Luisiana y que le habían enviado a la pensión, y se montó en el coche alquilado. Condujo sin apartar la vista del espejo retrovisor, para asegurarse de que nadie lo seguía. En el cementerio, se abrió paso entre las lápidas familiares hasta la tumba del doctor David Bonner.

Tal y como había esperado, no había nadie en el cementerio. Depositó las flores a los pies de la lápida y rezó una corta plegaria para la familia. Solo se quedó unos minutos; luego regresó a la pensión. Al salir del coche, alzó la vista. Un cielo inmensamente azul se extendía hasta el horizonte. El calor ya empezaba a apretar. Dawson pensó que era una mañana demasiado hermosa para malgastarla dentro del coche, así que decidió ir andando.

El sol se reflejaba en las aguas del río Neuse. Dawson ocultó los ojos detrás de unas gafas de sol. Al cruzar la calle, examinó el vecindario. A pesar de que las tiendas ya habían abierto sus puertas, las aceras estaban totalmente vacías. Dawson se preguntó cómo iban a sobrevivir todos aquellos comercios.

Echó un vistazo al reloj; todavía quedaba media hora para la cita. Miró furtivamente hacia un local situado un poco más arriba, la cafetería en la que se había fijado unas horas antes, cuando había pasado por delante corriendo y, a pesar de que no tenía ganas de tomar más café, decidió que no le iría mal una botella de agua. La brisa arreció un poco justo en el instante en que Dawson vio que se abría la puerta de la cafetería. Observó con atención a la persona que salía del local; casi de inmediato, su rostro se iluminó con una sonrisa.

Amanda estaba de pie en la barra del bar Bean, añadiendo leche y azúcar a una taza de café etíope. El Bean, que previamente había sido una antigua casita con vistas al puerto, ofrecía unos veinte tipos diferentes de café y deliciosos pastelitos. A Amanda siempre le gustaba dejarse caer por allí, cuando iba a Oriental. Junto con el bar Irvin, era donde se congregaban los habitantes locales para enterarse de todo lo que sucedía en el pueblo. A su espalda, podía oír los murmullos de una conversación. Aunque ya hacía rato que había pasado la hora punta de la mañana, la cafetería estaba más concurrida de lo que había esperado. La jovencita de veintipocos años de detrás del mostrador no había parado de moverse desde que Amanda había entrado.

Necesitaba desesperadamente una taza de café. La conversación con su madre aquella mañana la había dejado extenuada. Un poco antes, en la ducha, consideró por unos momentos la posibilidad de bajar a la cocina e intentar hablar seriamente con ella, pero cuando se secó con la toalla, cambió de idea. A pesar de que siempre había deseado que se comportara como la típica madre comprensiva y solícita, era más fácil imaginar la expresión escandalizada y decepcionada en su rostro cuando oyera el nombre de Dawson. Y después empezaría la diatriba, sin duda, una repetición de los sermones airados y condescendientes que Amanda había tenido que soportar de adolescente. Su madre, después de todo, era una mujer con unos valores obsoletos. Las decisiones eran buenas o malas, las elecciones eran correctas o incorrectas, y había ciertos límites que no se podían sobrepasar. Determinados códigos de conducta no eran negociables, especialmente en lo que concernía a la familia. Amanda conocía esas normas. Sabía en qué creía su madre: en la responsabilidad, en las consecuencias, y no soportaba los lloriqueos ni las quejas. Amanda sabía que eso no siempre era malo; ella misma había adoptado un poco de la misma filosofía con sus propios hijos, y estaba segura de que los había beneficiado.

La diferencia era que su madre siempre parecía tan segura de todo… Siempre se mostraba confiada de quién era y de las elecciones que tomaba, como si la vida fuera una canción y lo único que ella tuviera que hacer fuera seguir el compás de la melodía, segura de que todo saldría tal y como estaba planeado. A menudo, Amanda pensaba que su madre no se arrepentía de nada.

Pero ella no era así. Y tampoco podía olvidar la reacción

brutal de su madre ante la enfermedad de Bea y su muerte. Había expresado su dolor, por supuesto, y se había quedado con ellos para ocuparse de Jared y Lynn durante las frecuentes visitas de Amanda y Frank al Centro de Oncología Pediátrica de la Clínica Universitaria de Duke; incluso había cocinado una o dos veces para ellos en las semanas después del funeral. Sin embargo, no podía entender el estoicismo con que su madre había aceptado aquella tragedia. Tampoco podía digerir el sermón que le dio tres meses después de la muerte de Bea, sobre que ya era hora de que Amanda «superara el duro golpe» y «dejara de autocompadecerse». Como si perder a su hija no hubiera sido nada más que un mal trago, como el que se pasa al romper la relación con un novio. Amanda todavía sentía una rabia irreprimible cada vez que pensaba en ello. A veces se preguntaba si su madre era capaz de experimentar un mínimo grado de compasión.

Resopló, intentando recordarse a sí misma que el mundo de su madre era muy diferente al suyo. Nunca había ido a la universidad y había vivido toda la vida en Oriental. Tal vez por eso era así. Aceptaba las cosas tal y como eran porque no tenía ningún otro punto de comparación. Y tampoco era que su propia familia hubiera sido muy afectuosa, a juzgar por las pocas anécdotas que su madre le había contado acerca de su infancia. Pero ¿cómo podía estar segura de que su madre fuera incapaz de cambiar? De lo único de lo que estaba segura era de que confiar en su madre le reportaría más problemas que consuelos y, en esos momentos, no estaba preparada para soportarlo.

Mientras colocaba la tapa sobre la taza de café, sonó la melodía de su teléfono móvil. Al ver que se trataba de Lynn, salió al pequeño porche para contestar y se pasó los siguientes minutos hablando con su hija. Después, llamó a Jared; por lo visto, lo había despertado, y escuchó cómo su hijo farfullaba las respuestas aún medio dormido en el móvil. Antes de colgar, Jared le dijo que tenía muchas ganas de verla el domingo. Amanda deseó poder llamar a Annette, pero se consoló con la idea de que, seguramente, la pequeña se lo estaría pasando fenomenal en el campamento.

Tras dudar unos momentos, también llamó a Frank, a la consulta. No había tenido la oportunidad de hacerlo antes, a

111

pesar de que le había asegurado a su madre que lo haría. Para no perder la costumbre, tuvo que esperar hasta que él tuvo un minuto libre entre paciente y paciente.

—¿Qué tal? —la saludó.

Durante la conversación dedujo que no se acordaba de que había llamado a casa de su madre la noche anterior. Sin embargo, parecía contento de oír su voz. Le preguntó por su madre, y Amanda le dijo que había quedado con ella más tarde, para cenar juntas; él le contó que el domingo por la mañana tenía planes para ir a jugar al golf con su amigo Roger y que probablemente después se quedarían a ver el partido de los Braves en el bar del club. Amanda sabía por experiencia que esas actividades conllevaban beber más de la cuenta, pero intentó suprimir la rabia incipiente; de nada servía reprenderlo. Frank le preguntó por el funeral y sobre qué otras cosas pensaba hacer en el pueblo. Aunque ella contestó a sus preguntas con sinceridad, evitó mencionar el nombre de Dawson. Frank no pareció darse cuenta de nada raro, pero cuando acabaron de hablar, Amanda se estremeció con un distintivo e incómodo escalofrío de culpa. Junto con la rabia que sentía, la conversación la había alterado más de lo normal.

112

Dawson esperó bajo la sombra de un magnolio a que Amanda guardara el teléfono móvil en el bolso. Le pareció detectar una mueca de preocupación en su rostro, pero en el momento en que se colgó nuevamente el bolso al hombro, volvió a adoptar una expresión indescifrable.

Al igual que él, iba vestida con vaqueros. Cuando empezó a avanzar hacia ella, se fijó en la forma en que su blusa turquesa resaltaba el color de sus ojos. Perdida en sus pensamientos, Amanda se sorprendió al verlo.

—¡Hola! —lo saludó con una sonrisa—. No esperaba verte por aquí.

Dawson subió los peldaños del porche y se fijó en que ella se pasaba la mano por la coleta.

—Quería comprar una botella de agua antes de la cita.

—¿Te apetece tomar un café? —Amanda señaló hacia la puerta—. Aquí preparan el mejor café del pueblo.

—Ya he tomado una taza mientras desayunaba.

—¿Has ido al Irvin? Era el bar preferido de Tuck.

—No. He desayunado en la pensión donde me alojo. El desayuno está incluido en el precio de la habitación. Alice ya lo tenía todo preparado.

—¿Alice?

—Una impresionante supermodelo embutida en un bañador que, por casualidad, es la propietaria de la pensión. No hay motivos para que te pongas celosa.

Amanda se echó a reír.

—Ya lo supongo. ¿Qué tal la mañana?

—Bien. He salido a correr un rato, y he tenido la oportunidad de apreciar los cambios en el pueblo.

—¿Y?

—Bueno, es como meterte en una cápsula del tiempo. Me siento como Michael J. Fox en *Regreso al futuro*.

—Es uno de los encantos de Oriental. Cuando estás aquí, resulta fácil pensar que el resto del mundo no existe y que todos tus problemas se desvanecerán en un pispás.

—Hablas como en el anuncio de la Cámara de Comercio.

—Es uno de mis encantos.

—Entre otros muchos.

Mientras Dawson la adulaba, se quedó impresionada por la intensidad de su mirada. No estaba acostumbrada a que la escrutaran de ese modo; al contrario, a menudo se sentía virtualmente invisible, cuando llevaba a cabo el manido circuito de rutinas diarias. Antes de que pudiera perderse en sus pensamientos, Dawson señaló hacia la puerta con la cabeza.

—Si no te importa, entraré a por la botella de agua.

Amanda se fijó en que la guapa camarera, de veintipocos años, intentaba no mirarlo con descaro cuando entró y se dirigió directamente hacia la nevera situada al fondo del establecimiento. Cuando Dawson se plantó frente al frigorífico, la chica examinó su aspecto en el espejo situado detrás de la barra, luego lo saludó con una sonrisa cordial cuando él se acercó a la caja registradora. Amanda dio media vuelta rápidamente para que no la pillara espiándolo.

Un minuto más tarde, Dawson salió por la puerta; seguía hablando con la camarera, aunque era obvio que intentaba aca-

113

bar con aquella conversación. Amanda hizo un esfuerzo por mantener el porte serio. Sin intercambiar ninguna palabra, bajaron los peldaños del porche y caminaron hacia un rincón con una vista privilegiada del puerto deportivo.

—Vaya, vaya. La camarera estaba flirteando contigo, ¿eh? —comentó ella.

—Qué va. Solo intentaba ser amable.

—Flirteaba descaradamente.

Dawson se encogió de hombros mientras desenroscaba el tapón de la botella.

—No me he fijado.

—¿Cómo que no te has fijado?

—Estaba pensando en otra cosa.

Por la forma en que lo había dicho, ella supo que había algo más. Esperó. Él examinó la línea de veleros anclados en el puerto.

—Esta mañana he visto a Abee —dijo al final—. Cuando he salido a correr por el pueblo.

Al oír aquel nombre, Amanda irguió la espalda.

—¿Estás seguro de que era él?

—Es mi primo, ¿recuerdas?

—¿Y qué ha pasado?

—Nada.

—Eso es bueno, ¿no?

—No estoy seguro.

Amanda se puso tensa.

—¿Qué quieres decir?

Dawson no contestó directamente. En lugar de eso, tomó un sorbo de agua. Ella casi podía oír el engranaje dando vueltas en su cabeza.

—Supongo que significa que será mejor que no me deje ver mucho por el pueblo. Aparte de eso, supongo que me tocará actuar según las circunstancias.

—Quizá no te hagan nada.

—Quizá —convino él—. De momento, todo va bien, ¿no? —Dawson enroscó el tapón en la botella y decidió cambiar de tema—. ¿Qué crees que nos dirá el señor Tanner? Se mostró muy misterioso durante nuestra breve conversación telefónica. No me dijo nada sobre el funeral.

—A mí tampoco. Precisamente, esta mañana se lo comentaba a mi madre.

—¿Ah, sí? ¿Cómo está?

—Un poco enfadada porque anoche se perdió la partida de *bridge* por mi culpa, pero para compensar su enojo, ha sido lo bastante magnánima como para obligarme a ir a cenar esta noche a casa de una de sus amigas.

Él sonrió.

—Entonces… eso significa que estás libre hasta la cena, ¿no?

—¿Por qué? ¿Tienes algún plan?

—No lo sé, pero creo que será mejor que primero averigüemos qué es lo que quiere decirnos el señor Tanner. Su despacho no está muy lejos de aquí.

Después de que Amanda protegiera su taza de café con la tapa, emprendieron la marcha por la acera, de sombra en sombra.

—¿Recuerdas la primera vez que me invitaste a un helado? —preguntó ella.

—Recuerdo que me quedé sorprendido de que aceptaras.

Amanda no hizo caso del comentario.

—Me llevaste a ese bar, el de la fuente antigua y el mostrador inacabable, y los dos tomamos una bola de helado con chocolate caliente y nata. El helado era casero; todavía recuerdo que es el mejor que he probado en mi vida. No puedo creer que al final derribaran el edificio.

—¿Ah, sí? ¿Cuándo?

—No estoy segura. Creo que hace unos seis o siete años. Un día, en una de mis visitas al pueblo, vi que ya no existía. Me puse muy triste. Solía llevar a mis hijos allí, cuando eran pequeños, y siempre se lo pasaban muy bien.

Dawson intentó imaginar a los hijos de Amanda sentados junto a ella en el viejo bar, pero no consiguió ponerles un rostro. Se preguntó si se parecían a ella o si habían salido a su padre. ¿Tenían la vitalidad y el corazón bondadoso de Amanda?

—¿Crees que a tus hijos les habría gustado crecer aquí? —preguntó.

—Cuando eran pequeños, seguro que sí. Es un pueblo muy bonito, con muchos sitios para explorar y jugar. Pero probable-

115

mente, luego, cuando hubieran sido mayores, les habría parecido demasiado limitado.

—¿Como te pasó a ti?

—Sí —admitió ella—, como me pasó a mí. No veía el momento de irme de aquí. No sé si te acuerdas, pero envié una solicitud a la Universidad de Nueva York y otra a la de Boston. Tenía ganas de experimentar lo que significaba vivir en una gran ciudad.

—¿Cómo podría olvidarlo? Me parecían unos sitios tan lejanos… —comentó Dawson.

—Sí, ya, pero mi padre estudió en la Universidad de Duke, y en casa se hablaba constantemente de esa universidad. ¡Incluso veía los partidos de baloncesto de su equipo por la tele! Supongo que estaba destinada a acabar estudiando allí. Y creo que fue una decisión acertada; las clases eran muy interesantes, hice un montón de amigos y maduré mucho. Además, no sé si me habría gustado vivir en Nueva York o en Boston. En el fondo, soy una chica de provincias, de un pueblecito del sur. Me gusta oír el canto de los grillos cuando me acuesto por las noches.

—Entonces, seguro que te gustaría Luisiana. Es la capital de todos los bichos vivientes.

Ella sonrió antes de tomar un sorbo de café.

—¿Recuerdas cuando fuimos a la playa en coche, el día que anunciaron la llegada del huracán Diana? Te supliqué que me llevaras a la playa, y tú intentaste por todos los medios disuadirme porque no creías que fuera una buena idea.

—Creí que estabas loca.

—Pero al final me llevaste. Porque quería ir. A duras penas conseguimos salir del coche, con aquel viento tan fuerte, y el océano estaba… impresionante, con sus rizos de espuma blanca hasta el horizonte. Y tú allí de pie, agarrándome e intentando convencerme de que me metiera de nuevo en el coche.

—No quería que te pasara nada.

—¿Hay tormentas similares, en la plataforma petrolífera?

—No con tanta frecuencia como la gente supone. Si recibimos un aviso de peligro por el paso de un huracán, normalmente nos evacuan.

—¿Normalmente?

Dawson se encogió de hombros.

—Los meteorólogos a veces se equivocan. He vivido muy de cerca varios huracanes y te aseguro que es una experiencia desconcertante. Estás a merced del tiempo y tienes que mantenerte agachado en un rincón mientras la plataforma se balancea, con la angustiosa certeza de que nadie te rescatará si la plataforma se hunde. He visto a más de uno con un incontrolable ataque de histeria.

—Creo que yo también me pondría histérica.

—Con el huracán Diana no te asustaste —le recordó él.

—Eso era porque estaba contigo. —Amanda aminoró la marcha—. Sabía que no permitirías que me pasara nada malo. A tu lado, siempre me sentía segura.

—¿Incluso cuando mi padre y mis primos se pasaban por el taller de Tuck? ¿A recoger el dinero?

—Sí, incluso en esos momentos. Tu familia nunca se metió conmigo.

—Tuviste suerte.

—No lo sé —respondió ella—. Cuando estábamos juntos, a veces veía a Ted o a Abee por el pueblo, y de vez en cuando también veía a tu padre. Si nos cruzábamos con ellos, nos miraban con esa sonrisita perversa, pero nunca consiguieron sacarme de mis casillas. Y unos años más tarde, cuando regresaba al pueblo, todos los años en verano, después de que hubieran metido a Ted en la cárcel, Abee y tu padre siempre mantuvieron la distancia. Creo que sabían que serías capaz de hacer cualquier cosa si me pasaba algo. —Se detuvo bajo la sombra de un árbol y miró a Dawson a la cara—. Así que no, nunca les tuve miedo. Ni una sola vez. Porque te tenía a ti.

—Creo que me sobrevaloras.

—¿De veras? ¿Quieres decir que debería haber dejado que tu familia me hiciera daño?

Dawson no tuvo que responder. Amanda pudo ver, por su expresión, que le daba la razón.

—Siempre te tuvieron miedo, y lo sabes; incluso Ted. Porque te conocían tan bien como yo.

—¿Tú me tenías miedo?

—No, no me refería a eso —contestó—. Yo sabía que tú me

117

querías y que harías cualquier cosa por mí. Y ese fue uno de los motivos por los que me dolió tanto que decidieras acabar con nuestra relación, porque incluso en esa época era consciente de que esa clase de amor es excepcional. Solo la gente más afortunada llega a experimentarlo.

Por un momento, Dawson pareció incapaz de hablar.

—Lo siento —dijo, finalmente.

—Y yo también —repuso ella, sin preocuparse por ocultar la nostálgica tristeza—. Yo fui una de esas personas afortunadas, ¿recuerdas?

Cuando llegaron al bufete de Morgan Tanner, Dawson y Amanda se sentaron en una pequeña salita de espera con el suelo de madera de pino pulido, unas mesitas rinconeras en las que se apilaban revistas de fechas atrasadas, y unas sillas con la tapicería deshilachada. La recepcionista, que parecía lo bastante mayor como para llevar ya muchos años retirada, estaba leyendo una novela, una edición de bolsillo. La verdad era que no parecía tener mucho trabajo; en los diez minutos que estuvieron allí sentados, esperando, el teléfono no sonó ni una sola vez.

Al final, se abrió la puerta y apareció un anciano con el cabello completamente blanco, unas pobladas cejas grises y un traje arrugado. Les hizo una señal, invitándolos a pasar a su despacho.

—Amanda Ridley y Dawson Cole, supongo. —Les tendió la mano—. Soy Morgan Tanner. Permítanme que les presente mi más sincero pésame. Sé que debe de ser muy duro para ustedes.

—Gracias —contestó Amanda.

Dawson se limitó a asentir con la cabeza.

Tanner los invitó a sentarse en un par de sillas de piel de respaldo alto.

—Siéntense, por favor. No les robaré mucho tiempo.

El despacho de Tanner no tenía nada que ver con el área de recepción. La estancia, que tenía una ventana que daba a la calle, estaba amueblada con unas imponentes estanterías de madera de caoba en las que había cientos de libros sobre leyes ordenados con esmero; la mesa, una verdadera pieza antigua delicadamente elaborada y adornada con detalladas molduras en las esquinas, resaltaba aún más gracias a la lámpara estilo Tiffany que descansaba encima de su amplia superficie. En el centro de la mesa, había un estuche de madera de nogal encarado directamente hacia las sillas de piel.

—Siento mucho el retraso, pero estaba ocupado con una llamada telefónica para ultimar unos detalles. —El abogado siguió hablando mientras se dirigía hacia el otro lado de la mesa—. Supongo que se preguntarán por qué tanto secretismo con los preparativos, pero eso era lo que Tuck quería. Insistió mucho: tenía las ideas muy claras al respecto. —El anciano los inspeccionó con aquellos ojitos enmarcados por las pobladas cejas—. Aunque supongo que ustedes dos ya me entienden; ya saben cómo era Tuck.

Amanda miró a Dawson de reojo mientras Tanner se acomodaba en su sillón y agarraba una carpeta que tenía delante.

—Les agradezco mucho que hayan hecho el esfuerzo de venir. Después de oír cómo hablaba Tuck de ustedes dos, sé que él también se lo habría agradecido. Estoy seguro de que querrán hacerme algunas preguntas, así que no me demoraré más; empecemos. —Les dedicó una sonrisa obsequiosa, revelando una dentadura sorprendentemente blanca para su edad—. Como ya sabrán, Rex Yarborough fue quien encontró el cuerpo sin vida de Tuck el martes por la mañana.

—¿Quién? —preguntó Amanda.

—El cartero. Por lo visto, se había propuesto pasar a visitar a Tuck con cierta regularidad. Llamó a la puerta, pero nadie contestó. La puerta no estaba cerrada con llave. Cuando entró, encontró a Tuck en su cama. Llamó al *sheriff*, quien llegó a la conclusión de que había muerto por causas naturales. Entonces este me llamó.

—¿Por qué le llamó? —se interesó Dawson.

—Porque Tuck le había pedido que lo hiciera. Le había informado de que yo era su ejecutor testamentario y que debían avisarme tan pronto como falleciera.

—Por la forma en que lo dice, parece como si él supiera que se estaba muriendo.

—Creo que tenía claro que se acercaba al final de sus días

119

—explicó Tanner—. Tuck Hostetler era un anciano y no tenía miedo a enfrentarse a la muerte. —El abogado sacudió la cabeza—. Solo espero ser igual de organizado y decidido cuando se acerque mi hora.

Amanda y Dawson intercambiaron miradas, pero no dijeron nada.

—Le aconsejé que les comunicara a ustedes dos su última voluntad y sus planes, pero, por alguna razón, quiso mantenerlo todo en secreto. Todavía no puedo entenderlo. —Tanner hablaba en un tono casi paternal—. También dejó claro que sentía un enorme cariño por ambos.

Dawson se inclinó hacia delante.

—Ya sé que no es relevante, pero ¿cómo conoció a Tuck?

Tanner asintió levemente con la cabeza, como si hubiera esperado aquella pregunta.

—Conocí a Tuck hace dieciocho años, cuando le llevé un Mustang clásico para que lo restaurara. En aquella época, yo trabajaba para una importante firma en Raleigh. Era un mediador, si quieren saber la verdad. Representaba muchos intereses relacionados con el sector de la agricultura, pero para resumir la historia, les diré que decidí quedarme unos días aquí, en el pueblo, para supervisar la restauración. Solo conocía a Tuck por su reputación y no acababa de fiarme de que fuera capaz de realizar un buen trabajo con mi coche. Sin embargo, congeniamos desde el primer momento; además, me di cuenta de que me gustaba la tranquilidad que se respiraba en este pueblo. Unas semanas más tarde, cuando regresé para recoger mi coche, él no me cobró tanto como yo pensaba, y me llevé una grata sorpresa con el resultado. Y ahora, avanzaré quince años, si me lo permiten. Yo me sentía asfixiado, mi profesión me consumía vivo. De un día para otro, decidí retirarme e instalarme en Oriental, aunque, la verdad, no lo conseguí del todo. Después de un año, más o menos, me aburría como una ostra, así que abrí este pequeño bufete. No es gran cosa; principalmente solo trato cuestiones testamentarias y con alguna que otra inmobiliaria que cierra sus puertas. No necesito trabajar, pero la actividad me mantiene ocupado. Y mi esposa está encantada de no verme deambulando por casa durante unas cuantas horas a la semana. Pero sigamos, una mañana coincidí con Tuck en el Irvin, por casualidad, y le dije que si alguna vez necesitaba algo, ya sabía dónde encontrarme. Y entonces, en febrero me quedé sorprendido al ver que había aceptado mi ofrecimiento.

—¿Por qué usted y no…?

—¿Otro abogado del pueblo? —Tanner acabó la pregunta por Dawson—. La impresión que me dio fue que Tuck buscaba a alguien que no tuviera raíces profundas en este lugar. La verdad es que él no tenía demasiada fe en la privilegiada relación que establecen algunos clientes con sus abogados. ¿Hay algo más que pueda añadir para aclarar sus dudas?

Cuando Amanda sacudió la cabeza, el hombre abrió la carpeta y se puso las gafas de leer.

—Entonces, ¿qué tal si empezamos? Tuck me indicó cómo quería que gestionara las cuestiones pendientes; por eso me nombró su ejecutor testamentario. Han de saber que no quería un funeral tradicional. Me pidió que, después de su muerte, organizara su incineración y, con el fin de cumplir su voluntad, Tuck Hostetler fue incinerado ayer. —Señaló hacia el estuche sobre la mesa, dando a entender que contenía las cenizas de Tuck.

Amanda palideció.

—Pero nosotros llegamos ayer…

—Lo sé. Tuck me pidió que me ocupara de todo antes de que ustedes llegaran.

—¿No quería que asistiéramos a la ceremonia?

—No, no quería que nadie estuviera presente.

—¿Por qué no?

—Lo único que les puedo decir es que Tuck fue muy concreto en sus instrucciones. Pero si quieren saber mi opinión, creo que pensaba que a ustedes dos les habría afectado mucho encargarse de todos los preparativos. —Sacó una página de la carpeta y la sostuvo en el aire—. Tuck dijo, y cito textualmente: «No hay ninguna razón por la que mi muerte deba suponer una carga para ellos». Tanner se quitó las gafas y se arrellanó en el sillón, intentando evaluar sus reacciones.

—Es decir, ¿no hay funeral? —inquirió Amanda.

—No; en el sentido tradicional, no.

Amanda se volvió hacia Dawson y luego miró de nuevo fijamente a Tanner.

121

—Entonces, ¿por qué quería que viniéramos?

—Me pidió que les llamara con la esperanza de que ustedes dos hicieran algo más por él, algo más importante que organizar su incineración. Quería que fueran ustedes dos los que se encargaran de esparcir sus cenizas por un lugar que era muy especial para él, un lugar en el que, por lo visto, ustedes no han estado nunca.

Amanda solo necesitó un momento para deducir de qué sitio se trataba.

—¿Su casita en Vandemere?

Tanner asintió.

—Así es. Mañana sería ideal, a la hora que prefieran. Por supuesto, si no se sienten cómodos con la idea, ya me encargaré yo. De todos modos, he de pasarme por allí…

—No, mañana me parece perfecto —aceptó Amanda.

Tanner alzó una hoja de papel.

—Aquí tienen la dirección. Me he tomado la libertad de imprimirles un mapa de carreteras. Queda un poco apartado, como supongo que ya imaginarán. ¡Ah! Otra cosa: me pidió que les diera esto —remató, al tiempo que sacaba tres sobres sellados de la carpeta—. Como verán, hay dos con sus nombres escritos. Tuck me pidió que primero lean en voz alta la carta del sobre que no tiene nombre, antes de la ceremonia.

—¿Ceremonia? —repitió Amanda.

—Me refiero a esparcir sus cenizas —apostilló el abogado. Acto seguido, les entregó los sobres y las hojas con las direcciones—. Y por supuesto, si tienen cualquier duda, llámenme.

—Gracias —dijo ella, mientras aceptaba los documentos. El misterioso contenido de los sobres pesaba más de lo que había esperado—. ¿Y qué tenemos que hacer con los otros dos sobres?

—Supongo que leerlos después de leer el primero.

—¿Solo supone?

—Tuck no especificó nada al respecto; lo único que me dijo fue que, cuando leyeran la primera carta, entenderían cuándo tenían que abrir las otras dos.

Amanda se guardó los sobres en el bolso, intentando asimilar la información que Tanner les acababa de transmitir. Dawson parecía tan perplejo como ella.

Tanner examinó las instrucciones de nuevo.

—¿Alguna pregunta?

—¿Tuck especificó en qué parte de Vandemere quería que esparciéramos sus cenizas?

—No —contestó Tanner.

—¿Cómo lo sabremos, si nunca hemos estado allí?

—Eso mismo le pregunté yo, pero él parecía seguro de que ustedes comprenderían lo que tenían que hacer.

—¿Especificó alguna hora del día en particular?

—De nuevo, lo dejó a su libre albedrío. Sin embargo, su deseo era que fuera una ceremonia íntima. Me pidió que me asegurara de ello, es decir, que no publicara ninguna información en el periódico sobre su muerte, ni tan solo un obituario. Me dio la impresión de que no quería que nadie, aparte de nosotros tres, se enterase de su muerte. Y he seguido sus deseos tanto como me ha sido posible. Por supuesto, alguna gente del pueblo se ha enterado, a pesar de mi silencio, pero quiero que sepan que he hecho todo lo que he podido.

—¿Le explicó sus motivos?

—No —repuso Tanner—. Y yo tampoco se lo pregunté. En esos momentos, deduje que, a menos que él quisiera contármelo de forma voluntaria, probablemente no me lo diría.

El abogado miró a Amanda y a Dawson para ver si tenían más preguntas. Al ver que permanecían en silencio, cerró la carpeta.

—En cuanto a la herencia, ambos saben que Tuck no tenía familia. Aunque comprendo que quizá no les parezca el momento más oportuno para hablar sobre su testamento, porque seguramente todavía estarán afligidos, me pidió que les comunicara lo que pensaba hacer mientras aún estuvieran aquí, en el pueblo. ¿Les parece correcto?

Amanda y Dawson asintieron, y el abogado prosiguió:

—Los bienes de Tuck no eran insustanciales. Poseía bastantes tierras, además de sus ahorros en el banco. Todavía estoy analizando sus cuentas, pero lo que les puedo adelantar es que Tuck dijo que ustedes dos pueden quedarse con cualquier bien personal que deseen, aunque solo sea un único objeto. Solo especificó que, en el caso de que ustedes dos no lleguen a un acuerdo en alguna cuestión, lo solucionen mientras estén aquí.

Yo ejecutaré su testamento durante los próximos meses, pero, esencialmente, el resto de sus bienes serán vendidos, y lo que se obtenga se ingresará en una cuenta del Centro de Oncología Pediátrica de la Clínica Universitaria de Duke. —Tanner sonrió a Amanda—. Tuck pensó que a usted le gustaría saberlo.

—No sé qué decir. —Podía notar la mirada curiosa de Dawson, a su lado—. Es muy generoso por su parte. —Amanda vaciló, más emocionada de lo que quería admitir—. Él…, supongo que sabía lo que significaría para mí.

Tanner asintió antes de apartar la carpeta a un lado.

—Bueno, pues creo que eso es todo, a menos que se les ocurra alguna cosa más.

No había nada más. Amanda se puso de pie mientras Dawson recogía el estuche de madera de la mesa. Tanner también se levantó, aunque no hizo amago de acompañarlos hasta la puerta. Amanda enfiló hacia la salida con Dawson. Se fijó en la expresión taciturna en su cara. Antes de llegar a la puerta, él se detuvo y se dio la vuelta.

—¿Señor Tanner?

—¿Sí?

—Antes ha dicho algo que me ha parecido curioso.

—¿Ah, sí?

—Ha dicho que mañana sería ideal. Supongo que se refería a justo mañana, como un día específico.

—Sí.

—¿Por qué?

Tanner apoyó las manos en la mesa.

—Lo siento, pero no puedo decirles el motivo.

—¿A qué ha venido eso? —preguntó ella.

Los dos caminaban hacia el coche de Amanda, que todavía estaba aparcado al lado de la cafetería. En vez de contestar, Dawson hundió las manos en los bolsillos.

—¿Quieres que almorcemos juntos? —sugirió él.

—¿No piensas contestar a mi pregunta?

—No sé qué decir. Tanner no me ha contestado.

—Pero ¿por qué le has hecho esa pregunta?

—Porque soy una persona curiosa, siempre lo he sido.

Amanda cruzó la calle.

—No estoy de acuerdo. Recuerdo que vivías con una aceptación casi estoica de la vida. Pero sé exactamente qué te propones.

—¿Ah, sí? ¿Qué es lo que me propongo?

—Estás intentando cambiar de tema.

Dawson no se molestó en negarlo. En vez de eso, se colocó el estuche bajo el brazo.

—Tú tampoco has contestado a mi pregunta.

—¿Qué pregunta?

—Te he preguntado si te apetecía almorzar conmigo. Porque, si estás libre, conozco un sitio estupendo.

Ella vaciló unos instantes, consciente de que la gente en los pueblos pequeños era muy dada a cotillear, pero, como de costumbre, Dawson pareció leerle el pensamiento.

—Confía en mí —le dijo—. Conozco el sitio perfecto.

Media hora más tarde, estaban de nuevo en casa de Tuck, sentados cerca del río, sobre una manta que Amanda había sacado de uno de los armarios. En el trayecto en coche, Dawson había comprado bocadillos y botellas de agua en el restaurante Brantlee's Village.

—¿Cómo lo sabías? —Amanda sentía curiosidad por saber por qué Dawson siempre parecía ser capaz de leerle el pensamiento, como en los viejos tiempos. Cuando eran jóvenes, un simple gesto sutil bastaba para expresar un mar de pensamientos y emociones.

—Tu madre y todas sus amistades todavía viven en el pueblo; estás casada; yo soy tu antiguo novio. No cuesta tanto deducir que no sería una buena idea que nos vieran juntos toda la tarde.

Amanda se sentía aliviada de que él lo comprendiera, pero mientras Dawson sacaba dos bocadillos de la bolsa, se estremeció con un sentimiento de culpa. Intentó convencerse a sí misma de que solo iban a comer juntos, aunque eso no era todo; no quería engañarse.

Dawson no pareció darse cuenta de su cambio de actitud.

—¿Alguna preferencia? Hay de pavo y de pollo —le preguntó, al tiempo que le mostraba los bocadillos.

—Me da igual —contestó Amanda, que, de repente, cambió de opinión—: bueno, no; prefiero el de pollo.

125

Dawson le pasó el bocadillo y una botella de agua. Ella examinó el espacio a su alrededor, gozando de la sorda quietud. Unas nubes algodonosas se desplazaban despacio por el cielo. Cerca de la casa vio un par de ardillas que correteaban por el tronco de un roble recubierto de musgo. Una tortuga descansaba al sol sobre un tronco caído, en la otra punta del río. Era el entorno de su infancia y de su juventud; sin embargo, había llegado a parecerle extrañamente ajeno, como un mundo distinto por completo al que habitaba.

—¿Qué te ha parecido la reunión? —le preguntó él.

—Tanner parece un hombre decente.

—¿Y qué me dices de las cartas de Tuck? ¿Tienes alguna idea de qué es lo que pueden contener?

—¿Después de lo que he oído esta mañana? No, ni idea.

Dawson asintió y desenvolvió su bocadillo. Ella lo imitó.

—Así que el Centro de Oncología Pediátrica, ¿eh?

Ella asintió, y automáticamente pensó en Bea.

—Ya te dije que trabajo como voluntaria en la Clínica Universitaria de Duke. Además organizo actividades para recaudar fondos para ellos.

—Ya, pero no me habías dicho en qué sección trabajabas —replicó Dawson, sin haber probado todavía el bocadillo.

Amanda oyó el tono en su voz y supo que él estaba esperando a que le dijera más cosas. Con aire ausente, desenroscó el tapón de la botella de agua.

—Frank y yo tuvimos otra hija, tres años después de que naciera Lynn.

Amanda hizo una pausa, para aunar fuerzas, aunque sabía que contárselo a Dawson no resultaría tan doloroso ni extraño como le solía pasar con otras personas.

—Cuando tenía dieciocho meses, le diagnosticaron un tumor cerebral. No se podía operar. A pesar de los esfuerzos de un increíble equipo de médicos del Centro de Oncología Pediátrica, murió seis meses después.

Amanda desvió la vista hacia el río, sintiendo aquel profundo e intenso dolor tan familiar, una tristeza que sabía que ya nunca la abandonaría.

Dawson se inclinó hacia ella y le apretó la mano. Acto seguido, le preguntó en una voz muy suave:

126

—¿Cómo se llamaba?

—Bea.

Permanecieron callados durante un buen rato. Los únicos sonidos que llenaban el aire eran el borboteo de las aguas del río y el susurro de las hojas sobre sus cabezas. Amanda no tenía la sensación de que tuviera que añadir nada más, ni Dawson esperaba que lo hiciera. Ella sabía que comprendía exactamente cómo se sentía, y presentía que él también sufría, aunque solo fuera porque no podía ayudarla.

Después de comer, recogieron la manta, las sobras del tentempié y regresaron a la casa. Dawson entró detrás de Amanda, y observó cómo desaparecía de su vista, seguramente para guardar la manta otra vez en el armario. Se mostraba reservada, como si tuviera miedo de haber cruzado una línea peligrosa. Dawson sacó un par de vasos de un armario de la cocina y sirvió té frío. Cuando ella regresó a la cocina, él le ofreció uno de los vasos.

—¿Estás bien? —le preguntó.

—Sí —contestó ella, mientras aceptaba el vaso—. Estoy bien.

—Siento haberte hecho recordar esos momentos tan tristes de tu vida.

—No, tranquilo; lo que pasa es que a veces todavía me cuesta hablar de Bea. Y ha sido un… fin de semana tan… inesperado…

—Para mí también —dijo Dawson. Apoyó todo el peso del cuerpo en la encimera y preguntó—: ¿Cómo quieres que lo hagamos?

—¿El qué?

—Explorar la casa, para ver si quieres quedarte con algún recuerdo.

Amanda suspiró, esperando que su estado de agitación no le resultara obvio.

—No lo sé. En cierto modo, no me parece correcto.

—No deberías sentirte incómoda. Él quería que lo recordáramos.

—Yo siempre lo recordaré, con o sin objetos.

—Pero Tuck deseaba ser más que un mero recuerdo. Deseaba que tuviéramos algo de él y de este lugar.

Amanda tomó un sorbo de té. Sabía que Dawson probablemente tenía razón, pero la idea de revolver entre las pertenencias de Tuck justo en ese momento, solo para encontrar un recuerdo, le parecía violenta, en cierto modo.

—Esperemos un ratito más, si no te importa.

—Perfecto. Esperaremos hasta que te sientas lista. ¿Quieres que salgamos al porche?

Amanda asintió y lo siguió hasta el porche trasero, donde se sentaron en las viejas mecedoras de Tuck. Dawson apoyó el vaso en el muslo.

—Supongo que Tuck y Clara solían sentarse aquí a menudo, para descansar y ver pasar las horas —comentó.

—Probablemente.

Dawson se volvió hacia ella.

—Me alegro de que pasaras a visitarlo de vez en cuando. No me gustaba pensar que Tuck estaba siempre solo, aquí.

Amanda podía notar la humedad en el cristal del vaso que sostenía entre sus manos.

—Sabías que él veía a Clara, ¿verdad?

Dawson frunció el ceño.

—¿Qué quieres decir?

—Tuck juraba que ella seguía aquí, a su lado.

Por un instante, él pensó en las imágenes y movimientos furtivos que había estado sintiendo recientemente.

—¿Qué quieres decir? ¿La veía?

—Sí. La veía y hablaba con ella.

Dawson parpadeó, perplejo.

—¿Me estás diciendo que Tuck creía que veía un fantasma?

—¿Cómo? ¿Es que nunca te lo contó?

—Nunca me habló de Clara.

Amanda abrió los ojos como un par de naranjas.

—¿Nunca?

—Lo único que me dijo fue su nombre.

Ella dejó el vaso en el suelo y le relató algunas de las historias que Tuck le había contado a lo largo de los últimos años: que abandonó los estudios a los doce años y encontró un empleo en el taller de su tío; que cuando tenía catorce conoció a

Clara en la iglesia, y que en aquel instante supo que se casaría con ella; que toda la familia de Tuck, su tío incluido, se marchó al norte en busca de un empleo en los años de la Gran Depresión y nunca regresó. Le habló de los primeros años de Tuck con Clara: el primer aborto, el durísimo trabajo a las órdenes del padre de Clara en el rancho de la familia mientras por la noche se dedicaba a construir aquella casa. Le contó que ella había tenido dos abortos más después de la guerra y le habló de cómo él abrió el taller y empezó a restaurar coches a principios de 1950, que incluso había restaurado un Cadillac cuyo dueño era un cantante que se dejaba caer algunas veces por el pueblo y que se llamaba Elvis Presley. Cuando acabó de contarle la muerte de Clara y que Tuck hablaba con el fantasma de su mujer, Dawson había apurado el té y mantenía la vista fija en el vaso vacío, intentando conciliar las historias que Amanda le acababa de relatar con el hombre que había conocido.

—No puedo creer que no te contara nada de esto —se maravilló Amanda.

—Debía de tener sus razones. Quizá se sentía más cómodo contigo.

—Lo dudo. Lo que pasa es que yo lo conocí más tarde en su vida. En cambio tú lo conociste cuando todavía no se había recuperado de la muerte de Clara.

—Quizás —admitió Dawson, aunque en un tono no demasiado convencido.

Amanda continuó.

—Tú eras muy importante para él. Después de todo, te dejó vivir aquí. Y no una, sino dos veces. —Cuando Dawson asintió con la cabeza, ella lo miró con interés—. ¿Puedo hacerte una pregunta?

—Claro que sí.

—¿De qué hablabais normalmente?

—De coches, motores, transmisiones. A veces hablábamos del tiempo.

—¡Qué interesante! —se burló ella.

—Ni te lo imaginas. Pero en esa época, yo tampoco era una persona muy habladora, que digamos.

Amanda se inclinó hacia él, con renovada decisión.

—Muy bien. Así que ahora los dos sabemos bastantes cosas

de Tuck y tú sabes algunas cosas sobre mí. Pero yo todavía no sé nada de ti.

—Claro que lo sabes. Te lo conté ayer. Trabajo en una plataforma petrolífera, ¿recuerdas? Vivo en un remolque en las afueras de la ciudad, y sigo conduciendo el mismo coche. Ah, y no salgo con nadie.

Con una lánguida atención, Amanda se tocó la coleta por encima del hombro; un movimiento casi sensual.

—Cuéntame algo que aún no sepa —lo animó—. Algo que nadie sepa; algo que me sorprenda.

—No sé qué puedo contarte.

Ella escrutó su cara con interés.

—¿Por qué será que no te creo?

«Porque nunca fui capaz de ocultarte nada», pensó Dawson. En cambio, contestó:

—No lo sé.

Ella se quedó callada ante su respuesta, como si estuviera sopesando algo.

—Ayer comentaste una cosa que despertó mi curiosidad. —Cuando él la miró con interés, ella continuó—: ¿Cómo sabes que Marilyn Bonner no ha vuelto a casarse?

—Simplemente lo sé.

—¿Te lo dijo Tuck?

—No.

—Entonces, ¿cómo lo sabes?

Dawson entrelazó los dedos y se arrellanó en la mecedora. Sabía que si no contestaba, ella no pararía de insistir una y otra vez. Amanda tampoco había cambiado en ese aspecto. Resopló y dijo:

—Será mejor que empiece por el principio.

A continuación, le habló de los Bonner, de su visita al ruinoso rancho de Marilyn mucho tiempo atrás, de los graves problemas económicos que pasó aquella familia, de cómo empezó a enviarles dinero de forma anónima cuando salió de la cárcel y, finalmente, de que en los últimos años había contratado a un par de detectives para que le informaran de la situación de la familia. Cuando terminó, Amanda permaneció callada, como si buscara el comentario adecuado.

—No sé qué decir —explotó al final.

—Sabía que ibas a decir eso.

—No, de verdad, Dawson —replicó con vehemencia—. Quiero decir, sé que es muy noble por tu parte eso de enviarles dinero, y estoy segura de que has marcado una diferencia en sus vidas. Pero… hay algo triste en esta historia, también, porque es evidente que no puedes perdonarte por algo que, está claro, fue un accidente. Todo el mundo comete errores, aunque algunos sean peores que otros. Los accidentes suceden. Pero ¿contratar a unos detectives para saber exactamente qué sucede en sus vidas? Eso no está bien.

—No lo entiendes… —empezó a contraatacar Dawson.

—No, eres tú quien no lo entiende —lo interrumpió ella—. ¿No crees que merecen que se les respete su intimidad? Sacar fotos, ahondar en sus vidas personales…

—No se trata de eso —protestó él.

—¡Pues es lo que haces! —Amanda propinó un golpe seco en el apoyabrazos de la mecedora—. ¿Y si algún día lo descubren? ¿Puedes imaginar lo que eso supondría para ellos? Se sentirían traicionados, invadidos.

Amanda lo sorprendió al emplazar una mano sobre su brazo, con firmeza aunque con tensión a la vez, como si quisiera asegurarse de que él la estaba escuchando.

131

—No digo que esté de acuerdo, pero lo que hagas con tu dinero es asunto tuyo. Sin embargo, ¿el resto? ¿Lo de los detectives? Tienes que parar. Prométeme que lo harás, ¿de acuerdo?

Dawson podía notar el calor que irradiaba la boca de Amanda.

—De acuerdo —cedió al final—. Te prometo que no volveré a hacerlo.

Ella lo estudió, como si quisiera asegurarse de que le estaba diciendo la verdad. Por primera vez desde que se habían vuelto a encontrar, Dawson parecía cansado. Su postura reflejaba una actitud vencida, y mientras seguían allí sentados, Amanda se preguntó qué habría sido de él si ella no se hubiera marchado aquel verano. O incluso si hubiera ido a verlo a la cárcel. Quería creer que eso habría podido marcar la diferencia, que Dawson habría podido gozar de una vida menos atormentada por el pasado y que, aunque no hubiera sido totalmente feliz, por lo menos habría tenido la posibilidad de hallar cierta paz. Para él, la paz siempre había sido elusiva.

Aunque, en realidad, en aquella cuestión no estaba solo, ¿no? ¿No era eso lo que todo el mundo quería?

—Tengo otra confesión sobre los Bonner —anunció él.

Amanda sintió una brusca sacudida en el pecho.

—¿Más?

Dawson se rascó la nariz con su mano libre, como si quisiera ganar tiempo.

—Esta mañana he ido al cementerio, a depositar unas flores en la tumba del doctor Bonner. Es lo que solía hacer cuando salí de la cárcel, cuando no podía soportar la sensación de culpa.

Ella lo miró fijamente, preguntándose si Dawson la sorprendería con otra nueva sorpresa, pero no lo hizo.

—Eso es algo distinto.

—Lo sé, pero pensaba que debería mencionarlo.

—¿Por qué? ¿Porque quieres saber mi opinión?

Dawson se encogió de hombros.

—Quizá.

Amanda no contestó de inmediato.

—Creo que lo de las flores está bien —dijo finalmente—. Mientras no te excedas, me parece que es… apropiado.

Él se volvió hacia ella.

—¿De veras?

—Sí. Llevarle flores es significativo, pero no invasivo.

Dawson asintió, pero no dijo nada. En el silencio, Amanda se inclinó más hacia él y le preguntó:

—¿Sabes lo que estoy pensando?

—Después de lo que te he contado, tengo miedo de saberlo.

—Creo que tú y Tuck os parecéis más de lo que crees.

Él se volvió hacia ella.

—¿Es eso bueno o malo?

—Todavía estoy aquí contigo, ¿no?

Cuando el calor se volvió insoportable incluso a la sombra, Amanda sugirió que entraran de nuevo en la casa. La puerta mosquitera se cerró con un suave golpe detrás de ellos.

—¿Estás lista? —le preguntó él, al tiempo que examinaba la cocina.

—No, pero supongo que tengo que hacerlo. Sigo pensando que no es correcto y, la verdad, no sé por dónde empezar.

Dawson recorrió la cocina antes de girarse hacia ella.

—De acuerdo, a ver si esto te ayuda: ¿qué es lo que más recuerdas de la última vez que visitaste a Tuck?

—Nada excepcional; fue como en las anteriores ocasiones. Él me habló de Clara, le preparé la cena… —Se encogió de hombros—. Le cubrí la espalda con una manta cuando se quedó dormido en la butaca.

Dawson la llevó hasta el comedor y señaló hacia la chimenea.

—Entonces, quizá deberías llevarte la foto.

Amanda sacudió la cabeza.

—No podría hacerlo.

—¿Prefieres que la tiren a la basura?

—No, claro que no. Pero deberías llevártela tú. Tú lo conocías mejor que yo.

—No lo creo; nunca me habló de Clara. Y cuando la contemples, pensarás en los dos, y no solo en él. Por eso Tuck te habló de ella.

Cuando Amanda vaciló, Dawson se dirigió hacia la chimenea y cogió la foto con gran cuidado.

—Él quería que esta foto fuera importante para ti. Quería que los dos fueran importantes para ti.

Ella cogió la foto y la miró sin pestañear.

—Pero si me la llevo, ¿qué te quedará a ti? Quiero decir, tampoco es que haya muchas más cosas.

—No te preocupes. Hay algo que he visto antes y que me gustaría conservar. —Se dirigió hacia la puerta—. Vamos.

Amanda lo siguió. Bajó los peldaños del porche y, cuando se acercaron al taller, lo comprendió: si la casa era donde ella y Tuck habían establecido su vínculo, el taller había sido el lugar de Dawson y Tuck. E incluso antes de que él lo encontrara, Amanda ya adivinó lo que buscaba.

Dawson tomó el enorme pañuelo descolorido que estaba cuidadosamente doblado sobre el banco de trabajo.

—Esto es lo que él quería que yo me quedara —declaró.

133

—¿Estás seguro? —Amanda examinó con atención el trozo de tela roja—. No es gran cosa.

—Es la primera vez que he visto un pañuelo limpio por aquí, así que estoy seguro que tiene que ser para mí. —Sonrió—. Sí, estoy seguro. Para mí este pañuelo es Tuck. No recuerdo haberlo visto nunca sin uno, y siempre del mismo color, por supuesto.

—Por supuesto —repitió ella—. Estamos hablando de Tuck, ¿no? ¿Don Constante-En-Todo?

Dawson se guardó el pañuelo en el bolsillo trasero.

—La constancia no es mala. Los cambios no siempre conducen a un mejor resultado.

Sus palabras parecieron quedar suspendidas en el aire. Amanda no contestó. En vez de eso, cuando él se apoyó en el Stingray, ella recordó algo súbitamente y avanzó un paso hacia delante.

—He olvidado comentarle a Tanner lo del coche.

—Creo que yo puedo acabar de repararlo. Entonces Tanner podrá llamar al propietario para que pase a recogerlo.

—¿De veras?

—Por lo que veo, todas las piezas están aquí, y estoy seguro de que a Tuck le habría gustado que yo acabara el trabajo. Además, tú has quedado con tu madre para cenar, ¿no? Así que no tengo nada mejor que hacer esta noche.

—¿Cuánto rato tardarás? —Amanda miró las cajas con las piezas de recambio.

—No lo sé, supongo que unas horas.

Ella centró toda su atención en el vehículo; lo recorrió desde una punta a la otra antes de volver a mirar a Dawson.

—De acuerdo. ¿Necesitas ayuda?

Dawson le dedicó una sonrisa mordaz.

—¿Has hecho un curso de mecánica desde la última vez que te vi?

—No.

—Entonces ya me ocuparé yo solo, cuando te marches. No parece muy difícil. —Dawson se dio la vuelta y señaló hacia la casa—. Podemos volver a la cocina, si quieres. Aquí hace demasiado calor.

—No quiero que tengas que trabajar hasta tarde —apuntó

ella y, como un viejo hábito redescubierto, enfiló hacia el lugar que una vez había constituido su espacio particular. Apartó una llave de cruz oxidada del banco de trabajo antes de acomodarse—. Mañana nos espera un gran día. Además, siempre me encantó ver cómo trabajabas.

Dawson pensó que oía algo similar a una promesa en aquella declaración, y se sorprendió al pensar que los años parecían retroceder para ellos, permitiéndole revisitar el tiempo y el lugar donde había pasado sus días más felices. De repente, se recordó a sí mismo que Amanda estaba casada. Lo último que ella necesitaba era la clase de complicación que surgía al intentar reescribir el pasado.

Soltó un deliberado suspiro y agarró una caja situada en el otro extremo del banco de trabajo.

—Te aburrirás. Esto puede llevarme bastante rato —la previno, intentando disimular sus pensamientos.

—No te preocupes por mí. Estoy acostumbrada.

—¿A aburrirte?

Amanda dobló las piernas y abrazó las rodillas.

—Solía pasarme horas aquí, sentada, esperando a que acabaras de trabajar para que finalmente pudiéramos salir a divertirnos un rato.

—Deberías habérmelo dicho.

—Cuando ya no lo soportaba más, te lo decía. Pero sabía que si te apartaba de tus obligaciones con frecuencia, Tuck no me habría dejado volver más por aquí. Por eso tampoco me pasaba todo el rato hablando.

La cara de Amanda quedaba parcialmente oculta entre las sombras; su voz parecía el canto seductor de una sirena. Demasiados recuerdos, con ella sentada en esa misma postura, hablando en el mismo tono.

Dawson sacó el carburador de la caja y lo inspeccionó. Estaba restaurado, y era evidente que habían hecho un buen trabajo con la pieza. Lo dejó a un lado para echar un vistazo a la orden de trabajo.

Se dirigió hacia la parte frontal del coche, abrió el capó y examinó el interior. Cuando oyó que Amanda carraspeaba, desvió la vista hacia ella.

—Teniendo en cuenta que Tuck no está aquí, supongo que

podemos hablar tanto como queramos, ¿no? Incluso mientras trabajas.

—Por supuesto. —Dawson irguió de nuevo la espalda y se dirigió al banco de trabajo—. ¿De qué quieres que hablemos?

Ella consideró la propuesta.

—A ver, ¿qué te parece esto? ¿Qué es lo que más recuerdas de nuestro primer verano juntos?

Dawson agarró un juego de llaves inglesas, con el semblante pensativo.

—Recuerdo que me preguntaba cómo era posible que quisieras salir conmigo.

—Hablo en serio.

—Yo también. Yo no tenía nada, y tú lo tenías todo. Podrías haber salido con cualquier chico, y aunque intentábamos ser discretos, sabía que nuestra relación solo te causaría problemas. No le encontraba el sentido.

Amanda apoyó la barbilla en las rodillas y las estrechó contra su cuerpo.

136

—¿Sabes lo que yo recuerdo? Recuerdo aquel día que me llevaste a la playa, a Atlantic Beach, y vimos un montón de estrellas de mar esparcidas por la orilla. Era como si las olas las hubieran arrastrado todas a la vez; paseamos hasta la otra punta de la playa, lanzándolas de nuevo al agua. Más tarde, compartimos una hamburguesa con patatas fritas y contemplamos la puesta de sol. Seguramente, estuvimos hablando durante más de doce horas seguidas.

Ella sonrió antes de proseguir, segura de que él también se acordaba.

—Por eso me encantaba estar contigo. Podíamos hacer cosas tan sencillas como arrojar estrellas de mar al océano y compartir una hamburguesa y hablar, e incluso así sabía que era afortunada. Fuiste el primer chico que no estaba constantemente intentando impresionarme. Aceptabas quién eras, pero lo más importante es que me aceptabas tal como era yo. Y nada más importaba, ni mi familia ni la tuya, ni nadie más en el mundo; solo nosotros dos.

Amanda hizo una pausa antes de continuar.

—No sé si aquel fue uno de los días más felices de mi vida,

pero la verdad es que siempre era igual cuando estábamos juntos. Nunca quería que el día tocara a su fin.

Él la miró a los ojos.

—Quizá todavía no se ha acabado.

Ella comprendió entonces, con la distancia que otorgaba la edad y la madurez, lo mucho que él la había amado.

«Y todavía te ama», le susurró una vocecita en su interior. De repente, Amanda tuvo la extraña impresión de que todo lo que habían compartido en el pasado no había sido más que los capítulos iniciales de un libro cuya conclusión todavía estaba por escribir.

La idea debería haberla asustado, pero no fue así. Deslizó la palma de la mano por encima de sus desgastadas iniciales, grabadas en el banco muchos años atrás.

—Cuando mi padre murió, vine aquí, ¿sabes?

—¿Dónde? ¿Aquí, al taller?

Amanda asintió con la cabeza.

—Pensaba que habías dicho que solo hace unos años que empezaste a visitar a Tuck —comentó Dawson, mientras volvía a agarrar el carburador.

—Él no se enteró. Nunca le dije que había estado aquí.

—¿Por qué no?

—No podía. Apenas podía mantener la firmeza, y quería estar sola. —Hizo una pausa—. Fue aproximadamente un año después de que Bea muriera, y yo todavía estaba luchando para superar el dolor cuando mi madre me llamó y me dijo que mi padre había sufrido un ataque al corazón. No tenía sentido. Él y mi madre nos habían visitado en Durham una semana antes, pero lo siguiente que hicimos fue montar a los niños en el coche para ir a su funeral. Nos pasamos la mañana conduciendo hasta llegar aquí; apenas atravesé el umbral, vi a mi madre vestida de punta en blanco y casi de inmediato me informó brevemente de nuestra cita con la funeraria. Quiero decir, apenas mostró ninguna emoción; parecía más preocupada por conseguir la clase de flores adecuadas para el servicio y asegurarse de que yo llamaba a todos nuestros familiares. Fue como una pesadilla y, al final del día, me sentía tan… sola. Así que salí de casa a medianoche, estuve conduciendo por ahí y, por alguna razón, acabé aparcando un poco más abajo, en la carretera, y subí la cuesta a pie hasta aquí. No puedo explicar por qué, pero me senté y lloré durante horas.

Suspiró cansada. Su mente parecía dominaba por un mar de recuerdos.

—Sé que mi padre jamás te dio una oportunidad, pero te aseguro que no era una mala persona. Siempre me llevé mejor con él que con mi madre. De hecho, con el paso de los años, me llevaba aún mejor. Mi padre adoraba a mis hijos, especialmente a Bea.

Se quedó un momento callada, antes de ofrecerle a Dawson una triste sonrisa.

—¿Te parece extraño, que acudiera a Tuck cuando mi padre murió?

Dawson consideró la pregunta.

—No —contestó—. No me parece extraño, en absoluto. Después de cumplir mi condena, también regresé.

—Pero tú no tenías adónde ir.

Él enarcó una ceja.

—¿Y tú?

Dawson tenía razón, por supuesto. Aunque la casa de Tuck había sido un lugar de recuerdos idílicos, también había sido el sitio donde ella había ido siempre a desahogarse, a llorar.

Amanda entrelazó los dedos de las manos con más fuerza, como si quisiera apartar aquellos dolorosos recuerdos de la mente, y centró toda su atención en Dawson, que se disponía a montar de nuevo el motor. A medida que la tarde desaparecía, departieron distendidamente sobre cosas cotidianas, sobre el pasado y sobre el presente, hablando sobre sus vidas e intercambiando opiniones acerca de diversos temas, desde libros hasta sitios que siempre habían soñado visitar.

Al escuchar el clic familiar de la llave de montaje mientras Dawson ajustaba la pieza en cuestión, la sorprendió la sensación de *déjà vu*. Le vio forcejear para aflojar el perno, con la mandíbula tensa hasta que al final lo consiguió, antes de depositar la pieza cuidadosamente a un lado. De vez en cuando, igual que hacía cuando eran jóvenes, se detenía como para recordarle a Amanda que la estaba escuchando con atención, que quería que ella supiera que siempre había sido y siempre sería importante para él. Aquella forma tan sutil de expresarle sus sentimientos, tan propia de Dawson, conmovió a Amanda con una intensidad casi dolorosa. Más tarde, cuando él se tomó un respiro del trabajo y fue a la casa, para regresar unos momentos más tarde con dos vasos de té frío, hubo un instante en el que ella fue capaz de imaginar la vida tan diferente que habría podido vivir, la clase de vida que sabía que siempre había anhelado.

Cuando el mortecino sol se escondió detrás de las copas de los pinos, abandonaron el taller, caminando despacio hacia el coche de Amanda. Algo había cambiado entre ellos en las últimas horas —un frágil renacimiento del pasado, quizá—, algo que a Amanda la emocionaba y, a la vez, la aterrorizaba. Dawson, por su parte, se moría de ganas de deslizar el brazo alrededor de su cintura mientras caminaba a su lado, pero, al percibir su confusión, se contuvo para no hacerlo.

La sonrisa de Amanda era tentadora cuando finalmente se plantaron delante de la puerta del conductor. Ella alzó la vista y vio las pestañas largas y tupidas de Dawson, unas pestañas que cualquier mujer habría envidiado.

—Me gustaría no tener que irme —admitió Amanda.

Dawson apoyó todo el peso del cuerpo en una pierna y luego en la otra.

—Estoy seguro de que tu madre y tú lo pasaréis bien.

«Quizá —pensó ella—, aunque lo más probable es que no.»

—¿Cerrarás con llave, cuando te marches?

—Sí, no te preocupes —contestó él, contemplando la luminosa piel de Amanda matizada por el sol y cómo la suave brisa le alzaba algunos mechones de cabello dispersos.

—¿Cómo quieres que quedemos, mañana? ¿Directamente allí, o quieres que te siga?

Amanda consideró las opciones, sin acabar de decidirse.

—No veo la razón de ir hasta allí en dos coches separados, ¿no? —apuntó al final—. ¿Qué tal si quedamos aquí hacia las once y vamos juntos?

Dawson asintió y la miró fijamente. Ninguno de los dos se movió. Al final, él retrocedió un paso, rompiendo el momento mágico. Amanda se oyó a sí misma suspirar. No se había dado cuenta de que había estado conteniendo la respiración.

Después de sentarse al volante, Dawson cerró la puerta tras ella. El apagado sol a su espalda perfilaba su fornido cuerpo, exagerando algunos ángulos. Amanda tuvo la impresión de que se hallaba junto a un desconocido. De repente, tuvo una sensación extraña. Al buscar en el bolso la llave, se dio cuenta de que le temblaban las manos.

—Gracias por la comida —dijo.

—Cuando quieras —contestó él.

Amanda miró por el espejo retrovisor mientras se alejaba y vio que Dawson todavía se hallaba de pie en el mismo sitio, como si esperara a que ella cambiara de idea, diera la vuelta y regresara. Ella notó la agitación de un sentimiento peligroso, algo que había estado intentando negar.

Estaba segura de que él todavía la amaba, cosa que le resultaba embriagadora. Sabía que eso era inaceptable e intentó alejar aquel sentimiento, pero Dawson y el pasado que los unía se habían vuelto a materializar. No podía negarse por más tiempo que lo cierto era que, por primera vez desde hacía muchos años, tenía la impresión de, finalmente, haber encontrado su sitio en el mundo.

8

*T*ed observó que doña Jefa de las Animadoras conducía hacia la carretera desde la explanada delante de la casa de Tuck. Seguía estando la mar de buena para su edad. La verdad era que siempre había estado muy buena; incluso muchos años antes le habría gustado echar un polvo con ella. Meterla en el coche, tirársela y luego enterrarla en algún lugar donde nadie pudiera encontrarla. Pero el papaíto de Dawson se había entrometido, diciendo que ni se le ocurriera tocar a esa tía y, en aquella época, Ted todavía creía que Tommy Cole sabía lo que hacía.

Sin embargo, Tommy Cole no sabía nada de nada. Hasta que Ted no estuvo en la cárcel, no lo comprendió, y cuando lo soltaron, odiaba a Tommy Cole casi tanto como a Dawson. No había hecho nada después de que su hijo los humillara a los dos. Los convirtió en el hazmerreír del clan; por eso Tommy acabó por ser el primero en la lista de Ted, cuando salió de la cárcel. No le costó fingir que aquella noche Tommy se había emborrachado hasta morir. Lo único que tuvo que hacer fue inyectarle alcohol etílico cuando perdió el conocimiento: todos creyeron que se había ahogado en su propio vómito.

Y ahora Ted por fin podría tachar, de una vez por todas, a Dawson de su lista. Allí escondido, a la espera de que Amanda se marchara, se preguntó qué diantre estaban haciendo esos dos. Probablemente recuperando el tiempo perdido, dándose un buen revolcón en la cama, jadeando y gritando de placer. Seguramente ella estaba casada. Se preguntó si su marido sospechaba lo que hacía. Supuso que no. No era la clase de cosas que a una tía le gustara ir pregonando por ahí, en especial a

141

una tía que conducía un pedazo de coche como ese. Era probable que se hubiera casado con algún rico gilipollas y se pasara las tardes en el salón de belleza para que le hicieran la manicura, al igual que su mamaíta. Su marido debía de ser un médico o un abogado tan idiota que ni siquiera se podía imaginar que su esposa le pusiera los cuernos.

Probablemente, ella era muy buena guardando secretitos. La mayoría de las mujeres lo eran. ¡A él se lo iban a decir! Tanto le daba que estuvieran casadas o no; si se le ofrecían, aceptaba. Y tampoco importaba si eran parientes o no. Se había acostado con la mitad de las mujeres que vivían en la propiedad de la familia, incluso con las que estaban casadas con sus primos. Y también con sus hijas. Él y Claire, la mujer de Calvin, llevaban seis años liados; se veían un par de veces a la semana, y Claire no se lo había contado a nadie. Nikki probablemente sabía lo que pasaba, ya que era ella quien le lavaba los calzoncillos, pero mantenía la boca cerrada. Sabía lo que le convenía. Nadie se metía en los asuntos de un hombre.

142 Las luces traseras del coche se iluminaron de color rojo cuando Amanda tomó finalmente la curva y se perdió de vista. Ella no había visto la furgoneta, cosa que no sorprendía a Ted, porque se había salido de la carretera para ocultarse detrás de unos matorrales. Pensó que lo mejor era esperar unos minutos y asegurarse de que aquella mujer no iba a volver. Lo último que quería eran testigos, pero aún se estaba planteando la mejor forma de hacerlo. Si Abee había visto a Dawson por la mañana, seguro que este también había visto a Abee, y eso podía haberlo puesto en guardia. Así pues, tal vez, Dawson estaba allí sentado, esperándolo, con la escopeta en las rodillas. Quizá tenía sus propios planes, también, por si a su primo le daba por aparecer.

Como la última vez.

Ted se palpó la Glock pegada al muslo y pensó que la clave era tomar a Dawson por sorpresa. Acercársele lo bastante como para poder dispararle a bocajarro, luego echar el cuerpo en la furgoneta y deshacerse del coche alquilado abandonándolo en algún lugar apartado de la finca, o limar la matrícula y luego incendiarlo hasta que solo quedara el armazón. Tampoco le costaría mucho deshacerse del cadáver. Solo tenía que llevarlo a rastras hasta el río y arrojarlo al agua, y el agua y el tiempo harían el resto. O podía enterrarlo en algún lugar del bosque, donde nadie pudiera encontrarlo. No podían acusar a nadie de asesinato si no encontraban el cadáver. Doña Jefa de las Animadoras y el *sheriff* podrían sospechar tanto como quisieran, pero la sospecha quedaba lejos de ser una prueba. Habría un gran revuelo en el pueblo, seguro, pero finalmente las aguas se calmarían. Y después le tocaría arreglar las cuentas con Abee. Si este no se andaba con cuidado, quizá también acabaría en el fondo del río.

Había llegado el momento. Ted salió del coche y empezó a atravesar el bosque, en dirección a la casa de Tuck.

Dawson dejó la llave inglesa a un lado y cerró el capó. Ya había acabado con el motor. Desde que Amanda se había marchado, no se había podido librar de la sensación de que alguien lo observaba. La primera vez, agarró la llave inglesa con nervio y examinó el taller con atención, pero no vio a nadie.

Se encaminó hacia la puerta y echó un vistazo al exterior, observando con atención todos los detalles. Se fijó en los robles y en los pinos, con sus troncos recubiertos por plantas trepadoras, y vio que las sombras ya habían empezado a extenderse. Los estorninos trinaban desde las ramas superiores; un halcón pasó volando por encima de su cabeza; su silueta se proyectaba intermitentemente en el suelo. Aparte del canto de los pájaros, reinaba el silencio, bajo el calor de principios de verano.

Pero alguien lo observaba. Allí fuera había alguien, estaba seguro. De repente le vino a la mente la imagen de la escopeta que había enterrado debajo del roble muchos años atrás, junto a la casa, en un agujero no demasiado profundo, quizás a unos treinta centímetros de la superficie, envuelta en un hule para que no se deteriorara. Tuck también tenía armas en su casa, probablemente debajo de la cama, pero Dawson no estaba seguro de si estaban en buen uso. Volvió a examinar la zona, pero no vio nada. Sin embargo, en aquel preciso instante, detectó un movimiento furtivo cerca de una pequeña arboleda, en la punta más alejada de la carretera.

Intentó enfocar la visión, pero no vio nada. Parpadeó, a la

143

espera de un nuevo movimiento, mientras intentaba decidir si había sido fruto de su imaginación. De repente, se le erizó el vello en la nuca.

Ted se movía con cautela, consciente de que precipitarse sería una imprudencia. Deseó haber ido con Abee. Habría sido más fácil si su hermano se hubiera acercado desde otra dirección. Pero al menos Dawson todavía estaba allí, a no ser que hubiera decidido salir a dar una vuelta. Sin embargo, en ese caso, Ted habría oído el motor.

Se preguntó dónde estaba Dawson exactamente. ¿Dentro de la casa, en el taller, o en algún otro sitio cerca? Esperaba que no estuviera en la casa, porque le costaría mucho acercarse sin ser visto. La choza de Tuck estaba construida en un pequeño claro, con el río justo detrás, pero había ventanas en todos los lados y Dawson podría ver cómo se acercaba. En ese caso, quizá sería mejor esperar hasta que saliera. El problema era que podía salir por la puerta de delante o por la de atrás, y Ted no podía estar en los dos sitios a la vez.

Lo que realmente necesitaba era hacer algo para llamar su atención. De ese modo, cuando Dawson saliera a averiguar qué pasaba, esperaría hasta tenerlo lo bastante cerca antes de apretar el gatillo. Se sentía seguro con la Glock hasta unos nueve metros de distancia.

Pero ¿qué podía hacer para llamar su atención?

Avanzó sigilosamente, evitando pisar los pequeños montones de piedras sueltas desperdigadas por el suelo. Aquella zona del condado estaba llena de margas. De repente, se le ocurrió una idea simple pero efectiva: lanzaría unas cuantas piedras, quizás incluso apuntaría directamente al coche o rompería el cristal de una ventana. Dawson saldría disparado para averiguar qué pasaba, y entonces Ted lo estaría esperando.

Agarró un puñado de cantos y se los guardó en el bolsillo.

Dawson avanzó sigilosamente hacia el lugar donde había visto el movimiento al tiempo que recordaba las alucinaciones que había experimentado desde la explosión en la plataforma.

Todas le resultaban familiares. Alcanzó la punta del claro y echó un vistazo hacia el bosque, procurando calmar su corazón desbocado.

Se detuvo en seco y escuchó con atención. Cientos de estorninos cantaban encaramados a los árboles, quizá miles. De niño, siempre le había fascinado la forma en que emprendían el vuelo en bandada cuando él aplaudía con fuerza, como si estuvieran todos atados con una misma cuerda. En ese momento estaban alborotados, por algo.

¿Un aviso?

No lo sabía. Más allá, el bosque se abría misterioso; el aire era salobre y estaba impregnado de un profundo olor a madera podrida. Las ramas más bajas de los robles llegaban a ras de suelo antes de retorcerse hacia el cielo. Las plantas trepadoras y el musgo oscurecían el mundo a menos de un metro de distancia.

Por el rabillo del ojo, detectó de nuevo un movimiento furtivo y se volvió con rapidez. El aire se le quedó apresado en el pecho cuando vio a un hombre con el pelo negro y una cazadora azul que desaparecía detrás de un árbol. Dawson podía oír el sonido de su propio corazón acelerado resonando estrepitosamente en sus oídos. Pensó que no era posible, que no era real, que no podía ser real. Sin embargo, sabía que no estaba viendo visiones.

Apartó las ramas de un roble y se adentró en el bosque con la intención de seguir al desconocido.

145

«Ya estoy cerca», pensó Ted. A través de la espesura, avistó la punta de la chimenea y se inclinó hacia delante, avanzando con más cautela. Ningún ruido, ningún sonido. Aquella era la clave para cazar, y Ted siempre había sido un buen cazador.

Qué más daba si se trataba de un hombre o de un animal. Lo importante era que el cazador fuera lo suficientemente hábil.

Dawson seguía abriéndose paso entre la tupida vegetación, sorteando los árboles. Le costaba respirar mientras procuraba acortar la distancia con el desconocido. Tenía miedo de detenerse, pero, con cada nuevo paso que daba, más asustado estaba.

Llegó al lugar donde había visto al hombre con el cabello negro y siguió adelante, en busca de cualquier señal de su presencia. Estaba empapado de sudor, y notaba la camisa pegada a la espalda. Resistió la repentina necesidad de gritar, preguntándose si sería capaz de emitir el más mínimo sonido si lo intentaba. Notaba la garganta totalmente reseca.

El suelo estaba seco; las hojas de pino crujían bajo sus pies. Dawson saltó sobre un tronco caído y vio que el hombre de cabello negro agachaba la cabeza y se abría paso entre la maleza apartando unas ramas. La cazadora azul se agitaba a su espalda.

Dawson empezó a correr hacia él.

Ted se había ido acercando con sigilo a la enorme pila de leña situada en uno de los extremos del claro. Desde su posición privilegiada, podía ver el taller. La luz estaba encendida. Mantuvo la vista fija en la puerta durante casi un minuto, intentando detectar el más leve movimiento. Seguro que Dawson había estado ahí dentro, pero en esos momentos no había ni rastro de él, ni tampoco en el porche ni en la parte de delante de la casa.

Debía de estar dentro o en el porche trasero. Ted avanzó agazapado, buscando el cobijo de los árboles, hasta la parte trasera de la casa. Nada. Volvió a su punto de partida, junto a la pila de leña. Seguía sin detectar ninguna señal de Dawson en el taller, lo que quería decir que debía estar en la casa. Probablemente habría entrado para beber agua, o quizá para mear. En cualquier caso, seguro que no tardaría en salir.

Se acomodó para esperarlo.

Dawson vio al hombre por tercera vez. En aquella ocasión, se hallaba más cerca de la carretera. Aceleró el ritmo de su persecución, sintiendo cómo las ramas y los arbustos lo fustigaban sin clemencia, pero no tenía la impresión de estar acortando distancia. Empezó a disminuir la marcha gradualmente, resollando, antes de detenerse junto al margen de la carretera.

El hombre había desaparecido, si es que en realidad había

estado en algún momento en el bosque. Dawson ya no estaba seguro. La incómoda sensación de sentirse observado había desaparecido, al igual que aquel miedo invasivo; lo único que le quedaba era una sensación de cansancio y calor, mezclada con la impresión de insensatez y frustración.

Tuck veía a Clara, y al parecer Dawson veía a un hombre con el cabello negro que llevaba una cazadora azul. ¡Una cazadora, ni más ni menos, con aquel calor de principios de verano! ¿Estaba Tuck tan desquiciado como él? Se quedó de pie, sin moverse, esperando a que su respiración recuperara el ritmo normal. Estaba seguro de que aquel individuo lo seguía, pero ¿quién era? ¿Y qué quería de él?

No lo sabía, pero cuanto más intentaba pensar en la visión que acababa de tener, más difusa le parecía. Era como sucede con un sueño apenas unos minutos después de despertar: poco a poco se va borrando de la mente, hasta que uno ya no está seguro de nada.

Sacudió la cabeza, contento de haber casi acabado con el Stingray. Quería regresar a la pensión para ducharse, tumbarse y reflexionar sobre ciertas cosas. El hombre del cabello negro, Amanda… Desde el accidente en la plataforma, su vida parecía haberse desequilibrado. Miró hacia el bosque y decidió que no tenía sentido regresar por el mismo camino. Era más fácil seguir la carretera; seguro que llegaba antes. Pisó el asfalto y empezó a andar, pero, en ese momento, se fijó en una vieja furgoneta aparcada un poco apartada de la carretera, detrás de unos arbustos.

Se preguntó qué hacía aquel vehículo allí. En esa zona del bosque no había nada, excepto la casa de Tuck. Las ruedas no estaban pinchadas. Supuso que debía de tratarse de una furgoneta averiada y que su propietario probablemente habría ido a buscar ayuda. Dawson se dirigió hacia el vehículo. La puerta estaba cerrada con llave. Colocó la mano sobre el capó y vio que aún estaba un poco caliente. Probablemente llevaba aparcada una o dos horas.

No tenía sentido que estuviera oculta detrás de unos matorrales. Si había que remolcarla, lo mejor habría sido dejarla aparcada junto a la carretera. Parecía como si el conductor no quisiera que nadie viera la furgoneta.

«¿Como si intentara ocultarla?»

De repente, las piezas empezaron a encajar en el rompecabezas. Recordó que aquella mañana había visto a Abee, apoyado en una furgoneta. No era la misma, pero eso no significaba nada. Con cautela, examinó la zona alrededor de la furgoneta y se detuvo cuando descubrió unas ramas rotas en el suelo.

El punto de partida.

Alguien había seguido ese camino hacia la casa de Tuck.

Cansado de esperar, Ted sacó una piedra del bolsillo, pero pensó que, si rompía una ventana y Dawson estaba ahí dentro, quizá decidiría atrincherarse y no salir. Pero un ruido era diferente. Cuando uno oía un ruido en el exterior, normalmente salía para averiguar qué pasaba. Probablemente Dawson pasaría por delante de la pila de leña, solo a unos pocos metros de distancia. Imposible fallar el tiro.

Satisfecho con la idea, sacó varias piedras más del bolsillo. Con cautela, echó un vistazo por encima de la pila de leña. No había nadie junto a las ventanas. Se incorporó rápidamente y lanzó una piedra con tanta fuerza como pudo. En el momento en que se agachaba, la piedra chocó contra la pared, provocando un fuerte ruido seco.

A su espalda, una bandada de estorninos alzó el vuelo desde los árboles con gran estrépito.

Dawson oyó un golpe sordo. Una nube de estorninos revoloteó por encima de su cabeza antes de volverse a calmar rápidamente. El ruido no parecía ser el de un arma de fuego; era algo distinto. Aminoró la marcha, avanzando con sigilo hacia la casa de Tuck.

Había alguien allí. Estaba seguro. Su primo, sin duda.

Ted estaba furioso. Se preguntaba dónde diantre se había metido Dawson. ¿Cómo podía ser que no hubiera oído el ruido? ¿Dónde estaba? ¿Por qué no salía?

Sacó otra piedra del bolsillo y la lanzó con todas sus fuerzas contra la pared.

Dawson se quedó helado al oír un segundo golpe, esta vez más potente. Procuró relajarse y se acercó al claro con sigilo, buscando el origen del ruido.

Ted, oculto detrás de una pila de leña. Armado.

Le daba la espalda a Dawson, y estaba vigilando la casa por encima de la pila de leña. ¿Acaso esperaba que saliera de la casa? ¿Haciendo ruido, intentando provocarlo para que saliera a averiguar qué pasaba?

De repente, Dawson deseó haber desenterrado la escopeta. O, por lo menos, disponer de un arma. Había un montón de herramientas en el taller, pero de ninguna manera conseguiría llegar hasta allí sin que Ted lo viera. Se debatió entre regresar a la carretera o no, pero probablemente Ted no se marcharía, a menos que tuviera un motivo. Por su postura tensa, podía adivinar que su primo se estaba impacientando, y eso era bueno. La impaciencia era el peor enemigo de un cazador.

Dawson se agazapó detrás de un árbol, pensando, esperando una oportunidad para hacerse con el control de la situación, sin recibir un tiro durante el proceso.

Pasaron cinco minutos, luego diez. Ted seguía impacientándose. Nada, absolutamente nada. Ningún movimiento en la parte delantera, ni siquiera en las malditas ventanas. Pero el coche alquilado seguía aparcado en la explanada —podía ver el adhesivo en el parachoques— y alguien había estado en el taller. Estaba claro, clarísimo, que no podía ser Tuck. Así que, si Dawson no estaba en la parte delantera ni en la parte trasera, tenía que estar dentro, por narices.

Pero ¿y si había salido?

Quizás estaba viendo la tele, escuchando música... o durmiendo, o duchándose, ¡o quién sabía qué! Por algún motivo, no había oído los golpes de las piedras.

Ted permaneció agazapado unos minutos más, cada vez más airado, hasta que al final decidió que no iba a quedarse más rato esperando. Alargó la cabeza para mirar por uno de los lados de la pila de leña y corrió en silencio hasta la casa; examinó la parte delantera y, al no ver nada, decidió avanzar de puntillas hasta el porche. Una vez allí, se pegó a la pared, entre la puerta y la ventana.

Aguzó el oído, para ver si detectaba algún sonido o algún movimiento en el interior, pero no tuvo suerte. Ningún ruido de pisadas sobre las tablas de madera, ni del televisor, ni de música. Cuando estuvo seguro de que Dawson no lo había visto, echó un vistazo a través del marco de la ventana. Colocó la mano en el pomo de la puerta y lo hizo girar lentamente.

No estaba cerrada con llave. Perfecto.

Ted preparó la pistola.

Dawson observó cómo Ted abría lentamente la puerta. Tan pronto como la cerró tras él, corrió hasta el taller. Tenía más o menos un minuto, tal vez menos. Agarró la llave de cruz oxidada que había sobre el banco de trabajo y corrió sigilosamente hasta la parte frontal de la casa, pensando que en esos momentos Ted se hallaría en la cocina o en la habitación. Rezó por no equivocarse.

Subió al porche y se pegó a la pared, justo en el mismo sitio donde su primo había estado unos momentos antes, aferrando con fuerza la llave de cruz y preparándose mentalmente. No tardó en oír cómo Ted avanzaba a grandes zancadas hacia la puerta principal, soltando imprecaciones a viva voz. Cuando abrió la puerta, se fijó en la cara de pánico de su primo en el instante en que vio a Dawson. Demasiado tarde.

Dawson le atizó con la llave de cruz y sintió la vibración en su brazo cuando le aplastó la nariz. Incluso cuando Ted se tambaleó bruscamente, chorreando sangre de un intenso color rojo, él no se amilanó. El hombre cayó de espaldas y Dawson le atizó con la llave de cruz en el brazo extendido que todavía sostenía el arma; la pistola se deslizó por el suelo, lejos de su dueño. Al oír el crujido de sus huesos rotos, Ted empezó a aullar de agonía.

Mientras se retorcía en el suelo, Dawson cogió el arma y apuntó a su primo.

—Te dije que nunca más volvieras por aquí.

Esas fueron las últimas palabras que Ted oyó antes de que se le quedaran los ojos en blanco. El intenso dolor le hizo perder el conocimiento.

Por más que odiara a su familia, no podía matar a Ted. Sin embargo, no sabía qué hacer con él. Pensó que podría llamar al *sheriff*, aunque sabía que cuando se marchara del pueblo, con o sin juicio, no regresaría jamás, así que a Ted no le harían nada. Dawson pasaría muchas horas testificando, dando su versión de los hechos, que, sin lugar a dudas, despertaría sospechas. Después de todo, él era un Cole y, además, tenía antecedentes penales. Al final decidió que no valía la pena complicarse la vida.

Pero tampoco podía dejar a Ted ahí tirado. Necesitaba que lo viera un médico. No obstante, si lo llevaba al hospital, seguramente llamarían al *sheriff*, y lo mismo sucedería si llamaba a una ambulancia.

Rebuscó en los bolsillos de su primo y encontró un teléfono móvil. Abrió la tapa y pulsó varias teclas hasta que apareció una lista de contactos en la que la mayoría de los nombres le eran familiares. Con eso le bastaría. Hurgó de nuevo en los bolsillos de Ted, en busca de las llaves de la furgoneta, luego corrió hasta el taller y cogió varias cuerdas elásticas y un rollo de alambre, que utilizó para atar a su primo. Luego, cuando el sol se ocultó por completo, se lo colgó al hombro.

Llevó a Ted hasta la furgoneta y lo echó en la banqueta trasera. Después se sentó en el asiento del conductor, puso el vehículo en marcha y condujo en dirección a las tierras donde se había criado. Para no llamar la atención, apagó los faros cuando se aproximó a los confines de la propiedad de los Cole, antes de detenerse junto al cartel de PROHIBIDO ENTRAR. Una vez allí, sacó a Ted del vehículo y lo colocó sentado, con la espalda apoyada en el poste.

Agarró el teléfono móvil y pulsó sobre uno de los contactos, el que estaba guardado bajo el nombre de Abee. El teléfono sonó cuatro veces antes de que contestara. Dawson podía oír una música estridente de fondo.

—¿Ted? —gritó Abee por encima del bullicio—. ¿Dónde diantre te has metido?

—No soy Ted, pero será mejor que vayas a buscarlo. Está malherido —contestó Dawson. Antes de que Abee pudiera replicar, le indicó dónde podía encontrar a Ted. Luego colgó y tiró el teléfono al suelo, entre las piernas de su primo.

Sin perder ni un segundo, se montó en la furgoneta y aceleró para alejarse de la propiedad. Después de arrojar el arma de Ted al río, pensó que lo más apropiado sería pasar por la pensión para recoger sus cosas. Luego pensaba cambiar de vehículo y dejar la furgoneta de Ted en el sitio donde la había encontrado, oculta detrás de los matorrales. Se proponía buscar un hotel fuera de Oriental, donde pudiera por fin ducharse y comer algo antes de irse a dormir.

Estaba cansado. Después de todo, había sido un día muy largo. Se alegraba de que se hubiera acabado.

9

Abee Cole sentía como si alguien le estuviera marcando el estómago con un hierro candente, y la fiebre todavía no había bajado, por lo que pensó que quizá debería consultar el estado de su herida con el médico la próxima vez que entrara en la habitación para examinar a Ted. El problema era que, seguramente, decidirían ingresarlo, y de eso ni hablar. A lo mejor le harían preguntas que no estaba dispuesto a contestar.

Era tarde, casi medianoche, y por fin se había empezado a calmar el trajín en el hospital. Bajo la tenue luz, miró a su hermano y pensó que Dawson lo había dejado para el arrastre. Como la última vez. Cuando lo vio junto al poste, creyó que estaba muerto, con la cara ensangrentada y el brazo doblado hacia el lado. Sin duda, Ted se estaba volviendo descuidado. O bien eso, o bien Dawson lo había estado esperando, lo que le hizo pensar que quizá tenía planes para vengarse también del resto de la familia.

Abee sintió que el dolor se expandía como una llamarada por sus entrañas, y de nuevo volvieron las arcadas. Estar en aquel dichoso hospital tampoco lo ayudaba; aquello era un horno. La única razón por la que todavía seguía en la habitación era porque quería estar cerca cuando Ted despertara, para averiguar si Dawson planeaba algo. Sintió un escalofrío de paranoia, pero supuso que quizá no estaba razonando con claridad. Mejor que los antibióticos empezaran a surtir efecto, y pronto.

La noche había sido un infierno, y no solo por Ted. Unas horas antes, había decidido pasar a ver a Candy, pero, cuando llegó al Tidewater, la mitad de los tíos en el bar estaban agolpados alrededor de ella. Le bastó una sola mirada para saber que Candy tramaba algo. Llevaba un top en forma de sujetador que dejaba ver casi todo lo que tenía y unos *shorts* cortísimos que apenas le cubrían las nalgas. Cuando lo vio entrar, ella se puso nerviosa al instante, como si la hubiera pillado haciendo algo malo. Además, saltaba a la vista que no parecía contenta de verlo. Le habría gustado sacarla a rastras del bar, sin vacilar, pero decidió que no era una buena idea, con tanta gente alrededor. Ya «hablaría» con ella más tarde, para asegurarse de que eso no volviera a suceder. Pero de momento lo mejor era averiguar exactamente por qué ella se había comportado como si se sintiera culpable o, mejor dicho, por quién se sentía culpable.

Porque de eso se trataba, seguro; más claro que el agua. Se trataba de algún tío del bar y, aunque Abee todavía estaba mareado, con fiebre y con ardor de estómago, pensaba descubrir quién era el maldito pájaro.

Así que se sentó a esperar y, después de un rato, ya había identificado a un tipo que le daba mala espina. Un tío joven, con el pelo negro, que flirteaba con Candy con excesivo descaro para tratarse de una conversación normal y corriente entre un cliente y una camarera. Vio que ella le rozaba el brazo y le ofrecía una buena vista de su escote cuando le sirvió una cerveza, y él se inclinó más hacia delante para no perder detalle.

Pero en ese instante, empezó a sonar su teléfono. Dawson estaba al otro lado de la línea. Al minuto siguiente, conducía como un loco hacia el hospital, con Ted tumbado en la banqueta trasera del coche. Incluso mientras iba a gran velocidad hacia New Bern, no podía borrar de la mente la imagen de Candy con aquel payaso, desatándose el top en forma de sujetador y gimoteando como una gata en celo entre sus brazos.

En esos precisos instantes, ella debía de estar acabando ya su turno de trabajo, y la idea lo llenó de una rabia incontenible. Sabía exactamente quién la iba a acompañar hasta el coche, y Abee no podía hacer nada por evitarlo. Porque en esos momentos, tenía que averiguar qué era lo que Dawson se traía entre manos.

Ted recuperó y volvió a perder la conciencia varias veces durante la noche. La medicación y la conmoción lo mantenían aturdido, incluso cuando estaba despierto, pero, al día siguiente, a media mañana, lo único que sentía era una rabia incontenible. Hacia Abee, porque no paraba de preguntarle si Dawson planeaba también ir a por él; hacia Nikki, porque no dejaba de lloriquear y sorberse la nariz, y por los cuchicheos que podía oír de sus familiares en el pasillo, como si se estuvieran preguntando si todavía debían tenerle miedo. Sobre todo, sin embargo, su rabia iba dirigida hacia Dawson y, allí tumbado en la cama, Ted todavía intentaba comprender qué había pasado. Lo último que recordaba era a Dawson de pie, delante de él. Le costó mucho entender lo que Abee y Nikki le contaban. Al final, los médicos tuvieron que atarlo a la cama y le advirtieron que llamarían a la policía si no se calmaba.

Desde aquel aviso, Ted se había comportado de una forma más pacífica, porque sabía que era la única forma de salir de allí. Abee estaba sentado en la silla, y Nikki se hallaba en la cama, a su lado, sin parar de preocuparse por él. Ted dominó la necesidad de darle un bofetón; estaba atado a la cama, así que tampoco habría podido hacerlo, aunque lo hubiera intentado. En vez de eso, se dedicó a inspeccionar de nuevo las correas que lo mantenían inmovilizado, sin dejar de pensar en Dawson. Se lo iba a cargar, de eso no le quedaba la menor duda, y le importaba un pimiento la recomendación de ese maldito médico de permanecer otra noche en observación, o su aviso de que tenía que guardar reposo, porque moverse podría poner en peligro su vida. Pero Dawson podía largarse del pueblo de un momento a otro.

Cuando oyó que Nikki empezaba a hipar y a sollozar de nuevo, apretó los dientes y ladró:

—¡Lárgate! ¡Quiero hablar con Abee!

Nikki se secó la cara y abandonó la habitación sin decir nada. Cuando hubo cerrado la puerta, Ted se volvió hacia su hermano. Al mirarlo, pensó que estaba jodido, con la cara toda roja y sudorosa. La infección. Abee era quien necesitaba estar en el hospital, y no él.

—Sácame de aquí.

Abee parpadeó varias veces seguidas y luego se inclinó hacia su hermano.

—¿Piensas cargártelo?

155

—No hemos terminado.

Abee señaló hacia la escayola.

—¿Y cómo piensas liquidarlo, con un brazo roto? Si no lo conseguiste ayer, con los dos brazos...

—Porque tú me ayudarás. Primero pasaremos por casa, a recoger otra Glock, y luego tú y yo nos encargaremos de ese malnacido.

Abee se arrellanó en la silla.

—¿Y por qué crees que voy a hacerlo?

Ted le sostuvo la mirada, pensando las preguntas que su hermano le había hecho antes. Saltaba a la vista que estaba acojonado.

—Porque lo último que recuerdo antes de perder el conocimiento es que Dawson me dijo que tú serías el próximo.

10

Dawson corrió por la arena compacta cerca de la orilla, persiguiendo a los charranes sin mucho entusiasmo mientras se lanzaban en picado contra las olas. A pesar de que aún era temprano, la playa estaba concurrida por personas que habían salido a correr o a pasear a sus perros, y con niños que ya estaban construyendo castillos en la arena. Más allá de las dunas, la gente ocupaba los porches de sus casas, con los pies apoyados en las barandillas y bebiendo café, disfrutando de la mañana.

Había tenido mucha suerte de poder conseguir una habitación. En aquella época del año, los hoteles en la playa solían estar llenos, y tuvo que realizar varias llamadas hasta dar con uno que disponía de una habitación libre por una cancelación. Sus opciones eran o bien encontrar un hotel por allí cerca, o bien en New Bern. Y dado que el hospital estaba en New Bern, Dawson decidió que era mejor mantenerse lo más alejado posible y permanecer escondido, porque sospechaba que Ted no se daría por vencido.

A pesar de sus esfuerzos, no podía dejar de pensar en el hombre del cabello negro. Si no hubiera ido tras él, nunca habría sabido que Ted estaba oculto, a la espera de atacar. La imagen (el fantasma) lo había avisado y Dawson lo había seguido, tal como había sucedido en el océano después de la explosión en la plataforma.

No dejaba de darle vueltas a los dos incidentes, como un tiovivo incapaz de detenerse. Que le hubiera salvado la vida una vez podría haber sido una alucinación, pero ¿dos? Por primera vez, empezó a preguntarse si las apariciones del hombre del cabello negro no tendrían un propósito superior, como si lo estuviera salvando por una razón, aunque él no supiera de qué se trataba.

Incrementó el ritmo de la marcha, intentando escapar a sus pensamientos, y sus latidos también se aceleraron. Se quitó la camiseta sin aminorar el paso y la utilizó a modo de toalla para secarse el sudor de la cara. Fijó la vista en el embarcadero, a lo lejos, y decidió realizar un *sprint* hasta allí. Al cabo de tan solo unos minutos, notó que los músculos en las piernas le quemaban. Continuó forzando la máquina, intentando concentrarse en llevar el cuerpo al límite, pero sus ojos no paraban de mirar de un lado al otro, buscando inconscientemente al hombre del cabello negro.

Cuando llegó al embarcadero, en vez de aminorar la marcha, mantuvo el ritmo hasta regresar al hotel. Por primera vez desde hacía diez años, al acabar la carrera se sentía peor que cuando había empezado. Se inclinó hacia delante e intentó recuperar el aliento. Desde que había llegado al pueblo algo en su interior había cambiado. Todo a su alrededor se le antojaba indefiniblemente diferente. Y no por el hombre del cabello negro, ni por Ted, ni porque Tuck hubiera muerto. Todo le parecía diferente por Amanda.

Ella ya no era solo un recuerdo del pasado. De repente, se había convertido en una persona innegablemente real, alguien de carne y hueso llegado de un pasado que nunca lo había abandonado. En más de una ocasión, una joven versión de Amanda lo había visitado en sueños, y se preguntó si estos cambiarían en el futuro. ¿Quién sería ella? No estaba seguro. La única certeza que tenía era que junto a Amanda se sentía completo, de una forma que pocas personas tenían la suerte de experimentar.

La playa había alcanzado su hora más tranquila; los más madrugadores regresaban ya a sus coches y los bañistas todavía no habían extendido las toallas en la arena. Las olas lamían la orilla con un ritmo pausado y un sonido hipnótico. Fijó la vista en el agua, al tiempo que los pensamientos sobre su futuro le inquietaban. No importaba lo que sintiera por ella; debía aceptar que Amanda tenía esposo e hijos. Ya le ha-

158

bía costado mucho acabar la relación con ella una vez; la idea de volver a perderla se le hacía insoportable. La brisa arreció, como susurrándole que sus horas con ella estaban contadas. Dawson enfiló hacia el vestíbulo del hotel, exhausto y deseando con toda su alma que las cosas pudieran ser diferentes.

Cuanto más café bebía Amanda, más capaz de aguantar a su madre se sentía. Se hallaban en el porche trasero, con vistas al jardín. Su madre estaba sentada en una postura perfecta en una butaca de mimbre de color blanco, vestida como si esperara la visita del mismísimo gobernador, analizando todo lo que había sucedido la noche anterior. Parecía encantada con la posibilidad de detectar innumerables conspiraciones y juicios ocultos en los tonos y palabras que habían usado sus amigas durante la cena y las posteriores partidas de *bridge*.

Gracias a estas últimas, que se habían alargado y alargado, el encuentro que Amanda había esperado que durara una hora, máximo dos, se prolongó hasta las diez y media. Incluso a esa hora, se dio cuenta de que ninguna de las congregadas mostraba intención de irse a casa. Amanda empezó a bostezar. Lo cierto era que ni tan solo podía recordar de qué estaba hablando su madre en esos momentos. Estaba segura de que las charlas habían seguido la misma tónica de siempre, las típicas conversaciones de los pueblos pequeños. Se hablaba de vecinos y de nietos, de quién estaba con los estudios más avanzados de la Biblia, de cómo colgar correctamente un juego de cortinas o de la subida del precio de las costillas supremas, todo sazonado con una dosis de chismes inofensivos. Temas triviales, en otras palabras. Sin embargo, solo su madre era capaz de elevar la importancia de esa clase de conversación hasta convertirlo en una cuestión nacional, por más desencaminada que estuviera. Su madre podía sacar defectos o tragedias de la chistera, con suma facilidad. Amanda se alegraba de que no hubiera empezado con la letanía de quejas hasta que hubo apurado su primera taza de café.

La razón por la que le costaba tanto concentrarse era que

no podía dejar de pensar en Dawson. Había intentado convencerse a sí misma de que todo estaba bajo control, pero, entonces, ¿por qué seguía imaginando su cabello recio sobre el cuello de la camisa, o su atractiva figura con aquellos pantalones vaqueros? ¿Por qué seguía pensando en lo natural que le había parecido el abrazo que se habían dado cuando se habían reencontrado? Llevaba suficiente tiempo casada como para saber que esos detalles eran menos relevantes que la verdadera amistad y la confianza, forjados por intereses comunes; unos pocos días juntos después de más de veinte años sin verse no bastaban para establecer de nuevo esa clase de vínculos. Se necesitaba mucho tiempo para llegar a considerar a alguien como un viejo amigo, y para consolidar la confianza. A veces pensaba que las mujeres mostraban una tendencia a ver lo que querían ver en un hombre, por lo menos al principio, y se preguntó si no estaría cometiendo el mismo error. Entre tanto, mientras cavilaba sobre aquellas preguntas incontestables, su madre era incapaz de callar: hablaba y hablaba sin parar…

160

—¿Me estás escuchando? —Su madre interrumpió sus pensamientos.

Amanda bajó la taza.

—Claro que te estoy escuchando.

—Estaba diciendo que tendrías que practicar más tu habilidad a la hora de apostar.

—Hacía mucho tiempo que no jugaba, mamá.

—Por eso te he dicho que te unas a un club o que formes uno —insistió—. ¿O es que tampoco has oído esa parte?

—Lo siento, pero tengo otras cosas en la cabeza.

—Ya, la dichosa ceremonia, ¿no?

Amanda no hizo caso de la provocación: no se sentía de humor para discutir con su madre, aunque sabía que eso era precisamente lo que ella buscaba. No había parado de provocarla desde que se había despertado, recurriendo a imaginarias escaramuzas de la noche pasada.

—Ya te dije que Tuck quería que esparciéramos sus cenizas —explicó, manteniendo un tono conciliador—. Su esposa, Clara, también fue incinerada. Quizás él pensaba que sería la forma de unirse a ella de nuevo.

Su madre no parecía haberla oído.

—¿Y cómo hay que ir vestido para tal ocasión? Me parece tan… engorroso.

Amanda se volvió hacia el río.

—No lo sé, mamá; todavía no lo he decidido.

La expresión de la cara de su madre era tan rígida y artificial como la de un maniquí.

—¿Y los niños? ¿Cómo están?

—Esta mañana no he tenido ocasión de hablar con Jared ni con Lynn. Pero supongo que estarán en plena forma.

—¿Y Frank?

Amanda tomó un sorbo de café, para ganar tiempo. No deseaba hablar de su marido. No después de la disputa que habían tenido la última noche, la misma que se había convertido en una rutina para ellos, la misma que, seguramente, a esas horas, él ya habría olvidado. Los matrimonios, tanto los que funcionaban como los que no, se definían por la repetición.

—Está bien.

Su madre asintió, a la espera de más detalles, pero Amanda no añadió nada.

En el silencio reinante, la mujer alisó la servilleta sobre la falda antes de continuar.

—Así que ¿cómo funciona esto? ¿Solo hay que arrojar las cenizas en el lugar donde él quería y ya está?

—Eso creo.

—¿Se necesita un permiso especial para hacer algo así? No me gustaría que la gente fuera por ahí arrojando cenizas por donde le viniera en gana.

—El abogado no dijo nada, por lo tanto, supongo que ya estará todo arreglado. Para mí representa un honor que Tuck quisiera que yo formara parte de la ceremonia que había planeado.

Su madre se inclinó un poco hacia delante y sonrió con malicia.

—Oh, sí, claro, porque erais amigos.

Amanda se volvió hacia ella repentinamente. Estaba harta, de su madre, de Frank, de todas las decepciones que habían conformado su vida.

161

—Sí, mamá, porque éramos amigos. Me gustaba su compañía. Tuck era una de las personas más nobles que jamás he conocido.

Por primera vez, su madre pareció incómoda.

—¿Y dónde se llevará a cabo la ceremonia?

—¿Por qué muestras tanto interés? Es evidente que no apruebas el ritual.

—Solo era para darte conversación. —Su madre adoptó un porte airado—. No hay motivos para que te muestres tan desagradable.

—Quizá me muestro tan desagradable porque me siento molesta. O quizá sea porque aún esté esperando unas palabras de consuelo por tu parte. Ni tan solo un: «Lo lamento. Sé que significaba mucho para ti», que es lo que la gente suele decir en tales circunstancias.

—Quizá te lo habría dicho si supiera cuál era tu relación con él, ¿no te parece? Pero me has estado mintiendo desde el primer día.

—¿Y no te has parado a pensar que tal vez seas tú la razón por la que me he visto obligada a mentir?

El rostro de su madre se alteró desagradablemente.

—No seas ridícula. Yo no he puesto las palabras en tu boca. Tú has sido la que ha decidido pasar unos días aquí, en esta casa, aprovechando que yo estaba de viaje. Tú has tomado las decisiones, no yo, y todas las decisiones tienen sus consecuencias. Has de aprender a asumir la responsabilidad de las elecciones que tomas.

—¿Crees que no lo sé? —Amanda podía notar que se acrecentaba la rabia en su interior.

—Creo que a veces puedes ser un poco egocéntrica —soltó su madre.

—¿Yo? —Amanda pestañeó—. ¿Tú me acusas a mí de ser egocéntrica?

—Por supuesto. Todos lo somos, hasta cierto punto. Lo único que digo es que a veces tú te excedes.

Amanda clavó la vista en la mesa, tan atónita que no podía ni replicar. Que su madre, entre todas las personas del mundo —¡su madre!—, la acusara de ser egocéntrica acabó de indignarla. En el mundo de su madre, el resto de los mortales no eran más que un reflejo de sí misma. Amanda eligió las palabras con sumo cuidado:

—No creo que sea una buena idea que continuemos hablando de este tema.

—Pues en mi opinión sí —contraatacó su madre.

—¿Porque no te he contado nada de Tuck?

—No. Porque creo que tiene que ver con los problemas que arrastras con Frank.

La observación le provocó a Amanda una punzada de dolor en el pecho. Necesitó aunar todas sus fuerzas para mantener el tono y la expresión serena.

—¿Y por qué crees que Frank y yo tenemos problemas?

Su madre mantuvo el tono neutro, aunque su voz transmitía una pizca de afección.

—Te conozco mejor de lo que crees, y el hecho de que no lo hayas negado demuestra que tengo razón. No estoy molesta porque no quieras hablar conmigo sobre lo que pasa en vuestro matrimonio; eso es una cuestión que os atañe exclusivamente a Frank y a ti, y no hay nada que yo pueda decir ni hacer para ayudaros. Ambas lo sabemos. El matrimonio es una asociación, no una democracia, lo que me lleva a preguntarme, por supuesto, qué es lo que compartiste con Tuck durante todos estos años. Supongo que no se trataba únicamente de ir a verlo, sino que tenías la necesidad de compartir algo con él.

Su madre dejó el comentario colgado en el aire y enarcó una ceja inquisitiva. En el silencio, Amanda intentó tragarse su asombro. Su madre volvió a alisar la servilleta sobre la falda.

—Bueno, supongo que cenaremos juntas, ¿no? ¿Qué prefieres, cenar en casa o que vayamos a un restaurante?

—Así que… ¿ya está? —explotó Amanda—. ¿Lanzas tus suposiciones y acusaciones, y luego cierras el tema?

La mujer entrelazó las manos sobre el regazo.

—Yo no he cerrado el tema. Eres tú la que se niega a hablar. Pero si estuviera en tu lugar, pensaría bien lo que quiero, porque, cuando regreses a tu casa, tendrás que tomar algunas decisiones acerca de tu matrimonio. Es posible que, a fin de cuentas, vuestra relación se salve, o quizá fracase, y el desenlace depende en buena parte de ti.

Sus palabras encerraban una verdad brutal. Después de todo, no se trataba solo de ella y de Frank; también estaban sus hijos. De repente, se sintió exhausta. Depositó la taza de café en el platito al tiempo que notaba que la abandonaba la intensa rabia que la había dominado apenas unos minutos antes, reemplazada por una simple sensación de derrota.

—¿Recuerdas la familia de nutrias que solía jugar cerca de nuestro embarcadero? ¿Cuando yo era niña? —preguntó finalmente. Sin esperar la respuesta, prosiguió—: Papá siempre me llamaba cuando aparecían y me llevaba a verlas. Nos sentábamos en la hierba y observábamos cómo chapoteaban y se perseguían las unas a las otras. Recuerdo que pensaba que eran los animales más felices del mundo.

—Lo siento, pero no entiendo adónde quieres ir a parar con esta...

—Volví a ver una familia de nutrias —la interrumpió Amanda—. El año pasado. Cuando fuimos de vacaciones a la playa, visitamos el acuario en Pine Knoll Shores. Tenía muchísimas ganas de ver la nueva sala que habían abierto. Probablemente, le hablé a Annette una docena de veces sobre las nutrias que había detrás de nuestra casa, y ella también se moría de ganas de verlas, pero, cuando finalmente estuvimos allí, no fue lo mismo que cuando yo era pequeña. Vimos las nutrias, sí, pero estaban durmiendo en un rincón. Aunque nos pasamos bastantes horas en el acuario, no se movieron en ningún momento. Cuando salimos, Annette me preguntó por qué no estaban jugando. No supe qué contestarle. Pero después me sentí... triste, porque comprendí por qué no jugaban esas nutrias.

Hizo una pausa y deslizó el dedo por el borde de la taza de café antes de mirar a su madre a los ojos.

—No eran felices. Las nutrias sabían que no vivían en un río de verdad. Probablemente no entendían por qué había sucedido tal cosa, pero parecían comprender que estaban en una jaula de la que no podían salir. No era la clase de vida que habían esperado, ni siquiera la que querían, pero no había nada que pudieran hacer para cambiar las circunstancias.

Por primera vez desde que se había sentado a la mesa, su madre no pareció segura sobre qué decir. Amanda apartó la taza de café antes de levantarse de la mesa. Mientras se alejaba, oyó a su madre carraspear y se volvió hacia ella.

—Supongo que me has contado esa historia por algún motivo, ¿no? —preguntó su madre.

Ella le dedicó una sonrisa cansada.

—Sí —contestó con una voz suave—. Así es.

11

Dawson bajó la capota del Stingray y se apoyó en el maletero, a la espera de Amanda. Había una sensación pesada y sofocante en el aire, como si se presagiara una tormenta, seguramente para la tarde. Se preguntó si Tuck tendría un paraguas guardado en algún rincón de la casa. Lo dudaba. Le costaba tanto imaginarlo con un paraguas como vestido con un traje, pero ¿quién sabía? Por lo visto, era una caja de sorpresas.

Una sombra se desplazó cerca del suelo. Dawson alzó los ojos y vio un águila pescadora, que volaba en círculos lentos y tranquilos. Por fin apareció el coche de Amanda en la carretera. La gravilla crujió bajo las ruedas del vehículo cuando se detuvo en una zona a la sombra, junto al suyo.

Ella salió del coche, sorprendida por los pantalones negros y la camisa blanca y fresca que lucía Dawson. Le quedaba perfecta. Con la americana colgada de forma desenfadada del hombro, estaba realmente apuesto, lo que solo consiguió que las palabras pronunciadas por su madre parecieran incluso más proféticas. Resopló con fatiga, preguntándose qué iba a hacer.

—¿Llego tarde? —preguntó al tiempo que enfilaba hacia él.

Dawson la observó a medida que se acercaba. Incluso a poca distancia, los rayos de la mañana iluminaban las profundidades celestes de sus ojos, como las aguas puras de un lago bañadas por el sol. Amanda llevaba un traje pantalón de color negro, con una blusa de seda sin mangas y un medallón de plata en el cuello.

—No —contestó él—. He venido antes porque quería asegurarme de que el coche estuviera listo.

—¿Y?

—El mecánico que lo ha arreglado ha hecho un buen trabajo.

Ella sonrió y, al llegar a su lado, lo besó en la mejilla, casi instintivamente. Dawson no pareció estar seguro de cómo interpretar aquella muestra de afecto; su confusión reflejaba la suya. Amanda oyó de nuevo el eco de las palabras de su madre. Con la cabeza, señaló hacia el coche, intentando escapar de aquella sensación incómoda.

—¿Has bajado la capota? —preguntó.

—Pensé que podríamos ir a Vandemere con él.

—No es nuestro coche.

—Lo sé, pero necesita que lo conduzcan. De ese modo, sabré si va correctamente. Créeme, el propietario querrá estar seguro de que todo funciona a la perfección antes de salir a dar una vuelta por ahí.

—¿Y si se avería?

—No se averiará.

—¿Estás seguro?

—Seguro.

En los labios de Amanda se perfiló una sonrisa.

—Entonces, ¿por qué necesitas probarlo?

Él abrió las manos, como si lo hubiera pillado.

—De acuerdo, quizás es que solo me apetece conducirlo. Es prácticamente un pecado dejar un coche como este encerrado en un taller, en especial teniendo en cuenta que el propietario no sabrá que he dado una vuelta con él. Además, tiene las llaves puestas en el contacto.

—A ver si lo adivino: cuando hayamos acabado, lo pondremos sobre unos ladrillos y daremos marcha atrás, para trucar el cuentakilómetros, ¿no? ¿Y que el dueño no se entere?

—Eso no funciona.

—Lo sé. Lo aprendí cuando vi la película *Todo en un día*.

—Rio como una niña traviesa.

Dawson se apoyó otra vez en el maletero y la observó de arriba abajo.

—Por cierto, estás deslumbrante.

Aquel halago hizo que Amanda sintiera un intenso sofoco en el cuello. Se preguntó por qué no era capaz de contener el rubor en presencia de Dawson.

167

—Gracias —respondió al tiempo que se colocaba un mechón detrás de la oreja, estudiándolo con atención, manteniendo cierta distancia entre ellos—. Me parece que es la primera vez que te veo con traje. ¿Es nuevo?

—No, pero no me lo pongo muy a menudo. Es solo para ocasiones especiales.

—Creo que a Tuck le habría gustado. ¿Qué hiciste anoche?

Dawson pensó en Ted y en todo lo que había sucedido, incluido el cambio de hotel en la playa.

—No gran cosa. ¿Qué tal la cena con tu madre?

—¡Bah! No vale la pena hablar de ello —replicó. Acto seguido, se montó en el coche y pasó la mano por el volante antes de alzar la vista hacia él—. Sin embargo, esta mañana hemos tenido una conversación muy interesante.

—¿Ah, sí?

Amanda asintió.

—Me ha hecho pensar en este último par de días. En mí, en ti, en la vida…, en todo. Y de camino hacia aquí, me he alegrado de que Tuck nunca te hablara de mí.

—¿Por qué lo dices?

—Porque ayer, cuando estábamos en el taller… —Amanda vaciló, como si intentara buscar las palabras adecuadas—. Creo que no estuve acertada; me refiero a mi comportamiento. Quiero pedirte disculpas.

—¿Por qué?

—Es difícil de explicar. Quiero decir…

Cuando Amanda volvió a hacer otra pausa, Dawson la observó antes de avanzar un paso hacia ella.

—¿Estás bien?

—No lo sé. Ya no sé nada. Cuando éramos jóvenes, las cosas eran mucho más sencillas.

Dawson vaciló.

—¿Qué intentas decirme?

Ella lo miró a los ojos.

—Tienes que comprender que ya no soy la jovencita que conociste. Tengo esposo e hijos, y, como el resto de los mortales, no soy perfecta. He de asumir las elecciones que he tomado en la vida, y cometo errores. Además, la mitad del tiempo me pregunto quién soy en realidad, o qué estoy haciendo, o si mi vida tiene sentido. No soy una persona especial, Dawson, en absoluto, y creo que necesitas saberlo. Tienes que comprender que solo soy una persona… normal y corriente.

—No eres una persona normal y corriente.

El aspecto de Amanda era afligido aunque inquebrantable.

—Ya sé que eso es lo que crees, pero lo soy. Y el problema es que esta situación no es normal y corriente. Me siento completamente fuera de lugar. Me gustaría que Tuck te hubiera mencionado, para que hubiera podido prepararme para este fin de semana. —Inconscientemente, alzó la mano para acariciar el medallón—. No quiero cometer un error.

Dawson apoyó el peso de su cuerpo primero en una pierna y luego en la otra. Comprendía perfectamente por qué ella había hecho ese comentario; era una de las razones por las que siempre la había amado, aunque sabía que no podía pronunciar esas palabras en voz alta. Sabía que no era lo que Amanda quería escuchar, así que, en lugar de eso, mantuvo la voz tan conciliadora como pudo.

—No has hecho nada malo. Nos hemos dedicado a hablar, hemos comido juntos y hemos recordado el pasado… Eso es todo.

—Sí, sí que lo he hecho. —Amanda sonrió, pero no pudo ocultar su tristeza—. No le he dicho a mi madre que tú estás aquí. Ni tampoco se lo he dicho a mi esposo.

—¿Quieres hacerlo? —le preguntó él.

Esa era la cuestión, ¿no? Sin tan solo ser consciente de ello, su madre le había formulado la misma pregunta. Amanda sabía lo que debía contestar, pero allí, en ese preciso instante y en casa de Tuck, las palabras simplemente se negaban a salir de su boca. Poco a poco, empezó a negar de forma instintiva con la cabeza.

—No —aceptó al final.

Dawson pareció detectar el miedo que ella sentía ante su propia confesión, porque le cogió la mano.

—Vayamos a Vandemere, a rendir nuestro homenaje a Tuck, ¿de acuerdo?

Amanda asintió, sucumbiendo a la suave premura de su tacto, sintiendo que otra parte de ella cedía, empezando a aceptar que no tenía el control absoluto de lo que pudiera suceder a partir de ese momento.

Υ

Dawson la acompañó hasta el otro lado del coche y le abrió la puerta. Amanda tomó asiento, sintiendo un leve mareo mientras él retiraba el estuche que contenía las cenizas de Tuck de su vehículo alquilado. Lo colocó detrás del asiento del conductor, junto con su americana, de forma que quedara apresado y no volcara, antes de sentarse al volante. Después de sacar la hoja con las direcciones, Amanda también dejó el bolso en el asiento trasero.

Dawson pisó el pedal antes de girar la llave de contacto; el motor cobró vida con un rugido. Lo revolucionó varias veces y el coche vibró levemente. Cuando la aguja del cuentarrevoluciones se quedó estable, dio marcha atrás para salir del taller y condujo despacio hacia la carretera, procurando evitar los baches. El sonido del motor se apaciguó solo un poco cuando atravesaron Oriental y entraron en la silenciosa autopista.

A media que Amanda empezaba a relajarse, descubrió que, por el rabillo del ojo, podía ver todo lo que necesitaba. Dawson mantenía una mano sobre el volante, una postura dolorosamente familiar de los largos paseos que solían dar en coche antaño. Él adoptaba aquella postura cuando se sentía totalmente cómodo. Ella detectó de nuevo aquel sentimiento en él mientras cambiaba de marcha y los músculos de su antebrazo se tensaban y se relajaban.

El cabello de Amanda se agitó a su alrededor cuando el vehículo aceleró, así que se lo recogió en una cola de caballo. Había demasiado ruido como para intentar hablar, pero a Amanda ya le iba bien. Se sentía complacida con la posibilidad de estar sola con sus pensamientos, sola con Dawson. A medida que los kilómetros iban quedando atrás, sintió que la tensión inicial se disipaba, como si el viento se la llevara a su paso.

Dawson mantuvo la velocidad constante, a pesar de la vacía extensión de la carretera. Parecía que no tenía prisa. Y ella tampoco. Amanda estaba en un coche con un hombre al que había amado mucho tiempo atrás, dirigiéndose hacia un lugar desconocido para ambos. Solo unos pocos días antes, la idea le habría parecido ridícula. Era una locura, algo inimaginable, pero, a la vez, había algo de excitante en todo aquello. Durante un ratito, aunque no fuera mucho, no era esposa, ni madre, ni hija. Hacía muchos años que no se sentía así de libre.

Dawson siempre la había hecho sentir así. Le contempló poner el codo en el marco de la ventana e intentó pensar en alguien que se asemejara mínimamente a él. Había dolor y tristeza perfilados en las líneas de las comisuras de sus ojos, y también inteligencia, y no pudo evitar preguntarse cómo habría sido Dawson como padre. Sospechaba que habría sido bueno. Era fácil imaginarlo como la clase de papá capaz de pasarse horas y horas lanzando y recogiendo una pelota de béisbol, o intentando trenzarle el cabello a su hija, aunque no tuviera habilidad para hacerlo. Había algo insólitamente tentador y prohibido en aquello.

Cuando Dawson desvió la vista para mirarla, Amanda supo que estaba pensando en ella, y se preguntó cuántas noches en la plataforma petrolífera había hecho lo mismo. Al igual que Tuck, era una de esas extrañas personas que podían amar una sola vez en la vida; por otro lado, estar separada del ser querido solo conseguía fortalecer tales sentimientos. Dos días antes, le había parecido desconcertante, pero en cambio ahora lo comprendía, ya que Dawson no había tenido ninguna otra elección. El amor, después de todo, siempre expresaba más acerca de aquellos que lo sentían que de los que amaban.

La brisa del sur los envolvió con el perfume a mar abierto. Amanda cerró los ojos, disfrutando del momento. Cuando al final llegaron a los confines de Vandemere, Dawson desplegó la hoja con las direcciones que Amanda le había entregado y la repasó rápidamente antes de asentir con la cabeza.

Más que un pueblo, Vandemere era una aldea con unos pocos centenares de habitantes. Desde la carretera, Amanda vio varias casas dispersas y una pequeña tienda de ultramarinos con un surtidor de gasolina frente a la fachada principal. Un minuto más tarde, Dawson tomó una curva y se adentró en un camino sin asfaltar lleno de surcos que se alejaba de la carretera principal. Amanda no tenía ni idea de cómo había podido ver el desvío; con la maleza, era prácticamente invisible desde la carretera.

Empezaron a avanzar despacio, tomando primero una curva y luego otra, sorteando los troncos caídos, derribados por las

171

tormentas, y siguiendo los contornos dibujados suavemente en el paisaje. El motor, que rugía con potencia en la autopista, parecía haber enmudecido, absorbido por un exuberante paisaje que los envolvía por todos los costados. El camino se estrechaba aún más a medida que avanzaban, y unas ramas bajas, cubiertas de musgo, acariciaron el coche a su paso. Las azaleas, con sus exuberantes e indomables flores abiertas, competían con las plantas trepadoras por conseguir la luz del sol, oscureciendo la vista a ambos lados.

Dawson se inclinó sobre el volante, conduciendo con cautela milimétrica, con cuidado para no arañar la pintura del coche. Por encima de sus cabezas, el sol se ocultó detrás de otra nube, lo que matizó aún más las envolventes tonalidades verdes.

El camino se ensanchó un poco después de tomar una curva y luego otra.

—¿Estás seguro de que es el camino correcto? —preguntó ella.

—Según el mapa, lo es.

—¿Por qué está tan lejos de la carretera principal?

172

Dawson se encogió de hombros, tan perplejo como ella. Después de tomar la última curva, instintivamente pisó el freno y detuvo el vehículo en seco. De repente, los dos supieron la respuesta.

12

El último tramo del camino acababa frente a una pequeña casa enclavada en medio de un bosque de robles centenarios. La estructura desportillada, con la pintura ajada y los postigos que habían empezado a ennegrecerse por los cantos, estaba flanqueada por un porche de piedra enmarcado con columnas blancas. Con el paso de los años, una de las columnas había quedado recubierta por una parra, que se enredaba hasta llegar al tejado. Cerca de los peldaños, había una silla de metal, y en una punta del porche sobresalía una pequeña maceta con geranios en flor, que agregaba una nota de color a la vieja estructura.

Sin embargo, los ojos de Amanda y de Dawson se desviaron inevitablemente hacia el prado de flores silvestres. Miles de ellas, un manto de mil y un colores se extendía casi hasta los peldaños del porche. Un mar de tonalidades rojas, naranjas, lilas, azules y amarillas que llegaba casi hasta la cintura se mecía cadenciosamente bajo la suave brisa. Cientos de mariposas revoloteaban sobre el prado, mareas de colores que ondeaban bajo el sol. Junto al prado había una pequeña valla de listones de madera, apenas visible a través de las azucenas y los gladiolos.

Amanda miró a Dawson con asombro, y luego contempló el prado de flores otra vez. Parecía casi una fantasía, la visión del paraíso celestial imaginada por un ser humano. Se preguntó cómo y cuándo había plantado Tuck todas esas flores. Enseguida dedujo que había plantado las flores silvestres para Clara. Las había plantado para expresar lo que ella significaba para él.

—Es increíble —suspiró impresionada.

—¿Sabías algo de esto? —La voz de Dawson reflejaba su asombro.

—No —contestó ella—. Lo único que sabía era que este lugar era el refugio de Tuck y de Clara.

En ese preciso instante, tuvo una imagen muy vívida de Clara sentada en el porche mientras Tuck permanecía de pie, apoyado en una columna, gozando de la impresionante belleza del jardín silvestre. Dawson levantó el pie del freno y el coche rodó despacio hacia la casa. Los colores se mezclaban como gotas de pintura fresca que se extendían al sol.

Después de aparcar cerca de la casa, se apearon del vehículo y continuaron contemplando la escena. Había un sendero angosto y serpenteante, visible entre las flores. Fascinados, vadearon el mar de colores bajo un cielo fragmentado. El sol volvió a emerger por detrás de una nube. Amanda pudo sentir cómo su calidez ayudaba a dispersar el perfumado aroma que la rodeaba. Todos sus sentidos estaban amplificados, como si aquel día hubiera sido creado solo para ella.

A su lado, Dawson le buscó la mano. Entrelazaron los dedos. A ella le pareció un gesto genuinamente natural. Amanda pensó que podría repasar los años de duro trabajo grabados en cada una de sus callosidades; diminutas heridas que surcaban sus palmas, aunque su tacto era increíblemente gentil. Se dio cuenta de que Dawson también habría creado un jardín como aquel para ella.

«Para siempre», había grabado Dawson en el banco de trabajo de Tuck. Una promesa de adolescentes, nada más; sin embargo, Dawson había sido capaz de mantenerla viva. En ese momento, ella podía notar la fuerza de aquella promesa, una fuerza que llenaba la distancia entre ellos mientras se abrían paso entre las flores. A lo lejos, se oyó el distante fragor de un trueno. Amanda tuvo la extraña sensación de que el trueno la llamaba y le pedía que escuchara.

Sin querer, le rozó el hombro a Dawson con el suyo. Aquel gesto le aceleró el pulso.

—Me pregunto si estas flores vuelven a crecer, o si Tuck tenía que plantar las semillas todos los años —murmuró Dawson.

El sonido de su voz sacó a Amanda de su ensimismamiento.

—Reconozco algunas —contestó ella, con una voz que se le antojó extraña incluso a sus oídos—. Las hay que vuelven a crecer; en cambio, hay otras que es necesario plantar de nuevo.

—¿Así que Tuck estuvo aquí a principios de año, para plantar más semillas?

—Seguramente. Veo encajes de la reina Ana. Mi madre tiene esas flores: mueren cuando llega el invierno.

Los siguientes minutos los dedicaron a pasear por el sendero. Amanda iba señalando las flores anuales que conocía: rudbeckias bicolores, liátrides, campanillas y ásteres, mezcladas con plantas perennes como nomeolvides, sombreritos mexicanos y amapolas orientales. No parecía haber una organización formal del jardín; era como si Dios y la naturaleza se hubieran salido con la suya, por más que Tuck hubiera intentado establecer un orden. Sin embargo, de algún modo, la exuberancia silvestre resaltaba la belleza del jardín, y mientras caminaban entre la caótica paleta de colores, Amanda solo podía pensar en lo contenta que estaba de que Dawson estuviera allí con ella para poder compartir aquel sueño juntos.

La brisa arreció, refrescando el aire y acomodando más nubes. Amanda observó cómo él alzaba la vista al cielo.

—La tormenta ya está cerca —advirtió él—. Será mejor que ponga la capota del coche.

Amanda asintió, pero no lo soltó. En parte temía que él no volviera a cogerle la mano, que no tuvieran otra oportunidad. Pero Dawson tenía razón: las nubes se estaban tornando más oscuras.

—Espérame dentro —dijo Dawson, con una voz que expresaba también su reticencia, y lentamente desenlazó los dedos de los de ella.

—¿Crees que la puerta estará cerrada con llave?

—Me apuesto lo que quieras a que no. —Él sonrió—. No tardaré más de un minuto.

—¿Te importa coger mi bolso del asiento trasero?

Dawson asintió y, mientras ella observaba cómo se ale-

175

jaba, recordó que, antes de enamorarse, se había encaprichado de él. Todo había empezado como un amor platónico, el típico enamoramiento adolescente que la impulsaba a garabatear su nombre en las libretas cuando se suponía que tenía que estar haciendo los deberes. Nadie, ni siquiera Dawson, sabía que no había sido un accidente que los dos acabaran formando pareja en el laboratorio de química. Cuando la profesora pidió a los alumnos que buscaran pareja, ella inventó una excusa para ir al baño y, cuando regresó, Dawson era, como de costumbre, el único que quedaba. Sus amigas le dedicaron miradas de consideración, pero ella se sintió secretamente entusiasmada con la idea de pasar unas horas con el chico enigmático y callado que, de algún modo, parecía ser más inteligente de lo que le tocaba por su edad.

Después de tantos años, mientras él cerraba la puerta del coche, la historia parecía repetirse, y Amanda sintió el mismo entusiasmo. Había algo de él que solo Amanda percibía, una conexión que había echado de menos durante todo el tiempo que habían estado separados. Y, en cierto modo, sabía que lo había estado esperando, igual que él la había estado esperando a ella.

No podía imaginar no volver a verlo nunca más; no podía separarse de Dawson para que de nuevo se convirtiera en un recuerdo. El destino —bajo la forma de Tuck— había intervenido. De camino hacia la casa, supo que había una razón para ello. Todo aquello tenía que significar algo. Después de todo, el pasado ya no existía; el futuro era lo único que les quedaba.

Dawson había acertado: la puerta principal no estaba cerrada con llave. Al entrar, lo primero que pensó fue que era evidente que aquella casa era el refugio de Clara.

A pesar de que tenía el mismo suelo de tablas de madera de pino deterioradas, las mismas paredes de cedro e idéntica distribución que la casa en Oriental, había cojines de llamativos colores sobre el sofá y fotos en blanco y negro dispuestas armoniosamente en las paredes. Las tablas de madera habían sido lijadas y pintadas de color celeste, y las grandes ventanas inundaban la estancia con luz natural. Había dos estanterías blancas hechas a medida, en las que se alternaban los libros con las figuritas; obviamente, Clara se había dedicado a coleccionarlas a lo largo de los años. Una intrincada colcha tejida a mano descansaba sobre el respaldo de una butaca, y no había ni una mota de polvo en las mesillas de estilo rústico. En cada rincón de la estancia había una lámpara de pie, y en una esquina, cerca de una radio, una versión más pequeña de la foto de las bodas de plata.

A su espalda, oyó que Dawson entraba en la casa. Permaneció unos momentos en el umbral, callado, sosteniendo la americana y el bolso de Amanda; por lo visto, no encontraba las palabras necesarias.

Ella tampoco podía ocultar su propia sorpresa.

—Es un sitio muy especial, ¿verdad?

Dawson contempló la estancia.

—Me pregunto si no habremos ido a parar a la casa equivocada.

—No te preocupes —dijo ella, señalando hacia la foto—. Es la casa correcta. Pero es más que obvio que este era el refugio de Clara, no el de Tuck. Y que él nunca lo cambió.

Dawson dobló la americana sobre el respaldo de una silla y luego colgó el bolso de Amanda en el mismo sitio.

—No recuerdo haber visto nunca la casa de Tuck tan limpia. Supongo que Tanner habrá contratado a alguien para que prepare este sitio para nosotros.

Amanda estaba de acuerdo. Recordó que el abogado había mencionado sus planes de pasarse por allí, así como sus instrucciones de que esperaran hasta el día después de la reunión para ir hasta Vandemere. El hecho de que la puerta no estuviera cerrada con llave confirmaba sus sospechas.

—¿Has visto ya el resto de la casa? —se interesó él.

—Todavía no. Estaba ocupada intentando averiguar cuál era el lugar que Clara tenía reservado para Tuck. Es más que obvio que no le dejaba fumar aquí dentro.

Dawson señaló con el pulgar por encima del hombro, hacia la puerta abierta.

—Lo que explica la silla en el porche. Probablemente ese era el sitio que ella le tenía reservado.

—¿Incluso después de la muerte de Clara?

—Probablemente Tuck tenía miedo de que el fantasma de Clara apareciera de repente y le regañara si se atrevía a encender un cigarrillo dentro.

Amanda sonrió, y los dos se dispusieron a explorar las estancias, rozándose sin querer mientras deambulaban por el comedor. Del mismo modo que en la casa en Oriental, la cocina estaba ubicada en la parte posterior, con vistas al río, pero en aquella cocina todo hablaba de Clara, desde los armarios blancos y las complicadas volutas en las molduras hasta los azulejos de color blanco y azul que cubrían la encimera. Una tetera reposaba sobre uno de los fogones, y en la encimera había un jarrón con flores silvestres, obviamente del jardín. Delante de la ventana, había una mesa y, sobre ella, dos botellas de vino, uno tinto y el otro blanco, junto con dos copas resplandecientes.

—Me parece que Tuck se está volviendo predecible —comentó Dawson, con la vista fija en las botellas.

Amanda se encogió de hombros.

—Hay cosas peores.

178

Admiraron la vista del río Bay a través de la ventana, callados, ya que no había necesidad de decir nada más. Allí de pie, junto a él, Amanda se sentía arropada por la familiaridad de aquel silencio. Podía notar el leve movimiento ascendente y descendente en el pecho de Dawson mientras respiraba. Tuvo que reprimir la tentación de cogerle la mano de nuevo. En un acuerdo tácito, los dos se apartaron de la ventana y prosiguieron inspeccionando el lugar.

Frente a la cocina, había una habitación en cuyo centro destacaba una mullida cama con dosel. Las cortinas eran blancas, y la cómoda no tenía ni los arañazos ni las abolladuras de los muebles de la casa de Tuck en Oriental. Sobre cada una de las mesitas de noche reposaba una lamparita de cristal, ambas idénticas, y en la pared opuesta al armario había colgado un cuadro con un paisaje impresionista.

La habitación disponía de cuarto de baño, en el que había una bañera de estilo clásico: Amanda siempre había soñado con una así. Encima de la pila, había un espejo antiguo, y ella se fijó en su imagen reflejada al lado de la de Dawson. Era la primera vez que veía una imagen de los dos juntos desde que se habían reencontrado. Se le ocurrió que, en todos los años de adolescencia, nunca se habían hecho una foto juntos. Era algo de lo que habían hablado a menudo, pero que nunca habían tenido la oportunidad de hacer.

Ahora se arrepentía, pero ¿y si hubiera tenido aquella foto? ¿La habría depositado en el fondo de un cajón y se habría olvidado de ella, solo para redescubrirla de vez en cuando? ¿O la habría guardado en un sitio especial, un lugar que solo ella supiera? No lo sabía, pero el hecho de contemplar la cara de Dawson, tan cerca de la suya, a través del espejo del cuarto de baño, se le antojaba algo increíblemente íntimo.

Hacía mucho tiempo que nadie la hacía sentirse atractiva, como en esos momentos. Se sentía atraída por Dawson. Se deleitó contemplando su reflejo de perfil, la grácil soltura de su cuerpo. Amanda era consciente de la comprensión casi primaria que existía entre ellos. Aunque solo habían estado juntos un par de días, confiaba instintivamente en él, y sabía que se lo podía contar todo. Sí, habían discutido la primera noche mientras cenaban, y luego otra vez a causa de la familia Bonner, pero también había una sinceridad incuestionable en lo que se habían dicho. No existían significados ocultos ni intentos secretos de emitir juicios; tan pronto como habían expresado en voz alta sus desavenencias, habían zanjado la cuestión.

179

Amanda continuó estudiando a Dawson a través del espejo. Él se giró y la miró a los ojos en el reflejo. Sin desviar la vista, le apartó con ternura un mechón de pelo que le caía sobre la cara. Luego se marchó, dejándola con la certeza de que, fueran cuales fueran las consecuencias, su vida había cambiado de una forma que jamás habría creído posible.

Amanda pasó por el comedor para recoger su bolso. Dawson estaba en la cocina. Acababa de abrir una botella de vino y estaba llenando dos copas. Le ofreció una. Se dirigieron al porche sin decir nada. Las nubes oscuras en el horizonte se habían ido compactando, originando una ligera neblina. En la ladera boscosa que conducía hasta el río, las hojas habían adoptado una vibrante tonalidad verde oscura.

Amanda dejó la copa a un lado y buscó algo en el bolso. Sacó los dos sobres, le entregó a Dawson el que tenía su nombre y depositó el otro, el que se suponía que tenían que leer antes de la ceremonia, en su regazo. Contempló cómo Dawson doblaba el sobre y se lo guardaba en el bolsillo trasero.

Acto seguido, Amanda le ofreció el sobre en blanco.

—¿Estás listo?

—Adelante.

—¿Quieres abrirlo tú? Según Tanner, tenemos que leerlo antes de la ceremonia.

—No, ábrelo tú —propuso él, al tiempo que acercaba más su silla a la de Amanda.

Ella levantó la punta del sello y, con cuidado, acabó de abrir la solapa. Desdobló la carta y se quedó sorprendida al ver numerosos garabatos en las hojas. Había muchas palabras tachadas y las líneas torcidas mostraban un temblor general, reflejo de la edad de Tuck. Era larga, tres páginas escritas por delante y por detrás. Amanda se preguntó cuánto tiempo había necesitado Tuck para redactarla. La fecha era del 14 de febrero de aquel mismo año. El día de San Valentín. De algún modo, la fecha le pareció apropiada.

—¿Estás listo? —le preguntó.

Cuando Dawson asintió, Amanda se inclinó hacia delante y los dos empezaron a leer.

Queridos Amanda y Dawson:

Gracias por venir. Y gracias por hacer esto por mí. No sabía a quién más podía pedírselo.

No es que se me dé muy bien escribir, así que supongo que la mejor forma de empezar es deciros directamente que lo que os voy a contar es una historia de amor. La de Clara y mía, por supuesto y, aunque supongo que os podría aburrir con todos los detalles de nuestro noviazgo o de los primeros años de casados, nuestra historia real —la que oiréis a continuación— empezó en 1942. Por entonces, llevábamos tres años casados y Clara ya había sufrido su primer aborto. Yo sabía que había sido un golpe muy duro para ella, y para mí también, porque no había nada que pudiera hacer. A veces, los momentos difíciles separan a las parejas. En cambio, a otras, como a nosotros, las unen aún más.

Pero ya me estoy desviando del tema; es algo que sucede con frecuencia, cuando uno se hace mayor; ya lo veréis.

Como iba diciendo, era 1942, y aquel año, fuimos a ver *Mi chica y yo* por nuestro aniversario, con Gene Kelly y Judy Garland. Era la primera vez que íbamos al cine. Tuvimos que ir en coche hasta Raleigh. Cuando se acabó, nos quedamos sentados en las sillas después de que encendieran las luces, pensando en la película. Dudo que la hayáis visto y no pienso aburriros contándoos los detalles, pero va sobre un hombre que se mutila a sí mismo para no tener que combatir en la Gran Guerra. Luego ha de volver a cortejar a la mujer a la que ama, una mujer que, después de lo que ha hecho, lo toma por un cobarde.

Por entonces, yo había recibido una carta del Ejército, así que había partes de la película que me resultaban muy cercanas, porque yo tampoco quería abandonar a mi chica para ir a combatir, pero ninguno de los dos quería pensar en ello. En lugar de eso, hablamos sobre la canción que tenía el mismo nombre que la película. Era la melodía más bonita y más pegadiza que jamás habíamos oído. Nos pasamos todo el trayecto de vuelta a casa cantándola una y otra vez. Una semana más tarde, me alisté en la Marina.

Parece extraño, porque, tal y como he dicho, me iban a llamar a filas en el Ejército de Tierra, y, sabiendo lo que ahora sé, quizás habría sido una elección más acertada, teniendo en cuenta mi empleo como mecánico y el hecho de que no sabía nadar. Podría haber acabado en alguno de los talleres de vehículos, asegurándome de que los camiones y los *jeeps* atravesaban Europa en buen estado. El Ejército de Tierra no puede hacer gran cosa si los vehículos no funcionan, ¿no? Pero aunque no era más que un pobre muchacho pueblerino, sabía que allí te colocaban donde les daba la gana, y no donde tú querías estar, y por entonces, todos sabíamos que pronto tocaría Europa. Eisenhower acababa de desembarcar en el norte de África para iniciar la invasión. Necesitaban hombres en el terreno, y, por más que me estimulara la idea de atacar a Hitler, no me atraía en absoluto unirme al Cuerpo de Infantería.

En la pared de la oficina de alistamiento, había un póster de reclutamiento para la Marina. «A las armas», decía, y mostraba a un marinero con el torso desnudo que cargaba un cañón. Hubo algo en ese póster que me llamó la atención; me dije a mí mismo que yo también podía hacerlo, así que avancé decidido hacia el mostrador de la Marina, y no hacia el del Ejército de Tierra, y me alisté sin dudar. Cuando volví a casa, Clara se pasó muchas horas llorando. Luego me hizo prometerle que regresaría. Y yo se lo prometí.

Recibí el entrenamiento básico y técnico. Después, en 1943, me destinaron al *USS Johnston*, un destructor que navegaba en el Pacífico. Que nadie os diga que estar en la Marina es menos peligroso que estar en el Ejército de Tierra, o menos espantoso. Estás a merced del buque, no de tu propio ingenio, porque si el buque se hunde, tú te mueres. Si caes por la borda, también te mueres, porque en el convoy nadie se arriesgaría a parar para rescatarte. No puedes correr, no puedes esconderte, y la idea de que no tienes ningún control de la situación se te mete en la cabeza y ya no te abandona. Nunca he pasado tanto miedo como cuando estuve en la Marina. Rodeado de bombas, humo e incendios en cubierta, con el constante rugido de los cañones, y os aseguro que el estruendo no se parece a nada que hayáis oído en la vida. Como un trueno amplificado por diez, quizás, aunque eso tampoco sirve para que os hagáis una idea clara.

182

En las grandes batallas, los zeros japoneses bombardeaban la cubierta continuamente; los proyectiles silbaban y rebotaban por todos lados. Mientras esto sucedía, se suponía que teníamos que continuar haciendo nuestro trabajo, como si no pasara nada.

En octubre de 1944, navegábamos cerca de Samar, preparándonos para ayudar a invadir Filipinas. Contábamos con trece buques en nuestra flota, lo que quizás os parecerá mucho, pero, aparte del portaaviones, la mayoría de ellos eran destructores y escoltas, por lo que no disponíamos de muchas armas de fuego. Y entonces, en el horizonte, vimos lo que parecía una flota japonesa entera que se dirigía directamente hacia nosotros. Cuatro buques de guerra, ocho cruceros, once destructores; todos dispuestos a enviarnos, sin contemplaciones, al fondo del mar. Más tarde oí que alguien había dicho que éramos como David contra Goliat, excepto que nosotros no teníamos una honda. Creo que era una comparación muy acertada. Nuestras armas no podrían ni siquiera alcanzarlos cuando abrieran fuego. Así pues, ¿qué íbamos a hacer, sabiendo que no teníamos ni la más mínima oportunidad? Atacar. Ahora la llaman la batalla del Golfo de Leyte. A por ellos. Fuimos el primer buque que empezó a disparar, el primero en lanzar humo y torpedos, y atacamos un crucero y un acorazado. También causamos mucho daño. Pero dado que estábamos al frente, fuimos los primeros en ser alcanzados. Se nos acercaron dos cruceros enemigos y empezaron a disparar, y entonces nos hundieron. Había 327 hombres a bordo, 186 de los cuales murieron aquel día. Algunos de ellos eran buenos amigos. Fui uno de los 141 que consiguieron sobrevivir.

Seguro que os preguntaréis por qué os cuento esto —probablemente pensaréis que empiezo a desvariar—, así que será mejor que agilice. En el bote salvavidas, rodeados por la furia de aquella tremenda batalla, me di cuenta de que ya no tenía miedo. De repente, supe que no me pasaría nada porque sabía que Clara y yo todavía no habíamos terminado, y súbitamente me invadió un sentimiento de paz. Podéis llamarlo conmoción de guerra, si queréis, pero sé lo que me digo, y justo allí, bajo el cielo lleno de humo y de explosiones, recordé nuestro aniversario un par de años antes y me puse a cantar *Mi chica y yo*, tal y como Clara y yo habíamos hecho en el trayecto de vuelta a casa en coche desde Raleigh. Canté a pleno pulmón, como si nada me importara en el mundo, porque sabía que, de algún modo, Clara podría oírme y que comprendería que no había ningún motivo para preocuparse. Le había hecho una promesa, ¿entendéis? Y nada, ni siquiera hundirme en el Pacífico, conseguiría que la incumpliera.

183

Ya sé que parecerá una locura, pero al final me rescataron. Me reasignaron a la tripulación de otro buque y la primavera siguiente ya estaba transportando marines a Iwo Jima. Después recuerdo que la guerra se acabó y regresé a casa. No hablé de la guerra cuando regresé; no podía. Ni una sola palabra. Era demasiado doloroso. Clara lo comprendió, así que, poco a poco, recuperamos nuestras rutinas. En 1955, empezamos a construir esta pequeña casa. Hice casi todo el trabajo solo, sin ayuda. Una tarde, cuando había acabado la jornada, me acerqué a Clara, que estaba tejiendo a la sombra, y oí que tarareaba *Mi chica y yo*.

Me quedé helado, y los recuerdos de la batalla emergieron con una fuerza poderosa. Hacía años que no pensaba en esa canción. Nunca le había contado lo que había sucedido aquel día en el bote salvavidas. Pero ella debió de detectar algo en mi expresión, porque me miró fijamente a los ojos.

—De nuestro aniversario —dijo ella antes de volver a concentrarse en las agujas de tejer—. Nunca te lo he dicho, pero, cuando estabas en la Marina, una noche tuve un sueño —añadió—. Yo estaba en un campo lleno de flores silvestres y, aunque no podía verte, podía oír cómo cantabas esa canción para mí y, cuando me desperté, ya no sentía miedo. Hasta entonces, siempre había tenido miedo de que no regresaras.

Yo me quedé conmocionado.

—No fue un sueño —le contesté.

Ella se limitó a sonreír. Tuve la impresión de que ya esperaba mi respuesta.

—Lo sé. Ya te lo he dicho: te oí cantar.

Después de aquello, ya nunca me abandonó la idea de que Clara y yo estábamos unidos por una fuerza poderosa, algunos lo describirán incluso como algo espiritual. Así que, algunos años después, decidí plantar este jardín y en nuestro aniversario la traje aquí, para enseñárselo. Por entonces, no era gran cosa, nada parecido a lo que es ahora, pero ella me aseguró que era el lugar más bonito del mundo. Así que al año siguiente labré otro trozo de tierra y añadí más semillas, mientras cantaba nuestra canción. Hice lo mismo cada año de nuestro matrimonio, hasta que al final ella falleció. Esparcí sus cenizas aquí, en el lugar que ella tanto amaba.

Pero su muerte me hundió. Me sentía furioso y empecé a emborracharme y a abandonarme poco a poco. Dejé de labrar, de plantar y de cantar porque Clara ya no estaba y ya no veía la razón de seguir haciéndolo. Odiaba el mundo y no quería seguir viviendo. En más de una ocasión pensé en suicidarme, pero entonces apareció Dawson. Para mí fue bueno tenerlo cerca. De algún modo, me ayudó a recordar que todavía pertenecía a este mundo, que mi trabajo aquí no había terminado. Pero entonces también a él se lo llevaron. Después de eso, volví aquí por primera vez en muchos años. El lugar estaba totalmente descuidado, pero algunas de las flores seguían floreciendo y, aunque no puedo explicar el porqué, cuando empecé a cantar nuestra canción, se me llenaron los ojos de lágrimas. Lloré por Dawson, supongo, pero también lloré por mí. Básicamente, sin embargo, lloré por Clara.

Fue entonces cuando empezó todo. Más tarde, aquella noche, cuando regresé a casa, vi a Clara a través de la ventana de la cocina. Aunque no la veía bien, la oí tararear nuestra canción. Pero su imagen no era nítida, como si no estuviera allí en realidad, y cuando salí fuera, ya había desaparecido. Así que regresé aquí y empecé a labrar de nuevo el jardín. Preparé el terreno, por decirlo de algún modo, y volví a verla, esta vez en el porche. Unas pocas semanas más tarde, después de esparcir las semillas, empezó a visitarme con regularidad, una vez a la semana, más o menos, y yo pude acercarme más a ella antes de que desapareciera. Cuando el jardín floreció, un día regresé y me paseé entre las flores y, cuando volví a casa, podía verla y oírla con absoluta claridad. De pie, en el porche, esperándome, como si se preguntara por qué había tardado tanto en comprender lo que tenía que hacer. Y así ha sido desde entonces.

Clara es parte de las flores, ¿comprendéis? Sus cenizas ayudaron a conseguir que las plantas crecieran y, cuanto más crecían, más viva se volvía ella. Mientras no dejara que las flores se marchitaran, Clara encontraría la forma de volver a mi lado.

Por esto estáis aquí, por esto os he pedido que me hagáis este favor. Es nuestro refugio, un pequeño lugar en el mundo donde el amor triunfa sobre todas las cosas. Creo que vosotros dos, más que nadie, comprenderéis lo que os digo.

Pero ahora ha llegado la hora de reunirme con ella. Es el momento de volver a cantar juntos. Sí, es la hora, y no me arrepiento de nada. De nuevo estaré con Clara, que es el único lugar donde siempre he querido estar, junto a ella. Esparcid mis cenizas al viento y en las flores, y no lloréis por mí. En lugar de eso, quiero que sonriáis por Clara y por mí. Sonreíd por nosotros: mi chica y yo.

185

TUCK

Dawson se inclinó hacia delante y apoyó los antebrazos en los muslos, intentando imaginar a Tuck mientras escribía la carta. No encajaba con el hombre lacónico y tosco por quien lo había tomado. Era un Tuck que nunca había conocido, una persona con la que nunca había tratado.

La expresión de Amanda era tierna cuando volvió a doblar la carta, con gran esmero para no estropearla.

—Sé a qué canción se refiere —musitó ella después de guardar la carta con cuidado en el bolso—. Una vez oí que la cantaba, sentado en la mecedora. Cuando le pregunté por la melodía, él no contestó, sino que me la puso en el tocadiscos.

—¿En su casa?

Ella asintió.

—Recuerdo que pensé que era pegadiza, pero Tuck había cerrado los ojos y parecía... perdido en la canción. Cuando terminó, se puso de pie y guardó el disco, y en ese momento no supe qué pensar. Pero ahora lo entiendo. —Se volvió hacia Dawson—. Estaba llamando a Clara.

Dawson hizo girar lentamente la copa de vino entre sus manos.

—¿Crees lo que dice? ¿Sobre eso de ver a Clara?

—Antes no lo creía. Bueno, no del todo, pero ahora no estoy tan segura.

Un trueno que rugió a lo lejos les recordó para qué se habían desplazado hasta allí.

—Me parece que ya es la hora —dijo Dawson.

Amanda se puso de pie y se alisó los pantalones. Bajaron juntos al jardín. La brisa era suave, pero la niebla se había vuelto más densa. La mañana despejada había dado paso a una tarde que reflejaba el peso turbio del pasado.

Después de que Dawson sacara el estuche, siguieron el sendero que conducía hasta el centro del jardín. La brisa se enredaba en el pelo de Amanda. Él la observó mientras ella se pasaba los dedos por los mechones rebeldes, en un intento de mantenerlos bajo control. Llegaron al centro del jardín y se detuvieron.

Dawson era consciente del peso del estuche entre sus manos.

—Deberíamos decir algo —murmuró.

Al ver que ella asentía, se preparó para hablar primero, para ofrecer un tributo al hombre que le había dado cobijo y amistad. Después, Amanda le dio las gracias a Tuck por haber sido su confidente y le dijo que para ella había sido como un padre. Cuando acabaron, el viento arreció casi de repente. Dawson levantó la tapa.

Las cenizas se dispersaron por el aire y formaron un remolino sobre las flores. Mientras observaba la escena, Amanda pensó que era como si Tuck estuviera buscando a Clara, como si la llamara por última vez.

LO MEJOR DE MÍ

Finalizada la ceremonia, entraron en la casa, donde alternativamente se dedicaron a rememorar a Tuck y a permanecer sentados en un sosegado silencio. Fuera, había empezado a caer una lluvia fina pero constante, una delicada lluvia de verano que parecía una bendición.

Cuando les entró hambre, decidieron enfrentarse a la lluvia para meterse en el Stingray. Recorrieron el camino tortuoso hasta que alcanzaron la carretera principal. Aunque podrían haber regresado a Oriental, decidieron ir a New Bern. Cerca del centro histórico, encontraron un restaurante llamado Chelsea. Cuando entraron estaba prácticamente vacío, pero cuando se marcharon, todas las mesas estaban ocupadas.

La lluvia dio una breve tregua, que ellos aprovecharon para pasear por las calles tranquilas y entrar en las tiendas que todavía estaban abiertas. Mientras Dawson echaba un vistazo en una librería de segunda mano, Amanda aprovechó la oportunidad para salir fuera y llamar a casa. Habló con Jared y con Lynn antes de hacerlo con Frank. También llamó a su madre y le dejó un mensaje en el contestador en el que le decía que quizá llegaría tarde y que no cerrara la puerta con llave. Colgó justo en el momento en que Dawson se le acercaba. La entristeció pensar que la noche casi había tocado a su fin. Como si Dawson le leyera el pensamiento, le ofreció el brazo. Amanda se colgó de él y enfilaron lentamente hacia el coche.

Ya en la autopista, la lluvia empezó a caer de nuevo. La neblina se volvió más densa casi tan pronto como cruzaron el río Neuse, como si se tratara de unos dedos fantasmagóricos que se extendían desde el bosque. Los faros no conseguían iluminar la carretera y los árboles parecían absorber la poca luz que quedaba. Dawson aminoró la marcha en medio de la tenebrosa y lluviosa oscuridad.

La cortina de agua repiqueteaba en la capota del coche, como el ruido de un tren lejano. Amanda se puso a pensar en el día que estaba a punto de tocar a su fin. Durante la cena, había pillado a Dawson mirándola en más de una ocasión, pero en lugar de incomodarla, se había sentido adulada.

Sabía que no era correcto; su vida no le permitía esa clase de sentimientos, y la sociedad tampoco los toleraba. Podía intentar escudarse en la idea de que se trataba de emociones temporales, el resultado de otros factores en su vida, pero sabía que no era verdad. Dawson no era un desconocido al que acabara de conocer; era su primer y único amor, el que más la había marcado en la vida.

Frank se derrumbaría si supiera lo que ella estaba pensando. A pesar de sus problemas matrimoniales, amaba a Frank. Pero aunque no pasara nada —incluso si regresaba a casa esa misma noche—, sabía que Dawson estaría siempre presente en sus pensamientos. Aunque su matrimonio llevaba años atravesando baches, no se trataba simplemente de que ella buscara consuelo en otros brazos. Era Dawson y el «nosotros» que creaban cada vez que estaban juntos lo que hacía que todo fuera tan natural e inevitable. Amanda no podía evitar pensar que la historia entre ellos todavía no había acabado, que los dos estaban esperando a escribir el final.

Después de atravesar Bayboro, Dawson aminoró la marcha. Delante de ellos vieron la curva que enlazaba con otra autopista, la que conducía hacia el sur, hacia Oriental. Si seguían recto, en cambio, acabarían en Vandemere. Dawson iba a tomar la curva, pero cuando se acercaron al cruce, Amanda deseó pedirle que siguiera recto. No quería despertarse a la mañana siguiente preguntándose si volvería a verlo alguna vez en la vida. El pensamiento era aterrador; sin embargo, no le salían las palabras.

No circulaba ningún otro vehículo por la carretera. El agua flotaba sobre el asfalto formando unos charcos poco profundos a ambos lados de la autopista. Cuando llegaron al cruce, Dawson pisó el freno con suavidad. Amanda se sorprendió cuando él detuvo el coche por completo.

Los limpiaparabrisas se movían de un lado a otro, apartando la lluvia. Las gotas de agua brillaban bajo el reflejo de los faros. Mientras el motor se apagaba, Dawson se volvió hacia ella, con la cara entre las sombras.

—Tu madre te estará esperando.

Amanda podía notar que el corazón le latía desbocado.

—Sí —asintió, sin añadir nada más.

Durante un largo momento, él se limitó a mirarla fijamente, leyendo sus pensamientos, detectando la esperanza, el miedo y el deseo en los ojos que reflejaban sus propios sentimientos. Entonces, le dedicó una efímera sonrisa, desvió la vista hacia el parabrisas y, poco a poco, el coche empezó a rodar hacia delante, hacia Vandemere. Ninguno de los dos deseaba o era capaz de detenerlo.

Ninguno de los dos se mostró incómodo en la puerta, cuando llegaron a la pequeña casa. Amanda se dirigió hacia la cocina mientras Dawson encendía una lámpara. Ella volvió a llenar las copas de vino, nerviosa y emocionada al mismo tiempo.

En el comedor, Dawson giró el dial de la radio hasta que encontró un poco de *jazz*, luego bajó el volumen. De la estantería situada sobre su cabeza, tomó un libro viejo; estaba pasando las ajadas páginas amarillentas cuando Amanda se le acercó con el vino. Dawson volvió a colocar el libro en su sitio en la estantería, aceptó la copa y la siguió hasta el sofá. Una vez allí, observó con atención que ella se quitaba los zapatos.

—Hay tanta paz… —comentó Amanda, mientras dejaba la copa sobre la mesilla. Dobló las piernas y las estrechó entre los brazos, a la altura de las rodillas—. Entiendo por qué Tuck y Clara querían descansar aquí.

La tamizada luz del comedor le confería un aspecto misterioso. Dawson carraspeó antes de preguntar:

—¿Crees que algún día volverás? Quiero decir, después de este fin de semana.

—No lo sé. Si tuviera la certeza de que todo se mantendría igual, entonces sí. Pero sé que no será así, porque nada es eterno. Y una parte de mí desea recordarlo tal y como lo he visto hoy, con las flores en todo su esplendor.

—Y con la casa limpia.

—Eso también —admitió ella. Tomó su copa y agitó el contenido—. ¿Sabes en qué estaba pensando antes, mientras el viento dispersaba las cenizas? Estaba pensando en la noche que pasamos en el embarcadero, contemplando la lluvia de meteoritos. No sé por qué, pero, de repente, fue como si estuviéramos otra vez allí. Podía vernos tumbados sobre la

189

manta, hablando entre susurros y escuchando el canto de los grillos, con su perfecta reverberación musical. Y encima de nuestras cabezas, el cielo estaba... lleno de vida.

—¿Por qué me cuentas esto? —La voz de Dawson era increíblemente suave.

La expresión de Amanda había adoptado un matiz melancólico.

—Porque fue la noche que supe que te quería, que de verdad me había enamorado de ti, sin ninguna duda. Creo que mi madre supo exactamente cuándo sucedió.

—¿Por qué?

—Porque a la mañana siguiente me preguntó por ti. Cuando le confesé mis sentimientos, acabamos gritando como un par de histéricas: una pelea terrible, de las peores que tuvimos. Incluso me abofeteó. Me afectó tanto que no supe cómo reaccionar. Ella no paraba de decirme que mi conducta era inaceptable y ridícula, y que no sabía lo que hacía. Por sus gritos incontrolables, parecía como si estuviera enfadada porque eras tú. Sin embargo, cuando ahora pienso en ello, sé que se habría enfadado de todos modos si hubiera sido cualquier otro chico. Porque no se trataba de ti, ni de nosotros, ni tan solo de tu apellido. Se trataba de ella. Mi madre sabía que yo me estaba haciendo adulta y temía perder el control sobre mí. No sabía cómo manejar la situación, ni antes ni ahora. —Amanda tomó un sorbo de vino y luego hizo girar el líquido en la copa—. Esta mañana me ha acusado de egocéntrica.

—Se equivoca.

—Yo también he pensado lo mismo. Al menos al principio, pero ya no estoy tan segura.

—¿Por qué lo dices?

—No me estoy comportando como una mujer casada, ¿no te parece?

Dawson la miró sin parpadear, sin decir nada, concediéndole tiempo para que considerara lo que estaba diciendo.

—¿Quieres que te lleve de vuelta a tu casa? —le preguntó al final.

Ella vaciló antes de sacudir la cabeza.

—No. Ese es el problema, que quiero estar aquí, contigo, aunque sé que no está bien —confesó con ojos abatidos; sus oscuras pestañas parecían pegadas a los pómulos—. ¿Le encuentras el sentido?

Dawson deslizó un dedo a lo largo de la palma de su mano.

—¿De verdad quieres que conteste?

—No —respondió ella—. No, pero es… complicado. El matrimonio, me refiero.

Amanda podía notar cómo él trazaba delicados círculos en su piel.

—¿Te gusta estar casada? —le preguntó, en un tono tentador.

En lugar de contestar directamente, Amanda tomó otro sorbo de vino, procurando no perder la compostura.

—Frank es un buen hombre; bueno, al menos, casi siempre. Pero el matrimonio no es lo que la gente cree. Se quiere creer que en todo matrimonio existe un equilibrio perfecto, y no es cierto. Una persona siempre ama más profundamente que la otra. Sé que Frank me quiere, y yo también le quiero…, pero no tanto. Y nunca lo he hecho.

—¿Por qué no?

—¿No lo sabes? —Lo miró a los ojos—. Es por ti. Aún recuerdo que, cuando me hallaba de pie en el altar, lista para pronunciar mis votos, deseé que tú estuvieras allí, en su lugar. Porque no solo seguía queriéndote, sino que te amaba más allá de toda medida. Incluso en aquel momento ya sospechaba que nunca sentiría lo mismo por Frank.

Dawson notó que se le resecaba la boca.

—Entonces, ¿por qué te casaste con él?

—Porque creí que era una decisión acertada, y esperaba que, con el paso del tiempo, mis sentimientos hacia él cambiaran, que acabara sintiendo por él lo mismo que sentía por ti. Pero no fue así y, con los años, creo que él también se dio cuenta de mis sentimientos y se sintió herido. Yo sabía que le estaba haciendo daño, pero, cuanto más se esforzaba él por demostrarme su amor, más asfixiada me sentía, y más crecía mi resentimiento, mi resentimiento contra él. —El rostro de Amanda se alteró desagradablemente ante sus propias palabras—. Después de esta confesión, pensarás que soy una persona abominable.

191

—No eres una persona abominable. Te estás sincerando, nada más —puntualizó Dawson.

—Deja que acabe, por favor. Necesito que lo comprendas. Has de saber que le quiero y que valoro mucho la familia que hemos formado. Frank adora a nuestros hijos; son el centro de su vida, y creo que por eso nos resultó tan dura la pérdida de Bea. No tienes ni idea de lo que supone ver a tu hija cada vez más enferma y saber que no hay nada que puedas hacer para ayudarla. Acabas por sentirte como si estuvieras montada en una montaña rusa de emociones, y pasas de la rabia absoluta hacia Dios hasta una sensación de pura frustración y desolación. Al final, sin embargo, fui capaz de superar el dolor. En cambio, Frank nunca se ha acabado de recuperar, porque en la base de esa experiencia tan traumática yace una profunda desesperación que... te consume sin remedio. Hay un absoluto vacío donde antes había alegría. Porque eso es lo que era Bea, alegría en estado puro. Solíamos bromear diciendo que ya había nacido con la sonrisa en la boca. Incluso de bebé, apenas lloraba. Y nunca cambió. Siempre estaba riendo; para ella, cualquier novedad era un emocionante descubrimiento. Jared y Lynn se peleaban por captar su atención. ¿Te lo imaginas?

Amanda hizo una pausa. Cuando volvió a hablar, parecía abatida.

—Y entonces fue cuando empezaron los dolores de cabeza, y comenzó a golpearse contra objetos al gatear. Así que recurrimos a un montón de especialistas, y todos nos decían que no podían hacer nada por ella. —Amanda tragó saliva con dificultad—. Después... la cosa empeoró. Pero ella seguía siendo la misma personita feliz, ¿sabes? Incluso al final, cuando apenas podía permanecer sentada por sí sola, seguía riendo. Cada vez que oía aquella risa, notaba que mi corazón se descomponía un poco más.

Amanda se había quedado muy quieta, con la mirada ausente clavada en la ventana. Dawson esperó.

—Me quedaba horas tumbada con ella en la cama, abrazándola mientras dormía, y cuando se despertaba, permanecíamos tumbadas, mirándonos sin apenas pestañear. No podía darme la vuelta, porque quería memorizar sus rasgos: su nariz, su barbilla, sus ricitos. Y cuando volvía a quedarse dormida, yo la abrazaba de nuevo y lloraba desconsolada por aquella enorme injusticia.

Amanda se calló y pestañeó varias veces seguidas, sin que pareciera darse cuenta de las lágrimas que rodaban por sus mejillas. No hizo ningún gesto para secarlas. Dawson tampoco se movió. En lugar de eso, permaneció completamente rígido, atento a cada palabra.

—Cuando murió, una parte de mí se fue con ella. Y durante mucho tiempo, Frank y yo no podíamos mirarnos a la cara. No porque estuviéramos enfadados, sino porque eso nos destrozaba. Podía ver a Bea en Frank, y él podía verla en mí, y aquello era... insoportable. Apenas aguantábamos estar juntos, a pesar de que Jared y Lynn nos necesitaban más que nunca. Empecé a tomar dos o tres copas de vino por las noches, para adormecerme, pero Frank bebía aún más. Al final, sin embargo, reconocí que no me ayudaba escudarme en la bebida, así que lo dejé. Pero para Frank no era fácil.

Amanda hizo una pausa para pellizcarse la nariz, a medida que los recuerdos despertaban el rastro familiar de un latente dolor de cabeza.

193

—Él no podía dejarlo. Pensé que quizá lo ayudaría tener otro hijo, pero no fue así. Y he llegado a un punto en que no sé si soy capaz de seguir adelante con esta relación.

Dawson tragó saliva.

—No sé qué decir.

—Yo tampoco. Me gusta creer que si Bea no hubiera muerto, Frank no habría acabado así. Pero entonces me pregunto si su deterioro no será también en parte por mi culpa, porque le he estado haciendo daño durante muchos años, incluso antes de lo de Bea. Porque él sabía que no lo amaba de la misma forma que él me amaba a mí.

—No es culpa tuya —alegó Dawson. Incluso a él, las palabras le parecieron inadecuadas.

Amanda sacudió la cabeza.

—Te agradezco tu intención, y a simple vista sé que tienes razón. Pero si él continúa bebiendo para escapar de la realidad, es porque probablemente intenta huir de mí. Sabe que estoy enfadada y decepcionada, y que no hay forma de borrar diez años de sinsabor, por más que él se esfuerce. ¿Y quién no querría escapar de tal angustia, especialmente cuando proviene de alguien a quien amas, cuando lo único que quieres es que esa persona te ame tanto como tú la amas?

—No lo hagas —la interrumpió Dawson, mientras la miraba fijamente a los ojos—. No puedes acusarte de los problemas de tu marido y cargarlos sobre tu espalda.

—Se nota que nunca has estado casado. —Amanda le dedicó una sonrisa torcida—. Para que lo sepas, cuantos más años llevo casada, más claro tengo que hay muy pocas cosas en la vida que sean blancas o negras. Y no digo que yo tenga la culpa de todos los problemas en nuestro matrimonio. Pero sí que digo que a veces no pensamos en la amplia gama de grises. Nadie es perfecto.

—Hablas como un terapeuta.

—Probablemente tengas razón. Unos meses después de que Bea muriera, empecé a ir a la consulta de una terapeuta, dos veces por semana. No sé cómo habría sobrevivido sin ella. Jared y Lynn también fueron, aunque no tanto tiempo como yo; supongo que los niños son más resistentes.

—Te creo.

Amanda apoyó la barbilla sobre las rodillas, con expresión de desazón.

—Nunca le he hablado a Frank de nosotros.

—¿No?

—Sabe que tuve un novio en el instituto, pero nunca le he contado lo que en realidad significaste para mí. Ni siquiera creo que sepa tu nombre. Y, obviamente, mi madre y mi padre hicieron todo lo posible por simular que lo nuestro nunca había pasado. Trataban el tema como un oscuro y desagradable secreto de familia. Naturalmente, mi madre suspiró aliviada cuando le dije que estaba prometida, aunque no creas que se entusiasmó; no hay nada que entusiasme a mi madre, probablemente lo considera una actitud plebeya. Pero por si te sientes mejor, también tuve que recordarle el nombre de Frank, dos veces. En cambio, tu nombre...

Dawson rio antes de volver a adoptar un aire serio. Tomó un sorbo y saboreó la calidez del vino que descendía por su garganta, sin ser apenas consciente de la agradable música de fondo.

194

—Han pasado tantas cosas desde la última vez que nos vimos… —Amanda suspiró, con un temblor en la voz.

—Sí, ha pasado la vida.

—Más que la vida.

—¿A qué te refieres? —preguntó él.

—Todo esto, estar aquí, volver a verte, me empuja a recordar una época en la que todavía creía que podía hacer realidad mis sueños. Ha llovido mucho desde entonces. —Amanda se volvió hacia él. Sus caras estaban separadas por apenas unos centímetros—. ¿Crees que lo habríamos conseguido…, si nos hubiéramos marchado del pueblo y hubiéramos iniciado una vida juntos?

—¡Quién sabe qué habría pasado!

—Pero ¿tú qué crees?

—Creo que sí, que lo habríamos conseguido.

Ella asintió. Sintió que algo se desmoronaba en su interior.

—Yo también lo creo.

Fuera, la borrasca empezó a estampar ráfagas de lluvia contra las ventanas como si alguien lanzara puñados de piedras. En la radio seguía sonando una música de otro tiempo, sin estridencias, mezclándose con el ritmo inalterable de la lluvia. Amanda se sentía arropada por la calidez de la estancia. Casi podía creer que no existía nada más.

—Antes eras tímido —murmuró—. La primera vez que nos tocó formar pareja en clase, apenas hablaste conmigo. Yo procuraba darte pie, a la espera de que me invitaras a salir contigo, y preguntándome si al final lo harías.

—Eras muy guapa. —Dawson se encogió de hombros—. Y yo era un don nadie. Me sentía nervioso.

—¿Todavía te sientes nervioso conmigo?

—No —contestó. Sin embargo, pareció reconsiderar la respuesta y su cara se suavizó con una leve sonrisa—: Bueno, quizás un poco.

Amanda enarcó una ceja.

—¿Hay algo que pueda hacer para remediarlo?

Dawson tomó su mano y la giró primero hacia un lado y luego hacia el otro con suavidad, fijándose con qué perfección parecía acoplarse a la suya, y de nuevo pensó en aquello a lo que había renunciado tantos años atrás.

195

Una semana antes, no estaba insatisfecho; quizá no era del todo feliz, quizá se sentía un poco solo, pero no insatisfecho. Había comprendido quién era y su lugar en el mundo. Estaba solo, pero eso había sido una elección consciente, algo de lo que no se arrepentía. Sobre todo en esos momentos. Porque nadie habría sido capaz de ocupar el sitio de Amanda, jamás nadie lo conseguiría.

—¿Quieres bailar?

Ella le miró con una tenue sonrisa.

—De acuerdo.

Dawson se puso de pie y la invitó a levantarse del sofá. Amanda notó que le temblaban un poco las piernas cuando se dirigieron al centro de la pequeña estancia. La música parecía llenar la habitación y, por un momento, ninguno de los dos supo qué hacer. Amanda esperó; observó cómo Dawson se volvía hacia ella, con una expresión ininteligible. Al final, emplazó una mano en su cintura y la acercó más a su cuerpo. Ella se inclinó hacia su pecho, sintiendo la solidez de sus músculos mientras él la rodeaba por la cintura con un brazo. Lentamente, empezaron a dar vueltas al son de la música.

Amanda se sentía tan bien con él… Aspiró su aroma, limpio y real, tal y como lo recordaba. Podía notar los músculos duros de su vientre y sus piernas pegadas a las suyas. Entornó los ojos y apoyó la cabeza en su hombro, embriagada de deseo, pensando en la primera vez que hicieron el amor. Aquella noche, ella había temblado, como en esos momentos.

La canción acabó, pero no se separaron ni un milímetro, a la espera de la siguiente. Amanda podía notar el aliento cálido de Dawson en su cuello, y lo oyó suspirar, como una especie de liberación. Él acercó más la cara a su piel. Ella echó la cabeza hacia atrás en un estado de abandono, con el deseo de que la música nunca acabara, con el anhelo de poder permanecer de ese modo, abrazados, para siempre.

Dawson le rozó el cuello con los labios; luego, con una gran delicadeza, la mejilla. Amanda escuchó el eco lejano de un trueno y se tensó ante aquel tacto sedoso.

Entonces se besaron, primero con recelo, luego apasionadamente, como si intentaran recuperar todos los años que la vida los había mantenido separados. Amanda podía notar las manos de Dawson en su cuerpo, moviéndose con libertad. Cuando se separaron, ella solo era consciente de lo mucho que había pasado desde que había deseado esas caricias sublimes, desde que había deseado a Dawson. Lo miró con los ojos entornados, deseándolo como nunca antes. Amanda también podía notar el deseo primitivo de Dawson y, con un movimiento que parecía casi preordenado, lo besó una vez más antes de guiarlo hacia la habitación.

197

13

*E*l día era una verdadera mierda. Había empezado como una mierda, y la tarde también había sido una mierda, incluso el tiempo era una mierda. Abee se sentía como si se estuviera muriendo. Llevaba horas lloviendo, tenía la camisa completamente empapada y, por más que lo intentaba, no podía controlar los temblores que se alternaban con los ataques de sudor.

Por lo que podía ver, Ted tampoco tenía mejor aspecto que él. Al salir del hospital, apenas había sido capaz de ir hasta el coche por su propio pie. Pero eso no le había impedido dirigirse directamente hacia el cuarto trasero de su madriguera, donde guardaba todas las armas. Habían cargado la furgoneta antes de dirigirse a la casa de Tuck.

El único problema era que allí no había nadie. Había dos coches aparcados en la explanada, frente a la casa, pero ni la más leve señal de vida. Abee sabía que Dawson y la chica regresarían. Tenían que hacerlo, porque habían dejado los coches allí aparcados, así que él y Ted decidieron separarse para poder vigilar mejor, y se prepararon para esperar.

Y esperaron. Y esperaron más.

Por lo menos llevaban dos horas vigilando cuando empezó a llover. Otra hora bajo la lluvia, y entonces comenzaron de nuevo los espasmos. Cada vez que temblaba, se le quedaban los ojos en blanco por el dolor en el vientre. ¡Por Dios! Se sentía como si se estuviera muriendo. Intentó pensar en Candy para distraerse, pero lo único que consiguió fue preguntarse si ese tipo se pasaría de nuevo por el bar aquella noche. La idea lo sulfuró tanto que se puso a temblar aún más, y entonces empezó a sudar. Se preguntó dónde diantre estaba Dawson y qué diablos hacía él en ese maldito sitio. No sabía si creer lo que Ted le había contado sobre Dawson —de hecho, estaba bastante seguro de que se lo había inventado—, pero, al ver la expresión en la cara de su hermano, decidió mantener el pico cerrado. Era evidente que Ted no pensaba tirar la toalla. Por primera vez en su vida, Abee tuvo miedo de cómo podría reaccionar si le decía que se largaba a casa.

Entre tanto, Candy y ese payaso estarían probablemente en el bar, flirteando y riendo como un par de idiotas. Solo con imaginarlos juntos, se le aceleró el pulso. La lluvia arreció, y por un segundo estuvo seguro de que se iba a morir. Pensaba aniquilar a ese tipo, y después asegurarse de que Candy comprendía las reglas. Pero primero tenía que acabar con ese mal rollo familiar, para que Ted pudiera ir con él y ayudarlo, porque Abee no estaba en condiciones de encargarse solo de ese tipo.

Pasó otra hora y el sol empezó su lento descenso por el cielo. Ted estaba a punto de vomitar. Cada vez que se movía, notaba como si la cabeza le fuera a explotar, y le escocía tanto el brazo debajo de la maldita escayola que sentía ganas de arrancársela de cuajo. Apenas podía respirar, con la nariz tan hinchada, y lo único que deseaba era que Dawson apareciera de una puñetera vez para acabar con él de una vez por todas.

Le daba igual si doña Jefa de las Animadoras estaba o no con él. El día anterior le preocupaba que pudiera haber testigos, pero ahora ya no. Se la cargaría también y luego la enterraría. Quizás en el pueblo la gente creyera que se habían fugado los dos juntos.

Pero ¿dónde demonios estaba Dawson? ¿Dónde se había metido durante todo el maldito día? ¿Y con esa lluvia? Tarde o temprano, regresaría. Al otro lado de la explanada, Abee tenía aspecto de estar muriéndose, con la cara totalmente verde, pero Ted no podía hacerlo solo. No con una sola mano, mientras su cerebro parecía una centrifugadora dentro de su cráneo. ¡Por Dios! Le dolía incluso respirar y, cuando se movía, se sentía tan mareado que tenía que aferrarse a algo para no darse un porrazo contra el suelo.

A medida que la oscuridad se extendía y la niebla iba ganando terreno, continuó diciéndose a sí mismo que ese par volverían en cualquier momento, aunque cada vez le costaba más convencerse de ello. No había probado bocado desde el día anterior. La sensación de mareo se iba agravando.

Eran las diez de la noche y todavía no había ni rastro de ellos. Luego, las once, y después, medianoche, con las estrellas entre las nubes, como un manto de luces titilantes sobre sus cabezas.

Ted estaba entumecido y tenía frío, y de nuevo empezó a sentir arcadas. Entonces empezó a temblar incontrolablemente, incapaz de entrar en calor.

La una de la madrugada y todavía ni rastro de esos pájaros. A las dos, Abee se acercó trastabillando; apenas se tenía en pie. Por entonces, incluso Ted sabía que no iban a volver aquella noche, así que los dos hermanos se dirigieron bamboleándose hacia la furgoneta.

A duras penas recordaba nada del trayecto de vuelta hasta la propiedad familiar, ni cómo él y Abee se habían aferrado el uno al otro mientras ascendían por la cuesta hasta sus casas. Lo único que recordaba era el sentimiento de rabia cuando se derrumbó sobre la cama. Después todo se volvió negro.

14

Cuando se despertó el domingo por la mañana, Amanda necesitó unos segundos para ubicarse antes de recordar lo que había pasado la noche anterior. Los pájaros trinaban en el exterior, mientras los rayos del sol se filtraban por un pequeño orificio entre las cortinas. Con cuidado, se dio la vuelta y descubrió que la cama estaba vacía. Sintió una puñalada de decepción que se trocó casi inmediatamente en un sentimiento de confusión.

Se sentó, se cubrió el pecho con la sábana y, acto seguido, miró furtivamente hacia el cuarto de baño, preguntándose dónde estaba Dawson. Al ver que su ropa había desaparecido, se puso de pie de un brinco, se envolvió en la sábana y se dirigió hacia la puerta. Asomó la cabeza y lo vio sentado en los peldaños del porche. Dio media vuelta, se vistió rápidamente y se metió en el cuarto de baño. Allí se cepilló el cabello con presteza y luego fue hacia la puerta del porche. Necesitaba hablar con él, y sabía que él necesitaba hablar con ella.

Dawson se volvió hacia ella cuando oyó la puerta chirriar a su espalda. Le sonrió. Su aspecto desaliñado añadió un toque pícaro a su apariencia.

—Buenos días —la saludó al tiempo que le ofrecía un vaso de plástico—. Pensaba que seguramente necesitarías un poco de café.

—¿De dónde lo has sacado? —le preguntó ella, al tiempo que se fijaba en que Dawson acunaba otro vaso similar en su regazo.

—De una de esas tiendas que están abiertas las veinticua-

tro horas del día. Hay una en la carretera. Por lo que he podido
ver, me parece que es el único sitio en Vandemere donde se
puede encontrar café. Probablemente no será tan bueno como
el que tomaste el viernes por la mañana.

Dawson la observó mientras ella aceptaba el vaso y se sentaba a su lado.

—¿Has dormido bien?

—Sí —contestó ella—. ¿Y tú?

—No muy bien. —Dawson se encogió levemente de hombros antes de desviar la vista hacia el jardín de flores silvestres—. Por fin ha parado de llover.

—Sí.

—Probablemente debería lavar el coche antes de dejarlo de
nuevo en el taller. Si quieres, ya llamaré yo a Tanner.

—No, lo haré yo —dijo ella—. De todos modos, estoy segura de que él nos llamará.

Amanda sabía que aquella conversación trivial era simplemente una forma de evitar hablar de lo que era obvio.

—Estás bien, ¿verdad? —se interesó ella.

Dawson dejó caer pesadamente los hombros, pero no dijo
nada.

—Estás molesto —susurró ella, sintiendo que se le encogía
el corazón en el pecho.

—No. —La sorprendió su tajante respuesta. Acto seguido,
la rodeó por los hombros con un brazo—. En absoluto. ¿Por
qué iba a estarlo? —Se inclinó hacia ella y la besó tiernamente
antes de apartarse.

—Mira —empezó a decir Amanda—, sobre lo que pasó
anoche…

—¿Sabes qué he encontrado? —la interrumpió él—.
¿Aquí sentado?

Ella negó con la cabeza, desconcertada.

—He encontrado un trébol de cuatro hojas. Justo al lado de
los peldaños, antes de que tú salieras. Destacaba mucho, en medio de la hierba. —Le mostró la delicada flor verde, que había
guardado en una hoja de papel doblada—. Se supone que da
suerte, y precisamente en eso estaba pensando esta mañana.

Amanda detectó cierta preocupación en su tono. Se sentía mal.

—¿De qué estás hablando? —le preguntó con recelo.

—De la suerte, de los fantasmas, del destino.

Sus palabras no consiguieron eliminar la confusión que embargaba a Amanda mientras observaba cómo Dawson tomaba otro sorbo de café. Él bajó el vaso y clavó la vista en un punto lejano.

—Estuve a punto de morir —dijo—. Probablemente, debería haber muerto. El impacto contra el agua tendría que haberme matado. O la explosión. Por Dios, probablemente debería haber muerto hace dos días...

Dawson se quedó callado, sumido en sus pensamientos.

—Me estás asustando —repuso finalmente ella.

Dawson irguió más la espalda y la miró a los ojos.

—Hubo un incendio en la plataforma en primavera... —empezó a relatar.

Dawson se lo contó todo: el incendio que convirtió la plataforma en un verdadero infierno, su caída al agua y la visión del hombre de cabello oscuro, cómo el desconocido lo guio hasta un salvavidas, cómo reapareció en el buque de abastecimiento con una cazadora azul y cómo desapareció súbitamente un poco después. Le contó todo lo que había sucedido durante las semanas que siguieron al accidente, la sensación de que lo vigilaban, y cómo había vuelto a ver al individuo en el puerto deportivo. Finalmente, le describió el incidente con Ted el viernes, incluida la inexplicable aparición del hombre y cómo había desaparecido en el bosque.

Cuando acabó, Amanda podía notar el corazón acelerado mientras intentaba hallarle sentido a lo que Dawson le acababa de contar.

—¿Estás diciendo que Ted intentó matarte, que fue a casa de Tuck para liquidarte? ¿Que pensaste que no era necesario contármelo?

Dawson sacudió la cabeza con aparente indiferencia.

—No pasó nada. Lo solucioné.

Amanda pudo comprobar que su propio tono se volvía más irascible.

—¿Dejar su cuerpo maltrecho en la puerta de la propiedad de tu familia y llamar a Abee, arrebatarle el arma y luego tirarla? ¿Así es como solucionas los problemas?

Dawson parecía estar demasiado cansado para ponerse a discutir.

—Es mi familia. Así es como nosotros solucionamos los problemas.

—Tú no eres como ellos.

—Siempre he sido uno de ellos. Soy un Cole, ¿recuerdas? Siempre regresan; nos peleamos, pero siempre regresan. Es lo que hacemos.

—¿Me estás diciendo que vuestros problemas no están zanjados?

—Para ellos no.

—¿Qué piensas hacer?

—Lo mismo que he hecho hasta ahora: intentar ser lo menos visible que pueda, procurar no cruzarme en su camino. No costará tanto. Aparte de lavar este coche y quizá pasarme otra vez por el cementerio, no veo ninguna razón para quedarme más tiempo en el pueblo.

Un pensamiento repentino, líquido y borroso al principio, empezó a cristalizarse en la mente de Amanda, un pensamiento que le provocó un angustioso pánico.

—¿Por eso vinimos aquí, anoche? —lo interrogó—. ¿Porque creías que ellos te estarían esperando en casa de Tuck?

—Estoy seguro de que me estaban esperando en casa de Tuck, pero no, no es esa la razón por la que estamos aquí. Ayer no pensé ni un momento en ellos. Pasé un día perfecto contigo.

—¿No estás enfadado con ellos?

—No, la verdad es que no.

—¿Cómo puedes hacerlo? ¿Desconectar de ese modo? ¿Incluso cuando sabes que te quieren matar? —Amanda podía sentir la adrenalina por todo su cuerpo—. ¿Se trata de una idea absurda sobre tu destino por ser un Cole?

—No. —Dawson negó con la cabeza, con un movimiento casi imperceptible—. No estaba pensando en ellos porque estaba pensando en ti. Siempre has ocupado un lugar más importante que ellos en mi vida; siempre ha sido así, siempre será así. No pienso en ellos porque te quiero, y ambos pensamientos no son compatibles.

Amanda bajó la vista.

—Dawson...

—No tienes que decirlo —la tranquilizó él.

—Sí que tengo que hacerlo —insistió ella, se inclinó hacia él y lo besó en los labios. Cuando se separaron, las palabras fluyeron con tanta naturalidad como el simple acto de respirar—. Te quiero, Dawson Cole.

—Lo sé —dijo él y, con una gran ternura, volvió a deslizar el brazo por su cintura—. Yo también te quiero.

La tormenta había eliminado todo rastro de humedad en el aire y había dejado un cielo completamente azul y despejado, con un dulce aroma floral en el ambiente. De vez en cuando, una gota caía del tejado sobre los helechos y la hiedra, confiriéndoles un aspecto luminoso bajo la dorada luz del sol. Dawson había mantenido el brazo alrededor de Amanda, y ella permanecía apoyada en él, saboreando la leve presión de sus cuerpos.

Después de que Amanda envolviera el trébol y se lo guardara en el bolsillo, los dos se pusieron de pie y pasearon por el jardín, abrazados. Procurando no pisar las flores —el caminito que habían seguido el día anterior estaba totalmente encharcado— se dirigieron hacia la parte trasera. La casa se hallaba junto a un despeñadero; más allá, se extendía el río Bay, casi tan ancho como el Neuse. Justo en la orilla, vieron una garza real que caminaba tranquilamente por las aguas poco profundas; un poco más lejos, un grupo de tortugas tomaba el sol sobre un tronco.

Permanecieron un rato inmóviles, disfrutando de la vista antes de rodear la casa para volver al punto de partida, sin prisa. En el porche, Dawson la abrazó con más fuerza y volvió a besarla, y ella le devolvió el beso, plenamente consciente del amor que sentía por él. Cuando al final se separaron, ella oyó el lejano timbre de un teléfono móvil que había empezado a sonar. Era su teléfono, que le recordaba que tenía una vida en otro lugar. Al oír aquellos sonidos, Amanda bajó la cabeza con renuencia, al igual que Dawson. Sus frentes quedaron pegadas mientras el teléfono seguía sonando, y ella cerró los ojos. Parecía que nunca iba a dejar de sonar, pero, cuando por fin en-

205

mudeció, Amanda abrió los ojos y lo miró sin pestañear, con la esperanza de que él lo comprendiera.

Dawson asintió; acto seguido, se dirigió a la puerta y la abrió para ella. Amanda entró y, cuando se volvió para mirarlo, se dio cuenta de que él no pensaba seguirla. Observó cómo Dawson se acomodaba de nuevo en los peldaños del porche y se obligó a dirigirse hacia la habitación. Agarró el bolso, hurgó en su interior hasta encontrar el móvil, lo activó y examinó la lista de llamadas perdidas.

De repente, se sintió asqueada y con la mente desbordada. Se metió en el cuarto de baño, desvistiéndose mientras caminaba. De forma instintiva, hizo una lista mental de lo que tenía que hacer, de lo que iba a decir. Abrió el grifo de la ducha y buscó champú y jabón en los armarios; por suerte, los encontró. Entonces se metió en la ducha e intentó zafarse del sentimiento de pánico. Después, se secó y volvió a vestirse con la ropa del día anterior. Se secó el cabello lo mejor que pudo y, con mucho cuidado, se aplicó un poco del maquillaje en polvo que siempre llevaba en el bolso.

Tardó muy poco en ordenar la habitación. Preparó la cama y colocó las almohadas en su sitio. Después, vertió a la pila lo que quedaba del contenido de la botella de vino casi vacía y tiró la botella en la papelera situada debajo. Por unos instantes, consideró la posibilidad de llevarse el casco vacío, pero al final decidió dejarlo en la papelera. De las mesitas, recogió dos copas medio vacías. Después de lavarlas con agua, las secó y las guardó en el armario. Para borrar cualquier pista.

Pero las llamadas perdidas, los mensajes en el móvil...

No le quedaría más remedio que mentir. Le parecía impensable contarle a Frank dónde había pasado la noche, y no podía soportar la idea de lo que pensarían sus hijos o su madre. Tenía que hallar una solución. Necesitaba encontrar una excusa convincente; sin embargo, detrás de aquel pensamiento, la acuciaba una vocecita insistente, que no cesaba de preguntarle: «¿Sabes lo que has hecho?».

«Sí, pero le amo», contestaba otra vocecita en su interior.

De pie en la cocina, desbordada por la emoción, sintió ganas de llorar. Y quizá lo habría hecho, pero, un momento más tarde, Dawson entró en la pequeña estancia. Como si comprendiera su agitación, la estrechó entre sus brazos con ternura y volvió a susurrarle que la amaba, y por solo un instante, por más imposible que pudiera parecer, Amanda tuvo la sensación de que todo iba a salir bien.

Los dos permanecieron callados durante el trayecto hasta Oriental. Dawson podía percibir la ansiedad de Amanda y sabía que lo mejor era no decir nada, pero aferraba el volante con dedos crispados.

Ella notaba la garganta reseca —por los nervios, seguro—. El hecho de tener a Dawson a su lado era lo único que le impedía desmoronarse. En su mente daban vueltas los recuerdos mezclados con distintos planes, sentimientos y preocupaciones, uno después del otro, como un caleidoscopio que cambiaba con cada nueva curva de la carretera. Perdida en sus pensamientos, apenas se dio cuenta de los kilómetros que iban dejando atrás.

Llegaron a Oriental un poco después del mediodía y pasaron por delante del puerto deportivo; unos minutos más tarde, se acercaron a la explanada situada delante de la casa de Tuck. Ella apenas se dio cuenta de que Dawson se había puesto tenso, inclinado sobre el volante, sin pestañear, absolutamente atento, inspeccionando la línea de árboles que delimitaba la explanada. De repente se había acordado de sus primos. Mientras el coche aminoraba la marcha, la cara de Dawson adoptó súbitamente una expresión de incredulidad.

Amanda siguió su mirada y se volvió hacia la casa. Tanto la casa como el taller estaban igual que el día anterior; los dos coches seguían aparcados en el mismo sitio, pero, cuando Amanda vio lo que Dawson acababa de ver, se quedó prácticamente impasible. Desde el principio, había sabido que, tarde o temprano, sucedería.

Dawson aminoró aún más la marcha hasta detener el coche por completo; entonces ella se volvió hacia él y le regaló una efímera sonrisa, como si intentara asegurarle que ella sola podía encargarse de la situación.

—Me había dejado tres mensajes —explicó Amanda al tiempo que se encogía de hombros.

Dawson se limitó a asentir con la cabeza. Comprendía que necesitaba enfrentarse al problema ella sola.

Amanda suspiró hondo, abrió la puerta y se apeó. No le sorprendió que su madre se hubiera tomado su tiempo para vestirse para la ocasión.

208

15

*D*awson observó que Amanda se dirigía directamente hacia la casa, invitando a su madre a seguirla si quería. Evelyn no parecía decidirse. Era obvio que nunca antes había estado en la casa de Tuck; no era el sitio ideal para una persona ataviada con un impecable traje pantalón y engalanada con perlas, sobre todo después de una tormenta. Evelyn vaciló y miró a Dawson fijamente, con cara impasible, como si reaccionar ante su presencia supusiera comportarse de un modo plebeyo.

Al final, le dio la espalda y siguió a su hija hasta el porche, donde Amanda ya se había sentado en una de las mecedoras. Dawson volvió a poner el coche en marcha y condujo despacio hacia el taller.

Se apeó y se inclinó sobre el banco de trabajo. Desde aquella posición, no podía ver a Amanda, ni podía imaginar lo que pensaba decirle a su madre. Mientras echaba un vistazo a su alrededor, de repente le vino algo a la memoria, algo que Morgan Tanner había dicho en su despacho. Había dicho que tanto Dawson como Amanda sabrían cuándo tenían que leer la carta que Tuck había escrito para cada uno de ellos. De repente supo que Tuck quería que la leyera en ese preciso momento. Probablemente, el viejo Tuck era capaz de prever las cosas que iban a suceder.

Hundió la mano en el bolsillo trasero del pantalón y sacó el sobre. Lo desdobló y deslizó un dedo por encima de su nombre. Estaba escrito con la misma letra temblorosa que había visto en la carta que Amanda y él habían leído juntos. Dio la vuelta al sobre y lo abrió. A diferencia de la carta anterior, esta solo tenía una página, escrita por delante y por detrás. En el silencio del taller que hacía años había considerado su hogar, Dawson se centró en las palabras y empezó a leer.

Hola, Dawson:

No sé exactamente cómo empezar esta carta, si no es diciéndote que a lo largo de los años he llegado a conocer a Amanda bastante bien. Me gustaría pensar que ha cambiado desde la primera vez que la vi, aunque no puedo afirmarlo con absoluta certeza. Por entonces, vosotros dos erais como una unidad inseparable y, como es normal entre los jóvenes, os poníais tensos cuando yo aparecía, pero te aseguro que lo comprendía; yo hacía lo mismo con Clara. No sé si su padre oyó mi voz alguna vez hasta que estuvimos casados, pero esa es otra historia.

La cuestión es que, en realidad, no sabía quién era Amanda; en cambio, sé quién es ahora, y también sé que tú nunca la has olvidado. Es una persona con una inmensa bondad, con mucho amor, mucha paciencia, muy inteligente... y es la cosa más bonita que se ha paseado nunca por las calles de este pueblo; de eso estoy seguro. Pero creo que lo que más me gusta de ella es su genuina bondad, porque he vivido lo suficiente como para saber cuánto cuesta encontrar a alguien así.

Probablemente no te esté diciendo nada que no sepasya , pero a lo largo de estos últimos años, la he llegado a apreciar como a una hija. Eso significa que tengo que hablar contigo como lo habría hecho su padre, porque los papás no son de gran utilidad si no se preocupan un poco. Especialmente por ella. Porque más que nada, deberías comprender que Amanda lo está pasando mal, y creo que ya hace bastante tiempo que sufre. Lo supe la primera vez que vino a verme, y supongo que en esos momentos esperé que fuera algo pasajero, pero cuantas más veces venía a visitarme, peor la veía. Incluso ahora, cuando me despierto, a veces la pillo deambulando por el taller, y hace tiempo que comprendí que tú eras la razón por la que ella se sentía tan mal. No puede librarse del pasado ni de ti. Pero créeme cuando digo que los recuerdos son algo curioso. A veces son reales, pero otras veces se transforman en lo que nosotros queremos que sean y, a su manera, creo que Amanda está intentando descubrir qué significa el pasado realmente para ella. Por eso he organizado este fin de semana para vosotros. Tengo la corazonada de que la única forma de que ella pueda hallar la salida de este oscuro túnel, sea cual sea el resultado final, es si volvéis a veros.

Pero, como te he dicho, lo está pasando mal, y si hay algo que he aprendido es que la gente que sufre no siempre ve las cosas con la debida claridad. Ella está en un punto de su vida en el que ha de tomar algunas decisiones, y es ahí donde entras tú. Los dos tenéis que averiguar qué pasará a continuación, pero no olvides que quizás ella necesite más tiempo que tú; incluso es posible que cambie de idea una o dos veces. Pero cuando os decidáis, es necesario que los dos aceptéis la decisión. Y si al final lo vuestro no funciona, tendréis que comprender que ya no es posible seguir viviendo pensando constantemente en el pasado, porque eso acabará por destruirte, y también la destruirá a ella. No podéis seguir así, lamentándoos por lo que pudo haber sido, porque eso no os deja vivir. Solo de pensarlo, se me parte el corazón. Después de todo, si he llegado a querer a Amanda como a mi hija, espero que sepas que para mí tú también eres como un hijo. Y si tengo que expresar una única voluntad antes de morir, es que me gustaría tener la certeza de que vosotros dos, mis hijos, estaréis bien.

211

TUCK

Amanda observó cómo su madre examinaba las deterioradas tablas de madera del porche, como si temiera que se fueran a quebrar bajo sus pies. Vaciló de nuevo frente a la mecedora, como si intentara decidir si realmente era necesario sentarse.

Sintió un recelo familiar cuando ella se agachó con cuidado sobre el asiento. Se sentó con tanta rigidez como si intentara tocar lo menos posible la estructura.

Una vez sentada, alzó la cabeza para mirarla. Parecía como si esperara a que Amanda hablara primero, pero no dijo nada. Sabía que no había nada que alegar para edulcorar la conversación. Desvió la vista hacia los rayos del sol que se filtraban a través de las rendijas del porche.

Al final, su madre esbozó una mueca de fastidio.

—Por favor, Amanda, deja de actuar como una niña; no soy tu enemiga, soy tu madre.

—Ya sé lo que me vas a decir. —La voz de Amanda no expresaba ninguna emoción.

—Entonces mucho mejor, pero, aun así, una de las responsabilidades de ser madre es asegurarse de que los hijos se dan cuenta de cuándo cometen errores.

—¿Es eso lo que crees que es? —Amanda entrecerró los ojos y miró a su madre con aprensión.

—¿Cómo lo definirías tú? Eres una mujer casada.

—¿No crees que eso ya lo sé?

—Pues no estás actuando como tal. No eres la primera mujer en el mundo que es infeliz en su matrimonio. Ni tampoco eres la primera que decide actuar respecto a esa infelicidad. La única diferencia es que tú sigues pensando que la culpa no es tuya.

—¿De qué estás hablando? —Amanda podía notar cómo se crispaban sus manos alrededor de los brazos de la mecedora.

—Siempre culpas a los demás de todos tus males, Amanda. —Su madre resopló con altivez—. Me culpas a mí, culpas a Frank, y después de Bea, incluso culpaste a Dios. Buscas el origen de tus problemas al otro lado del espejo y te comportas como una mártir. ¡Pobre Amanda! ¡Siempre batallando contra viento y marea en un mundo cruel! Pues, para que lo sepas, el mundo no es fácil para nadie. Nunca lo ha sido y nunca lo será. Pero si fueras sincera contigo misma, comprenderías que tienes parte de responsabilidad en lo que te pasa.

Amanda apretó los dientes.

—Y yo que esperaba que fueras capaz de mostrar un ápice de empatía o comprensión. Ya veo que estaba equivocada.

—¿Es eso lo que crees? —preguntó Evelyn, al tiempo que se apartaba una pelusa imaginaria de la chaqueta—. Entonces dime: ¿qué es lo que debería decirte? ¿Tendría que cogerte la mano y preguntarte cómo te sientes? ¿Debería mentirte y decirte que todo saldrá bien, que no habrá consecuencias, por más que consigas mantener el secreto de Dawson? —Hizo una pausa—. Siempre hay consecuencias, Amanda. Ya eres mayorcita para saberlo. ¿De verdad necesitas que te lo recuerde?

Amanda procuró mantener un tono sosegado.

—No me entiendes.

—Y tú tampoco me entiendes a mí. No me conoces tan bien como crees.

—Te conozco, mamá.

212

—Ah, sí, claro. Según tú, soy incapaz de mostrar un ápice de empatía o comprensión. —Acarició el pequeño diamante que brillaba en el lóbulo de su oreja—. Por eso precisamente inventé una excusa para ti anoche.

—¿Qué?

—Cuando llamó Frank. La primera vez, reaccioné como si no sospechara nada malo mientras él divagaba sobre unas partidos de golf que planeaba jugar con un amigo, un tal Roger. Y luego, más tarde, cuando llamó otra vez, le dije que ya te habías acostado, aunque sabía exactamente lo que te proponías. Sabía que estabas con Dawson y, a la hora de cenar, ya sabía que no regresarías a dormir a casa.

—¿Cómo podías saberlo? —le exigió Amanda, intentando ocultar su estupor.

—¿Acaso no te das cuenta de que Oriental es un pueblo pequeño? No hay muchos sitios donde alojarse. En mi primer intento, llamé a Alice Rusell, a la pensión. Tuvimos una agradable conversación, por cierto. Me dijo que Dawson ya había dejado vacante la habitación, pero el simple hecho de saber que él estaba en el pueblo me bastó para imaginar lo que pasaba. Supongo que por eso estoy aquí, en vez de esperarte en casa. Pensé que podríamos evitar las mentiras y la negación de los hechos; pensé que así esta conversación podría ser más fácil para ti.

Amanda se sentía aturdida.

—Gracias por no decírselo a Frank —farfulló.

—No soy yo quien ha de contarle lo que pasa, ni decir nada que pueda añadir más problemas a vuestro matrimonio. Tú sabrás lo que le cuentas. Para mí, no ha sucedido nada.

Amanda notó un desagradable gusto amargo en la boca.

—Entonces, ¿por qué estás aquí?

Su madre suspiró.

—Porque eres mi hija. Quizá no quieras hablar de ello, pero por lo menos espero que me escuches. —Amanda detectó el tono de decepción de su madre—. No tengo ningún deseo de escuchar los detalles de mal gusto de lo que pasó anoche, ni escuchar lo mala que fui por no aceptar a Dawson hace tantos años. Tampoco quiero hablar de tus problemas con Frank. Lo que me gustaría es darte un consejo, dado que soy tu madre. A pesar de lo que a veces puedas pensar, eres mi hija y te quiero. La cuestión es: ¿estás dispuesta a escucharme?

—Sí. —La voz de Amanda apenas era audible—. ¿Qué debo hacer?

La cara de su madre perdió la máscara rígida y su voz se suavizó de una forma sorprendente.

—Es la mar de sencillo. No hagas caso de mi consejo.

Amanda esperó más, pero su madre se quedó callada, sin añadir ningún comentario. No sabía cómo interpretarlo.

—¿Me estás diciendo que deje a Frank? —susurró finalmente.

—No.

—Entonces, ¿debería solucionar los problemas con él?

—Tampoco he dicho eso.

—No te entiendo.

—No trates de sacar tantas conclusiones. —Su madre se puso de pie y se alisó la chaqueta. Acto seguido, se dirigió hacia los peldaños.

Amanda pestañeó, intentando comprender lo que estaba pasando.

—Espera... ¿Te vas? ¡Pero si no me has dicho nada!

Su madre se volvió hacia ella.

—Al contrario, te he dicho todo lo que realmente es importante.

—¿Que no haga caso de tus consejos?

—Exactamente —admitió su madre—. No sigas mis consejos, ni de ningún otro. Confía en ti misma. Para bien o para mal, feliz o infeliz, es tu vida, y lo que hagas con ella solo depende de ti. —Apoyó un lustroso zapato de piel en el primer peldaño, que crujió bajo su peso. Su cara había vuelto a adoptar la rigidez que la caracterizaba—. Supongo que te veré luego, ¿no? ¿Cuando pases por casa a recoger tus cosas?

—Sí.

—Bien. Te prepararé un bocadillo y fruta.

A continuación, reanudó su descenso. Cuando llegó al coche, vio a Dawson de pie en el taller y lo estudió unos momentos antes de darse la vuelta. Se sentó al volante, puso en marcha el motor y, en cuestión de segundos, desapareció de su vista.

Υ

Dawson dejó la carta sobre el banco de trabajo y salió del taller, con la vista fija en Amanda. Ella estaba contemplando el bosque, con un aire más sereno del que él había esperado, aunque no podía interpretar nada más a partir de su expresión.

Mientras caminaba hacia ella, Amanda le ofreció una débil sonrisa antes de volver a desviar la vista. En lo más profundo de su ser, Dawson sintió una punzada de miedo.

Se sentó en la mecedora, se inclinó hacia delante, entrelazó las manos y permaneció sentado en silencio.

—¿No vas a preguntarme qué tal ha ido? —preguntó ella finalmente.

—Esperaba que tarde o temprano te decidieras a contármelo. Si es que quieres hablar de eso, claro.

—¿Tan predecible soy?

—No.

—Sí que lo soy. Mi madre, en cambio… —Se frotó el lóbulo de la oreja, para ganar tiempo—. Si alguna vez te digo que conozco perfectamente a mi madre, recuérdame lo que ha pasado hoy, ¿de acuerdo?

Él asintió con la cabeza.

—Lo haré.

Amanda soltó un largo suspiro. Cuando se decidió a hablar, su voz sonaba extrañamente distante.

—Cuando ella estaba subiendo los peldaños del porche, yo ya sabía cómo se iba a desarrollar nuestra conversación. Me exigiría saber qué es lo que estaba haciendo y me diría que estaba cometiendo un grave error. A continuación, vendría el sermón sobre expectativas y responsabilidad, y entonces yo aduciría que ella no me comprendía. Pensaba decirle que te había amado toda mi vida y que ya no era feliz junto a Frank, que quería estar contigo. —Se volvió hacia él con ojos suplicantes, como si le pidiera que intentara comprenderla—. Podía oírme a mí misma pronunciando las palabras, pero entonces…

Dawson observó atentamente su expresión.

—Tiene esa forma peculiar de conseguir que yo acabe por cuestionarlo todo.

215

—Te refieres a nosotros —matizó él, mientras se tensaba el nudo de miedo en su interior.

—Me refiero a mí —aclaró ella. Su voz apenas era un susurro—. Pero sí, también habló de nosotros. Porque quería soltarle esos comentarios, de verdad, quería decírselo, sobre todo porque eso es lo que siento.

Amanda sacudió la cabeza despacio, como si intentara aclarar su mente y zafarse de las imágenes borrosas de un sueño.

—Pero cuando mi madre empezó a hablar, me abordaron cientos de recuerdos de mi vida, y de repente pronuncié un discurso inesperadamente diferente. Fue como si en mi cerebro hubiera dos radios programadas con dos emisoras distintas, cada una de ellas con una versión alternativa. En la otra versión me oí a mí misma decir que no quería que Frank se enterara de lo que había sucedido y que tengo tres hijos que me esperan en casa; por más que intentara explicarles mis sentimientos, sé que siempre habría algo inherentemente egoísta en esto.

Cuando hizo una pausa, Dawson se fijó en cómo hacía girar distraídamente su anillo de casada.

216

—Annette es todavía una niña —continuó—. No puedo abandonarla, y tampoco se me ocurriría arrebatársela a su padre. ¿Cómo podría explicar algo así a una niña pequeña, para que pudiera comprenderlo? ¿Y cómo sé que para Jared y Lynn resultaría más fácil entenderlo, aunque ya sean casi adultos? ¿Cómo van a comprender que he decidido romper la familia para irme contigo, como si mi intención fuera revivir mi juventud? —Su voz expresaba una evidente angustia—. Amo a mis hijos. Se me partiría el corazón al ver que los he decepcionado.

—Ellos te quieren —dijo Dawson, tragando la tensión que se le había formado en la garganta.

—Lo sé, pero no quiero ponerlos en esa situación —adujo ella, mientras se dedicaba a rascar un trozo de pintura descascarillada de la mecedora—. No quiero que me odien ni tampoco quiero defraudarlos. Y Frank... —Resopló—. Es cierto que tiene problemas y que yo no estoy segura de mis sentimientos hacia él, pero no es una mala persona, y sé que siempre representará algo muy importante para mí. A veces tengo la impresión de que yo soy la única razón que lo empuja a seguir adelante. No es la clase de hombre capaz de asimilar que su esposa le abandone por otro. Créeme si te digo que no se recuperaría nunca de un golpe tan duro. Simplemente…, eso lo destrozaría. ¿Y entonces qué pasaría? ¿Bebería incluso más que ahora? ¿O se hundiría en una profunda depresión de la que no podría escapar? No sé si soy capaz de hacerle esa trastada. —Amanda dejó caer los hombros pesadamente—. Además, estás tú, claro.

Dawson intuyó lo que ella iba a decir a continuación.

—Este fin de semana ha sido maravilloso, pero no es la vida real. Ha sido como una luna de miel, pero, con el tiempo, la emoción desaparecerá. Podemos intentar convencernos de que no sucederá, podemos hacernos todas las promesas imaginables, pero es inevitable, y entonces ya no me mirarás como me miras ahora. No seré la mujer con la que has soñado, o la muchacha de la que estabas enamorado. Y tú dejarás de ser mi único y verdadero amor. Serás alguien a quien mis hijos despreciarán por haber arruinado su familia, y me verás tal y como soy de verdad. Dentro de pocos años, simplemente seré una mujer que roza la cincuentena con tres hijos que quizá la detesten o quizá no, y a lo mejor acabaré por detestarme a mí misma por lo que he hecho. Y al final, tú también acabarás por odiarme.

—Eso no es cierto. —La voz de Dawson era inquebrantable.

Amanda se obligó a actuar con valentía.

—Sí que lo es. Las lunas de miel siempre se acaban.

En ese instante, él la tomó del brazo, luego apoyó la mano en su muslo.

—Estar juntos no significa vivir en una constante luna de miel. Significa que nuestra historia se convierta en realidad. Quiero despertarme junto a ti todas las mañanas de mi vida; quiero contemplar tu rostro al atardecer, mientras cenamos el uno frente al otro; quiero compartir todos los detalles triviales de mi día a día contigo y escuchar los tuyos; quiero que riamos juntos, quedarme dormido contigo entre mis brazos. Porque no eres solo una mujer a la que amé hace muchos años, no; fuiste mi mejor amiga, lo mejor de mí, y no puedo soportar la idea de volver a perderte.

217

NICHOLAS SPARKS

Dawson titubeó, en busca de las palabras adecuadas.

—Quizá no lo entiendas, pero te di lo mejor de mí. Cuando te marchaste, nada volvió a ser lo mismo. —Dawson podía notar el sudor en las palmas de las manos—. Sé que tienes miedo. Yo también lo tengo. Pero si perdemos esta ocasión, si fingimos que esto no ha sucedido, no creo que tengamos nunca más otra oportunidad. —Alzó la mano para apartarle un mechón que le cubría los ojos—. Todavía somos jóvenes; todavía podemos intentar que lo nuestro funcione.

—Ya no somos jóvenes…

—Te equivocas —insistió él—. Nos queda el resto de nuestras vidas.

—Lo sé —susurró ella—. Por eso necesito pedirte un favor.

—Lo que quieras.

Amanda se pellizcó la nariz, intentando contener las lágrimas.

—Por favor…, no me pidas que me vaya contigo, porque si lo haces, iré. No me pidas que le cuente a Frank lo nuestro, porque también lo haré. No me pidas que abandone mis responsabilidades ni que rompa mi familia. —Aspiró hondo, tragando aire como si se estuviera ahogando—. Te quiero y, si tú también me quieres, no me pidas que haga todas esas cosas, te lo ruego, porque no me fío tanto de mí misma como para decir que no.

Cuando acabó, Dawson no dijo nada. A pesar de que no quería admitirlo, sabía que había una parte de verdad en lo que Amanda acababa de decir. Romper su familia lo cambiaría todo, empezando por ella. A pesar de lo asustado que estaba, recordó la carta de Tuck. Probablemente Amanda necesitaría más tiempo, había dicho su viejo amigo. O quizá la historia había tocado a su fin y Dawson tenía que seguir adelante sin mirar atrás.

Pero eso no era posible. Pensó en todos los años que había soñado con volver a verla; pensó en el futuro que quizá no compartirían. No quería darle tiempo, quería que Amanda lo eligiera a él en aquel preciso instante. Y, sin embargo, sabía que ella necesitaba que él le hiciera aquel favor, quizá más que ninguna otra cosa que Amanda hubiera necesitado en toda su vida. Respiró hondo, como si esperara que, de algún modo, eso lo ayudara a pronunciar las siguientes palabras más fácilmente.

—De acuerdo —susurró al final.

Ella rompió a llorar. Combatiendo el cúmulo de emociones que lo embargaba, Dawson se puso de pie. Amanda también. La abrazó, sintiendo cómo ella se derrumbaba entre sus brazos. Dawson aspiró hondo para impregnarse de su aroma. Las imágenes empezaron a aflorar en su cabeza: su melena bañada por los rayos del sol cuando salió del taller, el primer día que se reencontraron después de tantos años; su gracia natural mientras caminaba entre las flores silvestres en Vandemere; el imborrable momento de acuciante sed, cuando sus labios se rozaron por primera vez en el cálido interior de una casita que ni sabía que existía... Ahora todo estaba tocando a su fin. Era como si Dawson estuviera presenciando los últimos destellos de luz que se fundían en la oscuridad de un interminable túnel.

Permanecieron abrazados en el porche durante un largo rato. Amanda escuchaba los latidos del corazón de Dawson, sintiéndose totalmente arropada entre sus brazos. ¡Cómo desearía poder empezar aquella bella historia de nuevo! Esta vez, sin embargo, no cometería errores; se quedaría con él, nunca volvería a abandonarlo, porque no le cabía la menor duda de que estaban hechos el uno para el otro.

«Todavía nos queda una vida por delante para compartirla.»

Cuando notó que las manos de Dawson se enredaban en su cabello, estuvo a punto de pronunciar aquellas palabras. Pero no pudo. En vez de eso, murmuró:

—Estoy muy contenta de haberte vuelto a ver, Dawson Cole.

Él podía notar la suavidad sedosa de su cabello.

—Quizá podríamos repetir la experiencia algún día, ¿no?

—Quizá —contestó ella, al tiempo que se secaba una lágrima de la mejilla—. ¿Quién sabe? Quizá cambie de opinión y me presente un día en Luisiana, con mis hijos, claro.

Dawson esbozó una sonrisa forzada, una chispa de esperanza desesperada y fútil que se resistía a extinguirse en su pecho.

—Prepararé la cena, para todos, por supuesto —bromeó.

Había llegado el momento de dejarla marchar. Bajaron los

peldaños del porche. Dawson buscó su mano y ella se la ofreció, aplastándola con tanta fuerza que resultaba casi doloroso. Sacaron las cosas de Amanda del Stingray y caminaron despacio hacia su coche. Dawson notaba que tenía todos los sentidos completamente despiertos; el sol de la mañana le calentaba la nuca, la brisa era ligera como una pluma y las hojas crujían bajo sus pies, pero nada parecía real. Lo único que se le antojaba verdadero era que su historia con Amanda estaba a punto de terminar.

Ella se aferró a su mano. Cuando llegaron al coche, él le abrió la puerta y se volvió hacia Amanda. A continuación, la besó con ternura antes de deslizar los labios por su mejilla, siguiendo el rastro de sus lágrimas. Trazó la línea de su mandíbula, pensando en las palabras que Tuck había escrito. De repente, comprendió que nunca podría seguir adelante sin mirar atrás, a pesar de que su amigo le había pedido que lo hiciera. Amanda era la única mujer a la que había amado, la única mujer a la que Dawson quería seguir amando.

Ella aunó fuerzas para retroceder un paso y separarse de él. Se sentó al volante, puso el motor en marcha y cerró la puerta antes de bajar la ventanilla. A Dawson le brillaban los ojos por las lágrimas, como un claro reflejo de los suyos. Con gran esfuerzo, Amanda dio marcha atrás. Él se apartó, sin decir nada; el dolor que lo embargaba era el mismo que se reflejaba en su propia expresión angustiada.

Ella dio media vuelta y dirigió el coche hacia la carretera. El mundo se había vuelto borroso a través de sus lágrimas. Mientras tomaba la curva para abandonar la explanada, miró por el espejo retrovisor e hipó desconsoladamente a medida que Dawson se hacía cada vez más pequeño a su espalda, completamente inmóvil.

Lloró aún más cuando el coche aceleró la marcha. Los árboles parecían asfixiarla a su alrededor. Quería dar la vuelta y regresar junto a él, decirle que tenía el coraje de ser la persona que quería ser. Susurró su nombre y, a pesar de que no había forma de que él la hubiera oído, Dawson alzó el brazo y le ofreció un último adiós.

Su madre se hallaba sentada en el porche, sorbiendo un vaso de té frío, cuando ella aparcó el coche frente a su casa. En la radio sonaba una suave melodía. Amanda pasó por delante de ella sin decir nada. Subió las escaleras y se metió en su cuarto; abrió el grifo de la ducha, se quitó la ropa y permaneció desnuda delante del espejo, sintiéndose agotada y tan vacía como un viejo jarrón inútil.

El punzante chorro que salía del grifo era como un castigo. Cuando salió, se puso unos vaqueros y una sencilla blusa de algodón antes de guardar el resto de sus pertenencias en la maleta. El trébol fue a parar a un compartimento con cremallera de su monedero. Como de costumbre, quitó las sábanas de la cama y las llevó al lavadero. Las metió en la lavadora, con movimientos de autómata.

De vuelta a su cuarto, hizo una lista mental de tareas pendientes. Se recordó a sí misma que la máquina para hacer cubitos de hielo en casa estaba averiada y que había que repararla; había olvidado pedirle a Frank que lo hiciera antes de marcharse. También necesitaba empezar a planificar una nueva campaña para recaudar fondos; llevaba tiempo aplazándolo, pero el mes de septiembre se le echaría encima sin que se diera cuenta, seguro. Necesitaba contratar un servicio de cáterin, y probablemente sería una buena idea solicitar donativos para las cestas de regalo. Lynn tenía que matricularse en las clases de preparación para las pruebas de acceso a la universidad, y no podía recordar si ya habían pagado la reserva de la habitación de Jared en la residencia universitaria. Annette regresaría del campamento a finales de semana, y probablemente querría algo especial para cenar.

Hacer planes, olvidarse del fin de semana, regresar a la vida real. Como el agua en la ducha, que había borrado el rastro en su piel del aroma de Dawson, aquello le parecía una especie de castigo.

Pero incluso cuando su mente empezó a calmarse, comprendió que todavía no estaba lista para hablar con su madre. Se sentó en la cama. Los rayos del sol se filtraban suavemente por la ventana e iluminaban la estancia. Recordó el aspecto de Dawson allí de pie, inmóvil, en la explanada. La imagen era tan vívida como si la estuviera viendo en esos precisos momentos.

221

A pesar de sí misma —a pesar de todo—, supo que había tomado la decisión equivocada. Todavía podía irse con Dawson, intentar que aquella relación funcionara, por más retos que encontraran en el camino. Con el tiempo, sus hijos la perdonarían; con el tiempo, ella se perdonaría a sí misma.

Pero se quedó paralizaba, incapaz de moverse.

—Te quiero —susurró en el silencio de la habitación, sintiendo cómo su futuro se desvanecía como los granos de arena en la playa, un futuro que había parecido casi como un sueño.

16

De pie, junto a la ventana de la cocina de su rancho, Marilyn Bonner contemplaba abstraídamente cómo los trabajadores ajustaban el sistema de riego en el campo de cultivo más cercano. A pesar del chaparrón del día anterior, era necesario regar los árboles, y ella sabía que sus hombres se pasarían prácticamente todo el día ahí fuera, trabajando, aunque fuera fin de semana. Había llegado a la conclusión de que los campos de cultivo eran como un niño mimado: siempre necesitaban un poco de atención, de cuidado, y nunca quedaban satisfechos.

Pero el verdadero núcleo del negocio no lo constituían los campos, sino la pequeña planta aledaña donde embotellaban las conservas y las mermeladas. Durante la semana, había una docena de personas en la planta, pero los fines de semana estaba vacía. Cuando la construyó, recordó oír que la gente del pueblo murmuraba que de ninguna manera ese negocio podría soportar el coste de la instalación. Quizás había sido cierto al principio, pero, poco a poco, los rumores se fueron acallando. No se había hecho rica con la producción de mermeladas, pero sabía que el negocio era lo bastante rentable como para poder traspasarlo a sus hijos y permitir que ambos vivieran cómodamente. Al fin y al cabo, eso era lo que Marilyn quería de verdad.

Todavía iba vestida con la misma ropa que se había puesto para ir a misa y luego al cementerio. Solía cambiarse en cuanto regresaba a casa, pero ese día no parecía capaz de aunar la energía necesaria. Tampoco tenía apetito, y eso también era inusual. Se podía pensar que estaba incubando un resfriado, pero

Marilyn sabía perfectamente el motivo de su preocupación.

Dio la espalda a la ventana y se dedicó a inspeccionar la cocina. La había renovado unos años antes, junto con los cuartos de baño y prácticamente el resto de la planta baja. De repente pensó que por fin se sentía como en casa en el viejo rancho —o, por lo menos, como en la casa que siempre había querido—. Hasta la renovación, había tenido la impresión de que seguía viviendo en la casa de sus padres, una sensación que la incomodaba con el paso de los años. Había muchas cosas con las que no se había sentido cómoda a lo largo de su vida adulta, pero, por más duros que hubieran sido esos años, había aprendido de las experiencias. A pesar de todo, se arrepentía de menos cosas de las que la gente pudiera imaginar.

Sin embargo, estaba preocupada por lo que había visto unas horas antes. Se debatió entre si debía hacer algo o no. Siempre podía fingir que no sabía lo que significaba y dejar que el tiempo aplicara su magia.

Pero, a base de golpes, había aprendido que no siempre era positivo ignorar una situación. Agarró el bolso. Sabía lo que tenía que hacer.

224

Después de apilar las últimas cajas en el asiento del pasajero del coche, Candy volvió a entrar en su casa para recoger el buda dorado que descansaba en el alféizar de la ventana. Por más fea que fuera, le gustaba aquella estatuilla; tenía la impresión de que le daba buena suerte. Además, era su póliza de seguro y, con suerte o no, planeaba largarse de allí tan pronto como pudiera, por lo que necesitaría dinero para volver a empezar de cero en otro lugar.

Envolvió el buda con unas hojas de periódico y lo guardó en la guantera. Retrocedió un paso y contempló el equipaje. Estaba sorprendida de haber sido capaz de embutirlo todo en el Mustang. Apenas podía cerrar el maletero, y la pila de bártulos en el asiento del pasajero era tan alta que le bloqueaba la vista de la ventana lateral. Todos los rincones del interior del vehículo estaban ocupados por un montón de trastos. Tenía que abandonar ese hábito de comprar por Internet, y también era obvio que necesitaba un vehículo más espacioso, porque, si no, cada vez le resultaría más difícil huir precipitadamente. Podría desprenderse de algunos objetos, por supuesto. La máquina de capuchinos de la tienda de menaje Williams-Sonoma, por ejemplo, aunque en Oriental la había necesitado, aunque solo fuera para sentirse como si no estuviera viviendo en un pueblucho remoto. Un pequeño toque sofisticado de la ciudad, por decirlo de algún modo.

De todas formas, la suerte ya estaba echada. Cuando acabara su turno esa noche en el Tidewater, conduciría directamente hacia la autopista y, tan pronto como llegara a la I-95, la tomaría en dirección sur. Al final había decidido ir a Florida. Había oído muchas historias prometedoras sobre South Beach. Parecía la clase de sitio en el que podría quedarse una buena temporada, incluso definitivamente. Sabía que ya había dicho eso antes y que de momento sus planes no habían salido como esperaba, pero una chica tenía derecho a soñar, ¿o no?

En el Tidewater, las propinas habían sido muy generosas el sábado por la noche, pero el viernes había sido un verdadero desastre; por eso había decidido trabajar una noche más. El viernes había empezado bastante bien; se había vestido con un provocativo top y unos *shorts* muy cortos, y los chicos se habían mostrado más que encantados de vaciar sus billeteros intentando captar su atención, pero entonces había aparecido Abee y lo había echado todo a perder. Se había sentado a una de las mesas, con un aspecto raro, como si estuviera a punto de echar las tripas por la boca, y sudando como si acabara de salir de la sauna. Se había pasado la siguiente media hora mirándola fijamente con aquella típica expresión de desquiciado.

Ya la había visto antes —una especie de celos paranoicos lo dominaban—, pero el viernes por la noche, había llevado esa expresión hasta una nueva dimensión. Candy no veía el momento de largarse de Oriental. Tenía la impresión de que Abee estaba a punto de cometer una tontería, quizás incluso algo peligroso.

El viernes temió que se propusiera hacerlo allí mismo, en el bar, pero, por suerte, recibió una llamada en el móvil y se largó precipitadamente. Candy había esperado encontrarlo plantado en la puerta de su casa el sábado por la mañana, o esperándola en el bar el sábado por la noche, pero, curiosamente, no había aparecido. Para su alivio, tampoco lo había visto durante todo el día. Mejor, teniendo en cuenta que el coche cargado hasta los topes no dejaba lugar a dudas sobre sus planes. Estaba claro que a Abee no le harían ni la menor gracia. Aunque no quisiera admitirlo, le tenía miedo. La verdad era que Abee también había conseguido asustar a la mitad de la clientela del bar el viernes por la noche. El local se empezó a vaciar al poco de entrar él, y las propinas se acabaron de un plumazo. Incluso después de que se largara, la gente había tardado bastante en volver.

Sin embargo, fuera como fuera, estaba a punto de cerrar ese capítulo. Una noche más en el Tidewater, y se largaría pitando de allí. Y Oriental, como todos los otros lugares donde había vivido, pronto no sería nada más que un recuerdo.

Para Alan Bonner, los domingos siempre resultaban un poco deprimentes, porque sabía que el fin de semana estaba a punto de acabar. Decididamente, el trabajo no valía tanto la pena como algunos pensaban.

Aunque tampoco era que pudiera elegir. Su madre estaba orgullosa de que él «se labrara su propio futuro», o como lo dijera, y eso era un rollo. Habría sido mejor que lo contratara para encargarse de la planta de producción, donde se habría podido pasar el día sentado en un despacho con aire acondicionado dando órdenes a diestro y siniestro y supervisando el trabajo en vez de tener que repartir galletitas saladas y frutos secos por los supermercados. Pero ¿qué podía hacer? Su madre era la jefa y estaba reservando ese puesto a su hermana Emily. A diferencia de él, Emily se había graduado en la universidad.

Sin embargo, tampoco se podía quejar. Tenía su propia casa —cortesía de su madre—, y el negocio familiar daba lo bastante como para pagar sus facturas, lo que significaba que Alan podía quedarse con prácticamente todo el dinero que ganaba. Incluso mejor, podía entrar y salir cuando le venía en gana, una gran ventaja, si se comparaba con la época en que todavía vivía en casa de su madre. Además, trabajar en el negocio familiar, incluso con un despacho con aire acondicionado, no habría sido fácil. Primero, porque trabajar para su madre significaría pasar todas las horas juntos, y eso era algo que ni a él ni a ella les habría hecho mucha gracia. Y, además, su madre era una perfeccionista, mientras que él era todo lo contrario. Así pues, mejor seguir como estaban. En general, podía hacer lo que quería, cuando quería, y no tenía que rendir cuentas a nadie de lo que hacía por las noches y los fines de semana.

El viernes por la noche había sido especialmente divertido, porque en el Tidewater no había tanto barullo como de costumbre; al menos no después de la aparición de Abee. La gente se había largado pitando del local, y durante un rato, fue una verdadera... gozada. Alan pudo hablar tranquilamente con Candy, y ella parecía interesada en lo que le contaba. Por supuesto, sabía que ella flirteaba con todos los tíos, pero había tenido la impresión de que mostraba más interés por él. El sábado por la noche esperaba el mismo trato, pero el local parecía un zoológico. El bar estaba lleno hasta los topes; todas las mesas, ocupadas. Era imposible moverse, y mucho menos hablar con Candy.

Pero cada vez que le pedía una cerveza, ella le sonreía por encima de las cabezas de los otros clientes, y por eso tenía esperanzas para esa noche. Los domingos, el Tidewater nunca estaba abarrotado de gente. Alan se había pasado la mañana ensayando cómo pedirle si quería salir con él. No estaba seguro de si la chica aceptaría, pero ¿qué podía perder? Ni que estuviera casada, ¿no?

Al oeste, a tres horas de distancia de Oriental, Frank se hallaba de pie en el *green*, junto al hoyo número trece, bebiendo una cerveza mientras Roger se preparaba para lanzar la pelota. Roger había estado jugando bien, mucho mejor que Frank. Por lo visto, este no tenía el día. Sus golpes no eran lo bastante largos y tenían efecto hacia la derecha. No conseguía concentrarse en el juego.

Intentó recordarse a sí mismo que no estaba allí para preocuparse por su puntuación, sino que era una oportunidad para escapar de la consulta, pasar el día con su mejor amigo, relajarse y estar al aire libre. Por desgracia, esos recordatorios no le servían de nada. Todo el mundo sabía que la verdadera satisfacción del golf estaba en dar ese increíble golpe certero, ese tiro largo y en forma de arco directo hasta el *fairway*, o el *chip* que acababa a medio metro del agujero para poder embocar la bola.

De momento, no había hecho ni una sola jugada que valiera la pena recordar, y en el hoyo número ocho había necesitado cinco golpes. ¡Cinco! Quizá le habría ido mejor dedicarse a intentar colar la bola a través del molinillo de viento y en la boca del payaso en el minigolf del club, teniendo en cuenta lo mal que estaba jugando ese día. Ni siquiera el hecho de que Amanda regresara a casa parecía levantarle el ánimo. Tal como le iban las cosas, no estaba seguro de si quería quedarse a ver el partido después, en el bar. No creía que fuera a pasarlo bien.

Tomó otro sorbo de la lata de cerveza y la acabó. Qué suerte que se le hubiera ocurrido llenar la nevera portátil con más latas, porque iba a ser un día muy largo, seguro.

Jared estaba encantado de que su madre estuviera fuera el fin de semana; así podría quedarse por ahí hasta las tantas. Eso del toque de queda era un rollo. Ya estaba en la universidad, y sus compañeros de clase no tenían que volver a casa a una hora específica, pero, por lo visto, nadie había informado a su madre de que eso era lo normal. Cuando regresara de Oriental, tendría que hablar con ella seriamente para hacerle ver la luz.

Aunque aquel fin de semana no había podido quejarse, desde luego. Cuando su padre se quedaba dormido, no lo despertaba ni un terremoto, y eso quería decir que Jared gozaba de plena libertad para volver tan tarde como quisiera. El viernes por la noche había salido hasta las dos de la madrugada, y la noche anterior no había vuelto hasta después de las tres. Su padre no se había dado cuenta de nada. O quizá sí: Jared no había podido averiguarlo. Cuando se había despertado por la mañana, ya se había marchado a jugar al golf con su amigo Roger.

Las juergas nocturnas, sin embargo, le estaban pasando factura. Después de rebuscar en la nevera algo que comer, pensó que lo mejor era tumbarse de nuevo en la cama y dormir un rato más. A veces no había nada más revitalizador que una buena siesta en plena tarde. Su hermana pequeña estaba toda la semana fuera, Lynn estaba en el lago Norman, y sus padres también habían salido. En otras palabras, la casa era un reducto de paz, o, por lo menos, había más silencio del que solía haber durante el verano.

Jared se tumbó en la cama y se debatió entre si apagar o no el teléfono móvil. Por un lado, no quería que nadie lo molestara, pero, por otra parte, quizá lo llamaría Melody. Habían salido juntos el viernes por la noche, habían ido a una fiesta la noche anterior; no llevaban mucho tiempo saliendo juntos, pero le gustaba. De hecho, le gustaba mucho.

Dejó el teléfono encendido y se acurrucó en la cama. Apenas unos minutos más tarde, ya estaba profundamente dormido.

Tan pronto como Ted se despertó, sintió unas fuertes punzadas de dolor en la cabeza. A pesar de que las imágenes eran fragmentadas, lentamente empezaron a cobrar forma. Dawson, su nariz rota, el hospital. Tenía el brazo escayolado. Se había pasado toda la noche esperando bajo la lluvia mientras Dawson mantenía la distancia, burlándose de él…

Dawson… burlándose… de él.

Se sentó con cautela. Sentía un dolor palpitante en la cabeza y notaba el estómago revuelto. Contrajo la boca, e incluso aquel leve movimiento le dolió. Cuando se tocó la cara, el dolor fue insoportable. Su nariz estaba abotargada como una patata, y de vez en cuando le venían arcadas. Se preguntó si sería capaz de ir hasta el cuarto de baño, pues necesitaba mear.

Pensó de nuevo en el brutal impacto de la llave de cruz en plena cara y en la noche de perros que había pasado bajo la lluvia. Sintió cómo se acrecentaba su rabia. Oyó que el bebé berreaba en la cocina; los agudos gemidos por encima del fuerte volumen de la tele le taladraban los oídos. Entrecerró los ojos, intentando sin éxito aislarse de los ruidos. Finalmente se levantó de la cama, tambaleándose.

Por los extremos de su campo visual, lo veía todo negro. Se pegó a la pared para no caer al suelo. Respiró hondo y atenazó los dientes mientras el bebé seguía berreando. Se preguntó por qué Nikki no hacía callar a ese maldito niño. Y por qué diantre el volumen de la tele estaba tan alto.

Se dirigió al cuarto de baño a trompicones, pero, cuando

alzó la escayola con excesiva rapidez para agarrarse y no caer, sintió como si le hubieran conectado el brazo a un cable eléctrico. Dejó escapar un grito desgarrador. La puerta de la habitación se abrió de golpe a su espalda. Los berridos del bebé tenían el efecto de un cuchillo en su cerebro. Cuando se dio la vuelta, vio dos Nikkis y dos bebés.

—¡Haz algo con ese crío, o te juro que lo haré yo! —bramó—. ¡Y apaga la tele de una puñetera vez!

Nikki se alejó. Ted se dio la vuelta y cerró un ojo, intentando encontrar su Glock. Su doble visión desapareció al cabo de unos segundos, y entonces vio el arma en la estantería, junto a la cama, al lado de las llaves de la furgoneta. Tuvo que intentarlo dos veces antes de atinar a agarrarla. Dawson llevaba todo el fin de semana riéndose de él, pero ya era hora de acabar con sus burlas.

Cuando salió de la habitación, Nikki lo miraba fijamente, con los ojos abiertos como un par de naranjas. Había conseguido que el bebé dejara de llorar, pero se había olvidado de la tele. El ruido le taladraba el cerebro. Ted entró en el comedor, arrastrando los pies, y derribó el aparato de una patada. El televisor se estrelló contra el suelo con un gran estruendo. La pequeña de tres años rompió a llorar. Nikki y el bebé empezaron a gimotear. Cuando finalmente consiguió salir al exterior, se le había empezado a remover de nuevo el estómago y apenas podía controlar las náuseas.

Se inclinó hacia delante y vomitó en un rincón del porche. A continuación, se limpió la boca antes de guardarse la pistola en el bolsillo, se aferró a la barandilla y descendió los peldaños con cuidado. Veía la furgoneta borrosa, pero se abrió paso hacia la silueta, resoplando y dando tumbos.

Dawson no iba a escapar vivo. Esta vez no.

Abee estaba de pie junto a la ventana de su casa cuando vio que Ted avanzaba a trompicones hacia la furgoneta. Sabía exactamente adónde se proponía ir, aunque estaba dando un gran rodeo para llegar hasta el vehículo. Ted se tambaleaba de izquierda a derecha, como si fuera incapaz de caminar en línea recta.

A pesar de que la noche anterior pensaba que se iba a morir, aquella mañana se había despertado sintiéndose mejor que en los últimos días. Los antibióticos del veterinario debían de estar surtiendo efecto, porque ya no tenía fiebre. Por otro lado, aunque el corte en el vientre era todavía tierno al tacto, no tenía tan mal aspecto como el día anterior.

Aún no se sentía al cien por cien, ni mucho menos, pero era obvio que estaba mucho mejor que Ted, eso seguro, y lo último que quería era que el resto de la familia presenciara el estado de su hermano. Ya había oído algunos rumores sobre cómo Dawson había vuelto a hacerle morder el polvo a Ted y no le hacía ni pizca de gracia. Algunos familiares podrían platearse si ellos también podían desafiarlo, y eso era lo último que le faltaba en esos momentos.

Alguien tenía que acabar con el problema de raíz. Abee abrió la puerta y se encaminó hacia su hermano.

231

17

*T*ras enjuagar la capa de suciedad que la lluvia había dejado sobre el Stingray, Dawson bajó la manguera y se dirigió hacia el río situado detrás de la casa de Tuck. La tarde se había vuelto más cálida, demasiado cálida para que los peces saltaran, y el río había adquirido la inherente cualidad inmutable de un espejo. No se movía ni una gota de aire. Dawson se puso a pensar en aquellos últimos momentos con Amanda.

Mientras ella se alejaba, había tenido que contenerse para no echar a correr detrás del coche e intentar convencerla para que cambiara de opinión. Quería decirle de nuevo lo mucho que la amaba. Sin embargo, se había quedado inmóvil, contemplando cómo se marchaba, con el pleno convencimiento de que no la volvería a ver nunca más y preguntándose cómo había sido capaz de dejarla escapar otra vez.

No debería haber regresado. No se sentía cómodo allí. No le quedaba ningún vínculo con nadie. Así pues, había llegado la hora de marcharse. Hasta el momento, era consciente de que había estado tentando la suerte con sus primos, al permanecer tanto tiempo en el pueblo. Dio media vuelta y recorrió la fachada lateral de la casa, hacia su coche. Solo le quedaba una última parada que hacer; después, se marcharía de Oriental para no regresar jamás.

Amanda no estaba segura de cuánto rato había permanecido encerrada en la habitación. Una hora o dos, quizá más. Cada vez que echaba un vistazo por la ventana, veía a su madre sentada en el porche, con un libro abierto sobre el regazo. Había cubierto la comida con unas servilletas para mantener alejadas las moscas. No se había levantado ni una sola vez para ver cómo estaba Amanda desde que había regresado a casa, ni su hija esperaba que lo hiciera. Se conocían lo suficiente como para saber que ya bajaría cuando estuviera lista.

Frank había llamado un poco antes desde el club de golf. No se había explayado mucho, pero ella había detectado que se le trababa un poco la lengua al hablar. Diez años le habían enseñado a reconocer las señales instantáneamente. A pesar de que no tenía ganas de conversar, él no parecía ni haberse dado cuenta. Y no era porque estuviera borracho —que lo estaba—, sino porque, a pesar del horrible inicio de su recorrido, había acabado con cuatro pares seguidos. Quizá por primera vez en su vida, Amanda se alegraba de que Frank estuviera bebiendo; sabía que estaría tan cansado cuando ella llegara a casa que probablemente se quedaría dormido mucho antes de que su mujer se fuera a la cama. Lo último que le apetecía era que Frank tuviera ganas de sexo. Aquella noche no podría soportarlo.

Sin embargo, todavía no estaba lista para enfrentarse a su madre. Se levantó de la cama, enfiló hacia el cuarto de baño y fisgoneó en el botiquín hasta que encontró una botella de Visine. Se echó unas gotas de la solución oftálmica en los ojos, rojos e hinchados, y luego se pasó el cepillo por la melena. No consiguió mejorar mucho su aspecto, pero le daba igual. Frank ni se fijaría.

Dawson sí que se habría fijado. Y con él, Amanda se habría preocupado por su aspecto.

Volvió a pensar en Dawson, como había estado haciendo desde que había regresado a casa de su madre, e intentó controlar sus emociones. Miró de soslayo hacia las maletas que había preparado un poco antes. Se fijó en la punta del sobre que sobresalía de su bolso. Lo sacó y contempló su nombre escrito con la letra temblorosa de Tuck. Se sentó en la cama otra vez, rompió el sobre y alzó la carta con la extraña impresión de que Tuck tenía las respuestas que necesitaba.

Querida Amanda:
Cuando leas esta carta, probablemente te estarás enfrentando a

233

una de las decisiones más duras de tu vida, y sin duda te sentirás como si tu mundo se estuviera desmoronando por completo.

Por si te preguntas cómo es posible que lo sepa, simplemente te diré que, a lo largo de los últimos años, creo que he llegado a conocerte bastante bien. Siempre he sentido un gran afecto por ti, Amanda. Pero este no es el motivo que me lleva a escribirte esta carta. No puedo decirte lo que has de hacer, y dudo que realmente haya algo que pueda decir para conseguir que te sientas mejor. En vez de eso, quiero contarte una historia, sobre Clara y sobre mí. Es una historia que no conoces, porque nunca encontré el momento adecuado para contártela. Me sentía avergonzado. Creo que tenía miedo de que decidieras dejar de visitarme porque, tal vez, pensaras que te había estado mintiendo todo el tiempo.

Clara no era un fantasma. Sí, la veía claramente y también podía oírla. No digo que estas cosas no sucedieran, porque sería falso. Todo lo que he escrito en la carta para Dawson y para ti es cierto. La vi aquel día cuando volví de la casita de Vandemere y, cuanta más dedicación ponía en las flores, más claramente podía verla. El amor puede conjurar un sinfín de emociones, pero, en el fondo, sabía que ella no estaba allí de verdad. La veía porque quería verla, la oía porque la echaba de menos. Supongo que lo que realmente estoy intentando decir es que ella era mi creación, nada más, aunque yo pretendiera engañarme a mí mismo para creer lo contrario.

Te preguntarás por qué te cuento esto precisamente ahora, así que será mejor que te lo aclare. Me casé con Clara a los diecisiete años, y pasamos cuarenta y dos años juntos, uniendo nuestras vidas, cuerpos y almas hasta formar lo que yo pensaba que era un todo inseparable. Su muerte me afectó tanto que, durante los siguientes veintiocho años, la mayoría de la gente del pueblo pensaba que había perdido la cabeza, incluso yo mismo lo pensaba.

Amanda, tú todavía eres joven. Quizá no te sientas joven, pero, para mí, no eres más que una niña con una larga vida por delante. Escúchame cuando te digo que yo he vivido con la Clara real y también con el fantasma de Clara: de las dos, una me llenaba de alegría; en cambio, la otra era solo un apagado reflejo. Si abandonas a Dawson ahora, vivirás para siempre con el fantasma de lo que podría haber sido tuyo. Sé que en esta vida hay personas inocentes que inevitablemente salen heridas por las decisiones que tomamos.

Llámame viejo egoísta, pero no quiero que te conviertas en una de ellas.

TUCK

Amanda guardó la carta en el bolso. Le costaba respirar. Sabía que Tuck tenía razón. Estaba tan segura como nunca antes lo había estado sobre nada.

Con un sentimiento de desesperada necesidad que no alcanzaba a comprender, agarró las maletas y bajó las escaleras. Normalmente, las habría dejado cerca de la puerta hasta que estuviera a punto de marcharse, pero en aquella ocasión, agarró el tirador, abrió la puerta y se dirigió directamente hacia el coche.

Lanzó las maletas en el maletero antes de rodear el vehículo a toda prisa. Solo entonces se fijó en su madre, que, de pie en el porche, la observaba con atención.

Amanda no dijo nada, ni su madre tampoco. Se limitaron a mirarse fijamente. Tuvo el desagradable presentimiento de que su madre sabía justo adónde se dirigía, pero, con las palabras de Tuck todavía resonando en sus oídos, le daba igual. Lo único que sabía era que necesitaba encontrar a Dawson.

235

Quizás aún estaría en casa de Tuck, aunque lo dudaba. No se requería tanto tiempo para lavar un coche y, con sus primos a la zaga, estaba segura de que Dawson no pensaba quedarse por más tiempo en Oriental.

«Pero mencionó un lugar adonde pensaba ir antes de marcharse del pueblo.»

Las palabras emergieron en su mente de repente, sin un pensamiento consciente. Amanda se sentó al volante, con la certeza de que sabía dónde podría encontrarlo.

Cuando llegó al cementerio, Dawson se apeó del coche y recorrió el corto espacio hasta la tumba de David Bonner.

En el pasado, siempre visitaba el cementerio a horas intempestivas y procuraba que nadie lo viera. Aquel día, en cambio, eso no iba a ser posible.

Los fines de semana, el lugar solía estar muy concurrido. Había personas arracimadas junto a algunas tumbas. Aunque nadie parecía prestar atención a su figura, Dawson se abrió paso con la cabeza gacha.

Al final, llegó a la tumba. Las flores que había depositado el viernes por la mañana seguían allí, aunque alguien las había apartado a un lado; probablemente, el encargado de mantenimiento del recinto. Dawson se agachó y arrancó unas briznas de hierba que había cerca de la tumba.

Sus pensamientos volaron de nuevo hacia Amanda. Lo embargó una sensación de intensa soledad. Sabía que su vida había estado abocada al fracaso desde el principio. Entornó los ojos y rezó una última oración por David Bonner, sin darse cuenta de que a su sombra se le había unido otra, sin percatarse de que alguien acababa de detenerse a su lado.

Al llegar a la calle principal que atravesaba Oriental, Amanda se detuvo en el cruce. Si giraba a la izquierda, se dirigiría hacia el puerto deportivo y al final llegaría a la casa de Tuck. Si giraba a la derecha, se alejaría del pueblo, hasta llegar a la carretera rural que había tomado para ir a casa de su madre. Si seguía recto, después de una verja de hierro forjado, estaría en el cementerio. Era el más grande de Oriental, el lugar donde habían enterrado al doctor David Bonner. Recordaba que Dawson había comentado que quizá se pasara por allí antes de marcharse del pueblo.

Las puertas del cementerio estaban abiertas. Echó un rápido vistazo a la media docena de coches y furgonetas aparcadas, en busca del coche que Dawson había alquilado. Cuando lo vio, contuvo la respiración. Tres días antes, él lo había aparcado junto a su coche al llegar a la casa de Tuck. Un poco antes, aquella misma mañana, ella había estado de pie junto al vehículo mientras él la besaba por última vez.

Dawson estaba allí.

«Todavía somos jóvenes —le había dicho—. Todavía podemos intentar que lo nuestro funcione.»

Amanda apretó el pedal del freno. En la carretera principal, una furgoneta pasó a gran velocidad, oscureciéndole momentáneamente la vista, en dirección hacia el pueblo. Luego la carretera se quedó desierta.

Si cruzaba la carretera y aparcaba, sabía que podría encontrarlo. Pensó en la carta de Tuck, en los años de pena que él había soportado sin Clara. Supo que había tomado la decisión equivocada: no concebía su vida sin Dawson.

Mentalmente, imaginó la escena: sorprendería a Dawson en la tumba del doctor Bonner y le diría que se había equivocado al marcharse. Podía sentir su propia felicidad cuando él la estrechara de nuevo entre sus brazos, convencidos de que, esta vez, nada los separaría.

Si iba al encuentro de Dawson, sabía que lo seguiría a cualquier parte del mundo. O que él la seguiría a ella. Pero incluso en esos momentos, sus responsabilidades la seguían angustiando. Levantó lentamente el pie del pedal del freno. En lugar de seguir recto, giró el volante y ahogó un sollozo en el pecho mientras se dirigía hacia la carretera principal, con el morro del coche apuntando hacia su casa.

Pisó el acelerador, intentando de nuevo convencerse a sí misma de que su decisión era la correcta, la única que podía tomar. Detrás de ella, el cementerio desapareció a lo lejos.

237

—Perdóname, Dawson —susurró, y deseó que él pudiera oírla.

También deseó no haber tenido que pronunciar nunca aquellas palabras.

Un ruido a su lado interrumpió el estado de ensueño de Dawson. Sorprendido, abrió los ojos. Enseguida reconoció a la mujer. Se quedó sin habla.

—Estás aquí —dijo Marilyn Bonner—. Ante la tumba de mi esposo.

—Lo siento —balbuceó él al tiempo que bajaba la mirada—. No debería haber venido.

—Pero lo has hecho —replicó Marilyn—. Y también viniste hace unos días.

Dawson no respondió. Ella señaló las flores con la cabeza.

—Siempre paso por aquí después de ir a misa. Esas flores no estaban el pasado fin de semana. Tienen un aspecto demasiado fresco como para que alguien las haya colocado a principios de semana. Supongo que las depositaste el... ¿viernes?

Dawson tragó saliva antes de contestar.

—Por la mañana.

Ella lo miraba sin pestañear.

—Solías hacer lo mismo hace mucho tiempo, cuando saliste de la cárcel, ¿no? ¿Verdad que eras tú?

Dawson no dijo nada.

—Lo suponía. —Marilyn suspiró al tiempo que avanzaba un paso hacia la lápida. Dawson se apartó a un lado, dejando espacio a Marilyn—. Tras la muerte de David, mucha gente pasaba por aquí para depositar flores. Eso duró uno o dos años, pero después la gente se fue olvidando, supongo. Excepto yo. Durante una época, fui la única que traía flores; entonces, unos cuatro años después de su muerte, empecé a ver las flores de nuevo. No todo el tiempo, pero con bastante frecuencia como para que despertara mi curiosidad. No tenía ni idea de quién se trataba. Pregunté a mis padres, a mis amigos, pero nadie admitió ser el responsable. Durante un tiempo, incluso me planteé si David había tenido una amante. ¿Te lo imaginas? —Sacudió la cabeza y soltó un largo suspiro—. No fue hasta que, de repente, un día ya no hubo más flores cuando me di cuenta de que eras tú. Sabía que habías salido de la cárcel y que estabas en el pueblo, en libertad provisional. También me enteré de que abandonaste el pueblo un año más tarde. Me sentí tan… indignada, al pensar que lo habías estado haciendo durante tanto tiempo…

Marilyn se cruzó de brazos, como si intentara apartar esos recuerdos de su mente, antes de proseguir:

—Y entonces, esta mañana, he visto de nuevo las flores. Sabía que eso quería decir que habías regresado. No sabía si hoy volverías a pasar por aquí…, pero lo has hecho.

Dawson hundió las manos en los bolsillos. De repente, quería estar en cualquier otro lugar en vez de allí.

—No volveré a traer flores. Se lo juro —murmuró.

Ella lo observó con atención.

—¿Y crees que eso me sirve de disculpa por todas las veces que has pasado por aquí, teniendo en cuenta lo que hiciste, teniendo en cuenta que mi esposo está aquí, en lugar de estar conmigo, y que ha perdido la oportunidad de ver crecer a sus hijos?

—No —respondió Dawson.

—Por supuesto que no —dijo ella—. Porque todavía te sientes culpable por lo que hiciste. Por eso nos has estado enviando dinero durante todos estos años, ¿no es cierto?

Él quería mentir, pero no podía.

—¿Desde cuándo lo sabe? —preguntó Dawson.

—Desde que recibí el primer cheque —precisó ella—. Habías ido a verme a mi casa justo un par de semanas antes, ¿recuerdas? No me costó mucho atar cabos. —Marilyn vaciló—. Aquel día que fuiste a mi casa, querías disculparte, en persona, ¿no es cierto?

—Sí.

—Y yo no te lo permití. Dije… un montón de cosas ese día, cosas que no debería haber dicho.

—Estaba en todo su derecho de hacerlo.

Los labios de Marilyn se curvaron con una leve sonrisa.

—Tenías veintidós años. En esos momentos, vi a un hombre hecho y derecho en el porche, pero cuanto mayor me hago, más me doy cuenta de que la gente no se hace adulta hasta, por lo menos, los treinta años. Mi hijo es mayor de lo que tú lo eras por entonces, y todavía me parece un crío.

—Usted hizo lo que tenía que hacer.

—Quizás —apuntó, al tiempo que se encogía de hombros levemente. Entonces se acercó más a él—. El dinero que enviaste nos ayudó; me ayudó durante muchos años, pero ya no lo necesito. Así que, por favor, no me envíes más dinero.

—Solo quería…

—Sé lo que querías —lo atajó ella—. Pero todo el dinero del mundo no podrá devolverme a David ni reparar la pérdida de su muerte. Y tampoco puede darles a mis hijos el padre que nunca conocieron.

—Lo sé.

—Además, no se puede comprar el perdón con dinero.

Dawson dejó caer pesadamente los hombros.

—Será mejor que me vaya —murmuró él, dispuesto a darse la vuelta.

—Sí. Pero antes de que te marches, hay algo que deberías saber.

Cuando Dawson se volvió de nuevo hacia ella, Marilyn lo miró fijamente a los ojos.

239

—Sé que lo que pasó fue un accidente. Siempre lo he sabido. Y sé que harías cualquier cosa por poder cambiar el pasado. Todo lo que has hecho desde entonces lo demuestra. Y sí, admito que estaba enfadada y asustada, y que me sentía sola cuando fuiste a verme a mi casa, pero nunca, jamás, creí que hubieras actuado con maldad aquella noche. Fue solo una de esas… tragedias que a veces pasan en la vida, pero, cuando fuiste a verme, me ensañé contigo.

Marilyn hizo una pausa para que Dawson tuviera tiempo de asimilar sus palabras. Continuó con un tono de voz casi afectuoso:

—Ahora estoy bien, y mis hijos también lo están. Hemos sobrevivido. Estamos bien.

Esperó un momento hasta que él se volvió de nuevo hacia ella. Arrastrando suavemente las palabras, añadió:

—He venido a decirte que ya no necesitas mi perdón. Pero también sé que, en el fondo, tampoco era esto lo que buscabas. No se trata de mí ni de mi familia. Se trata de ti. Siempre se ha tratado de ti. Has vivido aferrado a un terrible error durante demasiado tiempo. Si fueras mi hijo, te aconsejaría que ya es hora de que cierres ese episodio de tu vida. Así que ciérralo, Dawson. Hazlo por mí.

Marilyn lo observó con atención, como si quisiera asegurarse de que la había comprendido. Después se dio media vuelta y se alejó. Dawson permaneció quieto mientras la figura femenina se desvanecía, serpenteando entre las tumbas vigilantes hasta que finalmente se perdió de vista.

18

Amanda conducía con el piloto automático, sin prestar atención al tráfico intenso y lento, propio del fin de semana. Familias en monovolúmenes y todoterrenos, algunos remolcando barcas, ocupaban la autopista después de haber pasado el fin de semana en la playa.

Mientras conducía, no podía conciliar la idea de volver a casa y fingir que los dos últimos días no habían existido. Comprendía que no podía contárselo a nadie; sin embargo, tampoco se sentía culpable de lo que había hecho. Si acaso, sentía remordimientos. Deseó haber hecho las cosas de una forma diferente.

Si hubiera sabido desde el inicio cómo acabaría aquel fin de semana, se habría quedado más tiempo con Dawson la primera noche que pasaron juntos, y no se habría dado la vuelta cuando temió que él fuera a besarla. Habría quedado con él también el viernes por la noche, por más mentiras y excusas que le hubiera tenido que soltar a su madre, y habría dado cualquier cosa por pasar todo el sábado arropada entre sus brazos.

Después de todo, si hubiera cedido antes a sus sentimientos, el sábado por la noche probablemente habría acabado de un modo distinto. Quizás habría anulado las barreras, las impuestas por los votos del matrimonio. Y eso que había estado a punto de conseguirlo. Mientras bailaban en el comedor, Amanda no podía pensar en nada más que en dejar que él le hiciera el amor; mientras se besaban, ella sabía exactamente lo que iba a suceder. Lo deseaba, de una forma primitiva, como lo había deseado antaño.

Amanda había creído que podría superar aquellas barreras

psicológicas; había creído que, cuando llegaran a la habitación, sería capaz de fingir que su vida en Durham no existía, aunque solo fuera por una noche. Incluso mientras él la desnudaba y la llevaba hasta la cama, pensó que podría dejar a un lado la realidad de su matrimonio. Pero por más que quiso ser otra persona aquella noche, libre de responsabilidades y promesas insostenibles, por más que deseaba a Dawson, sabía que estaba a punto de cruzar una línea de la que ya no habría retorno. A pesar de la imperiosa necesidad que le transmitían las caricias de Dawson y del placer de sentir de nuevo su cuerpo contra el suyo, no podía desdeñar sus sentimientos.

Dawson no se había enfadado; en lugar de eso, la había estrechado entre sus brazos mientras le acariciaba tiernamente el cabello con una mano. Luego la había besado en la mejilla y le había susurrado palabras de remanso: que no importaba, que nada podría cambiar lo que sentía por ella...

Permanecieron así hasta que amaneció y el cansancio hizo mella en los dos. Con las primeras luces del alba, Amanda se quedó dormida, arropada por sus brazos. Cuando se despertó a la mañana siguiente, su primer deseo fue el de abrazarlo. Pero Dawson ya no estaba a su lado.

242

En el bar del club, un buen rato después de haber acabado su partido de golf, Frank pidió al camarero que le sirviera otra cerveza, sin prestar atención a la mirada de reprobación que el camarero le lanzó a Roger. Este se limitó a encogerse de hombros; él ya había descartado tomar más cervezas y había pedido una Coca-Cola *light*. El camarero depositó otra botella de cerveza delante de Frank con renuencia, al tiempo que Roger se inclinaba más hacia la barra, intentando hacerse oír por encima del bullicio del abarrotado local. En la última hora, se había llenado hasta los topes. La partida estaba interesantísima, justo en el noveno *inning*.

—Ya te he dicho que he quedado con Susan para cenar, así que no podré llevarte a casa, y tú no estás en condiciones de conducir.

—Lo sé.

—¿Quieres que llame un taxi?

—Disfrutemos del partido. Ya pensaremos en eso más tarde, ¿vale?

Frank alzó la botella y tomó otro sorbo, sin apartar ni un segundo de la pantalla los ojos vidriosos.

Abee estaba sentado en la silla, junto a la cama de su hermano, preguntándose una vez más cómo podía Ted vivir en esa apestosa madriguera. El tufo era insoportable, una repugnante combinación de pañales sucios y moho. ¡Quién sabía qué bichos debía de haber por allí muertos! Combinado con el bebé, que no paraba de berrear, y con Nikki, que se paseaba por la casa como un fantasma asustado, le extrañaba que Ted no estuviera más chalado de lo que ya estaba.

Ni siquiera sabía por qué todavía seguía allí. Ted se había pasado prácticamente toda la tarde inconsciente, desde que había caído redondo mientras intentaba llegar a la furgoneta. Nikki se había puesto a chillar que tenían que llevarlo de nuevo al hospital cuando Abee lo levantó del suelo y lo llevó hasta su cama.

Si el estado de Ted empeoraba, probablemente sí que lo llevaría al hospital, pero sabía que los médicos no podrían hacer gran cosa por él. Lo que Ted necesitaba era descansar, y el reposo lo podía hacer tanto en el hospital como en casa. Tenía una contusión y debería habérselo tomado con más calma la noche anterior, pero no lo había hecho, y ahora estaba pagando las consecuencias.

El problema era que Abee no quería pasar otra noche sentado junto a su hermano en el hospital, dado que él ya se sentía un poco mejor. ¡Mierda! Tampoco le apetecía estar encerrado en casa de Ted, pero el negocio era el negocio y, en su caso, el negocio dependía de la amenaza de violencia. Ted desempeñaba un papel fundamental en ese sentido. Tenía suerte de que el resto de la familia no hubiera visto cómo se desplomaba en el suelo y que Abee hubiera podido encargarse de él antes de que nadie se diera cuenta de lo que había sucedido.

¡Por Dios! ¡Qué asco! Esa madriguera apestaba como una cloaca. Y el calor de última hora de la tarde no hacía más que intensificar el tufo. Abee sacó el teléfono móvil del bolsillo,

243

buscó en la lista de contactos, encontró a Candy y pulsó la tecla. La había llamado antes, pero ella no había contestado, y tampoco le había devuelto la llamada. No le gustaba que pasaran de él de ese modo. No, no le gustaba en absoluto.

Pero por segunda vez aquel día, el teléfono de Candy siguió sonando sin respuesta.

—¿Qué diantre pasa aquí? —bramó Ted en un arrebato de furia. Su voz era ronca. Sentía la cabeza como si alguien le hubiera atizado fuerte con un mazo.

—Tienes que guardar reposo —contestó Abee.

—¿Cómo es posible? Yo quería...

—No has llegado ni a la furgoneta; has acabado tirado en el suelo como una colilla. Te he traído hasta aquí a rastras.

Ted se incorporó poco a poco hasta quedarse sentado. Esperó el súbito mareo, que llegó, aunque no tan violentamente como por la mañana. Se limpió la nariz y preguntó:

—¿Has encontrado a Dawson?

—No he salido a buscarlo. Me he pasado toda la tarde cuidando de ti, maldito idiota.

Ted escupió en el suelo, cerca de una pila de ropa sucia.

—Quizá todavía esté en el pueblo.

—A lo mejor, pero lo dudo; probablemente sabe que lo buscas. Si es inteligente, seguro que a estas horas ya se habrá largado.

—Bueno, pero quizá no sea tan inteligente. —Ted se apoyó con dificultad en la base de la cama para levantarse al tiempo que se guardaba la Glock en la cintura—. Conduces tú.

Abee ya sabía que su hermano no pensaba tirar la toalla. Pero quizá sería bueno que sus familiares vieran las intenciones de Ted, para que quedara claro que estaba recuperado y listo para encargarse de cualquier asunto feo.

—¿Y si no está allí?

—Entonces se acabó. Pero necesito asegurarme.

Abee lo miró fijamente, preocupado por las llamadas sin respuesta y por el paradero de Candy. Al acordarse del payaso con el que la había visto flirtear el viernes en el Tidewater, se puso tenso.

—De acuerdo. Pero luego necesitaré que hagas algo por mí, ¿vale?

Candy sostenía el teléfono mientras seguía sentada en el aparcamiento del Tidewater. Dos llamadas de Abee a las que no había contestado, y tampoco le había devuelto las llamadas. Solo con pensarlo, se puso tensa. Sabía que debería llamarlo, ronronear como una gatita en celo y pronunciar las palabras que él esperaba oír, pero entonces quizás a él se le ocurriría pasar a verla por el bar, y eso era lo último que quería, porque entonces Abee vería el coche lleno de trastos en el aparcamiento, averiguaría que ella planeaba largarse y... ¿Quién sabía lo que ese desequilibrado era capaz de hacer?

Tendría que haber hecho las maletas después del trabajo y haberse marchado desde su casa, no desde el Tidewater. Pero no se le había ocurrido antes y su turno estaba a punto de empezar. Aunque tenía dinero para pagar un motel y la comida durante una semana, realmente necesitaba las propinas de aquella noche para la gasolina.

No podía aparcar el coche delante del local, donde Abee podría verlo. Dio marcha atrás, abandonó el aparcamiento y condujo en dirección al pueblo. Detrás de una de las tiendas de antigüedades, en las afueras del pueblo, había un pequeño aparcamiento. Decidió aparcar allí, donde el coche no quedaba a la vista. Mucho mejor. Aunque eso suponía que tendría que andar un poco.

Pero ¿y si Abee se pasaba por el Tidewater y no veía el coche? Eso también podía ser una pega. Candy no quería que le hiciera demasiadas preguntas. Pensó en una excusa, y al final decidió que, si volvía a llamar, contestaría y quizá mencionaría, como quien no quería la cosa, que se le había averiado el coche y que se había pasado todo el día intentando solucionar el problema. Era arriesgado, pero intentó consolarse recordándose a sí misma que solo le quedaban cinco horas para largarse. Después, Candy podría olvidarse de aquel mal rollo.

Jared todavía estaba durmiendo cuando su teléfono móvil

empezó a sonar. Eran las cinco y cuarto. Se dio la vuelta hacia la mesilla, preguntándose por qué lo llamaba su padre.

Pero no era su padre, sino su amigo Roger, que le pedía si podía ir a recoger a su padre al club de golf, pues había bebido más de la cuenta y no estaba en condiciones de conducir.

«¡No me digas! ¿De verdad? ¿Mi padre? ¿Bebiendo?», pensó.

Aunque tenía ganas de hacerlo, no expresó sus pensamientos en voz alta. En lugar de eso, prometió que estaría allí dentro de unos veinte minutos. Se levantó de la cama, se puso los mismos pantalones cortos y la misma camiseta que llevaba antes de acostarse, y por último se calzó unas chancletas. Agarró las llaves del coche y el billetero del escritorio, y bajó las escaleras bostezando, mientras pensaba en llamar a Melody.

Abee no se molestó en ocultar la furgoneta en la carretera cerca de la casa de Tuck y luego atravesar el bosque andando, como había hecho la noche anterior, sino que aceleró sobre la superficie sin asfaltar llena de baches. Tras dar un fuerte frenazo que levantó una nube de polvo y de gravilla, se detuvo delante de la casa.

Había conducido como el líder de un grupo especial de operaciones de alto riesgo al que hubieran encomendado una misión. Saltó de la furgoneta, pistola en mano, antes que Ted, pero su hermano también salió de la furgoneta con una sorprendente agilidad, sobre todo teniendo en cuenta su lamentable estado. Los moratones de debajo de los ojos ya habían empezado a adoptar un color negro azulado. Parecía un mapache humano.

Tal y como Abee había supuesto, allí no había nadie. La casa estaba vacía; tampoco había ni rastro de Dawson en el taller. Su primo era, sin lugar a dudas, un cabrón escurridizo. Qué pena que no hubiera decidido quedarse con la familia; seguro que Abee podría haber hecho un buen uso de sus habilidades, por más que Ted se hubiera puesto como un perro rabioso.

Ted tampoco parecía sorprendido de no encontrar a Dawson allí, aunque eso no significaba que estuviera menos enfadado. Abee podía ver cómo se tensaban los músculos de su mandíbula mientras acariciaba el gatillo de la Glock con un dedo. Después de estar rabiando un minuto en la explanada, Ted enfiló hacia la casa de Tuck y derribó la puerta de una patada.

Su hermano se apoyó en la furgoneta, decidido a dejar que se desahogara de su berrinche. Podía oír el alud de improperios que lanzaba, mientras rugía de rabia y estampaba objetos contra las paredes y el suelo. Una vieja silla salió volando por la ventana y el cristal estalló en mil pedazos. Ted apareció finalmente en el umbral de la puerta, donde apenas se detuvo unos instantes. Con la furia animal que le poseía, avanzó a grandes zancadas hacia el viejo taller.

En su interior había un Stingray clásico. No estaba allí la noche anterior, otra señal de que Dawson había venido y se había marchado. Abee no estaba seguro de qué se proponía Ted, aunque, en realidad, le importaba bien poco. Mejor que Ted sacara toda la rabia que llevaba dentro. Cuanto antes se calmara, antes volverían las aguas a su cauce. Necesitaba que su hermano se centrara menos en lo que quería y más en lo que Abee le ordenaba que hiciera.

Contempló cómo agarraba una llave de cruz del banco de trabajo. La levantó bien alto por encima de su cabeza y la lanzó con todas sus fuerzas contra el parabrisas. A continuación, empezó a aporrear la capota con un martillo y no tardó en agujerearla. Agarró nuevamente la llave de cruz y destrozó los faros y los espejos retrovisores, pero, por lo visto, la fiesta solo acababa de empezar.

Durante los siguientes quince minutos, Ted se dedicó a desguazar minuciosamente el coche, utilizando cualquier herramienta que estuviera a su alcance. El motor, las ruedas, la tapicería y el salpicadero quedaron reducidos a chatarra. Ted ventilaba su furia hacia Dawson con una intensidad frenética.

«¡Qué pena!», pensó Abee. El Stingray era una preciosidad, un verdadero clásico. Pero no era su coche. Se consoló pensando que si con eso Ted se sentía mejor...

Cuando su hermano dio por concluido el trabajo, se dirigió hacia Abee. No caminaba tan inseguro como habría esperado; además, su respiración era agitada y sus ojos centelleaban de una forma peligrosa. Por un momento, pensó que Ted lo apuntaría con la pistola y le dispararía por pura rabia.

Pero Abee no habría llegado a ser el cabeza del clan si hubiera mostrado cobardía ante situaciones similares, ni siquiera cuando su hermano estaba fuera de sí. Continuó apoyado en la furgoneta con una estudiada actitud despreocupada mientras Ted se le acercaba. Abee se hurgó los dientes con una uña y cuando acabó se examinó el dedo con atención. Tenía a su hermano plantado justo delante de él.

—¿Qué? ¿Has acabado?

Dawson estaba en el embarcadero situado detrás del hotel en New Bern, entre un par de embarcaciones amarradas. Había conducido hasta allí directamente desde el cementerio. Se había sentado en el borde, junto al agua, mientras el sol iniciaba su descenso.

Era el cuarto lugar en el que había estado en los últimos cuatro días. El fin de semana lo había dejado extenuado física y emocionalmente. Por más que lo intentara, no podía imaginar su futuro.

El día siguiente y el próximo, así como las semanas y años que le quedaban por vivir, se le antojaban un sinsentido. Había vivido una vida en concreto por unas razones en concreto, y ahora esas razones habían desaparecido. Amanda, y después Marilyn Bonner, lo habían liberado para siempre. Tuck estaba muerto. ¿Qué iba a hacer ahora? ¿Irse a vivir a otro sitio? ¿Quedarse donde estaba? ¿Continuar con su trabajo? ¿Intentar hacer algo diferente? ¿Cuál era su objetivo, en ese momento en que los puntos de referencia de su vida se habían evaporado?

Sabía que allí no hallaría las respuestas. Se puso de pie y regresó al vestíbulo del hotel. Su vuelo salía a primera hora del lunes. Se despertaría antes de que saliera el sol para disponer de suficiente tiempo para dejar el coche de alquiler en el lugar indicado y pasar por el mostrador de facturación. Según su itinerario, estaría de vuelta en Nueva Orleans antes del mediodía, y en casa un poco después.

Subió a su habitación y se tumbó en la cama, sin desvestirse. Se sentía tan perdido como jamás lo había estado. Revivió la sensación de los labios de Amanda pegados a los suyos.

«Quizás ella necesite más tiempo», había escrito Tuck, y antes de caer sumido en un sueño intranquilo, se aferró a la esperanza de que su viejo amigo tuviera razón.

Parado delante de un semáforo rojo, Jared observó a su padre a través del espejo retrovisor. Parecía como si hubiera decidido macerarse en alcohol. Cuando había aparcado en el club de golf unos minutos antes, lo esperaba apoyado en una de las columnas, con los ojos vidriosos y la mirada perdida; solo con su respiración habría podido encender una parrilla de gas. Seguramente, por eso estaba tan callado; sin lugar a dudas, intentaba disimular su deplorable estado de embriaguez.

Jared se había ido acostumbrando a tales circunstancias. Ya no se sentía tan furioso con el problema de su padre, sino más bien triste. Su madre acabaría tensa, como siempre, intentando al mismo tiempo actuar como si no pasara nada, mientras su padre daba tumbos por la casa totalmente borracho. No valía la pena malgastar la energía enfadándose con él, pero Jared sabía que, debajo de aquella máscara inmutable, su madre estaría a punto de explotar. Aunque ella se esforzaría por mantener un tono sereno, cuando su padre eligiera en qué rincón de la casa había decidido finalmente apoltronarse, se encerraría en otro cuarto, como si eso fuera lo más normal entre las parejas.

La cosa no pintaba muy bien aquella noche, pero dejaría que Lynn se encargara de la situación; bueno, eso si llegaba a casa antes de que su padre perdiera el conocimiento. En cuanto a él, ya tenía planes: había llamado a Melody y habían quedado para ir a bañarse a casa de un amigo.

El semáforo finalmente se puso verde. Jared, que estaba medio ensimismado, imaginando a Melody en biquini, pisó el pedal del acelerador sin fijarse en el coche que no había frenado al otro lado del cruce.

El accidente fue más que aparatoso. Trozos de cristal y de metal salieron disparados en todas direcciones, y una parte de la estructura de la puerta se combó hacia dentro y se aplastó contra su pecho, en el mismo instante en que se inflaba el air-

249

bag. Su cuerpo, sujeto por el cinturón de seguridad, se zarandeó bruscamente de un lado a otro, y sintió unos fuertes latigazos en la cabeza, mientras el coche daba vueltas de forma incontrolable en medio del cruce.

«¡Dios mío! ¡Voy a morir!», se dijo. Se sentía paralizado, incapaz de pensar en nada más.

Cuando finalmente el coche dejó de moverse, Jared necesitó un momento para comprender que aún seguía respirando. Le dolía el pecho, apenas podía girar el cuello. Pensó que iba a vomitar por el intenso olor a pólvora del airbag al desplegarse.

Intentó moverse, pero el fuerte dolor que sentía en el pecho lo paralizaba. La puerta y el volante habían quedado doblegados hacia él. Forcejeó para poder salir. Se inclinó hacia la derecha. De repente sintió un gran alivio al librarse del asfixiante peso que lo aplastaba.

Fuera, se fijó en otros coches que se habían detenido en el cruce. La gente empezaba a salir de ellos, algunos ya estaban llamando al teléfono de emergencias desde sus móviles. A través del vidrio resquebrajado del parabrisas, que simulaba una tela de araña, se dio cuenta de que el techo de su coche había quedado plegado en forma de tienda de campaña.

Como desde muy lejos, oyó que la gente le gritaba que no se moviera. De todos modos, volvió la cabeza, pues de repente se acordó de su padre, y vio la máscara de sangre que cubría la cara de este. Solo entonces empezó a gritar.

Amanda estaba a una hora de casa cuando sonó el móvil. Se inclinó hacia el asiento del pasajero y tuvo que rebuscar en su bolso hasta dar con él; finalmente, contestó al tercer timbre.

Mientras escuchaba la explicación con temblor en la voz de Jared, se le heló el alma. De una forma inconexa, su hijo le contó que había llegado una ambulancia y que Frank estaba cubierto de sangre. Le aseguró que él estaba bien, pero que le habían pedido que se subiera a la ambulancia con Frank. También le dijo que pensaban llevarlos a la Clínica Universitaria de Duke.

Amanda aferró el móvil con dedos crispados. Por primera vez desde la enfermedad de Bea, sintió que se apoderaba de ella un pánico desgarrador, un pánico de verdad, de esa clase que no deja espacio para pensar ni para sentir nada más.

—Iré tan pronto como pueda… —dijo ella.

Pero entonces, por alguna razón, la llamada se cortó. Amanda volvió a marcar el número inmediatamente, pero no obtuvo respuesta.

Dio un giro brusco hacia el carril contrario, pisó el pedal del acelerador a fondo y adelantó el vehículo que tenía delante, haciéndole señales con las luces. Tenía que llegar al hospital sin demora, pero el tráfico de la playa todavía era denso.

Después de la pequeña incursión en la casa de Tuck, Abee se dio cuenta de que se moría de hambre. Desde la infección, había perdido el apetito, pero en esos momentos el hambre atacaba de nuevo con saña, otra señal de que los antibióticos empezaban a surtir efecto. En el bar Irvin, pidió una hamburguesa con queso, una ración de aros de cebolla y patatas fritas cubiertas con chili y queso fundido. Aunque todavía no había acabado, sabía que no dejaría ni una miga en el plato; incluso pensó que aún le quedaría espacio para un buen trozo de tarta y una bola de helado.

Ted, en cambio, no lo estaba pasando bien. Él también había pedido una hamburguesa con queso, pero estaba dando pequeños mordiscos y masticaba despacio. Por lo visto, la actividad de destrozar el coche había consumido la poca energía que le quedaba.

Mientras esperaban a que les sirvieran la comida, Abee había llamado a Candy. Esta vez, ella había contestado inmediatamente y habían hablado durante un rato. Le había dicho que ya estaba en el trabajo y le había pedido perdón por no haberle devuelto las llamadas; por lo visto, había estado liada porque se le había averiado el coche. Parecía contenta de hablar con él y había flirteado, como de costumbre. Cuando Abee colgó, se sintió mucho mejor, e incluso se preguntó si no habría sacado conclusiones equivocadas el viernes por la noche, al ver el comportamiento tan extraño de Candy en el Tidewater.

Quizá fue la comida o su recuperación general, pero mientras seguía devorando la hamburguesa, no pudo evitar volver a

251

pensar en la conversación telefónica. Había algo que no le acababa de cuadrar; sí, algo raro, seguro, en parte porque Candy le había dicho que tenía problemas con el coche, y no problemas con el teléfono, y, liada o no, podría haberlo llamado después, si hubiera querido. Pero Abee no estaba seguro de si eso era todo...

Ted se levantó a mitad de la comida y se pasó un buen rato en el lavabo antes de regresar. Mientras su hermano avanzaba hacia la mesa que ocupaban, Abee pensó que su hermano podría haber formado parte del reparto de una película de terror barata. El resto de la clientela en el bar estaba intentando no fijarse en él descaradamente, y por eso todos mantenían la vista fija en sus platos. Abee sonrió. Le gustaba ser un Cole.

Sin embargo, no podía dejar de pensar en la conversación con Candy. Entre mordisco y mordisco, se lamió los dedos, con aire reflexivo.

«Frank y Jared habían sufrido un accidente.»

La frase, que repiqueteaba en su mente como un disco rayado, estaba consiguiendo que Amanda se pusiera más frenética a cada minuto que pasaba. Se aferraba al volante con tanta fuerza que sus nudillos se habían puesto blancos, y volvió a hacer señales con las luces, una y otra vez, pidiendo paso al vehículo que tenía delante.

«Se los habían llevado en ambulancia. Llevaban a Jared y a Frank al hospital. A su esposo y a su hijo...»

Al final, el vehículo de delante de ella cambió de carril y Amanda lo adelantó a gran velocidad; el motor rugió con potencia, y rápidamente acortó la distancia con los coches que tenía delante.

Se dijo que Jared parecía asustado, nada más.

«Pero la sangre...»

Su hijo había mencionado en un tono lleno de pánico que Frank estaba cubierto de sangre. Agarró el teléfono móvil y volvió a intentar contactar con él. Unos minutos antes, no había contestado, y se dijo que debía de ser porque iba en la ambulancia o porque estaba en la sala de Urgencias, donde no se permitía el uso de móviles. Se recordó a sí misma que el personal auxiliar, los médicos o las enfermeras se estaban ocupando de Frank y de Jared en esos precisos momentos, y que, cuando su hijo finalmente contestara, se daría cuenta de que no había ningún motivo para haberse asustado tanto. En el futuro, sería una historia que contar durante las cenas, sobre cómo mamá había conducido como un murciélago recién escapado del Infierno, sin ningún motivo.

Pero Jared no contestaba, ni tampoco Frank. Cuando en las dos llamadas se activaron los buzones de voz, sintió una opresión en el pecho tan fuerte que apenas podía respirar. De repente, estuvo segura de que el accidente había sido grave, mucho peor de lo que Jared le había comentado. No estaba segura de cómo lo sabía, pero no podía quitarse de la cabeza aquella idea.

Lanzó el móvil sobre el asiento del pasajero y pisó a fondo el acelerador otra vez, pegándose peligrosamente al vehículo que tenía delante. Al final el conductor le cedió el paso y ella lo adelantó a gran velocidad, sin tan solo darle las gracias con un gesto con la cabeza.

253

19

En su sueño, Dawson estaba de nuevo en la plataforma petrolífera, justo en el momento en que la serie de explosiones empezaba a sacudir la estructura. Sin embargo, esta vez todo estaba en silencio y los acontecimientos se sucedían a cámara lenta. Vio la súbita explosión del tanque de almacenamiento de crudo, seguida por las llamas que se expandían rápidamente por toda la superficie y hacia el cielo; contempló cómo el humo ennegrecido adoptaba poco a poco forma de seta. Vio las encrestadas olas resplandecientes que chocaban contra la cubierta, derribando sin prisa todo lo que encontraban a su paso, partiendo postes y maquinaria de la plataforma. Los hombres se precipitaban al agua a causa de nuevas explosiones, con cada contracción de los nervios de sus brazos claramente visible. El fuego empezó a consumir la cubierta de una forma pesada, onírica. A su alrededor, todo se destruía lentamente.

Sin embargo, él permanecía inmóvil en su sitio, inmune al choque de las olas y a los cascotes que salían despedidos y que giraban en torno a él como por arte de magia. Más adelante, cerca de la grúa, vio un hombre que emergía en medio de una tupida nube de humo, pero, al igual que Dawson, el desconocido también parecía inmune a la apocalíptica escena. Por un instante, el humo pareció envolverlo antes de evaporarse como si, de repente, alguien acabara de correr una cortina. Dawson contuvo la respiración mientras vislumbraba al hombre del pelo negro y la cazadora azul.

El desconocido dejó de moverse; sus rasgos eran indistintos a través de la resplandeciente distancia. Dawson quería llamar su atención, pero no lograba articular ningún sonido; quería acercarse más, pero sus pies parecían pegados al suelo con cola. En vez de eso, simplemente se quedaron allí, mirándose el uno al otro sobre la cubierta de la plataforma; a pesar de la distancia, Dawson pensó que empezaba a reconocer al individuo.

En ese preciso instante se despertó. Desconcertado, miró a un lado y a otro, mientras notaba la adrenalina disparada por todo su cuerpo. Estaba en el hotel de New Bern, al lado del río. Sabía que solo había sido un sueño, pero sintió un desapacible escalofrío. Se sentó en la cama y apoyó los pies en el suelo.

El reloj indicaba que había dormido algo más de una hora. Fuera, el sol ya casi se había puesto y los colores de la habitación del hotel se habían apagado.

«Como en un sueño…»

Se levantó, miró a su alrededor y vio el billetero y las llaves del coche cerca del televisor. La imagen de los dos objetos le recordó algo más. Atravesó la habitación con resolución y hundió las manos en los bolsillos del traje. Volvió a examinarlos para asegurarse de que no se equivocaba; entonces, rápidamente buscó en la bolsa de lona. Al final, cogió el billetero, las llaves y bajó corriendo las escaleras del hotel en dirección al aparcamiento.

Examinó metódicamente todos los rincones del coche de alquiler, la guantera, el maletero, entre los asientos, el suelo. Pero ya había empezado a recordar lo que había pasado el día anterior.

Había depositado la carta de Tuck sobre el banco de trabajo después de leerla. Entonces, la madre de Amanda había pasado delante de él y Dawson había centrado toda su atención en Amanda, que seguía sentada en el porche. Se había olvidado de la carta.

Seguramente, todavía estaría en el banco de trabajo. Podía dejarla allí, por supuesto…, pero era la última carta que Tuck le había escrito, su regalo final. Tenía que llevársela a casa.

Sabía que Ted y Abee estarían rastreando el pueblo para encontrarlo, pero, a pesar de ello, no pudo reprimir el impulso de coger el coche para regresar a Oriental. Al cabo de cuarenta minutos estaría en el pueblo.

255

Y

Después de inspirar hondo para calmarse, Alan Bonner entró en el Tidewater. Había menos gente de la que esperaba: un par de tipos apoyados en la barra del bar y un grupito al final del local, jugando al billar. Solo había una mesa ocupada por una pareja que ya estaba contando las monedas para pagar las consumiciones y que parecía a punto de marcharse. Nada que ver con el sábado por la noche, o incluso con el viernes por la noche. Con la música que sonaba en la gramola y el televisor cerca de la caja registradora, el lugar ofrecía un ambiente íntimo, acogedor.

Candy estaba limpiando la barra. Le sonrió antes de saludarlo con la gamuza. Iba vestida con unos pantalones vaqueros y una camiseta, llevaba la melena atada en una cola de caballo. No lucía su típico aspecto de muñequita, pero continuaba siendo más bonita que ninguna otra chica del pueblo. Las mariposas en su estómago empezaron a revolotear mientras se preguntaba si ella accedería a cenar con él.

Alan se mantuvo inmóvil, mientras pensaba: «No hay excusa que valga». Tomaría asiento en uno de los taburetes de la barra y, con absoluta naturalidad, gradualmente conduciría la conversación hasta el punto donde le pediría para salir una noche. Se recordó que ella había estado flirteando con él y, aunque eso lo hiciera con todos, Alan estaba seguro de que con él había sido algo más que eso. Era indiscutible. Lo sabía. Después de respirar hondo, se dirigió hacia la barra.

Amanda irrumpió en Urgencias de la Clínica Universitaria de Duke y escrutó con cara angustiada la multitud de pacientes y familias. Había probado varias veces más a contactar con Jared y Frank, pero ninguno de los dos había contestado. Al final, había llamado a Lynn con frenética desesperación. Su hija todavía estaba en el lago Norman, a unas pocas horas de allí. La chica se había derrumbado al enterarse de la noticia; prometió que llegaría tan pronto como pudiera.

De pie, junto a la puerta, Amanda seguía examinando la sala, con la esperanza de encontrar a Jared. Rezó por que sus temores hubieran sido infundados. Entonces, para su desconcierto, vio a Frank en la otra punta de la sala. Él se puso de pie y empezó a andar hacia ella, con un aspecto menos espantoso del que Amanda había esperado. Ella miró por encima del hombro de su marido, intentando localizar a su hijo. Pero Jared no estaba allí.

—¿Dónde está Jared? —quiso saber, cuando Frank llegó a su lado—. ¿Estás bien? ¿Qué ha pasado? ¿Qué pasa?

Amanda todavía estaba acribillándolo a preguntas cuando Frank la tomó del brazo y la guio hasta el exterior.

—Han ingresado a Jared —declaró. A pesar de las horas que habían transcurrido desde que había estado en el club, todavía se le trababa la lengua al hablar. Podía ver que estaba intentando mostrarse sobrio, pero el ácido olor del alcohol saturaba su aliento y su sudor—. No sé qué pasa. Nadie parece saber nada. Pero la enfermera ha dicho algo acerca de un cardiólogo.

Aquellas palabras solo consiguieron aumentar su ansiedad.

—¿Por qué? ¿Qué pasa?

—No lo sé.

—¿Se pondrá bien?

—Parecía estar bien cuando hemos llegado al hospital.

—Entonces, ¿por qué lo está examinando un cardiólogo?

—¡No lo sé!

—¡Me ha dicho que estabas cubierto de sangre!

Frank se palpó el tabique nasal hinchado, donde tenía un pequeño corte rodeado por un morado en forma de media luna.

—Me he dado un buen golpe en la nariz, pero han conseguido cortar la hemorragia. No es nada; me recuperaré.

—¿Por qué no contestabas al teléfono? ¡Te he llamado cien veces!

—Mi teléfono aún está en el coche…

Amanda había dejado de escuchar, mientras empezaba a asimilar todo lo que había dicho Frank. Habían ingresado a Jared. Su hijo era el que estaba herido. Su hijo, no su esposo. Jared, su hijo mayor…

Amanda se sentía como si acabaran de propinarle un fuerte puñetazo en la boca del estómago. De repente, se dio cuenta de que no soportaba la presencia de Frank. Se apartó de él y se dirigió hacia la enfermera que estaba detrás del mostrador de ad-

257

misiones. Procurando controlar su creciente histeria, exigió saber qué le pasaba a su hijo.

La enfermera le dio unas pocas respuestas, una repetición de lo que ya le había dicho Frank. «Frank borracho», volvió a pensar, incapaz de contener la emergente marea de rabia. Propinó un fuerte golpe con ambas manos sobre el mostrador. Todos los que se hallaban en la sala se volvieron hacia ella.

—¡Necesito saber qué le pasa a mi hijo! —gritó sulfurada—. ¡Quiero respuestas! ¡Ahora!

«Problemas con el coche», pensó Abee. Eso era lo que no le cuadraba de su conversación con Candy. Porque, si su coche se había averiado, entonces, ¿cómo había ido hasta el Tidewater? ¿Y por qué no le había pedido que la llevara al trabajo, o que la acompañara después a casa?

¿Acaso alguien la había llevado hasta allí? ¿Quizás el payaso del viernes por la noche?

Ella no habría sido tan estúpida. Por supuesto, podía llamarla para averiguarlo, pero había otra forma más efectiva de averiguar la verdad. El bar Irvin no quedaba muy lejos de la casita donde vivía Candy, así que quizá se pasaría por allí a ver si el coche estaba aparcado en la puerta. Porque, si estaba allí, eso quería decir que alguien la había llevado y, en ese caso, era evidente que tenían que hablar seriamente sobre su comportamiento.

Lanzó unos billetes sobre la mesa e hizo un gesto a Ted para que lo siguiera. Su hermano no había hablado demasiado durante la comida, pero tenía la impresión de que estaba un poco mejor, a pesar de su escaso apetito.

—¿Adónde vamos? —preguntó Ted.

—Quiero confirmar una cosa —contestó Abee.

La casa de Candy quedaba a pocos minutos de allí, al final de una calle escasamente poblada. Vivía en un desvencijado bungaló, revestido de planchas de aluminio y cercado por unos arbustos muy altos. No era gran cosa, pero a ella no parecía importarle, y tampoco se había preocupado de darle un aire más hogareño.

Abee detuvo la furgoneta justo al lado de la casa: el coche

de Candy no estaba. Pensó que quizás al final había conseguido repararlo, pero, mientras permanecía sentado en el vehículo, se dio cuenta de que allí había algo extraño. Faltaba algo, por decirlo de algún modo. Necesitó unos minutos para descubrir de qué se trataba.

La estatuilla de Buda, la que Candy tenía en la ventana principal, que quedaba enmarcada por un agujero entre los arbustos. Su amuleto de la suerte, como ella lo llamaba… Y no había ninguna razón para quitarlo de ahí. A menos que…

Abrió la puerta de la furgoneta y se apeó. Cuando Ted lo miró con curiosidad, él sacudió la cabeza y dijo:

—Volveré dentro de un minuto.

Abee se abrió paso entre la barrera de arbustos y se dirigió hacia el porche. Echó un vistazo a través de la ventana principal y constató que la estatuilla había desaparecido. No detectó ningún otro cambio en el interior del pequeño comedor, pero, claro, eso no significaba mucho, ya que sabía que Candy había alquilado la casa amueblada. Pero el buda que faltaba le preocupaba.

259

Rodeó la casa e inspeccionó el interior a través de las ventanas, aunque las cortinas le bloqueaban casi toda la vista. Imposible llegar a ninguna conclusión.

Al final, cansado de sus esfuerzos, decidió derribar la puerta trasera de una patada, igual que Ted había hecho en casa de Tuck.

Entró, preguntándose qué diantre tramaba Candy.

Tal y como había estado haciendo cada quince minutos desde que había llegado, Amanda se acercó al mostrador de las enfermeras para preguntar si tenían más información. La enfermera se armó de paciencia y le contestó que ya le había dado toda la información de la que disponía: habían ingresado a Jared; en esos momentos, lo estaba examinando un cardiólogo, y el médico sabía que ellos estaban ahí fuera esperando. Tan pronto como supiera algo más, Amanda sería la primera persona en enterarse. Había una nota de compasión en su voz. Ella asintió con la cabeza en señal de agradecimiento antes de dar media vuelta.

Todavía no podía entender qué hacía allí o cómo era posible que aquello hubiera sucedido. Aunque Frank y la enfermera habían intentado explicárselo, sus palabras no significaban nada en aquel preciso momento. Amanda no quería que Frank o la enfermera le contaran lo que pasaba, quería hablar con Jared. Necesitaba ver a su hijo, necesitaba escuchar su voz para saber que estaba bien. Cuando Frank intentó emplazar una mano en su espalda para consolarla, ella se apartó como si la hubieran escaldado.

Porque era evidente que Jared estaba allí por culpa de Frank. Si su marido no hubiera empinado el codo, su hijo se habría quedado en casa, o habría salido con una chica, o estaría en casa de algún amigo. Jared nunca se habría aproximado a aquel cruce, nunca habría acabado en el hospital. Él solo intentaba ayudar. Él era el que se había comportado como un adulto responsable.

Pero Frank...

No soportaba mirarlo a la cara. A duras penas lograba contenerse para no insultarlo a gritos.

El reloj en la pared parecía marcar el tiempo a cámara lenta.

Por fin, después de una eternidad, Amanda oyó que se abría la puerta que conducía hasta las salas de los pacientes. Se volvió para mirar al médico, que emergió con su uniforme verde. Observó que se acercaba a la enfermera de servicio, quien asintió y señaló con la cabeza hacia ella. Amanda se quedó paralizada, con el corazón a mil mientras el médico se le acercaba. Escrutó su cara en busca de alguna pista de lo que le iba a decir. Su expresión no indicaba nada.

Amanda se puso de pie. Frank la imitó.

—Soy el doctor Mills —se presentó, y les hizo una señal para que lo siguieran a través de unas puertas dobles que conducían a otro pasillo.

Cuando estas se cerraron detrás de ellos, el médico se volvió para mirarlos. A pesar de sus canas, Amanda estaba segura de que era probablemente más joven que ella.

Quizás habría sido necesario mantener más de una conversación para comprender por completo lo que el médico les estaba diciendo, pero por lo menos Amanda entendió que Jared, que de entrada parecía estar bien, había sufrido un fuerte impacto en el pecho contra la puerta del coche. El médico de Urgencias había detectado un soplo en el corazón provocado por el traumatismo: lo habían ingresado para evaluar su estado. Durante aquellas horas, la condición de Jared se había deteriorado rápida y significativamente. El médico continuó la explicación con palabras como «cianosis» y les dijo que le habían insertado un marcapasos transvenoso, pero que la capacidad cardiaca de Jared continuaba disminuyendo. Sospechaba que se trataba de una rotura traumática de la válvula tricúspide y que su hijo necesitaba ser operado urgentemente para que pudieran reemplazarle la válvula. Les explicó que a Jared ya se le había aplicado un baipás, pero que necesitaban el permiso de los padres para realizar la intervención quirúrgica en el corazón. El doctor Mills les dijo sin rodeos que, si no lo operaban, su hijo moriría.

«Jared se moría.»

Amanda buscó apoyo en la pared para no caer al suelo mientras el médico la miraba primero a ella, luego a Frank, y de nuevo a ella.

—Necesito que firmen la autorización —repitió el doctor Mills.

En aquel instante, Amanda supo que él también había olido el alcohol en el aliento de Frank. Entonces empezó a odiar a su esposo, a odiarlo de verdad. Moviéndose como en un sueño, firmó con cuidado el formulario, con una mano que casi no parecía ser suya.

El doctor Mills los condujo hasta otra zona del hospital y los dejó en una sala vacía. Amanda tenía la mente en blanco a causa de la conmoción.

Jared necesitaba que lo operaran urgentemente o moriría.

No podía morir. Solo tenía diecinueve años. Tenía toda la vida por delante.

Amanda cerró los ojos y se hundió en la silla, intentando sin éxito comprender el mundo que se desmoronaba a su alrededor.

Candy no necesitaba aquel numerito. Aquella noche no. El tío joven en la punta de la barra, Alan, o Alvin, o como se llamara, respiraba con dificultad mientras seguramente se preparaba para invitarla a salir. Aún peor, el negocio iba tan mal aquella noche que era probable que no sacara lo bastante para llenar el depósito de gasolina. Fantástico, simplemente fantástico.

—¡Oye, Candy! —dijo de nuevo el tío joven, inclinándose sobre la barra como un perrito necesitado de caricias—. ¿Me sirves otra cerveza?

Ella esbozó una sonrisa forzada mientras ejercía presión con el abridor para quitar la tapa de una botella de cerveza y se acercaba a él. En el momento en que ya estaba casi en la punta de la barra, él le hizo una pregunta, pero, en aquel instante, unos faros iluminaron la puerta; eran, o bien de un coche que pasaba por delante, o bien de alguien que acababa de entrar en el aparcamiento. Candy clavó la vista en la puerta, inquieta.

Cuando nadie entró, soltó un suspiro de alivio.

—¿Candy?

Su voz la devolvió a la realidad. El chico se apartó su brillante cabello negro de la frente.

—Perdona, ¿qué decías?

—Te he preguntado qué tal va la noche.

—Fenomenal —contestó con un suspiro—. Simplemente, fenomenal.

Frank permanecía sentado en una silla frente a ella, todavía medio aturdido, con la mirada perdida. Amanda hacía todo lo posible por simular que no lo veía.

Aparte de eso, no podía concentrarse en nada excepto en el temor y en un sinfín de recuerdos de Jared. En el incómodo silencio de la sala, se condensaban mágicamente todos los años de la vida de su hijo. Amanda recordó lo pequeño que parecía cuando ella lo sostenía entre sus brazos durante sus primeras semanas de vida. Recordó cómo, en su primer día de guardería, lo había peinado y le había preparado un bocadillo, que luego había guardado en una pequeña fiambrera de plástico con una imagen de la película *Parque jurásico*. Recordó el estado de nerviosismo de su hijo antes del primer baile de fin de curso en secundaria; su manía de beber la leche directamente del envase de cartón, por más que ella insistiera en que no lo hiciera. De vez en cuando, los ruidos del hospital la apartaban de sus pensamientos, y entonces recordaba dónde estaba y por qué. Y después, los recuerdos volvían a ocupar su mente.

Antes de marcharse, el médico les había dicho que la intervención podría alargarse varias horas, incluso hasta la medianoche, pero Amanda se preguntó por qué nadie pasaba por la sala para ponerlos al corriente. Quería saber lo que pasaba. Quería que alguien se lo explicara de tal modo que fuera capaz de comprenderlo, pero lo que realmente quería era que alguien le dijera y le prometiera que su pequeño —aunque ya casi fuera un hombre— se iba a poner bien.

Abee estaba en la habitación de Candy, con los labios fruncidos en una fina línea mientras asimilaba lo que veía.

El armario estaba vacío; los cajones estaban vacíos; el maldito tocador estaba vacío.

Ahora entendía por qué Candy no había contestado al teléfono antes. Estaba ocupada haciendo las maletas. ¿Cómo era posible que, cuando finalmente había contestado, se hubiera olvidado de mencionar sus «insignificantes» planes de abandonar el pueblo?

Pero nadie abandonaba a Abee Cole. Nadie.

¿Y si pensaba largarse con su nuevo novio? ¿Y si planeaban fugarse juntos?

La idea bastó para que se ensañara con la puerta trasera hasta destrozarla por completo. Rodeó la casa y se apresuró a meterse en la furgoneta; tenía que ir al Tidewater sin perder ni un segundo.

Aquella noche, Candy y aquel payaso iban a aprender una lección. Los dos. Una de esas lecciones que no se olvidan en la vida.

20

Era noche cerrada. Dawson no recordaba muchas noches como aquella, sin luna, solo una interminable oscuridad sobre su cabeza, jalonada por el leve parpadeo de las estrellas.

Ya estaba cerca de Oriental y no podía zafarse de la impresión de que cometía un error al regresar. Tendría que atravesar el pueblo para llegar a la casa de Tuck y sabía que sus primos podrían estar al acecho en cualquier rincón.

A lo lejos, más allá de la curva donde su vida cambió para siempre, se fijó en el resplandor de las luces de Oriental, que se elevaba por encima de las copas de los árboles. Si iba a cambiar de opinión, necesitaba hacerlo en aquel preciso momento.

Inconscientemente, apartó el pie del pedal. Fue entonces, mientras el coche aminoraba la marcha, cuando tuvo la impresión de que alguien lo vigilaba.

Abee retorcía el volante con fuerza mientras la furgoneta rugía por las calles del pueblo y las ruedas chirriaban sobre el asfalto. Tomó una curva a la izquierda sin apenas frenar y se metió en el aparcamiento del Tidewater. La furgoneta culeó cuando frenó bruscamente para ocupar uno de los espacios vacíos. Por primera vez desde el desmantelamiento del Stingray, incluso Ted mostraba señales de vida. Dentro de la furgoneta, se palpaba la anticipación de la violencia.

Antes de que se hubieran detenido por completo, Abee saltó al suelo y Ted lo siguió. No podía quitarse de la cabeza que Candy le hubiera estado mintiendo. Era evidente que había estado planeando su fuga y que creía que él no lo había descubierto. Ya era hora de enseñarle quién marcaba las reglas en aquella relación. «Porque, para que lo sepas, Candy, no eres tú; de eso no te quepa la menor duda.»

Mientras se precipitaba hacia la puerta, se fijó en que el Mustang descapotable de Candy no estaba en el aparcamiento, lo que quería decir que probablemente había aparcado en otro sitio. En la casa de algún payaso, seguro, donde los dos se habían estado riendo de él a sus espaldas. Podía oír a Candy tronchándose de él. Se le encendió tanto la sangre que deseó derribar la puerta del local de una patada, apuntar con la pistola hacia la barra y disparar a bocajarro.

Pero no iba a hacerlo. Oh, no. Porque primero Candy tenía que comprender exactamente la situación; debía entender quién ponía las reglas.

A su lado, Ted caminaba con sorprendente firmeza, con visible excitación. Del interior llegaban las apagadas notas de música de la gramola, y el rótulo de neón con el nombre del bar iluminaba sus rostros con un resplandor rojizo.

Abee miró a Ted con decisión antes de alzar la pierna para propinar una patada a la puerta.

265

Dawson aminoró la marcha al mínimo, completamente alerta. A lo lejos, seguía viendo las luces de Oriental. De repente, lo embargó una impresión de *déjà vu*, como si ya supiera lo que iba a pasar, aunque no pudiera hacer nada por evitarlo, por más que quisiera.

Se inclinó sobre el volante. Si entrecerraba los ojos, podía distinguir el pequeño supermercado que había visto aquella mañana que había salido a correr. La torre de la primera iglesia bautista, iluminada con focos nocturnos, parecía planear por encima del centro del pueblo. Las lámparas halógenas de las calles lanzaban unos destellos misteriosos sobre el asfalto, resaltando la ruta que conducía hasta la casa de Tuck, como si se burlaran de él con la posibilidad de que quizá no lograra llegar hasta allí. Las estrellas que había visto antes habían desaparecido; el cielo sobre el pueblo era de un negro casi antinatural. Más arriba, hacia la derecha, emergió el edificio bajo y tosco que había reemplazado la arboleda original, casi exactamente en el centro de la curva, en la carretera a la salida del pueblo.

Dawson exploró el paisaje con atención, esperando… algo. Casi inmediatamente, se vio recompensado con un rápido movimiento cerca de la ventanilla del asiento del pasajero.

Él estaba allí, de pie, justo en la punta de la zona iluminada por los faros delanteros, en el prado que bordeaba la carretera. El hombre del cabello negro.

El fantasma.

Sucedió tan rápido que Alan no tuvo tiempo de asimilar lo que veía.

Allí estaba él, charlando con Candy —o, por lo menos, intentándolo—, mientras ella se disponía a servirle otra cerveza, cuando, de repente, la puerta del bar se abrió con tanta fuerza que se partió la bisagra superior.

Antes de que Alan pudiera parpadear, Candy ya había reaccionado. La expresión en su cara daba a entender que sabía lo que pasaba. La cerveza no llegó a su destino.

—¡Dios mío! —murmuró ella, antes de soltar la botella de golpe.

El envase se rompió en pedazos al estrellarse contra el suelo de hormigón, pero Candy ya había dado media vuelta y corría hacia la otra punta de la barra.

A su espalda, Alan oyó un rugido atronador que resonó contra las paredes.

—¡¡¡¿Quién diablos te has creído que eres?!!!

Alan se encogió en el taburete mientras Candy seguía corriendo hacia la otra punta de la barra, hacia el despacho del jefe. Él llevaba bastante tiempo frecuentando el Tidewater como para saber que el despacho del jefe tenía una puerta acorazada con cerradura de seguridad, porque allí era donde guardaban la caja fuerte.

Agazapado, Alan vio cómo Abee se lanzaba tras ella y pasaba por su lado sin reparar en su presencia, persiguiendo la rubia cola de caballo hacia la otra punta de la barra. También Abee sabía hacia dónde corría Candy.

—¡Oh, no! ¡Ni se te ocurra, mala puta!

Candy miró por encima del hombro, con ojos aterrorizados, antes de agarrar el batiente de la puerta del despacho. Con un grito, se catapultó a través de la abertura.

Cerró la puerta de golpe justo en el instante en que Abee plantaba una mano sobre la barra para saltar por encima. Las botellas vacías y vasos apilados en aquel rincón de la barra salieron volando. La caja registradora se estrelló contra el suelo, pero él consiguió su objetivo.

Casi.

Al otro lado de la barra, trastabilló y se dio de bruces contra el suelo de forma aparatosa, derribando las botellas de licor de la estantería que había debajo del espejo como si fueran bolos.

El estropicio no consiguió aplacarlo. Al cabo de unos segundos, se puso de pie y enfiló otra vez hacia la puerta del despacho. Alan vio que toda la escena se desarrollaba con una fascinante precisión violenta, surrealista. Pero entonces comprendió lo que realmente estaba sucediendo. El pánico se apoderó de él.

«Esto no es una película.»

267

Abee empezó a aporrear la puerta, embistiéndola con el peso de su cuerpo, mientras bramaba con la fuerza de un huracán:

—¡Abre la maldita puerta!

«Esto es real.»

Podía oír a Candy, que gritaba histérica dentro del despacho.

«Dios mío…»

Al final de la barra, los chicos que habían estado jugando al billar se abalanzaron en tropel hacia la salida de incendios, abandonando los tacos en la carrera. Los golpes secos de los tacos al chocar contra el suelo de hormigón provocaron que a Alan le diera un vuelco el corazón en el pecho, activando un instinto primitivo de supervivencia.

Tenía que escapar de allí.

¡Tenía que salir pitando!

Derribó el taburete en el que estaba sentado como si alguien lo acabara de pinchar con un punzón. Se agarró a la barra para no perder el equilibrio y se volvió hacia la puerta maltrecha. No muy lejos, podía ver el aparcamiento del local; la carretera principal parecía hacerle señas. Se precipitó hacia ella.

Apenas era consciente de que Abee seguía aporreando violentamente y gritando que iba a matar a Candy si no abría la puerta. Apenas se fijó en las mesas y sillas derribadas. Lo único que importaba era llegar a la puerta y salir pitando del Tidewater, sin perder ni un segundo.

Oyó cómo sus zapatillas deportivas corrían sobre el suelo de hormigón, pero la puerta maltrecha no parecía estar más cerca. Era como una de esas puertas de una casa encantada en una feria…

A lo lejos, oyó que Candy gritaba:

—¡Déjame en paz!

Alan no vio a Ted en ningún momento, ni tampoco vio la silla que este lanzó en su dirección hasta que esta le golpeó las piernas, con tanta fuerza que lo derribó. De forma instintiva, Alan intentó parar la caída, pero no pudo detener el impulso. Se golpeó duramente la frente contra el suelo; el impacto lo sobresaltó. Alan vio lucecitas blancas antes de que todo se quedara negro.

Pasaron unos instantes antes de que el mundo volviera a adoptar forma de nuevo, despacio.

Alan podía notar el gusto a sangre mientras intentaba librarse de la silla enredada entre sus piernas y darse la vuelta. Oyó el paso decidido de una bota que se plantaba al lado de su cara. El tacón se clavó dolorosamente en su mandíbula mientras su cara quedaba apresada contra el suelo.

Encima de él, Crazy Ted Cole lo observaba con expresión levemente divertida mientras lo apuntaba con una pistola.

—¿Adónde crees que vas?

Dawson aparcó el coche junto a la carretera. Estaba casi seguro de que la figura se desvanecería entre las sombras cuando él se apeara, pero el hombre del cabello negro permaneció inmóvil, rodeado por la hierba que le llegaba a la altura de la rodilla. Estaba a unos cuarenta y cinco metros, lo bastante cerca como para que Dawson se fijara en el leve aleteo de la cazadora provocado por la brisa nocturna. Si echaba a correr, aunque cargara con el peso de toda la ropa y tuviera que abrirse paso a través de la hierba crecida, podría dar alcance al desconocido al cabo de menos de diez segundos.

Dawson sabía que no estaba teniendo visiones. Podía sentir la presencia del desconocido, podía notarlo de una forma tan clara y tan real como los latidos de su propio corazón. Sin apartar los ojos del hombre, alargó el brazo hacia el interior del coche y apagó el motor. Los faros se apagaron al instante. Incluso en la oscuridad, podía ver con qué precisión resaltaba la camisa blanca del desconocido, enmarcada por la cazadora abierta. Su cara, sin embargo, era excesivamente difusa como para discernir sus rasgos, como siempre.

Cruzó la carretera y pisó el estrecho arcén de gravilla.

El desconocido no se movió.

Se aventuró a dar unos pasos más hacia el prado de hierba. La figura siguió completamente inmóvil.

Dawson mantenía la vista fija en él mientras acortaba la distancia lentamente. Cinco pasos. Diez. Quince. Si hubiera sido de día, sabía que habría podido ver al hombre con absoluta claridad. Habría sido capaz de distinguir perfectamente los rasgos de su cara; pero en la oscuridad, los detalles permanecían difusos.

Ya estaba más cerca. Avanzaba con una sensación de absoluta desconfianza. Nunca había estado tan cerca de la figura fantasmal, tan cerca que incluso podría alcanzarlo con un leve impulso.

Continuó observándolo, debatiéndose entre si echar a correr hacia él o no. Pero el desconocido pareció leerle la mente, ya que retrocedió unos pasos.

Dawson se detuvo. La figura lo imitó.

Él dio un paso hacia delante y observó cómo el desconocido daba un paso hacia atrás. Dio dos pasos rápidos. El hombre del cabello negro imitó sus movimientos con la precisión del reflejo en un espejo. Dawson aligeró la marcha, pero la distancia entre ellos permanecía inquietantemente constante, mientras la cazadora aleteaba como si intentara provocarlo.

Aceleró, pero el desconocido se volvió y cambió de dirección. Ya no se alejaba de la carretera, sino que había empezado a correr en paralelo a ella. Dawson lo siguió de cerca. Se dirigían hacia Oriental, hacia el edificio robusto junto a la curva.

269

La curva…

Dawson no conseguía acortar la distancia, pero el hombre del cabello negro tampoco se alejaba. Dejó de cambiar de dirección. Entonces tuvo la impresión de que el hombre lo estaba guiando hacia un lugar en concreto. Había algo desconcertante en aquello, pero, obcecado como estaba en su persecución, no tenía tiempo de perderse en tales consideraciones.

La bota de Ted le presionaba la cara con fuerza. Alan podía notar sus orejas aplastadas en ambas direcciones y el tacón de la bota clavándose dolorosamente en su mandíbula. La pistola que apuntaba hacia su cabeza parecía enorme y eclipsaba el resto de su visión; de repente, sintió una flojedad en el bajo vientre.

«Voy a morir», pensó.

—Sé que lo has visto todo —dijo Ted, moviendo un poco la pistola pero sin dejar de apuntar a su objetivo—. Si dejo que te pongas de pie, no intentarás salir corriendo, ¿verdad?

Alan intentó tragar saliva, pero su garganta parecía haberse obturado.

—No —acertó a decir, con un hilo de voz.

Ted aplicó aún más fuerza sobre la bota. El dolor era intenso y Alan soltó un alarido de agonía. Notaba las dos orejas ardiendo, como si se las hubieran planchado hasta quedar como dos finos discos de papel. Con gran esfuerzo, mientras miraba de reojo a Ted y le pedía clemencia, se fijó en que el hombre llevaba el otro brazo escayolado y que su cara estaba negra y morada. A pesar de lo comprometido de la situación, se preguntó qué le debía de haber pasado.

Ted retrocedió un paso.

—¡Levántate! —le ordenó.

Alan forcejeó para desenredar la pierna de la silla y se puso de pie despacio, con dificultades por el fuerte tirón que sentía en la pantorrilla. La puerta abierta quedaba a unos pocos metros de distancia.

—Ni se te ocurra —lo amenazó Ted. Acto seguido, señaló hacia la barra—. ¡Andando!

Alan regresó hacia la barra, cojeando. Abee todavía seguía

pegado a la puerta del despacho, maldiciendo a Candy a viva voz y arremetiendo contra la puerta. Al cabo, se volvió hacia ellos.

Abee ladeó la cabeza hacia un lado. Sus ojos enloquecidos se llenaron de desprecio y de furia. Alan volvió a notar la misma flojedad en el bajo vientre.

—¡Tengo a tu novio aquí fuera! —rugió Abee.

—¡No es mi novio! —gritó Candy, pero el sonido quedó amortiguado—. ¡Estoy llamando a la policía!

Pero en ese mismo momento, Abee ya recorría la barra con paso decidido hacia Alan. Ted seguía apuntándolo con la pistola.

—Creíais que os podíais fugar juntos, ¿eh? —bramó Abee.

Alan abrió la boca para contestar, pero el profundo terror le paralizaba la voz.

Abee se inclinó hacia delante y agarró uno de los tacos de billar que había en el suelo. Lo cogió con precisión por el mango, como un bateador de béisbol que se preparara para ir hacia la última base, con agresividad y fuera de control.

«Por Dios. No, por favor; no...»

—¿Creías que no os encontraría, ¿eh? Que no sabía lo que planeabais, ¿verdad? ¡Os vi juntos, el viernes por la noche!

Apenas a unos pocos pasos de distancia, Alan permanecía tieso e incapaz de moverse, como si tuviera los pies clavados en el suelo, mientras Abee echaba el taco hacia atrás. Ted retrocedió medio paso.

«Por Dios...»

Alan balbuceó asustado:

—No sé... de qué... estás hablando.

—¿No ha dejado el coche en tu casa? —bramó Abee—. ¿No es allí dónde está?

—¿Qué? Yo...

Abee le atizó en la cabeza con el taco, sin darle tiempo a acabar la frase. Alan empezó a ver lucecitas a su alrededor, hasta que, de pronto, todo volvió a quedarse negro.

Cayó al suelo mientras Abee volvía a darle otro bastonazo, y luego otro. Inútilmente, intentó protegerse, al tiempo que oía como crujían los huesos rotos de su brazo. Cuando el taco se partió por la mitad, Abee le propinó una fuerte patada en

271

plena cara con la puntera de acero de su bota. Ted empezó a darle patadas en los riñones, soltando acalorados rugidos de exaltación.

Mientras Alan gritaba en agonía, la paliza comenzó en serio.

Dawson seguía corriendo a través del prado de hierba, acercándose poco a poco al feo y recio edificio. Vio unos pocos vehículos aparcados delante de la puerta. Por primera vez se fijó en un mortecino resplandor rojo encima de la entrada. Lentamente, empezaron a dirigirse en aquella dirección.

Mientras el desconocido del cabello negro corría sin ningún esfuerzo delante de él, Dawson sintió una desagradable sensación familiar. La relajada posición de los hombros, el ritmo constante de sus brazos, la alta cadencia de las piernas… Dawson había visto esos gestos antes, y no solo en el bosque aledaño a la casa de Tuck. Todavía no lograba situarlo, pero sabía que estaba a punto de hacerlo, como las burbujas que afloran a la superficie del agua. El hombre echó un vistazo por encima del hombro, como si comprendiera los pensamientos de Dawson. Entonces consiguió por primera vez distinguir los rasgos del desconocido. Entonces supo que había visto a ese hombre antes.

«Antes de la explosión.»

Dawson se tambaleó, pero, incluso cuando recobró la compostura, sintió un escalofrío en la espalda.

No era posible.

Habían pasado veinticuatro años. Desde entonces, había ido a la cárcel y lo habían soltado; había trabajado en plataformas petrolíferas en el golfo de México; había amado y había perdido, luego había vuelto a amar y había vuelto a perder, y el hombre que un día le dio cobijo había muerto de viejo. Pero el desconocido —porque era y siempre había sido un desconocido— no había envejecido. Tenía el mismo aspecto que la noche que había salido a correr después de atender a sus pacientes en la consulta, después de aquel día lluvioso. Era él. Lo estaba viendo con sus propios ojos: la misma cara sorprendida que Dawson había visto cuando se salió de la carretera. Llevaba el cargamento de ruedas que Tuck necesitaba, de vuelta a Oriental…

Dawson recordó también que el accidente había sucedido exactamente en aquel mismo lugar. Fue allí donde el doctor David Bonner, esposo y padre, había encontrado la muerte.

Resopló espantado y volvió a tambalearse levemente, pero el hombre parecía haberle leído los pensamientos. Hizo un gesto afirmativo con la cabeza, sin sonreír, justo en el instante en que llegaba al aparcamiento de gravilla. Volvió la cara hacia delante y aceleró la marcha, en paralelo a la fachada principal del edificio. Dawson entró en el aparcamiento con paso inseguro, detrás de él; se sentía anegado de sudor. El desconocido —el doctor Bonner— se había detenido a escasos metros, junto a la entrada del edificio, bañado por la misteriosa luz roja del rótulo de neón.

Dawson se acercó, atento a los movimientos del doctor Bonner. En ese momento, el fantasma dio media la vuelta y entró en el edificio.

Él echó a correr. Al cabo de unos segundos, franqueó el umbral del bar escasamente iluminado, pero el doctor Bonner ya había desaparecido.

273

Dawson solo necesitó un instante para asimilar la escena: las mesas y sillas derribadas, los gritos y gemidos de una mujer a lo lejos, amortiguados por el volumen del televisor. Sus primos Ted y Abee se hallaban inclinados encima de alguien en el suelo, propinándole una paliza atroz, casi como si se tratara de un ritual, hasta que de repente se detuvieron para mirarlo. Dawson vio la figura ensangrentada extendida en el suelo y lo reconoció al instante.

«Alan.»

Había visto la cara del joven en innumerables fotos a lo largo de los años, pero se acababa de dar cuenta de que guardaba un increíble parecido con su padre, el hombre que llevaba viendo todos aquellos meses, el hombre que lo había guiado hasta allí.

Mientras asimilaba la información, todo se quedó inmóvil. Ted y Abee estaban paralizados, ninguno de los dos parecía dar crédito a que alguien —cualquiera— hubiera entrado en el bar. Sus respiraciones eran agitadas, mientras observaban a Dawson como un par de lobos a los que acabaran de interrumpir en medio de un festín.

«El doctor Bonner lo había salvado por un motivo.»

El pensamiento se materializó en su mente en el mismo instante en que los ojos de Ted centellearon peligrosamente. Su primo empezó a alzar la pistola, pero, cuando apretó el gatillo, Dawson ya se había escudado detrás de una mesa. De repente, acababa de comprender por qué el fantasma lo había guiado hasta allí; incluso era posible que ese hubiera sido su objetivo desde el principio.

Cada vez que resollaba, Alan sentía como si lo estuvieran apuñalando.

No podía moverse del suelo, pero a través de su visión borrosa consiguió comprender lo que sucedía.

Desde que el desconocido había entrado en el bar y había alargado la cabeza en todas direcciones como si persiguiera a alguien, Ted y Abee habían dejado de apalearlo y, por alguna razón, habían centrado toda su atención en el recién llegado. Alan no lo comprendía, pero, cuando oyó los disparos, se acurrucó hasta formar un ovillo y empezó a rezar. El desconocido se había parapetado detrás de unas mesas. Alan no podía verlo. Un montón de botellas de licor volaron por encima de su cabeza en dirección a Ted y Abee mientras las balas rebotaban en las paredes. Oyó que Abee rugía de rabia y también el zumbido de las astillas de madera de las sillas que volaban a su alrededor. Ted había desaparecido de su vista, pero podía oír las detonaciones de su pistola, con la que disparaba a quemarropa.

En cuanto a él, Alan estaba seguro de que se estaba muriendo.

Vio dos de sus dientes en el suelo; tenía la boca llena de sangre y notaba las costillas rotas por las patadas que le había dado Abee. Tenía los pantalones mojados, o bien porque se había orinado encima, o bien porque había empezado a sangrar debido a los puñetazos en el riñón.

A lo lejos oyó el sonido de las sirenas, pero, convencido como estaba de su inminente muerte, no pudo aunar energías para levantarse. Oyó el fuerte estruendo de las sillas y de las botellas rotas. Desde algún lugar lejano, oyó los gruñidos de Abee. Una botella de licor chocó contra algo sólido.

Los pies del desconocido pasaron velozmente por delante de él, en dirección a la barra. Inmediatamente después, oyó un disparo, que hizo añicos el espejo situado detrás. Alan permaneció inmóvil debajo de la lluvia de afilados trozos de cristal, que le provocaron cortes en la piel. Otro grito y más bronca. Abee empezó a lanzar unos desgarradores gemidos, que cesaron abruptamente con el sonido de algo que había golpeado el suelo con fuerza.

¿La cabeza de alguien?

Más gruñidos. Desde su punto aventajado en el suelo, vio a Ted tambalearse hacia atrás, y por muy poco no le pisó el pie a Alan. El tipo gritaba con furia mientras intentaba recuperar el equilibrio, pero a Alan le pareció detectar cierta alarma en su voz cuando otro disparo resonó en el pequeño local.

Entrecerró los ojos como un par de rendijas, luego volvió a abrirlos justo en el instante en que otra silla salía volando por los aires. Ted disparó de nuevo, esta vez hacia el techo, y el desconocido lo embistió con fuerza y lo estampó contra la pared. Una pistola rodó por el suelo mientras Ted salía disparado contra la pared.

El hombre atacaba a Ted mientras este intentaba escapar. Alan no podía moverse. Detrás de él, oyó el sonido de un puñetazo, una y otra vez… Oyó a Ted gritar. Los violentos puñetazos que estaba recibiendo en la barbilla hacían que el sonido se elevara y se atenuara con cada nuevo golpe. Entonces Alan solo oyó puñetazos. Ted se quedó en silencio. Oyó otro golpe, y otro, y otro, el último, con menos fuerza.

Todo quedó en silencio, salvo por el sonido de la agitada respiración de un hombre.

El aullido de las sirenas estaba más cerca, pero Alan, en el suelo, sabía que su rescate llegaba demasiado tarde.

«Me han matado», oyó en su cabeza, mientras la visión se tornaba negra por los extremos de su campo visual. Súbitamente, sintió que un brazo lo agarraba por la cintura y lo empezaba a levantar.

El dolor era insoportable. Gritó angustiado mientras notaba que alguien lo ayudaba a ponerse de pie, sosteniéndolo con un brazo firme. De forma milagrosa, Alan notó que sus piernas recuperaban la movilidad mientras el hombre lo llevaba —mitad a rastras y mitad a hombros— hacia la entrada. Podía ver la negra ventana del cielo allí delante; podía distinguir la puerta maltrecha a la que se acercaban.

Y a pesar de que no tenía ningún motivo para decirlo, balbuceó automáticamente, al tiempo que se combaba más hacia el desconocido:

—Me llamo Alan, Alan Bonner.

—Lo sé —respondió el hombre—. Mi objetivo es sacarte de aquí.

«Mi objetivo es sacarte de aquí.»

Apenas consciente, Ted no podía asimilar la situación del todo, pero, instintivamente, supo que estaba volviendo a suceder: Dawson se le escapaba otra vez.

La furia animal que lo poseía era volcánica, más poderosa que la propia muerte.

Consiguió abrir un ojo obstruido por la sangre reseca mientras Dawson se abría paso anadeando hacia la puerta, con el novio de Candy sobre los hombros. Ted examinó el suelo en busca de la Glock. Allí estaba; solo a escasos pasos, debajo de una mesa rota.

Las sirenas eran ensordecedoras.

Ted aunó sus últimas reservas de fuerza y se arrastró hacia el arma, sintiendo su satisfactorio peso al empuñarla. Alzó la pistola hacia la puerta, hacia Dawson. No tenía ni idea de cuántas balas le quedaban, pero sabía que era su última oportunidad.

Apuntó al objetivo, inspiró hondo y apretó el gatillo.

21

$\mathcal{A}$ medianoche, Amanda se sentía entumecida, y mental, emocional y físicamente consumida. Había estado, a la vez, exhausta y en vilo durante horas, mientras permanecía sentada en la sala de espera. Había ojeado las páginas de varias revistas sin ningún interés; había deambulado por la sala compulsivamente, arriba y abajo, intentando aplacar el temor que la embargaba cada vez que pensaba en su hijo. Las manecillas del reloj seguían dando vueltas, acercándose a la medianoche. En un momento dado, se dio cuenta de que su ansiedad se iba agotando, como una toalla que estuvieran retorciendo, hasta exprimirla por completo.

Lynn había llegado deprisa y corriendo una hora antes, presa del pánico. Se había pegado a Amanda y la había acribillado con mil y una preguntas que su madre no podía contestar. Después había interrogado a Frank; quería saber todos los detalles sobre el accidente. Él le había contestado simplemente que alguien había acelerado en el cruce, mientras se encogía de hombros en actitud desvalida. Después de tantas horas, Frank ya estaba totalmente sobrio. A pesar de que su preocupación por Jared era aparente, evitó mencionar por qué su hijo se hallaba en aquel cruce, o por qué había ido a buscar a su padre en coche.

Amanda no le había dirigido la palabra en todas las horas que habían permanecido en la sala. Sabía que Lynn debía haberse fijado en el silencio entre ellos, pero, después del severo interrogatorio al que los había sometido, su hija tampoco se mostraba muy habladora; parecía perdida en sus pensamientos, preocupada por su hermano. De repente, se le ocurrió pregun-

tarle a Amanda si debería pasar a recoger a Annette por el campamento. Amanda le dijo que era mejor que esperaran a saber
algo más sobre el estado de Jared. La cría era demasiado joven
para comprender la magnitud de la crisis. Además, Amanda no
se sentía con fuerzas para dedicar su atención a Annette en esos
momentos. A duras penas podía con su alma.

Pasaban veinte minutos de las doce de la noche —la noche
que le parecía la más larga de toda su vida— cuando finalmente el doctor Mills entró en la sala. Era obvio que estaba
cansado, pero se había cambiado y se había puesto ropa limpia
antes de entrar a hablar con ellos. Amanda se levantó de la silla, igual que Lynn y Frank.

—La operación ha ido bien —anunció sin rodeos—. Estamos casi seguros de que Jared se recuperará.

Jared estuvo bajo observación en la sala de recuperación
durante varias horas, pero a Amanda no le permitieron verlo
hasta que finalmente lo llevaron a la UCI. Aunque la sección
solía estar cerrada a las visitas durante la noche, el doctor Mills
hizo una excepción con ella.

Por entonces, Lynn ya se había llevado a Frank a casa en coche. Él había alegado que tenía un intenso dolor de cabeza por
culpa del golpe que había recibido en la cara, pero prometió
volver al hospital a la mañana siguiente. Su hija se había ofrecido para regresar al hospital después, para quedarse con su
madre, pero ella había descartado la idea porque pensaba pasar
toda la noche con Jared.

Amanda se sentó al lado de la cama de su hijo y permaneció allí durante las siguientes horas, escuchando los pitidos digitales del monitor cardiaco y el zumbido antinatural del ventilador que introducía y expulsaba aire de sus pulmones. Jared
tenía la piel del color del plástico viejo y las mejillas aplastadas.
No se parecía al hijo que ella recordaba, el hijo que había
criado; para Amanda, era un desconocido, en aquel escenario
extraño, tan ajeno a sus vidas cotidianas.

Solo sus manos estaban intactas. Amanda sostenía una entre las suyas; su cálido tacto la reconfortaba. Cuando la enfermera entró para cambiarle el vendaje, Amanda vio sin querer

el desagradable corte en medio del torso de su hijo. Tuvo que darse la vuelta.

El médico había dicho que probablemente Jared se despertaría más tarde, y, mientras ella permanecía en vela junto a su cama, se preguntó qué sería lo que él recordaría del accidente y de su llegada al hospital. ¿Se había asustado ante el súbito empeoramiento de su estado? ¿Había deseado que ella estuviera a su lado? Aquella pregunta la afectó. Se juró a sí misma que se quedaría con él todo el tiempo que la necesitara.

No había dormido desde que había llegado al hospital. Con el paso de las horas, sin ninguna señal de que Jared fuera a despertar, la embargó una leve sensación de sueño, acunada por el rítmico y pausado sonido del material eléctrico. Se inclinó hacia delante y apoyó la frente en la barandilla de la cama. Una enfermera la despertó veinte minutos más tarde y le sugirió que se marchara a casa a descansar un rato.

Amanda sacudió la cabeza al tiempo que volvía a fijar la vista en su hijo, deseando poder transmitir fuerza a aquel cuerpo roto. Para reconfortarse a sí misma, pensó en las esperanzadoras palabras del doctor Mills: le había asegurado que, cuando Jared se recuperara, podría llevar una vida prácticamente normal. El doctor Mills le había dicho que podría haber sido peor. Se repitió esas palabras como un amuleto para ahuyentar un desastre mayor.

Cuando la luz del sol se extendió por el cielo más allá de las ventanas de la UCI, el hospital empezó a cobrar vida de nuevo. Las enfermeras cambiaron de turno, prepararon los carritos con las bandejas del desayuno y los médicos empezaron a hacer sus rondas. El nivel de ruido ascendió hasta conformar un zumbido permanente. Una enfermera entró y anunció que tenía que comprobar el catéter. Amanda abandonó la UCI de forma reacia y bajó a la cafetería. Quizá la cafeína le aportaría la dosis de energía que necesitaba; tenía que estar allí cuando Jared finalmente despertara.

A pesar de la hora tan temprana, en la cafetería la cola ya era larga, con personas que, como ella, habían pasado la noche en vela. Un joven de unos treinta años se colocó detrás de ella.

—Mi mujer me matará —se lamentó mientras alineaban las bandejas.

—¿Por qué? —preguntó Amanda, al tiempo que enarcaba una ceja.

—Anoche estuvo de parto, y me ha enviado a por un café. Me ha dicho que me dé prisa, porque tenía dolor de cabeza por el cansancio, pero me he quedado un rato junto a la ventana de la sala de los bebés; no he podido evitarlo.

A pesar de las circunstancias, Amanda sonrió.

—¿Es niño o niña?

—Niño —contestó—. Gabriel. Gabe. Es nuestro primer hijo.

Amanda pensó en Jared. Pensó en Lynn y en Annette, y también en Bea. El hospital había sido el lugar de los días más felices y más tristes de su vida.

—Enhorabuena —lo felicitó.

La cola avanzaba despacio. Había personas que se tomaban su tiempo para seleccionar y pedir unas complicadas combinaciones de desayuno. Amanda echó un vistazo al reloj después de pagar por fin su taza de café. Había estado ausente quince minutos. Tenía prácticamente la certeza de que no le permitirían entrar en la UCI con la taza, así que se sentó en una mesa junto a la ventana. El aparcamiento se empezaba a llenar poco a poco.

Después de apurar la taza de café, fue al lavabo. La cara reflejada en el espejo estaba demacrada y se notaba la falta de sueño; apenas era reconocible. Se echó agua fría en las mejillas y en el cuello, y pasó unos minutos intentando adquirir un aspecto presentable. Tomó el ascensor para regresar a la UCI. Cuando se acercó a la puerta, una enfermera le cortó el paso.

—Lo siento, pero no puede entrar —dijo.

—¿Por qué no? —preguntó Amanda, desconcertada.

La enfermera no contestó; su expresión era inflexible. Amanda sintió otra vez la creciente opresión de pánico en el pecho.

Esperó al otro lado de la puerta de la UCI durante casi una hora, hasta que el doctor Mills finalmente salió para hablar con ella.

—Lo siento, pero ha habido complicaciones.

—Pero…, pero si hasta hace poco esta… estaba con él —tartamudeó, incapaz de pensar en nada más que decir.

—Su hijo ha sufrido un infarto, una isquemia de ventrículo derecho. —El médico sacudió la cabeza.

Amanda frunció el ceño.

—No entiendo lo que me está diciendo. ¿Puede hablar claro, para que lo entienda?

La expresión en la cara del médico era de pura compasión. Cuando volvió a hablar, lo hizo en un tono muy suave.

—Su hijo, Jared… ha sufrido un infarto masivo.

Amanda pestañeó varias veces seguidas; de pronto, el pasillo parecía haberse vuelto más angosto.

—No…, no es posible. Estaba durmiendo…, se estaba recuperando, cuando he bajado a la cafetería…

El doctor Mills no dijo nada. Amanda se sintió mareada, casi incorpórea, mientras balbuceaba:

—Usted dijo que… se recuperaría, dijo que la operación… había… ido bien, dijo que no…, que no tardaría en despertar…

—Lo siento.

—¿Cómo es posible que haya sufrido un ataque de corazón? ¡Por el amor de Dios! ¡Si solo tiene diecinueve años! —exclamó, incrédula.

—No lo sé. Probablemente se trate de un coágulo relacionado con el traumatismo del accidente o con el traumatismo de la operación; no hay forma de saberlo con absoluta certeza —declaró el doctor Mills—. No es usual, si bien es cierto que, después de una lesión tan grave en el corazón, puede pasar cualquier cosa. —Emplazó una mano sobre el brazo de Amanda—. Lo único que puedo decirle es que, si su hijo no hubiera estado en la UCI cuando sufrió el ataque, probablemente no habríamos podido hacer nada por salvarlo.

A Amanda se le quebró la voz.

—Pero lo han salvado, ¿no? Se recuperará, ¿verdad?

—No lo sé. —La cara del médico volvió a adoptar una expresión inescrutable.

—¿Qué quiere decir con que no lo sabe?

—Tenemos problemas para controlar el ritmo del seno coronario.

—¡Deje de hablar con jerga médica! —gritó ella—. ¡Solo quiero que me diga lo que necesito saber! ¿Mi hijo se recuperará?

Por primera vez, el doctor Mills desvió la vista hacia un lado.

—El corazón de su hijo falla —explicó—. Sin... otra operación quirúrgica, no estoy seguro de... cuánto tiempo aguantará.

Amanda notó que perdía el equilibrio, como si aquellas palabras hubieran sido en realidad unos contundentes puñetazos. Se apoyó firmemente en la pared, intentando asimilar lo que el médico acababa de decirle.

—Supongo que no me estará diciendo que Jared se va a morir, ¿no? —susurró—. No puede morir. Es joven y tiene una salud de hierro. Tiene que hacer algo.

—Estamos haciendo todo lo que está en nuestras manos —le aseguró el doctor Mills, con voz fatigada.

«Otra vez no, por favor. ¿Primero Bea y ahora Jared?», era lo único que Amanda podía pensar.

—¡Entonces hagan algo más! —gritó, con una actitud entre suplicante y exigente a la vez—. ¡Vuélvanlo a operar! ¡Hagan lo que sea necesario!

—En estos momentos, no podemos operarlo.

—¡Mire, haga lo que tenga que hacer para salvarlo! —exclamó exaltada, antes de que se le quebrara de nuevo la voz.

—No es tan sencillo...

—¿Por qué no? —Su cara reflejaba su incomprensión.

—Tengo que convocar una reunión de urgencia con el Comité de Trasplantes.

Al escuchar aquellas palabras, Amanda notó cómo la abandonaban las últimas fuerzas que le quedaban.

—¿Trasplantes?

—Sí —asintió el médico. Desvió la vista hacia la puerta de la UCI, volvió a mirar a Amanda y suspiró—. Su hijo necesita un nuevo corazón.

Tras las duras noticias, dos enfermeras se encargaron de escoltar a Amanda de nuevo hasta la sala de espera en la que había permanecido durante la primera intervención quirúrgica de Jared.

Esta vez no estaba sola. En la sala había otras tres personas, todas con la misma expresión tensa y de desamparo que Amanda. Se desmoronó en una silla, intentando sin éxito reprimir la horrible sensación de *déjà vu*.

«No estoy seguro de cuánto tiempo aguantará.»

Por Dios. No, no…

De repente, sintió que no podía soportar ni un segundo más confinada entre las cuatro paredes de aquella sala. Los olores antisépticos, la desagradable iluminación de los fluorescentes, las caras angustiadas y demacradas… Era una repetición de las semanas y los meses que había pasado en salas idénticas a aquella, durante la enfermedad de Bea. La sensación de desesperanza, la ansiedad… Tenía que salir de allí.

Amanda se puso de pie, se colgó el bolso al hombro y caminó por pasadizos con baldosas hasta que atravesó una puerta y emergió a un pequeño patio. Tomó asiento en un banco de piedra y aspiró hondo el aire fresco de las primeras horas del día. A continuación, sacó el teléfono móvil. Pilló a Lynn todavía en casa, justo cuando ella y Frank se preparaban para ir al hospital. Amanda le contó lo que había sucedido mientras su marido descolgaba el otro auricular y escuchaba con atención. Su hija la atosigó de nuevo con preguntas incontestables, pero Amanda la interrumpió para pedirle que llamara al campamento donde estaba Annette y que quedara para recoger a su hermana. Entre ir a buscarla y volver, Lynn tardaría tres horas. Protestó: quería ver a Jared, pero ella insistió con firmeza en que necesitaba que Lynn le hiciera aquel favor. Frank no dijo nada.

283

Después de colgar, llamó a su madre. Relatar lo que había sucedido en las últimas veinticuatro horas hizo que la pesadilla adquiriera una dimensión incluso más real. Amanda se desmoronó antes de terminar.

—Ahora mismo voy —dijo su madre simplemente—. Estaré ahí tan pronto como pueda.

Cuando Frank llegó, se reunieron con el doctor Mills en su despacho de la tercera planta para hablar sobre la posibilidad de que Jared recibiera un trasplante de corazón.

Aunque Amanda oyó y comprendió todo lo que el médico

decía sobre el proceso, solo hubo dos detalles que se le quedaron grabados en la mente.

El primero fue que Jared quizá no recibiría el consentimiento del Comité de Trasplantes; a pesar de su estado tan grave, no existía ningún precedente para añadir a un paciente que hubiera sufrido un accidente de tráfico a la lista de espera. No había garantía de que fuera elegible.

El segundo detalle fue que, incluso si Jared recibía el consentimiento, era cuestión de suerte —y había escasas probabilidades— que el hospital recibiera un corazón adecuado.

En otras palabras, había muy pocas posibilidades en ambos sentidos.

«No estoy seguro de cuánto tiempo aguantará.»

De vuelta a la sala de espera, Frank parecía tan aturdido como ella. La rabia de Amanda y el sentimiento de culpa de Frank formaban un muro impenetrable entre ellos. Una hora más tarde, una enfermera pasó para informarles sobre la evolución y les dijo que, de momento, la condición de Jared se había estabilizado: podían pasar a verlo por la UCI si querían.

«Estabilizado. De momento.»

Amanda y Frank permanecieron de pie junto a la cama de Jared. Ella podía ver al niño que había sido y al joven hombre en el que se había convertido, pero apenas podía conciliar aquellas imágenes con la figura inconsciente postrada en la cama. Su padre le pidió perdón entre susurros, suplicando a Jared que resistiera; sus palabras activaron un cúmulo de rabia e incredulidad en Amanda que se esforzó por controlar.

Frank parecía haber envejecido diez años desde la noche anterior; despeinado y abatido, era la viva imagen de la desdicha, pero Amanda no sentía ni la más mínima compasión por el sentimiento de culpa que embargaba a su marido.

Perdida en los rítmicos pitidos digitales de los monitores, deslizó los dedos por el pelo de Jared. Las enfermeras atendían a otros pacientes de la UCI, vigilando las sondas y los catéteres, ajustando los niveles de suero como si fueran las actividades más naturales del mundo, las rutinas de un día normal y corriente en la vida de un hospital con mucho trajín. Sin embargo, no había nada de normal en aquellas tareas. Eran el final de la vida como era antes para ella y su familia.

El Comité de Trasplantes estaba a punto de reunirse. No existía ningún precedente para que decidieran añadir a un paciente como Jared a la lista de espera. Si decían que no, su hijo moriría.

Lynn apareció en el hospital con Annette, que se aferraba a su mono, su peluche favorito. Las enfermeras habían hecho una rara excepción y habían permitido que los dos menores entraran en la UCI para ver a su hermano. Lynn se quedó blanca como el papel y besó a Jared en la mejilla. Annette depositó el mono de peluche junto a su hermano, en la cama del hospital.

En una sala de conferencias, varios pisos más arriba de la UCI, el Comité de Trasplantes acababa de reunirse para realizar una votación de emergencia. El doctor Mills presentó el caso, el perfil de Jared y la urgencia de la situación.

—Según el informe, el paciente sufre insuficiencia cardiaca congestiva —describió uno de los miembros del comité, mientras releía el informe que tenía delante, con el ceño fruncido.

El doctor Mills asintió.

—Tal y como he detallado en el informe, el infarto ha dañado gravemente el ventrículo derecho del paciente.

—Un infarto que lo más probable es que haya sido provocado por una herida causada en el accidente de tráfico —matizó el otro hombre—. Como política general, no se trasplantan corazones a víctimas de accidentes.

—Solo porque, por lo general, no viven lo bastante para beneficiarse del trasplante —puntualizó el doctor Mills—. Este paciente, sin embargo, ha sobrevivido. Es un joven que goza de buena salud y con unas excelentes expectativas. Desconocemos el motivo del infarto, y la insuficiencia cardiaca congestiva responde a los criterios para optar a un trasplante. —Apartó la carpeta que contenía el informe a un lado y se inclinó hacia delante para mirar fijamente a cada uno de sus compañeros—. Sin un trasplante, dudo que este paciente sobreviva otras veinticuatro horas. Necesitamos agregarlo a la lista. —De su voz se desprendía una nota de súplica—. Es muy joven. Tenemos que darle la oportunidad de vivir.

Varios miembros del comité intercambiaron miradas llenas de escepticismo. El doctor Mills podía leerles el pensamiento: el caso no solo carecía de precedentes, sino que, además, la franja de tiempo era demasiado corta. Las probabilidades de encontrar un donante en menos de veinticuatro horas eran casi inexistentes, lo que quería decir que el paciente moriría de todos modos, fuese cual fuese la decisión del comité. Lo que ninguno se atrevió a expresar en voz alta fue un cálculo aún más frío, el del dinero. Si añadían a Jared a la lista, el paciente contaría como un éxito o como un fracaso en el programa de trasplantes, y un mayor número de éxitos significaba una mejor reputación para el hospital, significaba fondos adicionales para investigación y operaciones, significaba más dinero para trasplantes en el futuro. En líneas generales, implicaba que podrían salvar más vidas a largo plazo, aunque eso supusiera tener que sacrificar una vida en aquel momento.

Sin embargo, el doctor Mills conocía bien a sus compañeros de fatigas: estaba seguro de que ellos también comprendían que cada paciente y cada serie de circunstancias eran singulares, que comprendían que los números no siempre retrataban fielmente la realidad. Sus compañeros eran de esa clase de profesionales que a veces asumían riesgos para ayudar a un paciente que precisaba ayuda inmediata. El doctor Mills estaba seguro de que, a la mayoría de ellos, ese era el motivo que los había empujado a ser médicos, igual que a él. Querían salvar a personas, y aquel día decidieron intentarlo otra vez.

Al final, la decisión del Comité de Trasplantes fue unánime. Al cabo de menos de una hora, Jared fue agregado a la categoría de pacientes en estado 1-A, que le asignaba la máxima prioridad…, si aparecía milagrosamente un donante, claro.

Cuando el doctor Mills les anunció la decisión del comité, Amanda no pudo contenerse y lo abrazó efusivamente.

—Gracias —suspiró aliviada—. Gracias.

No podía dejar de repetir esa palabra. Estaba demasiado asustada como para decir algo más, para expresar en voz alta su esperanza de que apareciera por milagro un donante.

Υ

Cuando Evelyn entró en la sala de espera, un solo vistazo a la familia completamente desolada le bastó para comprender que alguien debía asumir el control de la situación y encargarse de ellos, una persona que fuera capaz de infundirles ánimos sin desmoronarse.

Abrazó a cada uno de ellos, pero a Amanda le dedicó el abrazo más largo. Retrocedió para inspeccionar al grupo y preguntó:

—Veamos, ¿quién necesita comer algo?

Evelyn se llevó a Lynn y a Annette a la cafetería, y dejó a Amanda y a Frank solos. Ella había perdido el apetito, y le daba igual si su marido tenía hambre o no. Lo único que podía hacer era pensar en Jared.

Y esperar.

Y rezar.

Cuando una de las enfermeras de la UCI pasó por la sala de espera, Amanda corrió tras ella y la detuvo en mitad del pasillo. Con voz temblorosa, formuló la pregunta obvia.

—No —contestó la enfermera—. Lo siento. De momento, no hay noticias acerca de un posible donante.

287

Todavía de pie, en medio del pasillo, Amanda se cubrió la cara con ambas manos.

Sin que se hubiera dado cuenta, Frank había salido de la sala de espera y se había apresurado a colocarse a su lado mientras la enfermera se alejaba.

—Encontrarán un donante —dijo.

Ella dio un respingo y se apartó cuando su marido intentó tocarla.

—Lo encontrarán —repitió él con voz firme.

Ella lo acribilló con una mirada llena de reproche.

—De todas las personas de este mundo, tú eres la menos indicada para prometer tal cosa.

—Lo sé, pero...

—¡Entonces cállate! ¡No hagas promesas que no tienen sentido!

Frank se tocó el puente hinchado de la nariz.

—Solo intentaba…

—¿Qué? —lo interrumpió ella—. ¿Animarme? ¡Mi hijo se está muriendo! —Su voz resonó en las paredes recubiertas de baldosas; varias personas se volvieron hacia ellos para observarlos.

—También es mi hijo —la corrigió Frank, sin alzar el tono.

La ira de Amanda, durante tanto tiempo reprimida, explotó de repente con la fuerza de un volcán.

—Entonces, ¿por qué le pediste que fuera a buscarte? —gritó sulfurada—. ¿Porque estabas tan borracho que ni siquiera podías conducir?

—Amanda…

—¡Tú y solo tú tienes la culpa de lo que ha pasado! —gritó fuera de sí. A lo largo del pasillo, los pacientes asomaron las cabezas por las puertas abiertas; las enfermeras se quedaron paralizadas a mitad de camino—. ¡Jared no debería haber estado en el coche! ¡No había ninguna razón para que estuviera en ese cruce! ¡Pero tú estabas tan borracho que alguien tenía que ocuparse de ti! ¡Otra vez! ¡Igual que siempre!

—Fue un accidente. —Frank intentó defenderse.

—¡No es verdad! ¿Es que no lo entiendes? ¡Tú compraste la cerveza, tú te la bebiste, tú provocaste el desenlace! ¡Tú metiste a Jared en el camino del otro coche!

Amanda resollaba, sin prestar atención a las personas que se habían congregado en el pasillo.

—Te pedí que dejaras de beber —siseó—. Te supliqué que lo dejaras. Pero no lo hiciste. Nunca te ha importado lo que quería ni lo que era mejor para nuestros hijos. Solo pensabas en ti y en lo mucho que te afectó la muerte de Bea. Pues, ¿sabes qué?, ¡yo también me quedé devastada! Yo fui quien la trajo al mundo. Fui yo quien la cuidaba y la alimentaba y le cambiaba los pañales mientras tú estabas trabajando. Fui yo la que estuvo siempre a su lado, durante toda su enfermedad. ¡Yo! ¡No tú! ¡Yo! —Se propinó unos golpes en el pecho con el dedo—. Pero en cambio fuiste tú quien no pudo soportarlo, ¿y sabes qué pasó? Que acabé por perder al marido con el que me casé y a mi pequeña. Sin embargo, incluso entonces conseguí seguir adelante y pensar en el bien de la familia.

Amanda le dio la espalda. Su cara se había arrugado con una fea mueca de amargura.

—Mi hijo está en la UCI y se debate entre la vida y la muerte porque nunca tuve el coraje suficiente de abandonarte. Pero eso es lo que debería haber hecho hace mucho tiempo.

A mitad del arrebato, Frank había bajado la vista y la había clavado en el suelo. Con una sensación de absoluto vacío, Amanda empezó a caminar por el pasillo, alejándose de él.

Se detuvo un momento, se dio la vuelta y añadió:

—Sé que fue un accidente. Sé que lo sientes. Pero no basta con sentirlo. Si no fuera por ti, Jared no estaría aquí. Los dos lo sabemos.

Sus últimas palabras resonaron en el ala del hospital como un reto. Esperó a que él la replicara, pero Frank no dijo nada. Amanda finalmente se alejó.

Cuando se les permitió a los miembros de la familia entrar de nuevo en la UCI, Amanda y sus dos hijas hicieron turnos para quedarse con Jared. Ella se quedó casi una hora. Tan pronto como llegó Frank, se marchó. Evelyn fue la siguiente que entró a ver a Jared, pero solo permaneció en la habitación unos minutos.

Después de que Evelyn se hiciera cargo del resto de la familia, Amanda regresó junto a Jared y se quedó allí hasta que las enfermeras cambiaron de turno.

Todavía no había noticias sobre un posible donante.

Llegó la hora de la cena, y luego el tiempo siguió pasando. Al cabo, Evelyn apareció e insistió en que Amanda saliera de la UCI y la condujo a regañadientes hasta la cafetería. A pesar de que su hija sentía náuseas solo con pensar en probar bocado, su madre supervisó personalmente cómo se comía un bocadillo en silencio. Ingirió cada insulso mordisco con un esfuerzo mecánico, hasta que finalmente engulló el último trozo e hizo una bola con el papel de celofán.

Acto seguido, se puso de pie y volvió a la UCI.

Y

Hacia las ocho de la tarde, cuando acababan oficialmente las horas de visita, Evelyn decidió que lo mejor para las niñas era que se marcharan a casa. Frank convino en acompañarlas. El doctor Mills volvió a hacer una excepción con Amanda y permitió que se quedara en la UCI.

La actividad frenética del hospital se calmó al atardecer. Amanda continuó sentada sin moverse junto a la cama de Jared. Medio aturdida, se fijó en la rotación de enfermeras, incapaz de recordar sus nombres tan pronto como abandonaban la habitación. Amanda suplicó a Dios una y otra vez que salvara a su hijo, del mismo modo que había suplicado para que salvara a Bea.

Esta vez, su única esperanza era que Dios la escuchara.

Pasada la medianoche, el doctor Mills entró en la habitación.

—Debería irse a casa y descansar un rato —sugirió—. La llamaré tan pronto como haya alguna novedad, se lo prometo.

Amanda se negó a soltar la mano de Jared. Alzó la barbilla con un obcecado gesto desafiante y dijo:

—No pienso dejarlo solo.

Eran casi las tres de la madrugada cuando el doctor Mills regresó a la UCI. Por entonces, Amanda se sentía demasiado cansada como para ponerse de pie.

—Tenemos novedades —anunció el médico.

Ella alzó la cabeza, con la certeza de que iba a escuchar que ya habían agotado todas las esperanzas.

«Ya está. Sé acabó. Es el final», pensó, con una sensación de derrota.

En lugar de eso, detectó cierta esperanza en la expresión del médico.

—Hemos encontrado uno. Una oportunidad de esas que solo aparecen entre un millón.

Amanda notó un repentino subidón de adrenalina; cada

nervio se despertó en su cuerpo mientras intentaba comprender lo que el médico le decía.

—¿Uno?

—Sí, un donante de corazón. En estos momentos lo están trasladando al hospital, y la operación ya ha sido programada. El equipo está reunido en estos momentos, mientras hablo con usted.

—¿Eso quiere decir que... Jared vivirá? —preguntó Amanda, con voz ronca.

—Ese es el plan —contestó el doctor Mills.

Por primera vez desde que había entrado en el hospital, Amanda rompió a llorar.

291

22

$\mathcal{A}$nte la insistencia del doctor Mills, Amanda finalmente accedió a irse a casa. Le habían explicado que iban a trasladar a Jared a la sala de preoperatorio, donde lo prepararían para la intervención quirúrgica, y que ella no podría estar con él. Después, procederían a operarlo. La intervención duraría entre cuatro y seis horas, en función de si había complicaciones.

—No —se adelantó el doctor Mills antes de que ella tuviera la oportunidad de preguntar—. No hay ningún motivo para esperar complicaciones.

A pesar de su rabia todavía persistente, llamó a Frank después de recibir la noticia, antes de abandonar el hospital. Al igual que ella, su marido no había dormido. Esperaba escuchar cómo se le trababa la lengua, como de costumbre, pero él contestó completamente sobrio. Su alivio al oír las noticias sobre Jared era más que obvio. Le dio las gracias por haberlo llamado.

Amanda no vio a Frank cuando llegó a casa. Supuso que, dado que su madre estaba en el cuarto de invitados, él debía estar durmiendo en el sofá del estudio. Aunque se sentía exhausta, lo que realmente necesitaba era darse una ducha. Se pasó un buen rato debajo del chorro de agua antes de enfilar hacia la cama arrastrando los pies.

Todavía faltaban una o dos horas para que amaneciera. Mientras cerraba los ojos, se dijo a sí misma que no dormiría mucho rato, solo echaría una cabezada antes de regresar al hospital.

Durmió profundamente, sin soñar nada, durante seis horas.

Y

Su madre sostenía una taza de café cuando Amanda bajó corriendo las escaleras, nerviosa por llegar cuanto antes al hospital. Con un gran esfuerzo, intentó recordar dónde había dejado las llaves.

—Hace unos minutos que he llamado al hospital —le comentó Evelyn—. Lynn me ha dicho que todavía no hay noticias, aparte de que Jared sigue en el quirófano.

—De todos modos, he de ir —murmuró Amanda.

—Por supuesto. Pero antes toma una taza de café. —Evelyn le ofreció la taza—. Lo he preparado para ti.

Amanda rebuscó entre la pila de correo de propaganda y otras minucias que había sobre la encimera, en busca de las llaves.

—No tengo tiempo…

—Solo tardarás cinco minutos en bebértelo —insistió su madre, en un tono imperativo que no dejaba lugar a protestas. Puso la humeante taza en la mano de Amanda—. No pasa nada si te demoras cinco minutos; ambas sabemos que cuando llegues al hospital te tocará esperar. Lo único verdaderamente importante para Jared es que estés allí cuando despierte, y aún tardará varias horas. Así que tómate unos minutos antes de salir disparada por la puerta.

Su madre se sentó en una de las sillas de la cocina y señaló hacia la silla de al lado.

—Haz el favor de tomarte la taza de café y de comer algo.

—¡No puedo desayunar mientras están operando a mi hijo! —gritó Amanda.

—Sé que estás preocupada —repuso Evelyn, con una voz sorprendentemente conciliadora—. Yo también lo estoy. Pero soy tu madre, y también estoy preocupada por ti, porque sé que el resto de la familia depende totalmente de ti. Las dos sabemos que funcionarás mucho mejor cuando hayas comido algo y hayas tomado una taza de café.

Amanda titubeó unos instantes antes de llevarse la taza a los labios. El café estaba bueno.

—¿De verdad crees que no pasa nada si me retraso unos minutos? —vaciló con el ceño fruncido mientras tomaba asiento junto a su madre en la mesa de la cocina.

—Por supuesto que no. Tienes un día muy largo por delante. Jared necesitará que estés fuerte cuando te vea.

Amanda agarró la taza con ambas manos.

—Tengo miedo —admitió.

Para sorpresa de Amanda, su madre alargó los brazos y le cubrió las manos con las suyas.

—Lo sé. Yo también.

Amanda clavó la vista en las manos, que todavía envolvían la taza de café, rodeadas y protegidas por las diminutas manos de su madre, que, como siempre, lucían una manicura perfecta.

—Gracias por venir.

Evelyn se permitió a sí misma sonreír levemente.

—No tenía alternativa —dijo—. Eres mi hija y me necesitas.

Amanda y su madre fueron juntas en coche al hospital, donde se reunieron con el resto de la familia en la sala de espera. Annette y Lynn corrieron a darle un abrazo a Amanda y hundieron las caras en su cuello. Frank hizo un leve gesto con la cabeza al tiempo que murmuraba un saludo. Su madre, que al instante percibió la tensión entre ellos, se llevó a sus dos nietas a la cafetería.

Cuando Amanda y Frank se quedaron solos, él se volvió hacia ella.

—Lo siento. Siento todo lo que ha pasado.

Amanda lo miró a los ojos.

—Lo sé.

—Sé que debería ser yo quien estuviera ahí dentro, y no Jared.

Amanda no dijo nada.

—Puedo dejarte sola, si quieres —apuntó en medio del incómodo silencio—. Puedo buscar otro sitio donde sentarme a esperar.

Amanda suspiró antes de sacudir la cabeza.

—No, es tu hijo; tienes todo el derecho a quedarte.

Frank tragó saliva.

—He dejado de beber, si eso significa algo. De verdad, esta vez va en serio.

Amanda alzó la mano para indicarle que se callara.

—Mira…, no sigas, ¿vale? No quiero hablar de eso. No es ni el lugar ni el momento oportuno. Lo único que conseguirás es sulfurarme más de lo que ya lo estoy. Te he oído tantas veces decir lo mismo… En estos momentos, no estoy en condiciones de pensar en nada más.

Frank asintió. Dio media vuelta y regresó a su silla. Amanda tomó asiento junto a la pared opuesta. No volvieron a dirigirse la palabra hasta que Evelyn regresó con las niñas.

Pasado el mediodía, el doctor Mills entró en la sala de espera. Todos se pusieron de pie. Amanda escrutó su cara, esperando lo peor, pero sus temores se disiparon casi inmediatamente al ver el semblante satisfecho y a la vez agotado del médico.

—La operación ha salido bien —anunció, antes de referirles los pormenores del proceso.

Cuando acabó, Annette tiró de su manga.

—¿Jared se pondrá bien?

—Sí —contestó el doctor con una sonrisa, al tiempo que alzaba la mano para acariciarle la cabeza—. Tu hermano se pondrá bien.

—¿Cuándo podremos verlo? —preguntó Amanda.

—En estos momentos está en la sala de recuperación; quizá dentro de unas horas.

—¿Estará despierto?

—Sí, estará despierto —contestó el doctor Mills.

Cuando avisaron a la familia de que ya podían ir a ver a Jared, Frank sacudió la cabeza.

—Ve tú —le dijo a Amanda—. Nosotros esperaremos aquí. Entraremos a verlo cuando salgas.

Amanda siguió a la enfermera hasta la sala de recuperación. El doctor Mills la estaba esperando a mitad del pasillo.

—Está despierto —le informó el médico, mientras reanudaba la marcha junto a ella—. Pero quiero advertirle que ha hecho muchas preguntas y que las noticias no le han sentado muy bien. Lo único que le pido es que procure no angustiarlo.

—¿Qué debo decirle?

—Hable con él. Seguro que sabrá qué debe decir: es su madre.

Se detuvieron frente a la puerta de la sala de recuperación. Amanda aspiró hondo y el doctor Mills abrió la puerta. Ella entró en aquella estancia intensamente iluminada. Enseguida vio a su hijo en una cama con las cortinas corridas.

Jared ofrecía una palidez fantasmagórica. Sus mejillas seguían profundamente hundidas. Volvió la cabeza hacia la puerta y una breve sonrisa se dibujó en sus labios.

—Mamá… —susurró, balbuceando todavía por los efectos de la anestesia.

Amanda le acarició el brazo, con cuidado de no tocar los innumerables tubos y ringleras de cinta adhesiva médica e instrumentos pegados a su cuerpo.

—Hola, cielo; ¿cómo te encuentras?

—Cansado. Dolorido.

—Lo sé —asintió ella. Le apartó con ternura el cabello de la frente antes de tomar asiento en la silla de plástico duro junto a él—. Y probablemente te sentirás así durante una temporada. Pero no tendrás que quedarte aquí mucho tiempo; solo una semana, más o menos.

Jared pestañeó varias veces seguidas; sus párpados se movían despacio, tal y como solía hacer cuando era pequeño, justo antes de que ella apagara las luces a la hora de dormir.

—Tengo un corazón nuevo —dijo—. El médico me ha dicho que no había ninguna otra opción.

—Así es —contestó ella.

—¿Qué significa? —El brazo de Jared se agitó con nerviosismo—. ¿Podré llevar una vida normal?

—Por supuesto que sí —Amanda procuró calmarlo.

—Me han quitado el corazón, mamá. —Aferró la sábana de la cama con dedos crispados—. Me han dicho que tendré que medicarme toda la vida.

La confusión y la aprensión se plasmó en sus jóvenes rasgos. Jared comprendía que su futuro había sido irrevocablemente alterado. A pesar de que Amanda deseaba aislarlo de aquella nueva realidad, sabía que no podía.

—Sí —admitió ella sin titubear—. Te han hecho un trasplante de corazón y, sí, tendrás que tomar medicación toda tu vida. Pero eso también significa que estás vivo.

—¿Por cuánto tiempo? Ni siquiera los médicos pueden decírmelo.

—¿Acaso importa, en estos momentos?

—Claro que importa —espetó Jared—. Me han dicho que un trasplante dura entre quince y veinte años de media. Y entonces probablemente necesitaré otro corazón.

—Entonces te pondrán otro corazón. Y entre tanto, vivirás, y después, seguirás viviendo unos años más, como el resto de los mortales.

—No entiendes lo que intento decirte. —Jared volvió la cara hacia el otro lado, hacia la pared más alejada de la cama.

Amanda vio su reacción y buscó las palabras adecuadas para aplacar sus temores, para ayudarlo a aceptar el nuevo mundo en el que había despertado.

—¿Sabes en qué pensaba durante estos dos últimos días que he estado esperando en el hospital? —empezó a decir—. Estaba pensando que hay un montón de cosas que todavía no has hecho, cosas que todavía no has experimentado, como la satisfacción de graduarte en la universidad, o la emoción de comprar una casa, o la alegría de encontrar un trabajo perfecto, o de conocer a la chica de tus sueños y enamorarte.

Jared no mostraba señales de haberla oído, pero por su estado alerta de quietud, ella podía adivinar que la estaba escuchando.

—Podrás hacer todas estas cosas —prosiguió ella—. Cometerás fallos y a veces te costará seguir adelante, como a todo el mundo, pero cuando estés con la persona adecuada, sentirás algo muy próximo a la perfecta alegría, como si fueras la persona más afortunada del mundo. —Se inclinó hacia él y le propinó unas palmaditas en el brazo—. Un trasplante de corazón no te privará de disfrutar de esas experiencias. Porque todavía estás vivo. Y eso significa que amarás y te amarán… y, a fin de cuentas, eso es lo único que importa.

Jared seguía inmóvil. Amanda se preguntó si se había quedado dormido en su confusión postoperatoria. Entonces, gradualmente, empezó a volver la cabeza hacia ella.

—¿De verdad crees todo lo que acabas de decir? —Su voz era tentativa.

Por primera vez desde que se había enterado del accidente, Amanda pensó en Dawson Cole. Se inclinó hacia la cama para acercarse más a su hijo y contestó:

—Sí, de verdad lo creo.

23

$\mathcal{M}$organ Tanner se hallaba en el taller de Tuck, con las manos entrelazadas a la espalda mientras examinaba el amasijo de chatarra que una vez había constituido el Stingray. Esbozó una mueca de disgusto, pensando que al propietario no le iba a hacer ni pizca de gracia lo que había pasado con su coche.

Parecía claro que el estropicio era reciente. Vio una llave de cruz que asomaba por debajo de un panel lateral parcialmente arrancado del chasis. Tanner estaba seguro de que ni Dawson ni Amanda lo habrían dejado en aquel estado, si lo hubieran visto. Tampoco podían ser responsables de la silla que había atravesado la ventana en el porche. Probablemente, todo aquello era obra de Ted y Abee Cole.

Aunque no era oriundo del pueblo, estaba al corriente de sus ritmos sociales. Con el tiempo había aprendido que, si prestaba la debida atención a las conversaciones en el Irvin, podía enterarse de un sinfín de historias acerca de aquella pequeña parte del mundo y de la gente que vivía allí. Por supuesto, en un sitio como el Irvin, cualquier información tenía que ser tomada con pinzas. Los rumores, los chismes y las indirectas eran tan frecuentes como la historias reales. Sin embargo, Tanner sabía más sobre la familia Cole de lo que mucha gente habría esperado. Incluso un poco sobre los avatares de Dawson.

Después de que Tuck le revelara sus planes para Dawson y Amanda, había temido por su propia seguridad, así que se dedicó a indagar todo lo que pudo acerca de los Cole. Aunque Tuck ponía la mano en el fuego por Dawson, Tanner se tomó su tiempo para hablar con el *sheriff* que lo había arrestado, así

NICHOLAS SPARKS

como con el fiscal y con el abogado de oficio. La comunidad jurídica en el condado de Pamlico era pequeña, así que le resultó bastante fácil conseguir que sus colegas hablaran sobre uno de los crímenes más notorios de Oriental.

Tanto el fiscal como el abogado de oficio habían creído que había habido otro vehículo en la carretera aquella noche y que Dawson se había salido para evitar el choque frontal. Pero dado que en aquella época el juez y el *sheriff* eran amigos de la familia de Marilyn Bonner, no pudieron hacer gran cosa. La explicación bastó para que Tanner comprendiera cómo funcionaba la justicia en los pequeños pueblos. Después habló con el carcelero retirado de la prisión de Halifax, quien le aseguró que Dawson había sido un preso ejemplar. También llamó a varios de sus antiguos jefes en Luisiana, que le confirmaron que era una persona cabal y de confianza. Solo entonces aceptó la solicitud de ayuda de Tuck.

En esos momentos, aparte de ultimar los detalles del legado de Tuck —y de encargarse de la cuestión del Stingray—, su papel en el caso había concluido. Teniendo en cuenta todo lo que había pasado, incluidos los arrestos de Ted y Abee Cole, se sentía afortunado de que su nombre no hubiera aparecido en ninguna de las conversaciones que había oído por casualidad en el bar Irvin. Y como abogado profesional que era, tampoco había aportado ningún dato.

Sin embargo, la situación le preocupaba más de lo que dejaba entrever. Durante los dos últimos días, incluso se había arriesgado a realizar llamadas poco ortodoxas, posicionándose fuera de los límites legales en los que se sentía totalmente cómodo.

Tanner dio la espalda al coche y examinó el banco de trabajo, en busca de la orden de trabajo. Esperaba que incluyera el número de teléfono del propietario del Stingray. Encontró la ficha. Un rápido vistazo le bastó para constatar que contenía toda la información que necesitaba. Iba a depositar la ficha de nuevo sobre el banco cuando vio algo que le resultaba familiar.

Lo recogió, con la impresión de que ya lo había visto antes. Lo examinó solo un momento. Consideró todo lo que aquello podía conllevar, pero, aun así, hundió la mano en el bolsillo en busca de su teléfono móvil. Buscó en la lista de contactos, encontró el nombre y pulsó la tecla de llamada.

Al otro lado de la línea, el teléfono empezó a sonar.

Amanda se había pasado la mayor parte de los dos últimos días en el hospital con Jared, y la verdad era que tenía muchas ganas de dormir en su propia cama. La silla de la habitación del hospital donde estaba ingresado su hijo era increíblemente incómoda. Además Jared le había pedido que se marchara.

«Necesito estar solo», le había dicho.

Mientras se hallaba sentada en el pequeño patio, respirando un poco de aire fresco, Jared estaba en la habitación con la psicóloga, por primera vez. Amanda se sentía aliviada. Físicamente, sabía que Jared estaba haciendo magníficos progresos; emocionalmente, en cambio, era otra cuestión. Aunque Amanda quería creer que la conversación que había mantenido con él había abierto la puerta —o, por lo menos, una fisura— hacia una nueva forma de enfocar la situación, Jared sufría al pensar en los años que le habían sido robados de su vida. Quería lo que tenía antes, un cuerpo perfectamente sano y un futuro sin mayores complicaciones, pero eso no era posible.

Su hijo tenía que tomar inmunosupresores para que su cuerpo no rechazara el nuevo corazón y, dado que los medicamentos hacían que fuera más propenso a tener infecciones, también debía tomar elevadas dosis de antibióticos y un diurético que le habían recetado para evitar la retención de líquidos. Y aunque iban a darle el alta a la semana siguiente, tendría que ir a la consulta del médico con regularidad, como mínimo durante un año, para poder llevar un control de su progreso. También necesitaría realizar ejercicios de fisioterapia supervisados, y le habían dicho que tendría que hacer una dieta muy severa. Por si eso fuera poco, había que añadir la terapia semanal con la psicóloga.

La familia tenía un duro camino por delante, pero allí donde unos días antes no había habido nada más que desesperación, Amanda veía ahora ante sí un mundo de esperanza. Jared era más fuerte de lo que él creía. Necesitaría tiempo, pero hallaría el modo de superar todo aquello. En los dos días previos, Amanda había detectado indicios de fortaleza, a pesar de que Jared no fuera consciente de ello, y sabía que la psicóloga sería de gran ayuda.

Frank y su madre se habían dedicado a llevar a Annette de casa al hospital y del hospital a casa; Lynn se valía por sí sola, ya que podía conducir. Amanda sabía que no estaba pasando tanto tiempo con sus hijas como debería. Ellas también lo estaban pasando mal, pero ¿qué opción le quedaba?

Decidió que aquella noche, de camino a casa, compraría unas pizzas y que, después, quizá verían una película juntos. No era mucho, pero en esos momentos eso era todo lo que podía ofrecerles. Cuando Jared saliera del hospital, las cosas volverían poco a poco a la normalidad. Debería llamar a su madre para contarle los planes…

Hundió la mano en el bolso y sacó el teléfono móvil. En la pantalla había una llamada perdida de un número de teléfono desconocido. También tenía un mensaje en el buzón de voz.

Con curiosidad, pulsó la tecla del buzón de voz y acercó el teléfono a la oreja. Transcurridos unos segundos, oyó la voz pausada de Morgan Tanner, que le pedía que lo llamara cuando pudiera.

Amanda marcó el número. Tanner contestó inmediatamente.

—Gracias por llamar —le dijo él, con la misma cordialidad formal que había mostrado cuando Amanda y Dawson fueron a verlo a su despacho—. Ante todo, siento mucho llamarla en unos momentos tan delicados para usted.

Ella parpadeó varias veces seguidas con confusión, preguntándose cómo sabía Tanner lo que había sucedido.

—Gracias…, pero Jared ya está mucho mejor. Estamos mucho más tranquilos.

Tanner se quedó en silencio, como si intentara interpretar lo que ella le acababa de decir.

—Yo… llamaba porque esta mañana he pasado por la casa de Tuck y mientras estaba examinando el coche…

—¡Ah, sí! —lo interrumpió Amanda—. Pensaba decírselo. Dawson acabó de repararlo antes de marcharse. Ya está listo para que el propietario pase a buscarlo.

De nuevo Tanner tardó unos segundos antes de proseguir.

—Bueno…, la cuestión es que he encontrado la carta que Tuck le escribió a Dawson. Debió olvidarla en el taller. No sé si usted quiere que se la envíe.

Amanda se pasó el teléfono a la otra oreja, preguntándose por qué la estaba llamando a ella.

—Pero es de Dawson —arguyó, desconcertada—. Lo más lógico es que se la envíe a él, ¿no le parece?

Oyó que Tanner carraspeaba incómodo.

—Me parece que no sabe lo que pasó, ¿verdad? —advirtió el abogado lentamente—. ¿El domingo por la noche, en el Tidewater?

—¿Qué pasó? —Amanda frunció el ceño, completamente confundida.

—No me gusta tener que darle la noticia por teléfono. ¿Podría pasarse por mi despacho esta tarde? ¿O mañana por la mañana?

—No —contestó ella—. Estoy en Durham. Pero ¿qué pasa? ¿Qué sucedió el domingo?

—De verdad, creo que sería mucho mejor si pudiera decírselo en persona.

—Lo siento, pero no puede ser —replicó ella, con un creciente tono de impaciencia—. Por favor, dígame qué sucede. ¿Qué pasó en el Tidewater? ¿Y por qué no puede enviarle la carta a Dawson?

Tanner vaciló antes de volver a carraspear con nerviosismo.

—Hubo un… altercado en el bar. El local quedó prácticamente destrozado. También hubo un tiroteo. Ted y Abee Cole fueron arrestados. Un joven llamado Alan Bonner resultó gravemente herido. Bonner todavía está en el hospital, pero, según dicen, se recuperará.

Al oír aquellos nombres, uno tras otro, Amanda notó una fuerte opresión en el pecho. Sabía, por supuesto, el nombre que faltaba en aquella ecuación. Con un hilo de voz, preguntó:

—¿Estaba Dawson allí?

—Sí —contestó Morgan Tanner.

—¿Qué pasó?

—Por lo que he podido averiguar, Ted y Abee Cole estaban dándole una paliza a Alan Bonner cuando Dawson entró de repente en el bar. En ese momento, Ted y Abee Cole fueron a por

303

él. —Tanner hizo una pausa—. Ha de comprender que la policía todavía no ha dado la versión oficial…

—¿Está bien Dawson? —lo interrumpió ella—. Eso es lo único que quiero saber.

Amanda podía oír la respiración agitada de Tanner al otro lado de la línea.

—Dawson estaba ayudando a Alan Bonner a salir del bar cuando Ted disparó. Dawson…

Amanda sintió que cada músculo de su cuerpo se tensaba y se preparó para lo que ya sabía que iba a escuchar a continuación. Aquellas palabras, como muchas de las que había oído en los últimos días, parecían imposibles de entender.

—Dawson… recibió un disparo en la cabeza. No pudieron hacer nada por salvarlo, Amanda. Estaba cerebralmente muerto cuando llegó al hospital…

Mientras Tanner seguía hablando, ella notó que era incapaz de sostener el teléfono. Al cabo de unos segundos, el aparato cayó al suelo con estrépito. Amanda se lo quedó mirando fijamente, tirado sobre la gravilla, antes de agacharse y pulsar el botón para colgar.

«No, Dawson no. No podía estar muerto.»

Pero volvió a oír las palabras que le había dicho Tanner. Dawson había ido al Tidewater. Ted y Abee estaban allí. Él había salvado a Alan Bonner y ahora estaba muerto.

«Una vida a cambio de otra», pensó. La cruel condición de Dios.

De repente, revivió la imagen de los dos paseando por el jardín de flores silvestres, cogidos de la mano. Y cuando finalmente las lágrimas afloraron, lloró por Dawson y por los días que ya nunca podrían compartir, hasta que quizá, como en el caso de Tuck y Clara, sus cenizas confluyeran en un prado soleado, lejos del camino trillado de las vidas ordinarias.

Epílogo

Dos años más tarde

Amanda colocó dos bandejas de lasaña en la nevera, antes de echar un vistazo al pastel que se doraba en el horno. Aunque todavía faltaban un par de meses para el cumpleaños de Jared, para ella el 23 de junio se había convertido en una especie de segundo cumpleaños de su hijo. Ese día, dos años antes, él había recibido un nuevo corazón; ese día, le habían concedido una segunda oportunidad en la vida. Amanda pensaba que, si aquello no era motivo de celebración, entonces nada podía serlo.

Estaba sola en casa. Frank todavía no había regresado de la consulta; Annette aún no había vuelto de una fiesta de pijamas en casa de una amiga, mientras que Lynn estaba trabajando en Gap, una tienda de ropa juvenil, una ocupación que había encontrado para los meses de verano. Jared tenía intención de disfrutar de sus últimos días libres antes del inicio de unas prácticas en una empresa de capital de riesgo; por eso había decidido ir a jugar a *softball* con un grupo de amigos. Amanda le había advertido de que iba a ser un día caluroso y le había hecho prometer que bebería mucha agua.

—Iré con cuidado —le aseguró él antes de marcharse.

Últimamente, Jared —quizá porque estaba madurando, o quizá por todo lo que le había pasado— parecía comprender que preocuparse era una condición inherente del hecho de ser madre.

No siempre había sido tan tolerante. Inmediatamente después del accidente, todo parecía molestarle y sentarle mal. Si Amanda se mostraba preocupada por él, Jared espetaba que lo estaba ahogando; si intentaba entablar una conversación, él la cortaba sin remilgos. Comprendía las razones que alimentaban su mal genio; la recuperación era dolorosa y los medicamentos que tomaba solían provocarle náuseas. Los músculos que una vez habían estado fuertes y tensos empezaban a atrofiarse a pesar de la fisioterapia, lo que aumentaba su sensación de impotencia. Su recuperación emocional se complicaba por el hecho de que, a diferencia de muchos pacientes que habían recibido un trasplante de órgano después de haber estado esperando con impaciencia una oportunidad para poder prolongar sus vidas unos años más, Jared no podía evitar sentir que a él le habían arrebatado unos años de su vida. A veces se ensañaba con los amigos que pasaban a verlo. Melody, la chica por la que había mostrado tanto interés en aquel fatídico día, le dijo unas semanas después del accidente que había empezado a salir con otro chico. Visiblemente deprimido, Jared decidió tomarse un año sabático.

Era un camino largo y a veces desalentador, pero, con la ayuda de la psicóloga, empezó a recuperarse de forma gradual. La terapeuta también sugirió que Frank y Amanda se reunieran con ella con regularidad para hablar de la situación de Jared y de cuál era la mejor forma de reaccionar con él y brindarle apoyo. Dados sus propios problemas de pareja, a veces les resultaba duro apartar a un lado sus conflictos personales para proporcionarle a Jared la seguridad y el ánimo que necesitaba. Sin embargo, al final el amor que ambos sentían por su hijo logró anteponerse a todo. Hicieron todo lo que estuvo en sus manos para apoyar a Jared mientras él atravesaba progresivamente periodos de aflicción, desmoralización y rabia, hasta que llegó un momento en que por fin el chico empezó a aceptar sus nuevas circunstancias.

A principios del verano anterior, optó por matricularse en un curso de finanzas en una escuela universitaria cercana y, para gran orgullo y alivio de sus padres, poco después anunció que había decidido retomar los estudios en la Universidad de Davidson en otoño. Más tarde, aquella misma semana, mencionó durante la cena, con una expresión indiferente, que había leído un artículo sobre un hombre que había vivido treinta y un años después de que le implantaran un corazón. Dado que la medicina avanzaba tanto cada año, Jared comentó que probablemente él incluso podría vivir más años.

Cuando empezó de nuevo a estudiar en la universidad, su estado de ánimo continuó mejorando. Después de consultar con varios médicos, retomó la actividad de correr, hasta el punto de que en esos momentos corría unos diez kilómetros al día. Empezó a ir al gimnasio tres o cuatro veces por semana, y gradualmente fue recuperando el estado físico que tenía antes del accidente. Fascinado por el curso que había estudiado en verano, decidió centrarse en la economía cuando regresó a la Universidad de Davidson. Apenas unas semanas después del inicio de las clases, conoció a otra estudiante de Económicas, una chica que se llamaba Lauren. Los dos se enamoraron perdidamente, incluso hablaban de casarse cuando se graduaran. Durante las últimas dos semanas, la parejita había estado en Haití, en una misión humanitaria que había organizado la iglesia de la localidad.

Aparte de tomar diligentemente los medicamentos y abstenerse de probar el alcohol, Jared vivía, en términos generales, como cualquier otro joven de su edad. Aun así, no se oponía al deseo de que su madre le preparara un pastel para celebrar el trasplante. Después de dos años, había llegado a una fase en que, a pesar de todo, se consideraba afortunado.

No obstante, había un cambio reciente en su actitud que Amanda no sabía cómo interpretar. Unas noches antes, mientras ella estaba colocando los platos sucios en el lavaplatos, Jared había entrado en la cocina y se había apoyado en la encimera.

—Mamá, ¿piensas hacer eso para la Clínica Universitaria el próximo otoño?

En el pasado, él siempre se había referido a los almuerzos para recaudar fondos como «eso». Por razones obvias, desde el accidente, Amanda no había organizado ningún almuerzo ni había realizado ninguna otra labor de voluntariado en el hospital.

—Sí —asintió ella—. Me han preguntado si puedo volver a encargarme de la organización.

—Porque los dos últimos años han sido un desastre sin ti, ¿verdad? Eso es lo que dice la madre de Lauren.

—No han sido un desastre; lo único que pasa es que no les ha salido tan bien como esperaban.

—Me alegra que vuelvas a encargarte. Por Bea, quiero decir.

Amanda sonrió.

—Yo también.

—En el hospital estarán encantados, ¿no? Porque consigues recaudar mucho dinero.

Ella cogió un trapo y se secó las manos mientras estudiaba a su hijo con atención.

—¿Por qué muestras este repentino interés?

Jared se rascó distraídamente la cicatriz por encima de la camiseta.

—Pensaba que quizá podrías usar tus contactos en el hospital para encontrar algo para mí, algo en concreto —dijo—. Hace tiempo que me ronda por la cabeza.

El pastel ya se estaba enfriando sobre la encimera. Amanda salió al porche trasero e inspeccionó el césped. A pesar del riego automático que Frank había instalado el año anterior, la hierba se estaba muriendo en algunos puntos donde las raíces se habían marchitado. Antes de ir a trabajar aquella mañana, había visto a su marido de pie, junto a uno de los deslucidos parches marrones, con el semblante sombrío. En los dos últimos años, Frank se había obsesionado con el césped. A diferencia de la mayoría de los vecinos, insistía en encargarse en persona de cortarlo; le decía a todo el mundo que eso lo ayudaba a relajarse después de pasar el día empastando dientes y moldeando fundas dentales en la consulta. Aunque Amanda suponía que había algo de verdad en aquel alegato, veía una actitud compulsiva en sus hábitos. Tanto si llovía como si brillaba el sol, cada dos días cortaba la hierba a cuadros, reproduciendo un tablero de ajedrez.

A pesar del escepticismo inicial de Amanda, Frank no había vuelto a tomar ni una sola cerveza ni un sorbo de vino desde el día del accidente. En el hospital, le había prometido que no bebería nunca más, y había cumplido su palabra. Después de dos años, ella no esperaba que él volviera a caer en las redes del alcohol, y esa era en gran parte la razón por la que las cosas entre ellos habían mejorado tanto. No era una relación perfecta, ni mucho menos, pero tampoco era tan terrible como lo había sido. En los días y las semanas que siguieron al accidente, las peleas entre ellos habían sido el pan de cada día. El dolor, el sentimiento de culpa y la rabia habían afilado sus palabras como espadas, y a menudo se atacaban con comentarios tremendamente crueles. Frank se pasó meses durmiendo en la habitación de invitados. Por las mañanas, ni se dirigían la palabra.

Por más duros que fueron aquellos meses, Amanda no consiguió aunar el coraje de dar el paso final y pedir el divorcio. Con el frágil estado emocional de Jared, no podía imaginar traumatizarlo aún más. Lo que no veía era que su decisión de mantener la familia unida no estaba dando el resultado esperado. Un día, al regresar a casa, cuando hacía ya varios meses que Jared había abandonado el hospital, encontró a Frank hablando con Jared en el comedor. Para no perder la costumbre, su marido se puso de pie y abandonó la sala. Jared observó que su padre se iba antes de darse la vuelta hacia su madre.

—No fue culpa suya —le dijo Jared—. Era yo quien conducía.

—Lo sé.

—Entonces, deja de echarle las culpas.

Paradójicamente, fue la psicóloga de Jared la que al final los convenció a ella y a Frank para que buscaran a alguien que les orientara en su turbulenta relación. Les dijo que el clima enrarecido en su casa afectaba de forma directa a la recuperación de su hijo; si de verdad querían ayudarlo, deberían considerar la opción de ir a visitar a un terapeuta especializado en problemas matrimoniales. Sin un ambiente estable en casa, Jared tendría dificultades para aceptar y sobrellevar sus nuevas circunstancias.

Amanda y Frank fueron a la primera cita con el terapeuta que la psicóloga de Jared les había recomendado en coches separados. La primera sesión degeneró en la clase de pelea habitual que tenían desde hacía meses. En la segunda, sin embargo, ambos fueron capaces de hablar sin elevar el tono de voz. Y ante la cortés pero firme insistencia del terapeuta, Frank empezó a asistir a reuniones de Alcohólicos Anónimos, para gran alivio de Amanda. Al principio, iba cinco noches por semana, pero últimamente solo iba una vez y, tres meses antes, Frank se había convertido en patrocinador. Quedaba con regularidad para desayunar con un joven banquero de treinta y cuatro años que hacía poco que se había divorciado y que, a diferencia de Frank, no había conseguido abandonar el hábito de la bebida. Hasta ese momento, Amanda había sido reacia a creer que su marido consiguiera mantenerse alejado del alcohol a largo plazo.

No había duda de que Jared y las chicas se habían beneficiado de la atmósfera más saludable que se respiraba en casa. Últimamente, había momentos en que Amanda pensaba que era como si la vida les hubiera dado una nueva oportunidad a ella y a Frank. Cuando hablaban, su conversación ya no giraba en torno al pasado; ahora incluso eran capaces de reír juntos de vez en cuando. Todos los viernes, salían a cenar (otra recomendación del terapeuta especializado en conflictos matrimoniales). A pesar de que a veces esas salidas parecían un tanto forzadas, los dos reconocían que eran un paso importante. En muchos sentidos, estaban empezando a conocerse de nuevo, por primera vez desde hacía muchos años.

310

Había algo realmente satisfactorio en el nuevo cauce que estaba adquiriendo su relación con Frank, pero Amanda sabía que el suyo jamás sería un matrimonio apasionado. Su marido no era un amante de ese tipo, nunca lo había sido, pero no le importaba. Después de todo, había tenido la suerte de experimentar esa clase de amor por el que valía la pena arriesgarlo todo, esa clase de amor tan excepcional que parecía ser un anticipo del cielo prometido.

Dos años. Habían pasado dos años desde aquel fin de semana con Dawson Cole; dos largos años desde el día en que Morgan Tanner la llamó para decirle que Dawson había muerto.

Amanda conservaba las cartas, junto con la fotografía de Tuck y Clara, así como el trébol de cuatro hojas, escondidos en el fondo del cajón donde guardaba la ropa interior, un lugar donde Frank jamás miraría. De vez en cuando, cuando el dolor que sentía por la pérdida de Dawson era especialmente intenso, sacaba aquellos objetos. Volvía a leer las cartas y hacía girar el trébol de cuatro hojas entre sus dedos, maravillándose de lo sinceros que habían sido el uno con el otro aquel fin de semana. Estaban enamorados, pero no fueron amantes; eran amigos y, sin embargo, también desconocidos, después de tantos años. Pero su pasión había sido real, tan innegable como el suelo que en esos momentos pisaba Amanda.

El año anterior, un par de días antes del aniversario de la muerte de Dawson, Amanda había ido a Oriental. Había aparcado junto a la verja del cementerio del pueblo y había recorrido el recinto hasta el extremo más alejado, donde un pequeño montículo se erigía en medio de una frondosa arboleda. Allí era donde descansaban los restos de Dawson, lejos de la familia Cole, e incluso más lejos de los terrenos de los Bennett y de los Collier.

Mientras permanecía de pie, delante de una lápida sencilla, contemplando unas azucenas recién cortadas que alguien había depositado sobre la tumba, imaginó que, si por una casualidad del destino a ella la enterraran en los terrenos que la familia Collier tenía en aquel cementerio, sus almas acabarían por encontrarse, del mismo modo que lo habían hecho en vida, no una sino dos veces.

De camino hacia la salida, se desvió un poco para rendir sus respetos en nombre de Dawson a la tumba del doctor Bonner. Y allí, delante de la lápida, vio un ramo de azucenas idéntico. Supuso que había sido Marilyn Bonner quien había depositado los dos ramos, por lo que Dawson había hecho por Alan. Darse cuenta de eso hizo que se le humedecieran los ojos mientras se dirigía de nuevo hacia el coche.

El tiempo no había logrado mermar sus recuerdos de Dawson; al contrario, sus sentimientos hacia él se habían intensificado. De una forma extraña, el amor de Dawson le había dado la fuerza que necesitaba para enfrentarse a las vicisitudes de los últimos dos años.

Sentada en el porche de su casa, mientras el mortecino sol de la tarde se colaba entre los árboles, Amanda cerró los ojos y le envió un mensaje silencioso a Dawson. Recordaba su sonrisa y el tacto de su mano en la suya; recordaba el fin de semana que habían pasado juntos. Y a la mañana siguiente, volvería a

311

evocar una vez más todo lo que había sucedido. Olvidar a Dawson o cualquier detalle de aquel fin de semana que habían compartido sería una traición. Si había algo que Dawson merecía, era lealtad, la misma clase de lealtad que él le había mostrado en todos los años que habían estado separados. Lo había amado una vez, y luego lo había vuelto a amar, y nada en el mundo podría cambiar sus sentimientos. Después de todo, Dawson le había renovado la vida de un modo que jamás habría imaginado posible.

Amanda metió la lasaña en el horno. Estaba aliñando una ensalada cuando Annette regresó a casa. Frank entró unos minutos más tarde. Después de obsequiar a Amanda con un beso rápido, la puso al día sobre su jornada, brevemente, antes de perderse por el pasillo para cambiarse de ropa. Sin dejar de parlotear sobre la fiesta de pijamas, Annette añadió la cobertura al pastel.

312

Jared fue el siguiente en llegar, acompañado de tres amigos. Después de apurar un vaso de agua, subió a ducharse mientras sus amigos se instalaban en el sofá del estudio para entretenerse con unos videojuegos.

Lynn llegó media hora más tarde. Para sorpresa de Amanda, su hija se presentó con dos amigas. Todos los jóvenes migraron instintivamente a la cocina. Los amigos de Jared empezaron a flirtear con las amigas de Lynn, preguntándoles si tenían planes para más tarde y lanzando indirectas de que quizás a ellos sí que les gustaría salir con ellas. Annette abrazó a Frank, que ya había regresado a la cocina, y le suplicó que la llevara a ver una película para adolescentes; él abrió un botellín de Diet Snapple al tiempo que le prometía en broma que irían a ver una película de tiros y explosiones sangrientas, a lo que Annette objetó con unos agudos chillidos de protesta.

Amanda contempló la escena como lo haría un observador accidental, mientras una sonrisa de perplejidad iluminaba su rostro. Últimamente, no costaba tanto reunir a la familia en torno a la mesa, aunque tampoco fuera una cosa que sucediera cada día. El hecho de tener invitados para cenar no le molestaba en absoluto; seguro que amenizarían la velada.

Se sirvió una copa de vino y salió al porche, donde un par de cardenales que saltaban de rama en rama captaron su atención.

—¿Vamos a cenar? —propuso Frank desde el umbral de la puerta—. Me parece que los indígenas se están impacientando.

—Empezad vosotros; yo entraré dentro de un minuto.

—¿Quieres que te sirva un poco de lasaña?

—Sí, fantástico, gracias —aceptó ella, a la vez que asentía con la cabeza—, pero asegúrate de que todos se sirvan primero.

Frank se apartó del umbral. A través de la ventana, Amanda observó cómo se abría paso entre los jóvenes arracimados en el comedor.

A su espalda, la puerta se abrió de nuevo.

—¿Estás bien, mamá?

El sonido de la voz de Jared la sacó de su estado de ensimismamiento. Se volvió hacia él.

—Sí.

Jared salió al porche y cerró la puerta a su espalda, despacio.

—¿Seguro? Parece como si estuvieras preocupada por algo.

—No, solo estoy un poco cansada. —Amanda logró esbozar una sonrisa reconfortante—. ¿Dónde está Lauren?

—No tardará en llegar. Antes quería pasar por su casa, para ducharse.

—¿Lo ha pasado bien?

—Creo que sí. Al menos se ha puesto eufórica cuando le ha dado a la pelota.

Amanda alzó la vista hacia su hijo y observó con atención el contorno de sus hombros, su cuello, sus mejillas, hasta llegar a los pómulos. Todavía podía percibir el aspecto que tenía de niño.

Jared titubeó.

—Esto... quería preguntarte si crees que podrás ayudarme. La otra noche no me contestaste. —Propinó un puntapié a un rasguño superficial en una de las tablas de madera del suelo—. Quiero enviar una carta a la familia, para darles las gracias, ¿comprendes? Si no fuera por el donante, no estaría aquí.

Amanda bajó la vista al tiempo que recordaba la pregunta que Jared le había planteado hacía unos días.

—Es normal que quieras averiguar quién fue el donante de

tu corazón —respondió finalmente, midiendo las palabras con cuidado—, pero existen buenas razones para mantener su nombre en el anonimato.

Había cierta parte de verdad en lo que acababa de decir, aunque no era toda la verdad.

—Ah. —Jared dejó caer los hombros pesadamente—. Pensaba que quizá sí que sería posible. Lo único que me dijeron fue que el donante tenía cuarenta y dos años cuando murió. Solo quería saber... qué clase de persona era.

«Yo te lo podría contar; te podría contar muchas cosas acerca de él», pensó Amanda para sí.

Había sospechado la verdad desde que Morgan Tanner la había llamado. Había hecho algunas llamadas para confirmar sus sospechas. Se enteró de que, el lunes por la noche, a Dawson le retiraron la respiración asistida en el centro médico Carolina East. Lo habían mantenido con vida, a pesar de que los médicos sabían que no se iba a recuperar, porque era donante de órganos.

314

Dawson le había salvado la vida a Alan, y también se la había salvado a Jared. Para Amanda eso lo significaba... todo.

«Te di lo mejor de mí», le había dicho él una vez. Con cada nuevo latido del corazón de su hijo, ella sabía que eso era precisamente lo que había hecho Dawson.

—¿Qué tal un pequeño abrazo, antes de que volvamos a entrar? —le propuso Amanda.

Jared esbozó una mueca de fastidio; sin embargo, abrió los brazos.

—Te quiero, mamá —murmuró, al tiempo que la estrechaba con cariño.

Amanda entornó los ojos y escuchó el ritmo estable en el pecho de su hijo.

—Yo también te quiero.

Agradecimientos

Algunas novelas suponen un mayor reto que otras. *Lo mejor de mí* se incluye en esta categoría. Me ha costado mucho escribirla —aunque no pienso aburriros contándoos los pormenores— y sin el apoyo de las siguientes personas probablemente todavía estaría inacabada. Así que, sin más preámbulos, quiero dar las gracias a la gente que sigue:

Cathy, mi esposa: cuando la vi, fue amor «a primera vista», y nada ha cambiado desde entonces. Eres la mejor y me considero muy afortunado de tenerte por esposa.

Miles, Ryan, Landon, Lexie y Savannah: llenáis mi vida de alegría y me siento orgulloso de vosotros. Como mis hijos, sois, y siempre seréis, «lo mejor de mí».

Theresa Park, mi agente literaria: después de acabar el primer borrador, no me quedó más remedio que dar un giro de timón, como sucede en *El sendero del amor*. Mereces mi gratitud no solo por tus esfuerzos por ayudarme a mejorar la novela, sino también por tu paciencia mientras pulía los flecos pendientes. Tengo mucha suerte de que seas mi agente. Gracias.

Jamie Raab, mi editora: «el rescate» que efectuaste de esta novela fue increíble, como de costumbre, y tus sugerencias, totalmente acertadas. No solo eres una fabulosa editora, sino que además eres una persona maravillosa. Gracias.

Howie Sanders y Keya Khayatian, mis agentes cinematográficos: me declaro un seguidor incondicional —como Jeremy Marsh en *Fantasmas del pasado*— de la idea de que el honor, la inteligencia y la pasión son la piedra angular de una buena relación profesional. Los dos ejemplificáis tales atributos, siempre. Os agradezco todo lo que habéis hecho por mí. Me siento realmente afortunado de poder trabajar con vosotros.

Denise DiNovi: productora de *Mensaje en una botella* (y de varias adaptaciones de mis libros a la gran pantalla). Te has convertido en algo más que una simple colaboradora; eres una gran amiga, y mi vida es mejor por ello. Mil gracias, por todo.

Marty Bowen: realizaste un excelente trabajo como productora de *Querido John*, y aparte de tus esfuerzos en el proyecto también valoro tu amistad. Gracias por tu encomiable labor. Me alegro de que volvamos a trabajar juntos de nuevo.

David Young, director ejecutivo de Hachette Book Group: sin lugar a dudas, soy un tipo afortunado, como Logan Thibault en *Cuando te encuentre*, por poder contar contigo. Aprecio mucho tu trabajo. Gracias.

Abby Koons y Emily Sweet, mis aliadas en Park Literary Group: mi más sincero agradecimiento por vuestra magnífica labor. Cada vez que he requerido vuestra ayuda, habéis demostrado ser unas auténticas profesionales: por ello os estoy sumamente agradecido. ¡Ah! Y Emily, enhorabuena por «la boda».

316

Jennifer Romanello, mi publicista en Grand Central Publishing: «el guardián» (bueno, en este caso, la guardiana) de mis giras promocionales… *Grazie* por todo, como siempre. Eres la mejor.

Stephanie Yeager, mi secretaria: después de ayudarme en *Noches de tormenta*, has continuado ocupándote de que todo vaya sobre ruedas. Valoro mucho (y te agradezco) lo que haces.

Courtenay Valenti y Greg Silverman, en Warner Bros.: gracias por concederme una oportunidad, y por dársela a esta novela, sin haberla leído previamente. No fue una decisión fácil, como para Travis Parker en *En nombre del amor*, pero aprecio vuestra elección. Por encima de todo, estoy entusiasmado con la idea de volver a trabajar con vosotros.

Ryan Kavanaugh y Tucker Tooley, en Relativity Media, y Wyck Godfrey: estoy ilusionadísimo con la adaptación cinematográfica de *Un lugar donde refugiarse*. Me gustaría daros las gracias por concederme la oportunidad de volver a trabajar con vosotros. Es un honor y jamás lo olvidaré; además, sé que la producción será estupenda, seguro.

Adam Shankman y Jennifer Gibgot: gracias por el impresionante trabajo que hicisteis en la versión cinematográfica de *La última canción*. Deposité mi confianza en vosotros y el resultado fue… algo que nunca olvidaré.

Lynn Harris y Mark Johnson: trabajar con los dos, hace tanto tiempo, fue una de las mejores decisiones de mi carrera. Sé que ambos habéis producido un montón de películas desde entonces, pero, para que lo sepáis, os aseguro que siempre os estaré agradecido por la versión cinematográfica de *El cuaderno de Noah*.

Lorenzo DiBonaventura: gracias por la adaptación de *Un paseo para recordar*. El paso del tiempo no afecta al amor que siento por esa película.

David Park, Sharon Krassney, Flag y el resto del personal en Grand Central Publishing y de United Talent Agency: si bien una vez pasé «tres semanas con mi hermano», son ya quince años los que dura nuestra relación profesional. ¡Gracias por todo!

317

Este libro utiliza el tipo Aldus, que toma su nombre
del vanguardista impresor del Renacimiento
italiano Aldus Manutius. Hermann Zapf
diseñó el tipo Aldus para la imprenta
Stempel en 1954, como una réplica
más ligera y elegante del
popular tipo
Palatino

* * *

* *

*

Lo mejor de mí se acabó de imprimir
en un día de otoño de 2012,
en los talleres gráficos de Liberdúplex
Crta. BV-2249, km 7,4, Pol. Ind. Torrentfondo
Sant Llorenç d'Hortons (Barcelona)

* * *

* *

*